Christian Jacq

RAMSES

O TEMPLO DE MILHÕES DE ANOS

Volume 2 da série ***Ramsés***

Tradução de
MARIA D. ALEXANDRE

7ª edição

EDIÇÕES
BestBolso

RIO DE JANEIRO – 2017

CIP-Brasil. Catalogação-na-fonte
Sindicato Nacional dos Editores de Livros, RJ.

J19r Jacq, Christian, 1947-
v.2 Ramsés: O templo de milhões de anos / Christian Jacq; tradução de
7ª ed Maria D. Alexandre. – 7ª edição – Rio de Janeiro: BestBolso, 2017.

Tradução de: Ramsès: Le temple des millions d'années
Seqüência de: Ramsés: O filho da luz
Continua com: Ramsés: A batalha de Kadesh
ISBN 978-85-7799-028-3
1. Ramsés II, Rei do Egito - Ficção. 2. Egito - História - Até 332 a.C. - Ficção. I. Alexandre, Maria D. II. Título. III. Título: O templo de milhões de anos.

07-2508 CDD – 843
CDU – 821.133.1-3

Ramsés: O templo de milhões de anos, de autoria de Christian Jacq.
Título número 029 das Edições BestBolso.
Sétima edição impressa em janeiro de 2017.

Título original francês:
RAMSÈS: LE TEMPLE DES MILLIONS D'ANNÉES

www.edicoesbestbolso.com.br

Ilustração e design de capa: Carolina Vaz, a partir da imagem da capa publicada pela Editora Bertrand Brasil (Raul Fernandes, 1999) e da ilustração feita por Mateu Velasco para *Ramsés: O filho da luz* (BestBolso, 2007).

Impresso no Brasil

ISBN 978-85-7799-028-3

EDIÇÕES BESTBOLSO

Ramsés: O templo de milhões de anos

Christian Jacq nasceu em Paris no ano de 1947 e vive na Suíça. Doutor em Estudos Egípcios pela Universidade de Sorbonne, o autor não é apenas um egiptologista que escreve romances sobre o Egito Antigo. Sua ligação com a civilização egípcia é muito mais profunda, o que o motivou a criar o Instituto Ramsés, dedicado a reconstruir fotograficamente os sítios arqueológicos ameaçados do Egito. Em 1995 Christian Jacq se consagrou internacionalmente ao publicar cinco romances históricos de grande sucesso sobre a saga do faraó Ramsés:
Volume 1: O filho da luz
Volume 2: O templo de milhões de anos
Volume 3: A batalha de Kadesh
Volume 4: A dama de Abu-Simbel
Volume 5: Sob a acácia do Ocidente

MAPA DO EGITO

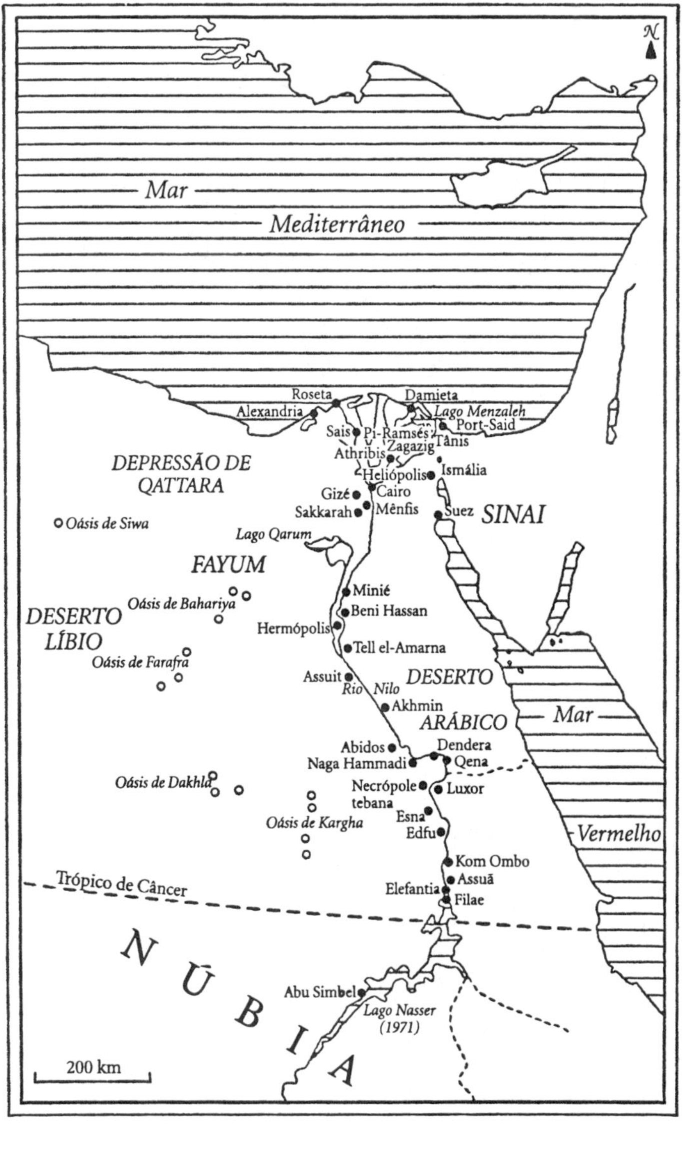

MAPA DO ANTIGO ORIENTE PRÓXIMO
ou Novo Império

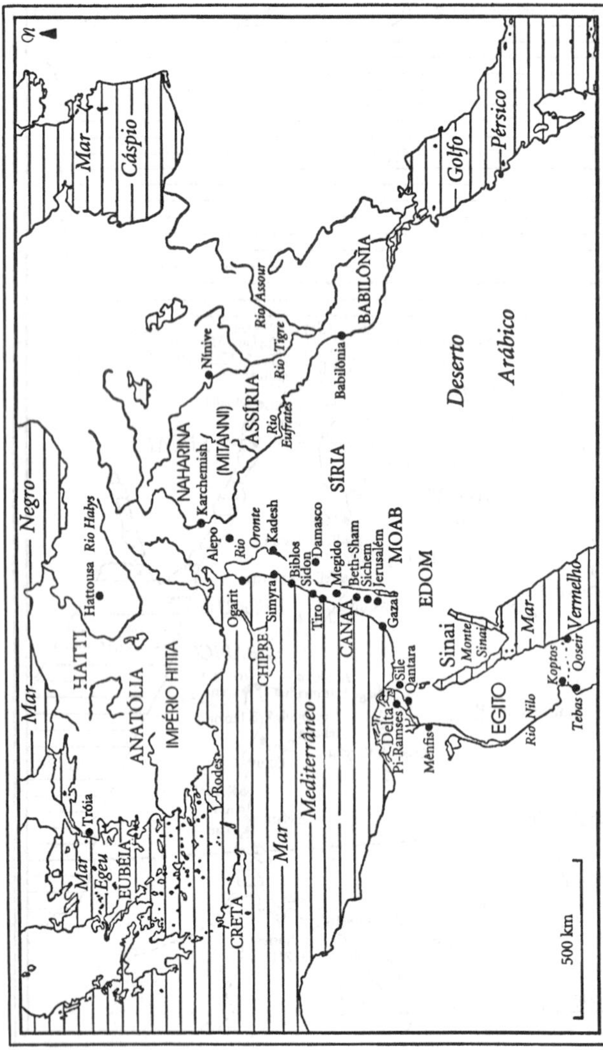

1

Ramsés estava só e aguardava um sinal do invisível.

Estava só, diante do deserto, da imensidão de uma paisagem queimada e árida; só, diante do seu destino cuja chave ainda não possuía.

Aos 23 anos, o príncipe Ramsés tornara-se um atleta de 1,80 metro, com magnífica cabeleira louro-veneziana, rosto levemente alongado, musculatura esbelta e forte; a testa larga, supercílios salientes, sobrancelhas espessas, olhos pequenos e vivos, nariz longo e um pouco aquilino, orelhas redondas e delicadamente desenhadas, lábios carnudos acima de um queixo bem pronunciado, tudo isso compondo um rosto autoritário e sedutor.

Apesar de tão jovem, quantos caminhos já trilhara! Escriba real, iniciado nos mistérios de Abidos e regente do reino do Egito, associado ao trono por Sethi, que designara, assim, o filho mais novo, Ramsés, como seu sucessor.

Mas Sethi, o magnífico faraó, o soberano insubstituível que mantivera o seu país feliz, próspero e em paz, morrera após, 15 anos de um reinado excepcional, 15 anos que passaram velozes como o vôo de um íbis no crepúsculo de um dia de verão.

Sem que o filho percebesse, Sethi, o pai distante, temível e exigente, formara-o pouco a pouco para o exercício do poder, impondo-lhe múltiplas provas, a primeira das quais o encontro com um touro selvagem, o senhor do poder. O jovem tivera a coragem de enfrentá-lo, mas não a capacidade de vencê-lo; sem a intervenção de Sethi, o furioso animal teria dilacerado Ramsés com seus chifres. Gravara-se naquele momento em seu coração o primeiro dever de um faraó: proteger os fracos do subjugo dos fortes.

O segredo do verdadeiro poder estava no rei, e somente no rei, seu único detentor; pela magia da experiência, fora-o transmitindo a Ramsés, etapa por etapa, sem lhe revelar seu plano. Com o passar dos anos, o filho aproximara-se do pai, seus espíritos comungaram na mesma fé, no mesmo entusiasmo. Severo, reservado, Sethi pouco falava, mas oferecera a Ramsés o privilégio único dos diálogos, nos quais se esforçara intensamente para lhe transmitir os rudimentos da sua importante e árdua missão de regente do Alto e do Baixo Egito.

Horas luminosas, momentos de graça agora perdidos no silêncio da morte.

O coração de Ramsés abrira-se como um cálice para receber e assimilar as palavras do faraó, para conservá-las como o mais precioso dos tesouros e fazê-las reviver sempre no seu pensamento e nos seus atos. Mas Sethi deixara-o para reunir-se aos seus irmãos – os deuses – e ali estava ele, Ramsés, só, privado da sua presença, *da* presença.

Sentia-se desarmado, incapaz de suportar a carga que pesava sobre seus ombros: governar o Egito... Aos 13 anos sonhara com isso, como uma criança sonha com um brinquedo inacessível; depois, renunciara a essa idéia louca, convencido de que o trono estava prometido a seu irmão mais velho, Chenar.

O faraó Sethi e a grande esposa real Touya haviam decidido de maneira diferente. Após observarem meticulosamente o comportamento dos dois filhos, designaram Ramsés para desempenhar a função suprema. Por que não escolheram alguém mais forte e mais hábil – alguém à altura de Sethi? Ramsés sentia-se pronto para enfrentar qualquer inimigo em combate singular, mas não para manejar o leme do Estado nas águas incertas do futuro. Em combate, na Núbia, provara a sua bravura; a sua inesgotável energia guiá-lo-ia, se necessário, pelos caminhos da guerra para defender o seu país, mas como comandar um exército de funcionários, dignitários e sacerdotes cujos ardis e artimanhas lhe escapavam?

O fundador da linhagem, o primeiro da dinastia dos Ramsés, fora um vizir idoso a quem os sábios haviam confiado um poder que ele não desejava; próximo da coroação, seu sucessor, Sethi, já estava bastante amadurecido e experiente. Ramsés, com apenas 23 anos, contentara-se em viver à sombra protetora do pai, seguindo as suas diretivas e correspondendo ao seu mínimo apelo. Como era maravilhoso confiar num guia que traçava o caminho! Trabalhar sob as ordens de Sethi, servir ao Egito obedecendo ao faraó e, sempre junto dele, encontrar respostas às suas indagações... Agora aquele paraíso tornara-se inacessível.

Agora o destino, injustamente, exigia que Ramsés, um jovem impetuoso e imprudente, ocupasse o lugar de Sethi. Não seria melhor dar uma gargalhada e fugir para o deserto, para bem longe, onde ninguém o encontrasse?

Ele podia certamente contar com seus aliados: a mãe Touya, sua fiel e exigente cúmplice; a esposa Nefertari, tão bela e tão meiga; e os amigos de infância, Moisés, o hebreu, construtor nos canteiros de obras reais; Acha, o diplomata; Setaou, o encantador de serpentes, e, por fim, seu secretário particular, Ameni, cuja vida estava intimamente ligada à de Ramsés.

O clã dos inimigos não seria mais poderoso? Chenar nunca desistiria e muito menos renunciaria ao intuito de apoderar-se do trono. Que escusas alianças não teria proposto para impedir o irmão de reinar? Se, naquele momento, Chenar aparecesse na sua frente, Ramsés não lhe teria oposto qualquer resistência. Já que desejava tanto a dupla coroa, que ficasse com ela!

Mas teria ele o direito de trair o pai, renunciando à tarefa que lhe confiara? Teria sido tão simples pensar que Sethi se enganara ou poderia mesmo ter mudado de opinião... Não, Ramsés não mentiria para si próprio. Seu destino dependia da resposta do invisível.

E era ali, no deserto, no coração daquela terra vermelha, detentora de uma energia perigosa, que a obteria, com toda certeza.

Sentado na posição de escriba, com o olhar perdido no céu, Ramsés esperava. Um faraó tinha de ser um homem do deserto, inebriado de solidão e grandeza; o fogo oculto nas pedras e na areia tanto lhe alimentava a alma como a destruía. Competia ao fogo tomar a sua decisão.

O sol aproximava-se do zênite, e o vento acalmava. Uma gazela saltava de duna em duna. Um perigo a ameaçava.

De repente, um vulto surgiu do nada.

Era um enorme leão, com quase 4 metros de comprimento e pesando mais de 300 quilos. A juba flamejante, de cor clara, concedia-lhe o aspecto de um guerreiro triunfante, cujo corpo musculoso, castanho-escuro, deslocava-se com incrível agilidade.

Quando percebeu Ramsés, emitiu um rugido formidável, ouvido pelo menos uns 15 quilômetros ao redor. Ainda com as mandíbulas escancaradas, mostrando as terríveis presas e as garras afiadas, a fera fixou a sua presa.

O filho de Sethi não tinha qualquer chance de escapar.

O leão aproximou-se com passos furtivos e parou a alguns metros do jovem regente, que lhe distinguiu os olhos dourados; a seguir, desafiaram-se mutuamente durante longos segundos.

Com a cauda, o animal enxotou uma mosca; de repente, irritado, avançou de novo.

Ramsés ergueu-se, com olhos fixos nos do leão.

– É você, Matador, é realmente você, que eu salvei da morte certa! Que sorte está me reservando?

Esquecendo o perigo, Ramsés recordou o leãozinho agonizante numa moita da savana da Núbia; mordido por uma serpente, demonstrara uma incrível resistência até ser curado pelos remédios de Setaou e se tornar uma fera colossal.

Pela primeira vez, Matador fugira do cercado em que sempre ficava, na ausência de Ramsés. A natureza do felino se revelaria a ponto de torná-lo feroz e implacável com aquele que sempre considerara seu dono?

– Decida-se, Matador. Ou você se torna meu aliado para toda a vida ou me mata agora.

O leão ergueu-se nas patas traseiras e pousou as da frente sobre os ombros de Ramsés. O choque foi brutal, mas o príncipe o suportou. As garras não estavam de fora, e o focinho da fera farejou o nariz de Ramsés.

Ali mesclava-se a verdadeira prova de amizade, confiança e respeito.

– Você acabou de selar o meu destino.

A partir dali, aquele a quem Sethi designara como o "filho da luz" não tinha mais escolha.

Lutaria como um leão.

2

O palácio real de Mênfis encontrava-se em luto carregado. Os homens não podiam se barbear, e as mulheres deixaram os cabelos soltos. Durante os setenta dias de preparação para a mumificação de Sethi, o Egito sobreviveria, suspenso numa espécie de vazio; o rei estava morto, seu trono permaneceria vago até a proclamação oficial do seu sucessor, que só aconteceria depois da colocação da múmia de Sethi no túmulo e da conseqüente união de seu espírito com a luz celestial.

Por ordem do regente Ramsés e da grande esposa real Touya, os postos fronteiriços encontravam-se em estado de alerta, e as tropas prontas para deter qualquer tentativa de invasão. Embora o perigo representado pelos hititas* não parecesse de imediato ameaçador, não era de se excluir uma possível incursão. Há séculos que as ricas províncias agrícolas do Delta constituíam-se numa presa tentadora para os "corredores das areias", os beduínos errantes do Sinai, assim como para os príncipes da Ásia, por vezes capazes de fazer alianças para atacar o nordeste do Egito.

A partida de Sethi para o Além provocara-lhe um grande medo; quando um faraó morria, as forças do caos ameaçavam desencadear-se sobre o Egito para destruir-lhe a civilização construída sobre tantas dinastias. Seria o jovem Ramsés capaz de preservar as Duas Terras** da desgraça? Alguns dos notáveis não depositavam nele a

---

*Os antepassados dos turcos.

 **O Alto e o Baixo Egito: o Vale do Nilo (o Sul) e o Delta (o Norte).

mínima confiança, desejando mesmo vê-lo apagar-se perante o irmão, Chenar, menos impetuoso, porém muito mais hábil.

Touya, a grande esposa real, não modificara seus hábitos depois da morte do marido. Com 42 anos, aparência altiva – nariz fino e reto, grandes olhos amendoados, severos e perscrutadores, queixo um pouco quadrado e o corpo muito esbelto –, Touya gozava de uma incontestável autoridade moral. Não deixara nunca de secundar Sethi – na sua ausência, durante as estadas do faraó no estrangeiro, era ela quem governava o país com pulso de ferro.

Mal despontava a madrugada, Touya levantava-se para passear pelo jardim plantado com tamargueiras e sicômoros; caminhando, organizava o seu dia de trabalho, com alternância de reuniões profanas e de rituais para a glória do poder divino.

Desaparecido Sethi, o mínimo gesto parecia-lhe desprovido de significado. O único desejo de Touya era o de reunir-se com o marido o mais depressa possível num universo sem conflitos, longe do mundo dos homens, mas, por enquanto, aceitaria o peso dos anos a que o destino a condenasse. Devia servir a seu país até o último alento, para restituir a felicidade que ele lhe proporcionara.

A elegante silhueta de Nefertari surgiu da bruma matinal; "a mais bela de todas as belas do palácio", segundo o conceito expresso pelo povo, a esposa de Ramsés tinha os cabelos negros e brilhantes e olhos verde-azulados de sublime beleza. Instrumentista do templo da deusa Hathor, em Mênfis, tecelã notável, além de educada no culto de velhos autores como o sábio Ptah-hotep, Nefertari, entretanto, não provinha de família nobre, o que pouco importava para Ramsés, que estava loucamente apaixonado por ela, por sua beleza, pela sua inteligência e por sua surpreendente maturidade, qualidade incrível numa mulher tão jovem. Nefertari não se esforçava por agradar, mas era a sedução em pessoa; Touya a escolhera como intendente do seu pessoal, posto que continuava a ocupar, embora fosse esposa do regente. Entre a rainha do Egito e Nefertari nascera uma verdadeira cumplicidade, compreendendo-se uma à outra por simples trocas de palavras.

– Como o orvalho está abundante esta manhã, Majestade; quem poderá louvar a generosidade da nossa terra?

– Por que se levantou tão cedo, Nefertari?

– Perdoe-me, Majestade, mas a senhora é que devia repousar, concorda comigo?

– Não consigo dormir.

– Como posso aliviar o seu sofrimento, Majestade?

Um triste sorriso pairou nos lábios de Touya.

– Sethi é insubstituível; o resto dos meus dias não passará de um longo sofrimento, que apenas o feliz reinado de Ramsés poderá atenuar. Ele é agora a minha única razão de viver.

– Estou inquieta, Majestade.

– O que receia?

– Que a vontade de Sethi não seja respeitada.

– Quem ousaria erguer-se contra ela?

Nefertari permaneceu silenciosa.

– Está pensando no meu filho mais velho, Chenar, não é verdade? Conheço a sua vaidade e ambição, mas não será tão louco em desobedecer ao pai.

Os raios dourados da luz nascente iluminavam o jardim da rainha.

– Você me acha ingênua, Nefertari? Parece-me que você não compartilha da minha opinião.

– Majestade...

– Você sabe de alguma informação concreta?

– Não, é apenas uma sensação... uma vaga sensação.

– O seu espírito intuitivo é rápido como um raio, e você não conhece a calúnia; então eu pergunto: existirá outro meio de impedir Ramsés de reinar que não seja eliminando-o?

– É esse o meu receio, Majestade.

Touya acariciou com a mão um ramo de tamargueira.

– Seria Chenar capaz de instalar o seu reinado sobre um crime?

– Tal pensamento me horroriza, assim como o seu, mas não consigo expulsá-lo do meu espírito. Pode me julgar com severidade, se achar que estou errada, mas eu não podia ficar calada.

– Como está a segurança de Ramsés?

– O leão e o cão velam por ele, tal como Serramanna, o chefe de sua guarda pessoal. Desde que Ramsés regressou de um passeio solitário pelo deserto, consegui convencê-lo a não andar sem proteção.

– O luto nacional já dura dez dias – lembrou a grande esposa real –, mas daqui a dois meses o corpo incorruptível de Sethi será depositado na sua morada de eternidade. A essa altura, Ramsés será coroado, e você se tornará a rainha do Egito.

RAMSÉS INCLINOU-SE diante da mãe e depois abraçou-a ternamente. Ela, que parecia tão frágil, dava-lhe uma lição de dignidade e nobreza.

– Por que Deus nos impõe uma provação tão cruel?

– O espírito de Sethi vive em você, meu filho; o tempo dele terminou, agora começa o seu. Ele vencerá a morte, se você continuar a obra que ele lhe deixou.

– Mas a sombra dela é imensa!

– Você é o Filho da Luz, Ramsés! Dissipe as trevas que nos rodeiam, elimine o caos que nos ameaça.

O jovem afastou-se da rainha.

– Eu e o meu leão nos confraternizamos no deserto.

– Era esse o sinal que você esperava, não é verdade?

– Sim, é verdade, mas posso lhe pedir um favor?

– Estou ouvindo.

– Quando o meu pai saía do Egito para demonstrar o seu poder no estrangeiro, era você que governava?

– É assim que manda a nossa tradição.

– Então, se você possui a experiência do poder, e todos a veneram, por que não sobe ao trono?

– Porque essa nunca foi a vontade de Sethi; ele encarnava a lei, essa lei que amamos e respeitamos. Foi você que ele escolheu, meu filho; é você que deve reinar. Eu o ajudarei com todas as minhas forças e lhe darei conselhos, à hora que você quiser.

Ramsés não insistiu.

A mãe era a única pessoa que poderia ter mudado o curso do seu destino e o libertado daquele fardo; mas Touya permaneceria fiel à memória do falecido marido e não modificaria a sua decisão. Quaisquer que fossem as suas dúvidas e angústias, Ramsés deveria traçar o seu próprio caminho.

SERRAMANNA, O CHEFE da guarda pessoal de Ramsés, jamais abandonava a aléia do palácio em que trabalhava o futuro rei do Egito. A nomeação do sardo, antigo pirata, para aquele posto de confiança havia gerado muito falatório; alguns estavam convencidos de que, mais cedo ou mais tarde, o gigante de bigodes frisados trairia o filho de Sethi.

Enquanto essas dúvidas eram alimentadas, ninguém entrava no palácio sem a sua autorização. A grande esposa real recomendara-lhe que afastasse os intrusos e não hesitasse em usar a espada em caso de perigo.

Quando os sons de uma discussão lhe chegaram aos ouvidos, Serramanna precipitou-se para o vestíbulo destinado aos visitantes.

– O que está acontecendo aqui?

– Esse homem quer entrar à força – respondeu um guarda, apontando para um homem barbudo, alto e forte, com abundante cabeleira e ombros largos.

– Quem é você? – perguntou Serramanna.

– Moisés, o hebreu, amigo de infância de Ramsés e construtor a serviço do faraó.

– O que pretende?

– Geralmente Ramsés não me fecha a porta!

– Hoje sou eu que decido.

– Terá sido o regente seqüestrado?

– Exigência da segurança... Qual o motivo da sua visita?

– Nada que lhe diga respeito.

– Nesse caso, volte para sua casa e não torne a se aproximar do palácio, senão mando lhe prender.

Foram necessários, porém, quatro guardas para imobilizar Moisés.

– Avise Ramsés da minha presença, ou você será punido!

– Suas ameaças não me afetam.

– O meu amigo está à minha espera! Pode compreender isso?

Longos anos de pirataria e inúmeros combates ferozes tinham desenvolvido em Serramanna uma aguçada noção de perigo. Apesar da força física e da maneira altiva de falar, Moisés pareceu-lhe sincero.

Ramsés e Moisés abraçaram-se.

– Isso aqui já não é um palácio, é uma fortaleza! – exclamou o hebreu.

– A minha mãe, a minha esposa, o meu secretário particular, o chefe da minha guarda pessoal e alguns outros receiam o pior.

– O pior... O que quer dizer com isso?

– Que posso sofrer um atentado.

Na soleira da sala de audiências do regente, que dava para o jardim, o colossal leão de Ramsés cochilava; entre as patas da frente, estava o fiel Vigilante, o cão amarelo-dourado.

– Com esses dois, o que pode temer?

– Nefertari está convencida de que Chenar não renunciou ao seu desejo de reinar.

– Um golpe de força antes da descida de Sethi ao túmulo... Não parece muito do feitio dele. Chenar prefere agir nas sombras e tendo o tempo como aliado.

– Agora o tempo começa a lhe faltar.

– Tem razão... E ele não ousará enfrentar você.

– Que os deuses o ouçam, Moisés. O Egito não ganharia nada com isso. O que se diz lá em Karnak?

– Falam muito contra você.

Sob a direção de um mestre-de-obras, Moisés desempenhava a função de chefe de trabalho no imenso canteiro de obras de Karnak, onde Sethi iniciara a construção de uma gigantesca sala de colunas, interrompida, porém, pela sua morte.

– Quem está falando de mim? – perguntou Ramsés.

– Os sacerdotes de Amon, alguns nobres, o vizir do Sul... A sua irmã Dolente e o marido, Sary, estão incitando-os contra você. Não aceitaram o exílio que você lhes infligiu, tão longe de Mênfis.

– Esse desprezível Sary não tentou livrar-se de mim e de Ameni, meu secretário particular e nosso amigo de infância? Obrigar os dois a trocar Mênfis por Tebas ainda foi um castigo bastante leve!

– Essas flores venenosas só crescem no Norte; no Sul, em Tebas, elas murcham. Você deveria ter sido mais severo, condenando-os a um verdadeiro exílio.

– Dolente é minha irmã, e Sary foi meu preceptor.

– Deve um rei mostrar-se tão fraco com os seus semelhantes?

Ramsés sentiu-se ferido.

– Eu ainda não sou rei, Moisés!

– De qualquer forma, devia ter apresentado queixa e deixado a justiça seguir o seu curso.

– Se desta vez a minha irmã e o marido saírem da linha, eu serei implacável.

– Eu gostaria de acreditar nisso, pois você não faz idéia do que estão tramando os seus inimigos.

– Choro a morte do meu pai, Moisés.

– E por isso está esquecendo o seu povo e o seu país! Você acha que Sethi, lá de cima, no céu, está apreciando essa sua atitude medíocre?

Se Moisés não fosse amigo de Ramsés, este o teria agredido.

– Quer dizer que o coração de um monarca deve ser seco, frio, desumano?

– De que maneira um homem poderá governar estando fechado em sua dor, por mais legítima, mais íntima, que seja? Chenar tentou me subornar para me colocar contra você. Está avaliando agora melhor o perigo?

A revelação deixou Ramsés estupefato.

– O seu adversário é de peso – continuou Moisés. – Agora, vai ou não vai sair desse torpor?

3

Mênfis, a capital econômica do país, situada na junção entre o Delta e o Vale do Nilo, estava mergulhada em letargia. No porto de "Boa Viagem", a maior parte dos navios de carga permanecia atracada no cais; durante os setenta dias de luto, as transações comerciais ficaram suspensas, e foi proibido todo e qualquer banquete nas imensas *villas* dos notáveis.

A morte de Sethi deixara todo o Egito em estado de choque. Durante o seu reinado, a prosperidade havia tomado grandes proporções; mas, aos olhos dos principais negociantes, iria agora tornar-se frágil à medida que um novo e incompetente faraó tornasse o Egito vulnerável e indeciso. E quem poderia igualar-se Sethi? Chenar, o filho mais velho, teria sido um bom governante, mas o soberano, doente, preferira o jovem e intrépido Ramsés, cuja aparência era mais a de um sedutor do que a de um chefe de Estado. Até os mais espertos, os mais cautelosos, aqueles de maior visão, às vezes cometiam erros; murmurava-se ali, como também em Tebas, que Sethi talvez tivesse se enganado ao designar o filho mais novo como seu sucessor.

Chenar, impaciente, andava de um lado para o outro na sala de hóspedes da casa de Meba, ministro das Relações Exteriores, um sexagenário discreto, de bela presença, rosto largo e inspirador de confiança. Inimigo de Ramsés, apoiava Chenar, cuja visão político-econômica lhe parecia excelente. Abrir um bom mercado no Mediterrâneo e na Ásia, estabelecendo o máximo de alianças comerciais, mesmo com o sacrifício de terem de esquecer alguns valores ultrapassados, não era um novo passo para o futuro? Era muito mais lucrativo vender armas do que ter de servir-se delas.

– Ele virá? – perguntou Chenar.

– Ele está do nosso lado, pode ter certeza.

– Não gosto de grosseirões como ele; mudam de opinião com o soprar do vento.

O filho mais velho de Sethi era de pequena estatura, atarracado e robusto, de rosto redondo e bochechas salientes; os lábios grossos e gulosos traduziam seu gosto pela boa comida, e os pequenos olhos castanhos mantinham-se em perpétua agitação. Pesado, maciço, detestava o sol e o exercício físico; sua voz untuosa e macia revelava uma distinção e uma calma muitas vezes aparentes.

Chenar era um pacifista dos mais interesseiros. Defender o seu país isolando-o das correntes de negócios parecia-lhe absurdo; o termo "traição" só era utilizado por moralistas incapazes de fazer fortuna. Ramsés, educado à moda antiga, não merecia reinar e não teria aptidão para tanto. Chenar não sentia o mínimo remorso ao fomentar a conspiração que lhe proporcionaria o poder: o Egito lhe ficaria eternamente grato.

Era preciso, porém, que o seu principal aliado não tivesse renunciado ao projeto comum.

– Preciso beber alguma coisa – reclamou Chenar.

Meba serviu ao seu ilustre hóspede uma taça de cerveja fresca.

– Não devíamos ter confiado nele.

– Ele virá, tenho certeza; não se esqueça de que ele deseja voltar para casa o mais rapidamente possível.

Por fim, o guarda da casa do ministro das Relações Exteriores anunciou a chegada do visitante tão esperado.

O louro de olhar penetrante, Menelau, rei da Lacedemônia, filho de Atréia, venerado pelo deus da Guerra e massacrador dos troianos, usava uma dupla couraça e um largo cinto preso com ganchos de ouro. O Egito concedera-lhe hospitalidade durante o tempo necessário para reparar seus barcos, mas a esposa, Helena, não queria deixar a terra dos faraós, receando sofrer maus-tratos na corte do marido e ser submetida à escravatura.

Como Helena gozava do apoio e da proteção da rainha Touya, Menelau estava de mãos atadas; felizmente, Chenar viera em seu auxílio, convencendo-o a ter paciência para desenvolverem uma estratégia vitoriosa.

Logo que Chenar se tornasse faraó, Menelau partiria para a Grécia com Helena.

Há vários meses os soldados gregos haviam se integrado à população; alguns foram colocados sob o comando egípcio, outros tinham aberto estabelecimentos comerciais, todos parecendo bastante satisfeitos com a sua boa sorte. Na realidade, apenas aguardavam uma ordem do seu chefe para passarem à ação, repetindo, agora em escala maior, o episódio do cavalo de Tróia.

O grego olhou Meba desconfiado.

– Mande este homem sair – pediu a Chenar. – Quero falar apenas com você.

– Mas o ministro das Relações Exteriores é nosso aliado.

– Não vou repetir o que disse.

Com um gesto, Chenar ordenou a seu compatriota que saísse da sala.

– Qual é a situação? – interrogou Menelau.

– É que chegou o momento de agirmos.

– Você tem certeza? Porque com seus bizarros costumes e essa interminável mumificação, estou quase perdendo a cabeça!

– Temos de agir antes que a múmia de meu pai seja colocada no túmulo.

– Os meus homens estão prontos.

– Não sou partidário de violência inútil e...

– Basta de adiamentos, Chenar! Vocês, egípcios, têm, sim, medo de combater; nós, os gregos, passamos anos combatendo contra os troianos, que acabamos por massacrar. Se você deseja a morte de Ramsés, diga de uma vez por todas e confie na minha espada!

– Ramsés é meu irmão, e a malícia, às vezes, é mais eficaz do que a força bruta.

– Só a aliança das duas dá a vitória. E não vai ser a mim, um herói da guerra de Tróia, que você vai ensinar estratégia.

– Mas você precisa reconquistar Helena.

– Helena, Helena, sempre ela! Essa mulher é maldita, mas não quero regressar sem ela à Lacedemônia.

– Então, vamos aplicar o meu plano.

– E qual é?

Chenar sorriu. Desta vez, a sorte estava do seu lado: com o auxílio do rei grego, atingiria os seus propósitos.

– Existem apenas dois obstáculos principais: o leão e Serramanna. Envenenaremos o primeiro e eliminaremos o segundo. Depois, raptaremos Ramsés, e você o levará para a Grécia.

– Por que não o matamos?

– Porque o meu reinado não pode começar com sangue. Oficialmente, Ramsés terá renunciado ao trono e decidido fazer uma longa viagem, e no percurso ele será vítima de um infeliz acidente.

– E Helena?

– Logo que eu for coroado, a minha mãe terá de obedecer-me e deixará de protegê-la. Se Touya não se mostrar razoável, vou trancafiá-la num templo.

Menelau refletiu.

– Para um egípcio, até que o plano está bem armado... Você tem o veneno necessário?

– Claro que sim.

– O oficial grego que conseguimos alistar na guarda pessoal do seu irmão é um soldado experiente; cortará o pescoço de Serramanna quando ele estiver dormindo. Quando agiremos?

– Tenha mais um pouco de paciência; preciso ir a Tebas, mas quando voltar, atacaremos.

HELENA SABOREAVA todos os segundos da felicidade que julgara perdida para sempre. Com o vestido leve perfumado de néctar, a cabeça coberta com um véu para se proteger do sol, ela vivia como que um sonho maravilhoso na corte do Egito. Ela, que os gregos tratavam como a "cadela perversa", conseguira escapar de Menelau, aquele tirano corrupto e covarde cujo maior prazer consistia em humilhá-la sempre.

Touya, a grande esposa real, e Nefertari, a esposa de Ramsés, haviam-lhe concedido não apenas amizade, mas também permissão para viver livre, num país onde a mulher não era trancafiada dentro de casa, mesmo que fosse num palacete.

Seria Helena realmente a responsável pelos milhares de mortes de gregos e troianos? Nunca desejara aquela loucura assassina que, durante anos e anos, levara tantos jovens a matarem-se uns aos outros; mas, na opinião dos gregos, ela continuava sendo a culpada, e a condenavam sem lhe dar a mínima possibilidade de se defender. Ali, em Mênfis, não lhe faziam qualquer censura; tecia, ouvia e tocava música, tomava banho nos lagos e saboreava os encantos inesgotáveis dos jardins do palácio. O ruído das armas silenciara, cedendo lugar ao canto dos pássaros.

Várias vezes por dia, Helena, com seus braços brancos abertos, suplicava aos deuses que o sonho não se desfizesse: o que mais desejava era esquecer o passado, a Grécia e Menelau.

Enquanto passeava por uma aléia arenosa, entre fileiras de árvores, avistou o cadáver de um grou cinzento. Aproximando-se, constatou que o ventre do belo pássaro fora despedaçado. Helena ajoelhou-se e examinou-lhe as vísceras; sabia que tanto os gregos quanto os troianos conheciam os seus talentos de adivinha.

A esposa de Menelau permaneceu prostrada durante longos minutos.

O que vira nas entranhas do infeliz grou deixara-a aterrorizada.

4

Tebas, a grande cidade do sul do Egito, era o feudo de Amon, o deus que armara os braços dos libertadores quando estes haviam expulsado, muitos séculos antes, seus antigos ocupantes, os cruéis e bárbaros asiáticos. Desde que o país recuperara a sua independência, os faraós prestavam homenagem a Amon e embelezavam o seu templo, geração após geração. Por isso, Karnak, o imenso canteiro de obras nunca interrompido, tornara-se o mais vasto e o mais rico dos santuários egípcios, uma espécie de Estado dentro do Estado, cujo grande sacerdote parecia-se mais com um gestor com amplos poderes do que com um homem de oração.

Assim que chegara a Tebas, Chenar solicitara-lhe uma audiência. Os dois homens conversavam num caramanchão de madeira, sobre o qual se entrelaçavam glicínias e madressilvas, não muito longe do lago sagrado cuja proximidade proporcionava um pouco de frescor.

– Você veio sem escolta? – espantou-se o grande sacerdote.

– Muito poucas pessoas sabem da minha presença aqui.

– Ah... Então você deseja a minha discrição.

– Você vai continuar firme contra Ramsés?

– Mais do que nunca. Ele é jovem, fogoso e muito impulsivo; o seu reinado seria desastroso. Sethi cometeu um erro ao designá-lo sucessor.

– Vai me conceder a sua confiança?

– Que lugar reservará para o templo de Amon, quando subir ao trono?

– O primeiro, é claro.

– Sethi favoreceu outros templos, como os de Heliópolis e Mênfis; a minha única ambição consiste em não ver Karnak relegado a segundo plano.

– Essa é a intenção de Ramsés, não a minha.

– O que você sugere, Chenar?

– Agir, e agir depressa.

– Em outras palavras: antes da descida da múmia de Sethi ao túmulo.

– É a nossa última chance, com certeza.

Chenar não sabia que o grande sacerdote de Amon estava gravemente doente; segundo o seu médico, restavam-lhe apenas alguns meses de vida, talvez mesmo algumas semanas. Uma solução rápida revelou-se, assim, ao dignitário como a expressão de benevolência dos deuses. Mas, antes de morrer, teria a possibilidade de ver Ramsés afastado do poder supremo e Karnak salva.

– Não tolerarei qualquer violência – decretou o grande sacerdote. – Amon nos concedeu a paz, e ninguém deverá quebrá-la.

– Pode ficar sossegado; mesmo sendo incapaz de reinar, Ramsés é meu irmão e sinto muita afeição por ele. Nem por um segundo sequer pensei em causar-lhe algum mal.

– O que você já preparou?

– Ramsés é um jovem enérgico, de espírito aventureiro e apaixonado pelos grandes horizontes; como será libertado de um peso muito grande, ele fará uma grande viagem e visitará diversos países estrangeiros. Quando voltar, a experiência adquirida nessas viagens nos será preciosa.

– Faço igualmente questão de que a rainha Touya continue a ser a sua grande conselheira.

– Certamente!

– Seja fiel a Amon, Chenar, e o destino sorrirá para você.

O filho mais velho de Sethi inclinou-se com deferência. A credulidade daquele velho sacerdote era uma oportunidade maravilhosa.

DOLENTE, A IRMÃ MAIS VELHA de Ramsés, espalhava ungüentos sobre a pele gordurosa. Não era bonita nem feia, mas gorda o bastante para sentir-se permanentemente cansada, e detestava Tebas e o Sul. Uma mulher de sua classe só poderia viver em Mênfis, onde havia tempo para ocupar-se com os mil e um dramas domésticos que animavam a existência dourada das famílias nobres.

Em Tebas estava sempre aborrecida. É verdade que fora recebida pela melhor sociedade e corria de um banquete para outro, gozando da posição de filha do grande Sethi; mas a moda em Tebas estava muito atrasada em relação à de Mênfis, e o marido, o jovem e barrigudo Sary, antigo preceptor de Ramsés, mergulhava pouco a pouco na neurastenia. Ex-diretor do *Kap*, a universidade encarregada de formar os futuros responsáveis para o reino, ele estava reduzido à ociosidade por culpa de Ramsés.

É verdade que Sary havia instigado uma medíocre conspiração visando eliminar Ramsés; é verdade que a sua esposa Dolente tomara o partido de Chenar contra o irmão mais novo; é verdade que eles haviam errado, mas não devia Ramsés conceder-lhes o perdão, em consideração à morte de Sethi?

Mas apenas a vingança podia responder à sua crueldade. A sorte de Ramsés acabaria por mudar e, nesse dia, Dolente e Sary se aproveitariam da ocasião. Todavia, enquanto aguardava, Dolente tratava da pele, e Sary dedicava-se à leitura ou dormia.

A chegada de Chenar interrompeu-lhes os pensamentos.

– Meu irmão bem-amado! – exclamou Dolente, beijando-o. – Está trazendo boas notícias?

– É possível.

– Não nos deixe impacientes – exigiu Sary.

– Vou ser rei.

– Estará próxima a hora da nossa vingança?

– Volte comigo para Mênfis; lá, eu a esconderei até o desaparecimento de Ramsés.

Dolente empalideceu.

– Desaparecimento...

– Não fique aflita, irmãzinha; Ramsés partirá para o estrangeiro.

– Você me dará um posto importante na corte? – perguntou Sary.

– Você foi pouco habilidoso – afirmou Chenar –, mas tem qualidades que me serão de grande valor. Seja-me fiel, e a sua carreira será brilhante.

– Tem a minha palavra, Chenar.

ISET A BELA DEFINHAVA no suntuoso palácio de Tebas onde criava, com amor, Kha, seu filho com Ramsés. Iset era uma linda mulher de olhos verdes, nariz pequeno e afilado, lábios finos, além de graciosa, rebelde e divertida – e a segunda esposa do regente!

"Segunda esposa"... Como era difícil aceitar esse título e suportar a condição que ele impunha! No entanto, Iset não conseguia ter ciúmes de Nefertari, tão bela, tão doce e profunda; possuía todos os requisitos de uma futura rainha, embora não manifestasse qualquer ambição.

Iset teria desejado que a raiva lhe incendiasse o coração e lhe desse uma razão para lutar com ferocidade contra Ramsés e Nefertari; mas, ao invés disso, continuava a amar o homem que lhe proporcionara tanto prazer e felicidade, o homem que lhe dera um filho.

Iset a Bela desdenhava poder e honrarias; o importante é que amava Ramsés por ele próprio, pela sua força e seu fulgor. Viver longe dele era uma provação por vezes insuportável; por que ele não compreendia a sua infelicidade?

Em breve Ramsés seria rei e não lhe faria senão breves visitas, que iriam diminuindo, diminuindo, até ela sucumbir, incapaz de lhe resistir. Se, pelo menos, tivesse conseguido apaixonar-se por outro homem... Mas os pretendentes, discretos ou insistentes, eram enfadonhos e sem personalidade.

Quando o mordomo lhe anunciou a visita de Chenar, Iset a Bela ficou espantada. Que motivos trariam a Tebas o filho mais velho de Sethi antes dos funerais?

Recebeu-o numa sala bem ventilada por estreitas janelas abertas na parte superior das paredes e que deixavam passar apenas uma faixa de luz.

– Você está magnífica, Iset.

– O que deseja?

– Sei que não sou do seu agrado, mas sei também que você é bastante inteligente para apreciar uma situação que favoreça os seus interesses. Para mim, você possui todas as qualidades de uma grande esposa real.

– Mas Ramsés decidiu de outra forma.

– E se ele não pudesse mais tomar decisões?

– O que está querendo dizer?

– Que o meu irmão não é desprovido de bom senso; que compreendeu que governar o Egito não estava ao seu alcance.

– Isso significa...

– Isso significa que assumirei essa difícil tarefa para o bem do nosso país, e você será a rainha das Duas Terras.

– Ramsés não renunciou, você está mentindo!

– De forma alguma, terna e bela amiga; o meu irmão prepara-se para partir para uma longa viagem, em companhia de Menelau, e pediu-me que sucedesse ao nosso pai, Sethi, em respeito à sua memória. Quando voltar da viagem, Ramsés gozará de todos os privilégios que lhe são de direito por sua posição, pode ter certeza disso.

– Ele lhe falou... de mim?

– Receio que a tenha esquecido, bem como o filho; está unicamente dominado pela paixão da distância.

– Levará Nefertari?

– Não; ele quer descobrir outras mulheres. Você não sabe que meu irmão é insaciável no domínio do prazer?

Iset a Bela pareceu desamparada. Chenar sentiu um forte desejo de lhe segurar a mão, mas ainda era cedo demais; a pressa poderia conduzi-lo ao fracasso. Precisava primeiro tranqüilizar a jovem para depois conquistá-la com doçura e persuasão.

– O pequeno Kha terá a melhor educação – prometeu – e você não precisará mais se preocupar com isso. Depois da descida de Sethi ao túmulo, regressaremos juntos para Mênfis.

– Ramsés... Ramsés já terá partido?

– Sem dúvida.

– Não ficará para assistir aos funerais?

– Lamento, mas ele prefere assim. Menelau não admite adiar mais a sua partida. Esqueça Ramsés, Iset, e prepare-se para ser a rainha do Egito.

5

Iset passou a noite em claro.

Chenar havia mentido. Ramsés não deixaria o Egito para se deliciar com uma viagem ao estrangeiro; era óbvio que, se estivesse ausente do funeral do pai, seria contra a sua vontade.

É verdade que Ramsés estava sendo cruel com ela, mas nunca iria traí-lo jogando-se nos braços de Chenar. Iset não tinha qualquer desejo de ser rainha e detestava aquele gordo ambicioso de rosto de lua cheia e de palavras melosas, tão seguro de sua vitória!

Estava ciente de seu dever: prevenir Ramsés da conspiração que tramavam contra ele e das verdadeiras intenções de seu irmão mais velho.

Redigiu uma longa carta num papiro, relatando com detalhes as idéias de Chenar, e mandou chamar o chefe dos mensageiros reais, encarregando-o pessoalmente de enviá-la para Mênfis.

– Esta mensagem é importante e urgente.

– Vou tratar dela pessoalmente – garantiu o funcionário.

A ATIVIDADE DO PORTO fluvial de Tebas estava muito reduzida, tal como acontecia em Mênfis, por causa do período de luto. No embarcadouro reservado aos barcos rápidos de partida para o norte, os soldados cochilavam. O chefe dos mensageiros reais chamou um marinheiro.

– Levante a âncora porque vamos partir.

– Impossível.

– Por quê?

– Por ordem do grande sacerdote de Karnak.

– Não fui informado de nada.

– É que a ordem acabou de ser dada.

– Mesmo assim, levante a âncora. Tenho uma mensagem urgente para o palácio real de Mênfis.

No mesmo instante, surgiu um homem na ponte do barco que o funcionário de Iset desejava utilizar.

– Ordens são ordens – declarou – e você tem de respeitá-las.

– Quem é você para me falar nesse tom?

– Chenar, o filho mais velho do faraó.

O chefe dos mensageiros reais inclinou-se.

– Perdoe a minha insolência.

– Consinto em esquecê-la se você me entregar a mensagem que lhe foi confiada por Iset a Bela.

– Mas...

– Não é para ser entregue no palácio real de Mênfis?

– Ao seu irmão Ramsés.

– Vou partir daqui a pouco para me encontrar com ele; você duvida de que eu não seja um mensageiro de confiança?

O funcionário, sem alternativa, entregou a missiva a Chenar.

Assim que o barco ganhou velocidade e se afastou, Chenar rasgou em pedaços a carta de Iset a Bela.

A NOITE DE VERÃO estava quente e perfumada. Como era possível acreditar que Sethi havia deixado o seu povo e que a alma do Egito chorava a morte de um rei digno dos monarcas do Antigo Império? Habitualmente, as noites eram alegres e animadas; nas praças das aldeias e nas ruelas das cidades, as pessoas dançavam, cantavam e contavam histórias, principalmente fábulas de animais que tomavam o lugar dos humanos e se comportavam com muito mais sabedoria. Mas naquele período de luto e de mumificação do corpo real, os risos e as brincadeiras haviam cessado.

Vigilante, o cão amarelo-dourado de Ramsés, dormia encostado no flanco de Matador, o enorme leão encarregado de guardar o jardim privativo do regente. O cão e o leão haviam se acomodado sobre a relva fresca, após os jardineiros terem regado as áreas de cultivo.

Um deles era um grego – soldado de Menelau – que se juntara à equipe. Antes de ir embora, havia deixado num canteiro de lírios pequenas bolas de carne envenenadas – a avidez dos dois animais não resistiria a tanto. Mesmo que a fera demorasse algumas horas para morrer, nenhum médico de animais a salvaria.

Vigilante foi o primeiro a detectar um odor fora do habitual.

Abriu a boca, espreguiçou-se, farejou o ar da noite e avançou, trotando até os lírios. O focinho guiou-o para as bolinhas, que farejou demoradamente; depois voltou para junto do leão. Vigilante não era egoísta, não queria saborear sozinho tão deliciosa iguaria.

Os três soldados empoleirados sobre o muro do jardim viram com satisfação o leão sair do seu torpor e seguir o cão. Mais um pouco de paciência, e o caminho estaria livre; poderiam avançar até o quarto de Ramsés sem nenhum obstáculo, surpreendê-lo ainda dormindo e levá-lo para o barco de Menelau.

Lado a lado, o leão e o cão estavam imobilizados, com as cabeças mergulhadas no canteiro de lírios.

Espreguiçando-se, deitaram-se sobre as flores.

Cerca de dez minutos depois, um dos gregos saltou para o chão; considerando a quantidade e a força do veneno, a grande fera já estaria paralisada.

O que saltou primeiro fez sinal aos seus companheiros, que vieram se juntar a ele na aléia que conduzia ao quarto de Ramsés. Preparavam-se para entrar no palácio quando uma espécie de rugido os fez voltarem-se.

Matador e Vigilante estavam atrás deles, ambos com o olhar fixo. Entre os lírios esmagados, as bolinhas de carne continuavam intactas tal qual o focinho do cão as deixara; o leão havia verificado a correta intuição do amigo, pisoteando o alimento envenenado.

Os três gregos, armados com facas, encostaram-se uns nos outros.

Com as garras em riste e a goela aberta, Matador lançou-se sobre os intrusos.

O OFICIAL GREGO que conseguira alistar-se na guarda pessoal de Ramsés avançou lentamente pelo palácio adormecido em direção aos aposentos do regente. Recebera ordens de inspecionar os corredores e assinalar qualquer presença incômoda; assim, os soldados, que o conheciam bem, tinham-no deixado passar em total confiança.

O grego dirigiu-se para o limiar de granito no qual dormia Serramanna. Este vivia apregoando que, para atingirem Ramsés, teriam de cortar primeiro o seu pescoço. Uma vez eliminado o sardo, o regente ficaria privado do seu principal protetor, e então o restante da sua guarda juntar-se-ia à de Chenar, o novo senhor do Egito.

O grego imobilizou-se e apurou o ouvido.

Não havia qualquer outro ruído a não ser o da respiração regular de alguém adormecido.

Apesar da sua resistência física, Serramanna tinha necessidade de algumas horas de sono, pensou o grego. Ou talvez funcionasse como um gato e despertasse à aproximação do perigo; então, ele o atacaria de surpresa, não concedendo à sua vítima qualquer possibilidade de reação.

Com muito cuidado, o mercenário pôs-se de novo a escutar. Não havia mais dúvida: Serramanna estava à sua mercê.

O grego tirou o punhal da bainha e conteve a respiração. Num impulso furioso, atirou-se sobre o homem adormecido e apunhalou-o no pescoço. A vítima não emitiu nenhum gemido.

Uma voz grave fez-se ouvir atrás do agressor.

– Belo trabalho para um covarde.

O grego voltou-se.

– Você acabou de matar um corpo de palha e pano – informou-o Serramanna. – Como já esperava um ataque desse tipo, simulei a respiração de um homem adormecido.

O homem de Menelau apertou o cabo do punhal.

– É melhor largar isso.

– Não adianta, vou ter de cortar o seu pescoço.

– Tente.

O sardo era muito mais alto que o grego.

De repente o punhal do soldado de Menelau cortou o ar; apesar do seu tamanho e peso, o sardo desviou-se com surpreendente agilidade.

– Você sequer sabe combater – constatou Serramanna.

Humilhado, o soldado grego tentou um truque: deu um passo para o lado, depois jogou o corpo para a frente, a lâmina apontada para o estômago do sardo.

Serramanna, com o lado da mão direita, quebrou-lhe o pulso e, com o punho esquerdo, esmurrou-lhe a têmpora. Com a língua pendurada no canto da boca e os olhos vítreos, o grego já estava morto antes de chegar ao chão.

– Um covarde a menos – resmungou Serramanna.

ACORDADO PELO BARULHO, Ramsés constatou o fracasso dos dois atentados planejados contra ele. No jardim, três gregos haviam sucumbido às garras do leão; no corredor, outro grego, membro da guarda pessoal do regente, também havia encontrado a morte.

– Queriam matá-lo, meu príncipe – afirmou Serramanna.

– O homem falou algo?

– Não tive tempo de interrogá-lo, mas não lamente esse imbecil, pois não possuía qualquer habilidade de guerreiro.

– Esses gregos não eram íntimos de Menelau?

– Odeio esse tirano. Conceda-me o direito de desafiá-lo para um combate singular, pois só assim o mandarei para o inferno que ele tanto receia, povoado de fantasmas e de heróis desesperados.

– Por ora, contente-se em reforçar a guarda.

– Defender-se é má estratégia, meu príncipe; só o ataque conduz à vitória.

– Primeiro é preciso identificar o inimigo.

– Menelau e os seus gregos! Raça de mentirosos e falsos. Expulse-os daqui o mais depressa possível, senão eles voltarão a atacar.

Ramsés colocou a mão no ombro direito de Serramanna.

– Sabendo que você é meu fiel guardião, o que mais posso temer?

Ramsés passou o restante da noite no jardim, junto do leão e do cão; Matador adormecera, Vigilante cochilava. O filho mais novo de Sethi sonhara com um mundo pacífico, mas a loucura humana sequer respeitava o período de mumificação do faraó.

Moisés tinha razão: não era manifestando clemência em relação aos inimigos que se podia deter a violência. Pelo contrário, fortalecia-se neles a idéia de que estavam lidando com um jovem fraco e fácil de derrotar.

De madrugada, Ramsés saiu do negrume de sua dor. Mesmo sendo Sethi insubstituível, ele tinha de encarar a realidade, pois havia muito trabalho a fazer.

6

No Egito de Sethi, os templos eram responsáveis pela redistribuição dos alimentos e produtos que lhes eram confiados. Desde o advento da civilização faraônica, a lei de Maât, a frágil deusa da Justiça e da Verdade, exigia que na bendita terra dos deuses nada faltasse a nenhum de seus filhos. Como seria possível celebrar uma festa se houvesse um único estômago sofrendo com a penúria da fome?

Na cúpula do Estado, o faraó era ao mesmo tempo o timoneiro que indicava a direção certa da nação e o comandante que garantia a coesão e a disciplina de seus súditos. Competia-lhe fomentar a indispensável solidariedade entre os seus, pois sem ela a sociedade seria destruída e morreria em decorrência de seus próprios conflitos internos.

Embora a comercialização dos alimentos dependesse, no essencial, de um corpo de funcionários cuja competência era um dos pontos-chave da prosperidade egípcia, alguns mercadores autônomos, trabalhando de comum acordo com os templos, viajavam por todo o país praticando o comércio livremente.

Esse era o caso de Raia, sírio estabelecido no Egito há cerca de dez anos. Além de proprietário de um barco de transporte e de um lote de burros, não parava de viajar, do norte para o sul e do sul para o norte, para comerciar vinho e vasos importados da Ásia. De estatura mediana, queixo ornado com uma pequena barba pontuda, envergando uma túnica de listras coloridas, era um homem delicado, discreto e honesto, que gozava da estima de numerosos clientes, apreciadores de sua exigência de qualidade e preços moderados. Todos os anos a sua autorização de trabalho era renovada, pela forma óbvia como o sírio se integrara ao seu país de adoção. Assim como tantos outros estrangeiros, misturara-se inteiramente com a população e já não se distinguia dos nativos do lugar.

O que ninguém sabia, ou mesmo desconfiava, era que o mercador Raia trabalhava como espião para o Império Hitita.

Os hititas o encarregaram de recolher o máximo de informações e de transmiti-las na primeira oportunidade. Assim, os guerreiros de Anatólia poderiam escolher o melhor momento para atacar os súditos do faraó e se apoderar das suas terras antes de invadir o próprio Egito. Como Raia havia estabelecido uma sólida amizade com os militares, os guardas da fronteira e a guarda de segurança, recebia obviamente inúmeras confidências cujo resumo fazia chegar a Hattusa, a capital do Império Hitita, sob a forma de mensagens em código introduzidas em vasos de alabastro destinados aos chefes de clã do Sul da Síria, oficialmente aliada do Egito. Por várias vezes a alfândega revistara os carregamentos e lera os textos redigidos por Raia, inocentes missivas comerciais e simples faturas de pagamento. O importador sírio, que pertencia à rede do espião, entregava os vasos aos seus destinatários, enquanto as mensagens eram passadas às mãos de um dos seus colegas do Norte da Síria, esta sob a proteção hitita, que as encaminhava até Hattusa, a capital.

Dessa forma, a maior potência militar da Ásia próxima – o Império Hitita – acompanhava mês a mês o evoluir da política egípcia, a partir de informações em primeira mão.

A morte de Sethi e o período de luto pareciam proporcionar uma excelente ocasião para atacar o Egito, mas Raia insistira muito em dissuadir os generais hititas de se lançarem numa aventura insensata. Contrariamente àquilo que supunham, o exército egípcio não estava desmobilizado, pelo contrário: receando uma onda invasora antes da coroação do novo monarca, redobrava de precauções as suas fronteiras.

Felizmente, graças aos falatórios de Dolente, a irmã de Ramsés, Raia ficara sabendo que Chenar, o irmão mais velho do futuro rei, não aceitaria ser relegado a segundo plano. Em outras palavras: conspirava para se apoderar do poder antes da coroação.

O espião estudara durante muito tempo a personalidade de Chenar: ativo, hábil, ambicioso, implacável quando o seu interesse pessoal estava em jogo, e manhoso; enfim, muito diferente de Sethi e de Ramsés. Vê-lo subir ao trono tornava-se uma perspectiva bastante satisfatória, pois estaria prestes a cair na armadilha preparada pelos hititas, ou seja, a sua apregoada vontade de estabelecer melhores relações diplomáticas e comerciais com o Egito, esquecendo os antigos confrontos. Não tivera Sethi a fraqueza de desistir de apoderar-se da famosa fortaleza de Kadesh, peça vital do sistema hitita? O soberano absoluto dos guerreiros da Anatólia dera a entender que não tinha qualquer visão expansionista, esperando que o futuro faraó acreditasse no seu discurso apaziguador e abrandasse o seu esforço militar.

Raia não tivera dificuldade em identificar os cúmplices de Chenar e descobrir o seu plano de ação. Com seu instinto muito apurado, orientara-se para a colônia grega instalada em Mênfis. Ele não acolhera Menelau, o comandante grego que se apresentara como um mercenário cruel e cujas melhores recordações eram os massacres perpetrados no cerco de Tróia? Segundo os que lhe estavam mais próximos, o soberano grego já não suportava ficar mais tempo no Egito; sonhava regressar à Lacedemônia em companhia de Helena, para poder celebrar as suas vitórias. Raia tinha certeza de que Chenar havia pago bastante a alguns mercenários gregos para se desembaraçar de Ramsés e assumir a sucessão de Sethi.

Raia tinha mais certeza ainda de que Ramsés seria um faraó perigoso para os hititas; de caráter belicoso, possuía a mesma determinação do pai e podia deixar-se arrastar pela impulsividade da juventude. Seria de muito mais valia favorecer os desígnios do ponderado e maleável Chenar.

Mas as notícias não eram boas: segundo um servidor do palácio, quatro mercenários gregos haviam sido mortos ao tentar eliminar Ramsés. A conspiração havia falhado.

As próximas horas seriam de decisão; ou Chenar se libertaria de responsabilidades e surgiria como um homem de futuro, ou então não seria capaz de fazê-lo e teria de ser eliminado.

MENELAU PISOU COM VIOLÊNCIA o escudo que lhe permitira aparar tantos golpes nos campos de batalha e quebrou uma das lanças que havia atravessado o peito de centenas de troianos. Agarrou um vaso e o atirou de encontro à parede da antecâmara de sua *villa*.

Depois de acalmar um pouco seu furor, voltou-se para Chenar.

– Um fracasso... Um fracasso como? Fique sabendo que os meus homens nunca falham! Ganhamos a guerra de Tróia e sempre fomos vencedores!

– Lamento contradizê-lo, mas o leão de Ramsés matou três de seus soldados, e Serramanna, o quarto.

– Foram traídos!

– Não, apenas incapazes de cumprir a missão que você lhes confiou. Agora Ramsés desconfia de você e, sem dúvida, ordenará a sua expulsão.

– E terei de partir sem Helena...

– Infelizmente você falhou, Menelau.

– O seu plano foi estúpido!

– No entanto, você concordou com ele.
– Saia daqui!
– Prepare a sua partida, Menelau.
– Sei o que tenho a fazer.

PORTA-SANDÁLIAS* E SECRETÁRIO particular de Ramsés, Ameni era, sobretudo, o seu amigo de infância; jurara fidelidade ao regente e ligara o seu destino ao dele, para qualquer situação. Pequeno, franzino, magro, com o cabelo ralo apesar da pouca idade, incapaz de carregar grandes pesos, era, no entanto, um trabalhador infatigável e um escriba fora do comum, vivendo permanentemente debruçado sobre documentos administrativos, dos quais extraía o essencial para permitir a Ramsés estar corretamente informado. Ameni não tinha qualquer ambição em relação a si próprio, mas não tolerava a mínima falha no serviço dos vinte funcionários de elite de que estava encarregado; para ele, rigor e disciplina eram valores sagrados.

Embora não apreciasse um brutamontes como Serramanna, Ameni reconheceu que ele se mostrara eficaz protegendo Ramsés do agressor grego. A reação do amigo surpreendera-o; muito calmo, o futuro faraó pedira a Ameni que lhe descrevesse em pormenores os grandes golpes de Estado, a forma como tinham funcionado e as relações entre eles.

Quando Serramanna preveniu Ameni da presença de Chenar, o secretário particular do regente ficou irritado;

*Porta-sandálias: Função administrativa de extrema importância no Egito Antigo. Atualmente, equivale ao papel desempenhado pelo secretário particular de um ministro, por exemplo. (*N. do E.*)

aquela visita vinha incomodá-lo no momento em que estudava a reforma das leis arcaicas sobre a utilização das tinas coletivas.

– Não o receba – aconselhou Ameni a Ramsés.

– Chenar é meu irmão.

– É um encrenqueiro que apenas tem em mente o seu benefício pessoal.

– Parece-me indispensável ouvi-lo.

Ramsés recebeu o irmão no jardim onde o leão parecia dormir à sombra de um sicômoro e Vigilante roía um osso.

– Você está mais bem guardado do que o nosso pai Sethi costumava estar! – espantou-se Chenar. – É quase impossível alguém se aproximar de você.

– Então ignora que os gregos tentaram entrar no palácio com intenção de me matar?

– Não, não ignoro, mas venho lhe revelar o nome do autor da conspiração.

– E como soube, meu irmão bem-amado?

– Menelau tentou subornar-me.

– O que lhe propôs?

– Que eu ocupasse o trono.

– E você recusou...

– Adoro o poder, Ramsés, mas conheço os meus limites e não tenho intenção de ultrapassá-los. Você é o futuro faraó e mais ninguém; a vontade do nosso pai deve ser respeitada.

– Por que Menelau correu semelhante risco?

– Para ele, o Egito é uma prisão; o seu desejo de regressar à Lacedemônia com Helena o levou a perder a cabeça. Está convencido de que você detém a esposa dele seqüestrada. O meu papel seria o de exilar você, deixando-o nos oásis, libertar Helena e dar-lhe autorização para partir.

– Helena age em total liberdade.

– Aos olhos de um grego, isso é inconcebível; ela tem de estar, forçosamente, sob a influência de um homem.

– Ele é assim tão estúpido?

– Menelau é teimoso e perigoso. Age e reage como um herói grego.

– O que você me aconselha?

– Levando em conta a falta imperdoável que cometeu, expulse-o imediatamente!

7

O poeta Homero vivia numa enorme mansão não muito distante do palácio do regente. Sua criadagem compunha-se de um cozinheiro, uma criada e um jardineiro, e tinha uma *cave* repleta de jarros de um tipo de vinho do Delta ao qual adicionava, para o seu deleite, anis e coentros. Homero jamais saía do seu jardim, cuja árvore mais preciosa era um limoeiro, indispensável à sua inspiração.

Com o corpo untado com azeite, Homero fumava, satisfeito, folhas de sálvia num cachimbo com fornilho feito de uma grande concha de caracol. Com um gato preto rajado de branco nos joelhos, batizado de Heitor, às vezes ditava os versos da sua *Ilíada* para Ameni e outros para o escriba que o secretário particular de Ramsés sempre lhe enviava.

A visita do regente alegrou o poeta; seu cozinheiro trouxe então um vaso cretense de gargalo muito estreito, que deixava passar apenas um fio de vinho fresco e aromatizado. Se não houvesse o caramanchão de quatro colunas de acácia coberto com um teto de folhas de palmeira, o calor seria insuportável.

– Este maravilhoso verão cura as minhas dores – afirmou Homero, cujo rosto burilado e enrugado ostentava uma longa barba branca. – Vocês também têm tempestades como na Grécia?

– O deus Seth desencadeia às vezes alguns temporais verdadeiramente terríveis – respondeu Ramsés. – O céu cobre-se de nuvens negras, os relâmpagos cortam os céus, os raios caem, os trovões ressoam, um dilúvio enche os *ouadi* secos, e as torrentes deslizam, arrastando enormes quantidades de cascalho. O medo enche os corações, e alguns chegam a acreditar na destruição do país.

– Sethi não tinha o nome de Seth?

– Para mim isso foi um grande mistério durante muito tempo. Como um faraó ousava escolher como deus protetor o assassino de Osíris? Compreendi então que ele tinha conseguido dominar a força de Seth, o poder incomensurável do céu, e que usava esse poder para alimentar a harmonia, e não a discórdia.

– Estranho país é este Egito! Você não acabou de enfrentar uma espécie de tempestade?

– Quer dizer que o eco dos dramas chega até este jardim?

– A minha vista pode ser fraca, mas o meu ouvido é excelente!

– Sabe então que os seus compatriotas tentaram me matar.

– Anteontem escrevi estes versos: "Receio que vocês tenham sido pegos pelas malhas de uma rede que nada deixa escapar e não se tornem todos a presa e o saque dos guerreiros inimigos. Destruirão as suas cidades. Pensem nisso noite e dia. Lutem sem tréguas, se quiserem escapar às censuras."

– Será você algum adivinho?

– Não duvido da sua cortesia, mas, com certeza, o futuro faraó vem procurar alguns conselhos junto a um velho grego inofensivo.

Ramsés sorriu. Homero era rude e direto, mas essa sua atitude agradava ao regente.

– Na sua opinião, os agressores agiram por iniciativa própria ou por ordem de Menelau?

– Vejo que não conhece bem os gregos! Fomentar conspirações é o seu divertimento favorito. Menelau quer Helena, e você a está escondendo. Então, a única solução: violência.

– Mas fracassou.

– Menelau é burro e teimoso; não irá renunciar e vai declarar-lhe guerra mesmo dentro do seu país, sem pensar nas conseqüências.

– O que me aconselha?

– Mande-o de volta para a Grécia com Helena.

– Mas ela se recusa a partir!

– Embora não seja sua culpa, essa mulher só traz infelicidade e morte. Pretender modificar o curso do seu destino é pura utopia.

– Ela é livre para escolher o país onde deseja viver.

– Eu já o preveni. Ah, não se esqueça de me mandar entregar papiros novos e azeite de primeira qualidade.

Alguns considerariam pouco respeitoso o comportamento do poeta de barba branca; Ramsés apreciava a sua maneira franca de falar, que lhe podia ser mais útil do que as palavras adocicadas dos cortesãos.

LOGO QUE RAMSÉS passou pelo portal da aléia do palácio que lhe estava destinada, Ameni precipitou-se até o regente. Aquela agitação não era nada própria dele.

– O que está acontecendo?

– Menelau... É Menelau!

– O que ele fez?

– Tomou como reféns trabalhadores do porto, mulheres e crianças, e ameaça executá-los se você não lhe entregar Helena hoje mesmo.

– Onde está ele?

– No barco, com os reféns; todas as embarcações da sua frota estão prontas para zarpar. Não resta sequer um de seus mercenários na cidade.

– E o responsável pela segurança do porto?

– Não seja severo demais... Menelau e os seus homens apanharam de surpresa os nossos soldados encarregados da vigilância do cais.

– Minha mãe já foi avisada?

– Está à sua espera, em companhia de Nefertari e de Helena.

A VIÚVA DE SETHI, a esposa de Ramsés e a de Menelau estavam com uma expressão inquieta. Touya encontrava-se sentada num banco baixo de madeira dourada, Nefertari num outro, dobrável, e Helena permanecia de pé, encostada a uma coluna verde-clara em forma de lótus.

A sala de audiências da grande esposa real estava fresca e aconchegante; perfumes sutis deliciavam o ambiente. No trono do faraó, um ramo de flores revelava a ausência temporária de um novo monarca.

Ramsés inclinou-se perante a mãe, beijou ternamente a esposa e cumprimentou Helena.

– Você foi informado? – perguntou Touya.

– Ameni não me escondeu a gravidade da situação. Quantos são os reféns?

– Cerca de cinqüenta.

– Mesmo que fosse apenas um, a sua existência deveria ser preservada.

Ramsés dirigiu-se a Helena.

– Se os atacarmos, Menelau executará os reféns?

– Ele próprio lhes cortará o pescoço.

– Ousaria cometer crime tão bárbaro?

– É a mim que ele quer. Se falhar, matará antes de ser morto.

– Mas exterminar inocentes assim...

– Menelau é um guerreiro; para ele existem apenas aliados e adversários.

– E os seus próprios homens... Tem consciência de que nenhum deles sobreviverá se os reféns forem executados?

– Morrerão como heróis, e a honra lhes será salva.

– Heróis, assassinando pessoas indefesas?

– Vencer ou morrer; Menelau não conhece outra lei.

– O inferno dos heróis gregos não será um abismo sombrio e desesperado?

– A nossa morte é tenebrosa, é verdade, mas o gosto pelo combate é mais forte do que o simples desejo de sobreviver.

Nefertari aproximou-se de Ramsés.

– Como pensa em agir?

– Irei só e desarmado ao barco de Menelau e tentarei convencê-lo a ser razoável.

– Não vai adiantar – afirmou Helena.

– Mesmo assim, tenho de tentar.

 – Você também ficará como refém! – interveio Nefertari.

– Você não pode se expor assim – considerou Touya. – Não estará fazendo o jogo do adversário ao cair na armadilha que ele lhe preparou?

– Ele o levará para a Grécia – profetizou Nefertari – e outro reinará no Egito. E esse outro estabelecerá um acordo com Menelau, que lhe enviará Helena em troca de um acordo comercial.

Ramsés interrogou a mãe com o olhar, que concordou com as afirmações de Nefertari.

– Se é impossível negociar com Menelau, então será necessário dominá-lo.

Helena caminhou para o regente.

– Não – disse ele. – Não aceitaremos que ela se sacrifique. Proteger um hóspede é um dever sagrado.

– Ramsés tem razão – confirmou a grande esposa real. – Cedendo à chantagem de Menelau, o Egito mergulharia na covardia e seria privado da presença de Maât.

– Sou responsável por essa situação e...

– Não insista, Helena; visto que escolheu viver aqui, somos a garantia de sua liberdade.

– Cabe a mim armar uma estratégia – considerou o filho de Sethi.

TRÊMULO E TRANSPIRANDO, Meba, o ministro das Relações Exteriores, dialogou com Menelau desde o cais do porto de Mênfis. A qualquer momento receava ser trespassado pela flecha de um arqueiro grego. Conseguiu, no entanto, fazer com que o rei da Lacedemônia aceitasse a proposta de Ramsés, que desejava oferecer um grande banquete em honra de Helena antes que ela deixasse o Egito para sempre.

Ao término de duras negociações, o soberano grego aceitou, mas afirmou que os reféns não receberiam qualquer alimento enquanto Helena não estivesse a bordo. Todos seriam libertados quando os seus barcos, que não deveriam ser seguidos por qualquer navio de guerra egípcio, estivessem longe da costa.

São e salvo, Meba afastou-se rapidamente do cais, ao som das piadas dos soldados gregos. Teve, contudo, a consolação de receber as felicitações de Ramsés.

No espaço de uma noite, o regente teria de encontrar um meio de libertar os reféns.

8

De estatura média, força hercúlea, cabelos negros, pele morena curtida de sol, o encantador de serpentes Setaou fazia amor com a sua deliciosa esposa núbia Lótus, cujo corpo esguio e bem torneado era um permanente apelo ao prazer. O casal vivia na margem do deserto, longe do centro de Mênfis, numa espaçosa casa que lhes servia também de laboratório. Diversos cômodos estavam repletos de frascos de gargalo estreito em diversos tamanhos e de objetos com formas bizarras que permitiam o trabalho com o veneno dos ofídios e o preparo das diluições indispensáveis aos médicos.

A jovem núbia era de uma maravilhosa flexibilidade e se prestava às inúmeras fantasias de Setaou, cuja imaginação parecia inesgotável. Desde que a trouxera para o Egito, após terem casado, ela não cessava de espantá-lo, em virtude de seu conhecimento dos répteis, tão profundo e sutil. A paixão comum permitia-lhes progredir constantemente e descobrir novos remédios, cuja preparação exigia longas experiências.

No momento em que Setaou acariciava os seios de Lótus como se tocasse botões de flor, a cobra doméstica ergueu-se na soleira da porta.

– Um visitante – constatou Setaou.

Lótus observou o esplêndido réptil. De acordo com a forma como se balançava, logo sabiam tratar-se de um amigo ou de um inimigo.

Setaou saiu do leito aconchegante e segurou um porrete. Embora confiasse na cobra, cuja postura era bastante tranqüilizadora, aquela invasão noturna não lhe indicava nada de bom.

Escutou um cavalo a galope estacar a alguns metros da casa, e seu cavaleiro saltou para o chão.

– Ramsés! Você, em minha casa, em plena noite?!

– Estou incomodando?

– Para dizer a verdade, um pouco. Lótus e eu...

– Lamento interrompê-los, mas preciso de sua ajuda.

Setaou e Ramsés tinham feito os seus estudos juntos, mas o primeiro recusara as carreiras da alta administração para se consagrar aos seres que, segundo ele, possuíam o segredo da vida e da morte: as serpentes. Imunizado contra o seu veneno, submetera o jovem Ramsés a uma grotesca prova, incumbindo-o de encontrar a senhora do deserto, uma cobra particularmente perigosa cuja mordedura era fatal. A amizade sobrevivera a esse confronto, e Setaou pertencia ao restrito círculo de fiéis nos quais o futuro faraó depositava total confiança.

– O reino está em perigo?

– Menelau ameaça matar os reféns se não lhe entregarmos Helena.

– Que bela história! Por que não se livra dessa grega que provocou a destruição de uma cidade inteira?

– Trair as leis da hospitalidade rebaixaria o Egito ao nível dos bárbaros.

– Então deixe que os bárbaros se entendam entre si.

– Helena é uma rainha e deseja viver entre nós; o meu dever é salvá-la das garras de Menelau.

– Eis as palavras de um faraó! É bem verdade que o seu destino o conduziu para essa tarefa desumana que apenas os loucos e inconscientes ambicionam.

– Tenho de tomar de assalto o barco de Menelau, poupando a vida dos reféns.

– Você sempre gostou de desafios impossíveis.

– Os oficiais superiores dos regimentos aquartelados em Mênfis não me apresentaram nenhuma boa idéia para tão difícil missão – as que me apresentaram só levariam a um massacre.

– Isso o surpreende?

– Você tem a solução.

– Eu?! Você quer que eu me torne um soldado e tome os barcos gregos?

– Você não; as suas serpentes, sim.

– E o que você pensou?

– Antes do amanhecer, alguns nadadores deslizarão pela água sem ruído até os barcos, escalarão as amuradas com um saco cheio de serpentes e as soltarão na ponte do convés, atirando-as em cima dos gregos que guardam os reféns. As serpentes picarão alguns soldados e, pegos de surpresa, nossos homens aproveitarão para atacá-los.

– Plano astucioso, mas bastante arriscado. Você tem certeza de que as cobras saberão distinguir um soldado grego de um refém egípcio antes de picá-lo?

– O que tenho certeza é do perigo enorme que vamos correr.

– Vamos?!

– Claro, pois você e eu faremos parte da expedição.

– Você quer que eu arrisque a minha vida por uma grega que nunca vi?

– Vamos nos arriscar pelos reféns egípcios.

– O que será da minha mulher e das minhas serpentes se eu morrer nessa estúpida aventura?

– Receberão uma pensão vitalícia, eu prometo.

– Não, é muito perigoso... Quantos répteis teríamos de sacrificar para atacar esses malditos gregos?

– Seus répteis serão pagos pelo triplo do preço e, além disso, transformarei o seu laboratório experimental num centro de pesquisa oficial.

Setaou olhou para Lótus, de incrível beleza na noite quente de verão.

– Em vez de estarmos discutindo bobagens, já devíamos estar com as serpentes nos sacos.

MENELAU CAMINHAVA de um lado para outro na ponte principal da sua embarcação. Os vigias não haviam notado qualquer movimento no cais; como o rei da Lacedemônia previra, os egípcios, covardes e cheios de humanismo, não se atreveriam a tentar nada. A tomada de reféns podia não ser gloriosa, mas era eficaz; e mesmo assim não conhecia outro método no momento para arrancar Helena da proteção de Touya e Nefertari.

Felizmente, os reféns tinham parado de chorar e gemer; com as mãos atadas pelas costas, prostrados, estavam amontoados na popa, sob a vigilância de uma dezena de soldados, rendidos de duas em duas horas.

O ajudante-de-campo de Menelau aproximou-se dele.

– Acha que nos atacarão?

– Seria uma estupidez da parte deles, porque eu seria obrigado a matar todos os reféns.

– Nesse caso, não teríamos mais qualquer proteção.

– Mas mataríamos muitos egípcios antes de partir para o mar alto... Fique certo de que eles não porão em perigo a segurança dos seus compatriotas. E tem mais: recuperarei Helena de madrugada e regressaremos para casa.

– Vou sentir saudade deste país.

– Está louco?

– Não vivemos felizes e em paz, em Mênfis?

– Nascemos para a luta, não para a preguiça.

– E se tentarem matá-lo, quando regressar? Na sua ausência, as ambições devem ter-se multiplicado.

– Ainda tenho a força da minha espada; quando virem Helena dominada, compreenderão que o meu poder ainda é o mesmo.

RAMSÉS HAVIA SELECIONADO trinta soldados de elite, todos excelentes nadadores; Setaou, por sua vez, mostrara-lhes como abrir o saco para deixar passar a serpente sem serem mordidos. Todos os rostos estavam tensos, mas o regente dirigiu-lhes um discurso inflamado para fomentar-lhes o ardor no combate. Sua convicção, aliada à força serena de Setaou, convenceu o comando da sua capacidade para vencer.

Ramsés lamentava ter ocultado à mãe e à esposa a sua participação no plano, porque as duas não o deixariam envolver-se em tal loucura. A responsabilidade do ataque seria apenas sua. Se o destino devia conduzir o filho mais novo de Sethi ao poder supremo, permitir-lhe-ia ultrapassar com êxito mais aquela prova.

Setaou falava com seus répteis dentro dos sacos fechados, proferindo estranhos encantamentos para acalmá-los. Aprendera com Lótus as seqüências de sons sem significado para os ouvidos humanos, mas bastante convincentes para o ouvido misterioso das serpentes.

Quando Setaou concluiu que suas estranhas aliadas estavam prontas, o pequeno grupo dirigiu-se para o Nilo. Os soldados entrariam na água na ponta do cais principal, sem que os vigias gregos percebessem.

Setaou tocou no pulso de Ramsés.

– Um instante... Olhe, eu poderia jurar que o barco de Menelau está soltando as amarras.

Setaou não se enganara.

– Fiquem aqui.

Ramsés largou o saco contendo uma das víboras e correu em direção ao navio grego. A luz prateada da lua iluminava a proa onde se encontravam Helena e Menelau, este último mantendo-a apertada contra seu peito.

– Menelau! – gritou Ramsés.

O rei grego, equipado com uma dupla couraça e com um cinto preso em ganchos de ouro, reconheceu a voz do regente.

– É você, Ramsés! Então veio desejar-me boa viagem... Como pode constatar, Helena ama a mim, seu marido, e a partir de agora ela me será fiel. Como foi inteligente ela voltar comigo! Na Lacedemônia, será a mais feliz das mulheres.

Menelau deu uma forte gargalhada.

– Liberte os reféns!

– Não tenha medo, Ramsés, eu os entregarei vivos.

Ramsés seguiu a frota grega num pequeno barco de duas velas a razoável distância. Quando o dia nasceu, os soldados de Menelau começaram a bater nos escudos com as lanças e as espadas, em meio a um barulho ensurdecedor.

Obedecendo às ordens do regente e da grande esposa real, a marinha de guerra egípcia não interveio, permitindo a Menelau o livre acesso ao Mediterrâneo. O rei grego, enfim, estava livre para se dirigir para o Norte.

Por instantes, Ramsés julgou estar sendo enganado e que o rei da Lacedemônia iria cortar o pescoço dos reféns; mas logo acalmou-se, pois uma barca foi lançada ao mar, e os prisioneiros desceram até ela por uma escada de corda. Os mais dispostos empunharam os remos e se afastaram o mais rápido que puderam da sua prisão flutuante.

Da popa do navio de seu marido, Helena, com os braços brancos envergando um manto de púrpura, a cabeça coberta por um véu branco e o pescoço adornado com um colar de ouro, contemplava a costa do Egito, o país onde saboreara alguns meses de felicidade, na esperança de escapar ao destino que Menelau lhe impunha.

Ao ver os reféns livres do alcance das flechas gregas, Helena deslizou a parte superior de um anel de ametista que trazia na mão direita e bebeu o líquido do minúsculo frasquinho de veneno, roubado de um laboratório de Mênfis. Havia jurado a si mesma não terminar seus dias espancada e humilhada, no gineceu de Menelau. Menelau, o pérfido, triste vencedor da guerra de Tróia, transportaria para a Lacedemônia apenas um cadáver e seria para sempre ridicularizado e desprezado.

Como era belo aquele sol de verão egípcio! Como gostaria de ter perdido a brancura da sua pele, adquirindo a tez morena das belas egípcias, livres para amar, desabrochando de corpo e alma.

Helena resvalou suavemente para o chão, com a cabeça inclinada sobre o ombro e os olhos abertos, como se contemplasse o céu azul.

9

Quando o jovem Acha regressou a Mênfis, depois de uma breve missão diplomática no Sul da Síria por ordem do ministro das Relações Exteriores, o período de luto já durava quarenta dias. No dia seguinte, Touya, Ramsés, Nefertari e as principais personalidades do Estado partiriam para Tebas, onde seriam realizadas as cerimônias para a descida ao túmulo da múmia de Sethi e a coroação do novo casal real.

Filho único de uma família rica, requintado, elegante, rosto comprido e fino, dono de um bigodinho bem tratado, olhos brilhantes de inteligência, voz envolvente, por vezes sarcástica, Acha fora condiscípulo de Ramsés e um amigo um tanto distante, mas não desprovido de senso crítico. Falando várias línguas estrangeiras, desde muito novo apaixonara-se por viagens, pelo estudo dos outros povos e pela carreira diplomática; graças a notáveis vitórias, surpreendentes para muitos funcionários experientes, a ascensão de Acha fora meteórica. Com 23 anos, já era considerado um dos melhores especialistas da Ásia. Simultaneamente homem de secretaria e de terreno, qualidades raramente conjugadas, demonstrava uma tal perspicácia na análise dos fatos que alguns o consideravam um visionário – e, é claro, a segurança do Egito dependia de uma avaliação correta das intenções do seu inimigo principal: o Império Hitita.

Ao se apresentar a Meba para o seu relatório, Acha encontrara um ministro na defensiva; contentara-se com algumas fórmulas vazias e o aconselhara a solicitar o mais rápido possível uma audiência com Ramsés, pois tinha uma série de encontros com outros altos funcionários.

Acha foi recebido por Ameni, o secretário particular do regente. Os dois homens cumprimentaram-se.

– Você não engordou nem um grama durante todo esse tempo – constatou Acha.

– E você continua a usar túnicas luxuosas e da última moda!

– É um dos meus inúmeros vícios! Como passou rápido o tempo dos nossos estudos em comum... Mas estou feliz por ver você nesse posto.

– Jurei ser fiel a Ramsés e respeito o meu juramento.

– Fez uma boa escolha, Ameni; se os deuses permitirem, em breve Ramsés será coroado.

– Os deuses permitirão. Sabe que ele escapou de um atentado perpetrado pelos esbirros do rei grego Menelau?

– Um reizinho pérfido e sem futuro.

– Pérfido, disse-o bem! Fez reféns e ameaçou executá-los se Ramsés não lhe entregasse Helena.

– Como reagiu Ramsés?

– Recusou-se a violar as leis da hospitalidade e preparou uma investida contra os gregos.

– Arriscado demais!

– Que outra coisa poderia fazer?

– Negociar, sempre negociar... Mas, com um brutamontes como Menelau, admito que a tarefa tenha sido quase sobre-humana. Ramsés levou a melhor?

– Helena abandonou o palácio e regressou para junto do marido a fim de salvar inúmeras vidas. No momento em que o barco de Menelau chegou em alto-mar, ela se matou.

– Gesto sublime, mas totalmente inútil.

– Você é sempre assim tão irônico?

– Troçar dos outros, bem como de si mesmo, não é uma boa higiene de espírito?

– Parece que você não se comoveu com a morte de Helena.

– Ter-se livrado de Menelau e de seu séqüito é uma felicidade para o Egito; se estávamos contando com os gregos, vamos ter de procurar melhores aliados.

– Homero ficou.

– Mas Homero é poeta, um velho e encantador poeta... Ele ainda es tá escrevendo as suas recordações sobre a guerra de Tróia?

– Às vezes tenho a honra de lhe servir de escriba; seus versos são muitas vezes trágicos, mas não lhes falta nobreza.

– A paixão pela escrita e pelos escritores será a sua perdição, Ameni! Que posto lhe reserva Ramsés em seu futuro governo?

– Não sei... Este que ocupo me conviria muito bem.

– Você merece um cargo melhor.

– E você, o que espera?

– No momento, ver Ramsés o mais depressa possível.

– Está trazendo informações preocupantes?

– Permite-me que as reserve para o regente?

Ameni corou.

– Desculpe. Você vai encontrá-lo entre os escudeiros. A você ele receberá.

A TRANSFORMAÇÃO DE RAMSÉS surpreendeu Acha. O futuro rei do Egito, altivo e seguro de si, conduzia seu carro com uma habilidade excepcional, treinando os cavalos em manobras tão difíceis que os velhos escudeiros contemplavam-nas boquiabertos.

O jovem de estatura impressionante transformara-se num atleta de musculatura flexível e poderosa, com a postura de um monarca cuja autoridade ninguém contestaria. Acha notou, no entanto, uma energia excessiva e uma tensão no esforço que poderiam vir a lhe provocar erros de avaliação; mas de que serviria chamar a atenção de alguém cuja energia parecia inesgotável?

Logo que viu o amigo, Ramsés dirigiu o carro em sua direção; a uma ordem sua, os cavalos pararam a menos de 2 metros do jovem diplomata, cuja túnica nova ficou cheia de pó.

– Desculpe, Acha! São corcéis jovens, ainda um pouco indisciplinados.

Ramsés saltou para o chão, chamou dois palafreneiros para que se ocupassem dos cavalos e passou o braço pelos ombros do amigo.

– Essa maldita Ásia ainda existe?

– Receio que sim, Majestade.

– Majestade? Ainda não sou o faraó!

– Um bom diplomata deve ser previdente; sendo assim, é bastante fácil adivinhar o futuro.

– Você é o único que se exprime assim.

– Isso é uma censura?

– Fale-me da Ásia, Acha.

– Aparentemente, está tudo calmo. Os nossos principados aguardam a sua coroação, e os hititas, por sua vez, não saem dos seus territórios e das suas zonas de influência.

– Você disse "aparentemente", não é?

– É o que lerá em todos os relatórios oficiais.

– Mas a sua opinião é diferente...

– A calmaria precede sempre a tempestade, mas por quanto tempo?

– Ande, vamos beber.

Ramsés certificou-se de que os seus cavalos estavam sendo bem tratados e depois sentou-se com Acha à sombra de um alpendre inclinado, de frente para o deserto. Um serviçal trouxe-lhes imediatamente cerveja fresca e toalhas perfumadas.

– Acredita no desejo de paz dos hititas?

Acha refletiu enquanto saboreava a deliciosa bebida.

– Os hititas são conquistadores e guerreiros; no seu vocabulário, a palavra "paz" é uma espécie de imagem poética sem consistência real.

– Portanto, mentem.

– Estão sempre esperando que um jovem soberano de ideais pacifistas não se preocupe muito com a defesa do seu país e vá enfraquecendo, pouco a pouco.

– Como Akhenaton.

– Um exemplo bem escolhido.

– Estão fabricando muitas armas?

– Sim, a produção está bem acelerada.

– Acha a guerra inevitável?

– O papel dos diplomatas consiste em afastar essa eventualidade.

– E como conseguiria evitá-la?

– Sou incapaz de responder a essa pergunta. As minhas aptidões não me permitem ter uma visão de conjunto e propor soluções satisfatórias para a situação atual.

– Gostaria de desempenhar outras funções?

– Não compete a mim decidir.

Ramsés fitou o deserto.

– Quando eu era criança, Acha, sempre sonhava um dia ser faraó, como o meu pai, porque acreditava que o jogo do poder era o mais maravilhoso de todos os jogos. Então Sethi abriu-me os olhos quando me impôs a prova do touro selvagem e me refugiei em outro sonho: o de permanecer sempre junto dele, sob o seu braço protetor. Mas a morte surgiu e, com ela, o fim dos sonhos. Rezei ao invisível para que afastasse de mim essa realeza que já não queria e compreendi que a resposta só viria sob a forma de um acontecimento. Menelau tentou eliminar-me; entretanto, o meu leão, o meu cão e o chefe da minha guarda pessoal salvaram-me enquanto eu me comunicava com a alma de meu pai. A partir desse instante, decidi não recusar mais o meu destino. Será feito aquilo que Sethi decidiu.

– Lembra-se de quando falávamos da verdadeira força com Setaou, Moisés e Ameni?

– Ameni encontrou a dele servindo ao seu país, Moisés na arte de construir, Setaou no conhecimento das serpentes e você na diplomacia.

– A verdadeira força... Será você o real detentor dela?

– Não, Acha, ela passará através de mim, para se entranhar no meu coração, no meu braço, e me abandonará se eu for incapaz de possuí-la.

– Oferecer a sua vida à realeza... Você não acha que já será um preço muito alto a pagar?

– Já não sou livre para agir como e quando quiser.

– Suas palavras são meio assustadoras, Ramsés.

– Você acha que ignoro o medo? Sejam quais forem

 os obstáculos, governarei e continuarei a obra do meu

pai para legar ao meu sucessor um Egito sensato, forte e belo. E você? Está disposto a me ajudar?

– Sim, Majestade.

10

Chenar estava melancólico.

Os gregos haviam fracassado de forma lamentável; Menelau, obcecado pelo desejo de manter Helena como presa, esquecera o essencial: a eliminação de Ramsés. A única consolação, não desprovida de importância, era que Chenar conseguira convencer o irmão da sua inocência. Depois de Menelau e seus soldados terem partido, ninguém acusaria Chenar de ter sido o pivô da conspiração.

Mesmo assim, Ramsés subiria ao trono do Egito e reinaria sem partilhas... E ele, Chenar, o filho mais velho de Sethi, seria obrigado a obedecer-lhe e a comportar-se como um simples servidor! Não, não aceitaria semelhante humilhação.

Por isso marcara um encontro com o seu último aliado, alguém próximo de Ramsés, um homem acima de qualquer suspeita que talvez o ajudasse a lutar internamente contra o irmão e assim minar o trono.

Ao cair da noite o bairro dos oleiros estava animado; transeuntes e clientes circulavam entre as tendas, olhando aqui e ali os vasos de diversos tamanhos e os preços também variados oferecidos pelos artífices. Na esquina de uma ruela, um aguadeiro anunciava um líquido fresco e agradável.

Era ali que Acha, usando um saiote comum e uma peruca vulgar que o tornava irreconhecível, esperava por Chenar, que também tomara o cuidado de modificar a aparência. Os dois homens compraram um odre de água em troca de cachos de uvas, como simples camponeses, e sentaram-se lado a lado, encostados à parede.

– Esteve com Ramsés?

– Não dependo do ministro das Relações Exteriores, mas diretamente do futuro faraó.

– O que quer dizer com isso?

– Recebi uma promoção.

– Qual?

– Ainda não sei. Ramsés está pensando na composição do seu próximo governo; como é fiel às amizades, Moisés, Ameni e eu deveremos ocupar postos da maior importância.

– Quem mais?

– No círculo dos seus íntimos só vejo Setaou, mas esse está tão ligado ao estudo das suas queridas serpentes que recusa qualquer responsabilidade.

– Ramsés lhe pareceu decidido a reinar?

– Embora esteja consciente do peso da carga e da sua falta de experiência, ele não recuará. Não espere qualquer desistência da parte dele.

– Ele falou a você do grande sacerdote de Amon?

– Não.

– Ótimo! Está subestimando a sua influência e capacidade de ser prejudicial.

– Mas não se trata de um homem tímido, que receia a autoridade real?

– Receava Sethi... Mas Ramsés não passa de um rapaz muito pouco afeito às lutas de influência. Quanto a Ameni, deste não há nada a esperar: esse maldito escribazinho é dedicado a Ramsés como um cão ao seu dono. Por outro lado, não descarto a idéia de atrair Moisés para as minhas redes.

– Já tentou alguma vez?

– Apenas uma primeira tentativa, mas não tive sucesso. Esse hebreu é um jovem atormentado, em busca da sua verdade: que não é obrigatoriamente a de Ramsés. Se conseguirmos oferecer-lhe aquilo que deseja, mudará de lado.

– Talvez tenha razão.

– Você tem alguma influência sobre Moisés?

– Acho que não, mas talvez o futuro me proporcione meios de convencê-lo.

– E sobre Ameni?

– Parece incorruptível – considerou Acha –, mas nunca se sabe! Com a idade, tornar-se-á escravo de necessidades inesperadas, e poderemos explorar as suas fraquezas.

– Não tenho intenção alguma de esperar que Ramsés tenha tempo de tecer uma rede indestrutível.

– Eu também não, Chenar, mas precisamos ter um pouco de paciência. O fracasso de Menelau e seus homens deveria ter-lhe demonstrado que uma boa estratégia é bem melhor do que a precipitação.

– Quanto tempo esperaremos?

– Deixemos Ramsés instalar-se na embriaguez do poder; assim, o fogo que o anima será alimentado com as cerimônias da corte, fazendo-o, sem dúvida, perder a noção da realidade. Além disso, eu serei um dos que o informarão da evolução da situação na Ásia e, com certeza, será a mim que dará ouvidos.

– Qual é o seu plano, Acha?

– Você deseja reinar, não é verdade?

– Sou digno e capaz de ser o faraó.

– É conveniente, portanto, derrubar ou eliminar Ramsés.

– A necessidade faz a lei.

– Abrem-se dois caminhos para nós: a conspiração interna ou o conflito externo. Quanto ao primeiro, devemos garantir um certo número de cumplicidades entre as personalidades influentes do país; nesse campo, o seu papel será preponderante. Quanto ao segundo, baseia-se nas verdadeiras intenções dos hititas e na preparação de um conflito que provoque a derrota de Ramsés, mas não a ruína do Egito; se o país fosse devastado, seria um hitita que se apoderaria das Duas Terras.

Chenar não escondeu a irritação.

– Não é muito arriscado?

– Ramsés é um adversário de respeito; você não conseguirá tomar o poder facilmente.

– Se os hititas saírem vencedores, invadirão o Egito.

– Não será de todo inevitável.

– Que milagre tem para propor?

– Não se trata de um milagre, mas de uma armadilha, para a qual atrairemos Ramsés sem que o nosso país seja diretamente implicado. Das duas uma: ou morrerá, ou será considerado responsável pela derrota; tanto num caso como no outro, não poderá mais continuar reinando. Nessa altura, você surgirá como salvador.

– Isso não será um sonho?

– Não tenho fama de me alimentar de ilusões. Quando souber o lugar exato que Ramsés me reserva, começarei a agir. A menos que você pense em desistir.

– Nunca! Morto ou vivo, Ramsés deverá apagar-se perante mim.

 – Se vencermos, espero que não me seja ingrato.

– Quanto a esse aspecto, pode ficar descansado; você terá cem vezes merecido ser o meu braço direito.

– Permita-me duvidar.

Chenar sobressaltou-se.

– Não confia em mim?

– Não.

– Mas então...

– Não adianta fingir surpresa; se eu fosse ingênuo, há muito você me teria eliminado. Como se pode acreditar nas promessas de um homem de poder? O seu comportamento é ditado apenas pelo interesse pessoal e nada mais.

– Sofreu alguma desilusão, Acha?

– De forma alguma, apenas estou sendo realista. Quando se tornar o faraó, você escolherá os seus ministros em função unicamente dos critérios do momento; talvez afaste aqueles que, como eu, lhe ajudaram a subir ao trono.

Chenar sorriu.

– Você tem uma inteligência excepcional, Acha.

– Viajar permitiu-me observar sociedades e homens muito diferentes, mas todos subjugados à lei do mais forte.

– Não era assim no Egito de Sethi.

– Sethi morreu, e Ramsés é um guerreiro cuja violência ainda não teve a chance de se manifestar. É essa a nossa sorte.

– Em troca da sua colaboração, você deseja, portanto, benefícios imediatos.

– A sua inteligência também não é de se desprezar, Chenar.

– Gostaria que fosse mais objetivo.

– A minha família é rica, é verdade, mas não suficientemente, correto? Para um grande viajante como eu, possuir diversas *villas* me dá um prazer enorme. Gostaria de poder repousar no Norte ou no Sul, quando desejasse. Três moradas no Delta, duas em Mênfis, duas no Egito Médio, duas na região de Tebas e uma em Assuã parecem-me indispensáveis para eu poder apreciar a vida quando estiver no Egito.

– Está me exigindo uma pequena fortuna, meu amigo.

– Será uma bagatela, Chenar, uma pequena bagatela em troca do serviço que vou lhe prestar.

– Também deseja minerais e pedras preciosas?

– Sem dúvida.

– Não o julgava tão ambicioso, Acha.

– Gosto do luxo, do grande luxo; um colecionador de vasos raros, como você, não é capaz de compreender um pecadinho desses?

– Sim, mas tantas casas...

– Casas ricamente decoradas e servindo de escrínio a móveis magníficos! Serão o meu paraíso na terra, locais de prazer onde serei o único e respeitado dono e senhor, enquanto você irá subindo um a um os degraus do estrado que conduz ao trono do Egito.

– Bem, quando terei de começar a entregar o que lhe é devido?

– Imediatamente.

– Você ainda nem foi nomeado.

– Aconteça o que acontecer, o meu posto nunca deixará de ser importante. Encoraje-me a lhe servir bem.

– Por onde começaremos?

– Por uma *villa* a nordeste do Delta, próxima da fronteira. Leve em conta um vasto domínio, um lago para me banhar, uma vinha e serviçais zelosos. Mesmo que fique lá só alguns dias por ano, desejo ser tratado como um príncipe.

– É essa a sua única ambição?

– Ah, tinha esquecido as mulheres. Em missão, muitas vezes sou forçado a jejuar; em casa, desejo tê-las em grande número, belas e pouco bárbaras. Pouco me importa a sua origem.

– Aceito as suas exigências.

– Não vou decepcioná-lo, Chenar. Mas há uma condição essencial: que os nossos encontros permaneçam rigorosamente secretos e que não comente nada com ninguém. Se Ramsés for informado dos nossos contatos, a minha carreira estará acabada.

– O seu interesse coincide com o meu.

– Não há melhor garantia de amizade do que essa, Chenar. Até breve.

Vendo Acha afastar-se, o irmão mais velho de Ramsés considerou que a sorte não o havia abandonado. Aquele jovem diplomata era um personagem de valor; quando fosse obrigado a livrar-se dele, jurou que o lamentaria.

11

O barco de Touya, a grande esposa real, encabeçou a flotilha que partira de Mênfis em direção a Tebas e ao Vale dos Reis, onde repousaria a múmia de Sethi. Nefertari não abandonava Touya, cujo sofrimento contido compreendia com admirável serenidade. No simples contato com a viúva do grande faraó, Nefertari aprendeu como devia ser o comportamento de uma rainha perante uma cruel provação. A presença discreta da jovem foi de um inestimável conforto para Touya; nem uma nem outra sentiram necessidade de se abrir em confidências, mas a sua comunhão íntima foi intensa e profunda.

Ramsés trabalhou durante toda a viagem.

Ameni, embora sofresse com o forte calor do verão, preparara uma quantidade impressionante de documentos relativos à política externa, à segurança do território, à saúde pública, aos grandes empreendimentos, à gestão dos produtos alimentares, à manutenção dos diques e canais e a muitos outros assuntos de maior ou menor complexidade.

Ramsés tomou, assim, consciência da grandiosidade de sua tarefa. É verdade que um grande número de funcionários a dividiria com ele, mas tinha de conhecer a hierarquia administrativa nos mínimos pormenores e, o mais importante, não perder o controle, sob pena de ver o Egito oscilar e afundar como um barco sem leme. O tempo jogava contra o futuro rei; logo que fosse coroado, exigir-lhe-iam que tomasse decisões e se comportasse como o senhor das Duas Terras. Se cometesse erros importantes, quais seriam as conseqüências?

Sua angústia dissipou-se quando pensou na mãe, preciosa aliada que lhe evitaria muitos passos em falso e o instruiria sobre as falsetas utilizadas pelos notáveis para manterem seus privilégios. Quantos deles já não os haviam solicitado, na esperança de que não modificasse nenhuma situação já estabelecida?

Depois de longas horas de trabalho em companhia de Ameni, cuja precisão e rigor eram insubstituíveis, Ramsés gostava de ficar na proa do barco contemplando o Nilo, que transportava a prosperidade em suas águas, e saboreando o vento revigorante no qual se ocultava o sopro do deus Seth. Nesses momentos privilegiados, Ramsés tinha a sensação de que todo o Egito lhe pertencia, da ponta do Delta aos desertos da Núbia. Saberia amá-lo como realmente desejava?

Ramsés convidara para a sua mesa Moisés, Setaou, Acha e Ameni, hóspedes de honra do seu barco. Assim era constituída a confraria que passara vários anos de estudos dentro do *Kap*, a escola superior de Mênfis, em busca do conhecimento e da verdadeira força. A felicidade de se reencontrarem e de partilharem uma refeição não dissipava o seu desgosto: todos sentiam que a morte de Sethi representava um cataclismo do qual o Egito não sairia ileso.

– Desta vez – disse Moisés ao jovem regente – você vai realizar o seu sonho.

– Já não é um sonho, mas sim um peso enorme do qual tenho medo.

– Você não conhece o medo – objetou Acha.

– No seu lugar – resmungou Setaou – eu renunciaria; a vida de um faraó nada tem de invejável.

– Hesitei muito, mas o que você pensaria de um filho que traísse o pai?

– Que a razão triunfara sobre a loucura. Tebas arrisca-se a ser simultaneamente o seu túmulo e o do seu pai.

– Por acaso ouviu alguma coisa sobre uma nova conspiração? – inquietou-se Ameni.

– Uma conspiração... Ora, haverá dez, vinte, cem! É por isso que aqui estou, com algumas das minhas serpentes aliadas.

– Setaou guarda-costas – ironizou Acha. – Quem teria acreditado?

– Eu ajo em vez de ficar fazendo belos discursos.

– Está criticando a diplomacia?

– Ela só serve para complicar tudo, quando a vida é tão simples: de um lado está o bem, do outro, o mal. Entre ambos não há qualquer entendimento possível.

– Essa é a sua visão simplista – retorquiu Acha.

– Pois ela muito me agrada – interveio Ameni. – De um lado os partidários de Ramsés, do outro os seus adversários.

– E se estes fossem cada vez mais numerosos? – interrogou Moisés.

– A minha posição seria a mesma. Nada mudaria.

– Em breve, Ramsés já não será o nosso amigo, mas o faraó do Egito. Nunca mais nos olhará com os mesmos olhos.

As palavras de Moisés espalharam certo mal-estar; todos aguardavam a resposta de Ramsés.

– Moisés tem razão. O destino me escolheu, e eu não fugirei; como são meus amigos, apelarei para vocês.

– Que futuro me reserva? – perguntou o hebreu.

– Vocês já traçaram o seu destino; espero que os nossos caminhos se encontrem e que viajemos juntos para a maior felicidade do Egito.

– Você conhece a minha posição – declarou Setaou. – Logo que for coroado, voltarei para junto dos meus répteis.

– De qualquer forma, tentarei convencê-lo a ficar mais próximo de mim.

– Não adianta; cumpro apenas a minha missão de guarda-costas, só isso. E paro por aí. Moisés será mestre-de-obras, Ameni, ministro e Acha, chefe da diplomacia; que façam bom proveito!

– Está querendo formar o meu governo? – espantou-se Ramsés.

Setaou encolheu os ombros.

– Que tal saborear este vinho raríssimo que o regente está nos oferecendo? – propôs Acha.

– Que os deuses protejam Ramsés e lhe dêem vida, alegria e saúde! – declarou Ameni.

CHENAR NÃO VIAJAVA no barco do regente, mas dispunha de uma soberba embarcação a bordo da qual era servido por quatro marinheiros. Como chefe do protocolo, convidara diversos notáveis, a maior parte não favorável a Ramsés. O filho mais velho de Sethi evitava fomentar as suas críticas, contentando-se apenas em identificar os futuros aliados; a juventude e a inexperiência de Ramsés pareciam-lhes desvantagens intransponíveis.

Com certa satisfação, Chenar constatou que a sua excelente reputação continuava intacta e que o irmão sofreria durante muito tempo por causa da comparação com Sethi. A brecha estava aberta, era preciso fazê-la alargar-se mais e aproveitar todas as ocasiões para enfraquecer o jovem faraó.

Chenar oferecia aos seus convidados frutos da jujubeira e cerveja fresca; sua amabilidade e moderada posição agradavam a muitos cortesãos, encantados por trocar algumas palavras convencionais com um importante personagem a quem o irmão mais novo seria obrigado a conceder um cargo importante.

Havia mais de uma hora que um homem de estatura média, queixo ornado por uma pequena barba pontiaguda e envergando uma túnica com barras coloridas esperava para ser recebido. De aparência humilde, quase submissa, não evidenciava qualquer sinal de nervosismo.

Quando teve um momento de intervalo, Chenar fez-lhe sinal para que se aproximasse.

O homem inclinou-se em reverência.

– Quem é você?

– Meu nome é Raia; sou de origem síria, mas trabalho no Egito como comerciante autônomo há muitos anos.

– O que vende?

– Vendo conservas de carne de ótima qualidade e belos vasos importados da Ásia.

Chenar franziu as sobrancelhas.

– Vasos?

– Sim, príncipe, peças soberbas, e sou o único a possuí-las.

– Sabe que sou colecionador de vasos raros?

– Soube recentemente; por isso fiz questão de vir mostrar os meus, na esperança de que o agradarão.

– Seus preços são muito elevados?

– Depende.

Chenar olhou-o, intrigado.

– Quais são as condições?

De um saco de tecido grosso, Raia tirou um pequeno vaso de gargalo fino, em prata maciça, decorado com palmas.

– O que acha deste, príncipe?

Chenar ficou fascinado; gotas de suor afloravam-lhe nas têmporas, e as mãos ficaram úmidas.

– Uma obra-prima... Uma obra-prima incrível... Quanto?

– Não seria este o momento conveniente para oferecer um presente ao futuro rei do Egito?

O filho mais velho de Sethi julgou ter ouvido mal.

– Enganou-se, mercador. Não sou eu o futuro faraó, e sim o meu irmão, Ramsés... Então, qual é o preço?

– Lamento, príncipe, mas nunca me engano; na minha profissão, um erro é imperdoável.

Chenar desviou o olhar do pomposo vaso.

– O que está querendo me dizer?

– Que muitas pessoas não desejam o reinado de Ramsés.

– Ele será coroado dentro de poucos dias.

– Talvez; mas você acredita realmente que ele acabará com as dificuldades?

– Na verdade, quem é você, Raia?

– Um homem que acredita no seu futuro e deseja vê-lo subir ao trono do Egito.

– O que sabe das minhas intenções?

– Você não vive manifestando o desejo de ampliar mais o comércio com o estrangeiro, diminuir a arrogância do Egito e estabelecer melhores relações econômicas com o povo mais poderoso da Ásia?

– Quer dizer... os hititas?

– Vejo que começamos a nos entender.

– Então você é uma espécie de espião trabalhando para eles... Os hititas ficariam a meu favor?

Raia concordou com um sinal de cabeça.

– O que você me propõe? – perguntou Chenar, tão emocionado como se tivesse diante de si um dos vasos do comerciante.

– Ramsés é um guerreiro muito impulsivo; tal como o pai, quer consolidar a grandeza e a superioridade do Egito. Já você, príncipe, é um homem ponderado, com quem é possível estabelecer acordos.

– Mas se trair o Egito, Raia, colocarei a minha vida em risco.

Chenar lembrou-se da esposa de Tutankhamon, condenada à morte depois de acusada de ligação com o inimigo, embora tivesse despertado a consciência do país.

– Quando se anseia pela função suprema, alguns riscos são inevitáveis.

Chenar fechou os olhos.

Os hititas... É verdade, tinha pensado muitas vezes em utilizar esse povo contra Ramsés, mas era uma simples idéia, apenas uma visão de espírito desprovida de realidade. Agora, de repente, materializava-se sob a forma daquele simples mercador de aparência inofensiva.

– Amo o meu país...

– Ninguém duvida disso, príncipe. Mas sei que prefere o poder. E somente uma aliança com os hititas lhe garantirá esse poder.

– Preciso pensar no assunto.

– Lamento, príncipe, mas esse luxo eu não posso conceder.

– Então quer uma resposta imediata?

– A minha segurança assim o exige. Revelando-me, estou confiando em você, príncipe.

– E se eu recusar?

Raia não respondeu, mas seu olhar tornou-se fixo e indecifrável. A luta interior de Chenar foi de curta duração; o destino não estava lhe oferecendo um aliado de peso? Competia-lhe, então, controlar a situação, avaliar bem o perigo e saber tirar proveito de tal estratégia sem pôr o Egito em perigo. Evidentemente, continuaria a manipular Acha, mas sem informá-lo de seus contatos com o principal inimigo das Duas Terras.

– Eu aceito, Raia.

O mercador esboçou um pequeno sorriso.

– A sua reputação não é exagerada, príncipe; nós nos veremos de novo dentro de pouco tempo. Já que vou me tornar um dos seus principais fornecedores de vasos preciosos, ninguém se importará com as minhas visitas. Aceite este presente, eu lhe peço; isto sela o nosso acordo.

Chenar acariciou o magnífico objeto. O futuro iluminava-se.

12

Ramsés recordava-se de cada fragmento de rocha do Vale dos Reis, essa "grande pradaria" de aridez absoluta que o pai o fizera descobrir, levando-o ao interior do túmulo do primeiro Ramsés, o fundador da dinastia, um velho vizir chamado por um conselho de sábios para dar impulso a uma nova linhagem de soberanos. Reinara apenas dois anos, confiando a Sethi o encargo de fazer brilhar um poder que, hoje, era outorgado a Ramsés II.

Com o coração apertado, indiferente ao calor insuportável do verão, sob o qual haviam desmaiado alguns dos carregadores dos aparatos funerários, o filho mais novo de Sethi avançava à frente do cortejo e conduzia a múmia do rei morto à sua última morada.

Por momentos, Ramsés surpreendeu-se odiando aquele vale maldito que lhe roubava o pai e o condenava à solidão; mas a magia do local apoderou-se novamente do seu espírito, magia que, enlevando a alma, transmitia a vida e nunca a morte.

Naquele silêncio sepulcral fazia-se ouvir a voz dos seus antepassados; falava de luz, de transfiguração e de ressurreição, exigindo a veneração e o respeito pelo mundo celeste onde nasciam todas as formas de vida.

Ramsés foi o primeiro a penetrar o imenso túmulo de Sethi, o mais longo e o mais profundo do Vale; o futuro faraó decretaria que, a partir de agora, ninguém o pudesse ultrapassar. Aos olhos do futuro, Sethi permaneceria inigualável.

Doze sacerdotes transportaram a múmia. Ramsés, como ritualista e sucessor encarregado de pronunciar as fórmulas de passagem para o Além e de renascimento no mundo dos deuses, estava vestido com pele de pantera. Nas paredes da morada da eternidade, textos-rituais, vivendo por si próprios, continuariam a ser eficazes para além dos tempos.

Os mumificadores haviam feito um trabalho perfeito. O rosto de Sethi era o de uma criatura realizada, em perfeita serenidade. Podia-se jurar que os olhos iam se abrir, que a boca ia falar... Os sacerdotes colocaram a tampa no sarcófago, instalado no centro da "morada de ouro", e ali Ísis realizaria a sua obra de alquimista – a de transformar o ser mortal em imortal.

– Sethi, meu pai, foi um rei justo – murmurou Ramsés. – Cumpriu a Regra, foi amado pela Luz e entrará vivo no Ocidente.

EM TODO O EGITO, os barbeiros trabalharam sem descanso para barbear todos os homens, sem deixar-lhes um só fio de cabelo, uma vez que o período de luto havia terminado. As mulheres voltaram a prender os cabelos, tendo as mais elegantes confiado esse trabalho às cabeleireiras, autorizadas a desempenhar novamente o ofício.

Na véspera da coroação, Ramsés e Nefertari recolheram-se no templo de Gurnah, onde todos os dias seria celebrado um culto ao *ka* de Sethi, visando manter entre os vivos a presença do faraó. Depois, o casal real dirigiu-se ao templo de Karnak, onde foi recebido pelo grande sacerdote de forma tradicionalmente protocolar e sem demonstrar qualquer entusiasmo. Após um jantar frugal, o regente e a esposa retiraram-se para o paço no interior da residência terrestre do deus Amon. Ali, separados, ambos meditaram diante do estrado de um trono, símbolo da colina primordial surgida do oceano do cosmos na origem dos tempos e do hieróglifo que serve para escrever o nome da deusa Maât, a Regra intemporal, "a que é direita e indica a boa direção", essa Regra da qual o casal real se alimentaria e depois, por sua vez, alimentaria toda a comunidade egípcia.

Ramsés teve a sensação de que o espírito do pai estava ao seu lado e que o acompanharia nas horas angustiantes que precediam o instante da transformação definitiva de toda a sua existência. O novo rei já não pertencia mais a si mesmo; a partir dali toda a sua preocupação seria com o bem-estar do seu povo e a prosperidade do seu país.

Ao lembrar-se do pesado fardo que teria pela frente, quase entrou em pânico.

Sentiu desejo de sair daquele paço e correr para a sua juventude perdida, para Iset, a Bela, para o prazer e a despreocupação; ao mesmo tempo lembrou-se de que era o sucessor designado por Sethi e o marido de Nefertari. Conseguiu, por fim, subjugar o medo de reinar e atravessar aquela última noite antes da sua coroação.

AS TREVAS RASGARAM-SE, e a madrugada despontou, anunciando a ressurreição do Sol, vencedor do monstro das profundezas. Dois sacerdotes, um com máscara de falcão e o outro de íbis, colocaram-se um de cada lado de Ramsés; simbolizando os deuses Horus, protetor da realeza, e Thot, senhor dos hieróglifos e da ciência sagrada, derramaram sobre o corpo nu do regente o conteúdo de dois longos vasos para o purificarem da sua condição humana. Em seguida, prepararam-no à imagem dos deuses, aplicando, do topo da cabeça à ponta dos pés, os novos ungüentos que abririam os centros de energia e lhe dariam uma percepção de realidade diferente da dos outros homens.

Também a indumentária correspondia à da formação de um ser que não se assemelhava a nenhum outro. Os dois sacerdotes vestiram Ramsés com um saiote branco bordado em ouro, cuja forma não variara desde as origens, e prenderam-lhe à cintura uma cauda de touro, evocação do poder real. O jovem recordou o aterrador encontro com o touro selvagem que o pai lhe impusera para experimentar a sua coragem; hoje, era ele que encarnava a força que teria de exercer da melhor maneira possível.

Depois, os ritualistas adornaram o pescoço de Ramsés com um colar grosso, de sete voltas, de pérolas coloridas, os pulsos e os bíceps com braceletes de cobre, e calçaram-lhe sandálias brancas. Em seguida, apresentaram-lhe a maça branca com a qual abateria os seus inimigos e iluminaria as trevas e cingiram-lhe a fronte com uma fita dourada chamada *sia*, que significava "visão intuitiva".

– Aceita a prova do poder? – perguntou Horus.

– Aceito.

Horus e Thot tomaram Ramsés pela mão e o conduziram a outro compartimento. Sobre um trono, as duas coroas. Protegendo-as, um sacerdote usando a máscara do deus Seth.

Thot afastou-se; Horus e Seth abraçaram-se fraternalmente. Apesar de estarem eternamente em lados opostos, naquele momento tinham a obrigação de se reunir em um mesmo ser: o faraó.

Horus ergueu a coroa vermelha do Baixo Egito, uma espécie de barrete de magistrado encimado por uma espiral, e colocou-a sobre a cabeça de Ramsés; Seth, por sua vez, encaixou sobre ela a coroa branca do Alto Egito, cuja forma oval terminava numa bola.

– "Os dois poderes" estão ligados em você – declarou Thot. – Governe e una a terra negra e a terra vermelha;

você será aquele junco do Sul e a abelha do Norte, faça reverdecer os dois territórios.

– Só você poderá aproximar as duas coroas – revelou Seth. – O raio que elas guardam em si aniquilaria o usurpador.

Horus deu dois cetros ao faraó; o primeiro tinha o nome de "controle do poder", servindo-lhe para consagrar as oferendas, e o segundo, o da "magia", um bordão de pastor que manteria o seu povo unido.

– Chegou a hora de aparecer em glória – decretou Thot.

Precedido pelas três divindades, o faraó saiu das salas secretas em direção ao grande pátio a céu aberto onde se encontravam reunidos os notáveis admitidos no recinto de Karnak.

Sobre um estrado e por baixo de um dossel, um modesto trono de madeira dourada, de linhas sóbrias.

Era o trono de Sethi para as cerimônias oficiais.

Notando a hesitação do filho, Touya deu três passos na sua direção e se inclinou.

– Que Vossa Majestade se erga como um novo Sol e ocupe o trono dos vivos.

Ramsés ficou comovido com as palavras da viúva real do faraó morto, aquela mãe a quem ele veneraria até o último suspiro.

– Eis o testamento dos deuses legado a você por Sethi – proclamou ela. – Legitime o seu reinado como Sethi legitimou o dele para você, assim como aquele que o suceder o fará.

Touya entregou a Ramsés um estojo de couro trabalhado em cujo interior encontrava-se um papiro escrito pela mão de Thot, nos alvores da civilização, fazendo do faraó o herdeiro do Egito.

– Aqui estão os seus cinco nomes – declarou a rainha-mãe com uma voz clara e pausada. – Touro poderoso amado pela Regra; Protetor do Egito, que une fortemente os países estrangeiros; Rico em exércitos, com grandiosas vitórias; Aquele que foi escolhido pela Luz, pois poderosa é a sua Regra; Filho da Luz, Ramsés.

Um silêncio total acolhera aquelas palavras. Até Chenar, esquecendo a sua ambição e seu rancor, sucumbira à magia daqueles momentos.

– É um casal real que governa as Duas Terras – continuou Touya. – Avance, Nefertari, venha para junto do rei, você que passa a ser agora a sua grande esposa e rainha do Egito.

Apesar da solenidade do ritual, Ramsés sentiu-se tão embevecido pela beleza da jovem que teve desejo de tomá-la nos braços. Vestida num longo traje de linho, adornada com um colar de ouro, brincos de ametista e braceletes de jaspe, contemplou o rei e pronunciou a fórmula ancestral:

– Reconheço Horus e Seth unidos no mesmo ser. Canto o seu nome, faraó, você é o ontem, o hoje e o amanhã. A sua palavra faz-me viver; de você afastarei o mal e o perigo.

– Reconheço-a como soberana do Duplo País e de todas as terras; a você, cuja doçura é imensa e que satisfaz os deuses; a você, que é a mãe e a esposa do deus; a você, que eu amo.

Ramsés colocou na cabeça de Nefertari a coroa com duas altas plumas, tornando-a, assim, a grande esposa real, associada ao poder do faraó.

Parecendo brotar do solo, um falcão de asas enormes sobrevoou o casal real, como se visasse a uma presa; de repente, mergulhou sobre Ramsés a uma velocidade tal que nenhum arqueiro teve tempo de reagir.

Um brado de estupefação e medo ergueu-se da audiência quando a ave de rapina pousou na nuca de Ramsés, fincando-lhe as garras nos ombros.

O filho de Sethi não moveu um músculo; Nefertari continuava a contemplá-lo.

Durante longos segundos, os cortesãos, estupefatos, assistiram ao milagre, à comunhão do falcão Horus, protetor da monarquia, com o homem que escolhera para governar o Egito.

Em seguida, a ave rumou para o sol, num vôo poderoso e sereno.

Por fim, brotou a aclamação que saudava, no vigésimo sétimo dia do terceiro mês do verão, a ascensão de Ramsés* ao trono.

13

Logo que terminaram as festividades, um turbilhão arrastou Ramsés.

O grande intendente da casa do faraó levou-o a visitar o seu palácio de Tebas, composto por uma parte pública e apartamentos privados. Foi como Chefe de Estado que Ramsés descobriu a sala de recepções com colunas, cujo pavimento e paredes eram ornados com representações de lótus, juncos, papiros, peixes e pássaros; os gabinetes em que trabalhavam os escribas; as pequenas salas reservadas

*Princípio de junho de 1279 a.C., de acordo com as hipóteses freqüentemente adotadas.

às audiências privadas; a varanda para as aparições, cuja porta-janela era encimada por um disco solar alado; a sala de refeições com o centro ocupado por uma mesa sempre cheia de cestas de frutos e ramos de flores; no quarto de dormir uma cama coberta de almofadas coloridas; a sala de banhos pavimentada com mosaicos.

Mal o jovem faraó havia se instalado no trono das Duas Terras, o grande intendente apresentou-lhe os membros de sua Casa, os chefes dos rituais secretos, os escribas da Casa da Vida, os médicos, o camareiro responsável pelos apartamentos privados, o diretor do gabinete de comunicações (encarregado da correspondência real), os diretores do Tesouro, do celeiro, do gado e muitos outros, todos com muita pressa de cumprimentar o novo faraó para lhe garantir a sua inabalável dedicação.

– E agora, eis...

Ramsés ergueu-se.

– Estou interrompendo o desfile.

O intendente empalideceu.

– Majestade, é impossível! Há muitas pessoas importantes...

– Mais importantes do que eu?

– Perdoe-me, eu não queria...

– Leve-me às cozinhas.

– Seu lugar não é lá, Majestade!

– Está querendo saber mais do que eu onde devo estar?

– Perdoe-me, eu...

– E vai passar o tempo todo pedindo perdão? Será melhor me dizer por que o vizir e o grande sacerdote de Amon não vieram prestar-me homenagem.

– Ignoro, Majestade; esses assuntos não são da minha competência.

– Então, leve-me às cozinhas – repetiu.

TALHADORES, FABRICANTES DE CONSERVAS, descascadores de legumes, padeiros, pasteleiros, cervejeiros... Romeu reinava sobre uma corte de especialistas zelosos das suas prerrogativas e rigorosos tanto no que dizia respeito aos seus horários de trabalho quanto aos seus dias de folga. Barrigudo, jovial, com bochechas rechonchudas, lento no caminhar, Romeu não se preocupava nem com o seu triplo queixo nem com o peso excessivo, que controlaria quando se aposentasse. No momento, tratava de dirigir a sua enorme equipe com pulso de ferro, preparar iguarias deliciosas e impecáveis e silenciar sempre as inevitáveis discussões entre os especialistas. Obcecado pela higiene dos locais de trabalho e pelo frescor dos produtos, Romeu fazia questão de provar os pratos; quer o faraó e os membros da sua corte estivessem ou não presentes em Tebas, o chefe da cozinha exigia perfeição.

Quando o intendente do palácio apareceu acompanhado por um homem jovem, de impressionante musculatura, envergando um simples saiote de brancura luminosa, Romeu preparou-se para suportar uma ladainha de aborrecimentos. Aquele maldito funcionário, orgulhoso de seus privilégios, ia mais uma vez tentar impor-lhe um assistente inexperiente em troca de um odre de vinho oferecido pela família do rapaz.

– As minhas saudações, Romeu! Trago-lhe...

– Sei muito bem o que está me trazendo.

– Nesse caso, curve-se como é de sua obrigação.

Com as mãos na cintura, Romeu deu uma forte gargalhada.

– Eu, inclinar-me diante desse rapazote? Primeiro vamos ver se ele sabe lavar a louça!

Rubro de constrangimento, o intendente voltou-se para o rei.

– Perdoe-me, ele...

– Sei lavar – declarou Ramsés. – E você, sabe cozinhar?

– Quem é você para pôr em dúvida as minhas aptidões?

– Ramsés, faraó do Egito.

Petrificado, Romeu compreendeu que a sua carreira havia chegado ao fim.

Com um gesto seco, tirou o avental de couro, dobrou-o e o colocou sobre uma mesa baixa. Uma ofensa ao rei, reconhecida como tal pelo tribunal do vizir, traduzir-se-ia numa pesada condenação.

– O que preparou para o almoço? – perguntou Ramsés.

– Co... codornas assadas, uma perca do Nilo com ervas aromáticas, purê de figos e um bolo de mel.

– Soa bem, mas estará a realidade à altura da promessa?

Romeu ficou sério.

– Duvida, Majestade? A minha reputação...

– Não quero saber de reputações. Sirva-me os seus pratos.

– Vou mandar preparar a sala de refeições do palácio – falou o intendente, com voz macia.

– Não é necessário, almoçarei aqui.

O rei comeu com prazer, sob o olhar inquieto do intendente.

– Excelente – foi a sua conclusão. – Como se chama, cozinheiro?

– Romeu, Majestade.

– Romeu, "o homem"... Você merece o nome. Eu o nomeio intendente do palácio, copeiro real e chefe de todas as cozinhas do reino. Venha comigo, tenho algumas perguntas a lhe fazer.

O ex-intendente balbuciou:

– E... e eu, Majestade?

– Não perdôo a ineficácia e a avareza; como sempre, há falta de lavadores de louça, e eu o encarrego disso.

O rei e Romeu caminharam lentamente até o abrigo de um pórtico coberto.

– Você servirá sob as ordens do meu secretário particular, Ameni. Ele é aparentemente enfezado e não aprecia comer, mas é um trabalhador incansável. Sobretudo, sempre me honrou com a sua amizade.

– É muita responsabilidade para um simples cozinheiro – espantou-se Romeu.

– Meu pai ensinou-me a avaliar os homens pelo instinto; se eu me enganar, pior para mim. Para governar vou precisar de alguns servidores fiéis. Conhece muitos na corte?

– Para dizer a verdade...

– Diga a verdade, Romeu, não hesite em dizê-la.

– Majestade, a sua corte comporta a maior cambada de hipócritas e ambiciosos do reino; parece até que todos combinaram encontrar-se em terreno conquistado. Quando seu pai era vivo, receavam sua fúria e se mantinham quietos. Depois que ele morreu, saíram rápido de suas tocas como as flores do deserto após uma chuva de verão.

– Detestam-me, não é verdade?

– Isso é dizer pouco.

– O que esperam de mim?

– Que Vossa Majestade não demore a lhes dar a primeira prova de incapacidade.

– Se quiser ficar comigo, exijo total sinceridade.

– Julga-me capaz de traí-lo?

– Um bom cozinheiro nunca é fraco; quando tem talento, todos procuram roubar-lhe as receitas, e a sua cozinha fervilha com todo tipo de mexericos, mas o seu espírito saberá escolher tal como seleciona os produtos. Quais são os principais grupos que se insurgem contra mim?

– Quase toda a corte lhe é hostil, Majestade. Eles consideram que suceder a um faraó da envergadura de Sethi é um desafio impossível; que o seu reinado não passará, portanto, de uma transição, antes que um pretendente sério apareça.

– Mesmo assim, você vai correr o risco de deixar a sua cozinha tebana para se ocupar de todo o palácio?

Romeu abriu um amplo sorriso.

– A segurança tem seus lados bons e maus... Se eu puder continuar preparando sempre bons pratos, arriscarei a aventura. Mas há uma condição...

– Fale.

– Com o devido respeito, Majestade, o senhor não tem qualquer chance de vencer.

– Por que o pessimismo?

– Porque Vossa Majestade é jovem, inexperiente e não tem intenção de desempenhar um papel sem importância sob o comando do grande sacerdote de Amon e de uma dezena de ministros já articulados nas artimanhas do governo. A relação de forças é incrivelmente desigual.

– Não estará tendo uma idéia fraca do poder do faraó?

– Sinceramente, não; é por isso que o choque é inevitável. Então pergunto: quais são as possíveis chances de apenas um homem contra um exército?

– O faraó não dispõe do poder do touro?

– Mesmo o touro selvagem não consegue mover montanhas.

– Se o compreendo bem, você está me aconselhando a renunciar em vez de reinar, agora que acabo de ser coroado?

– Se abandonar o poder às pessoas já estabelecidas, quem o notará e censurará?

– Talvez você, ou estou errado?

– Sou apenas o melhor cozinheiro do reino, e a minha opinião não conta.

– Não é atualmente intendente do palácio?

– Se eu lhe desse um conselho, Vossa Majestade me escutaria?

– Depende do conselho.

– Nunca aceite uma cerveja ou uma carne de má qualidade; seria o início da decadência. Agora posso ocupar-me das minhas obrigações e começar a reorganizar a administração da casa, que está um verdadeiro caos?

Ramsés não se enganara, Romeu era o homem da situação.

Então, mais tranqüilo, dirigiu-se para o jardim do palácio.

14

Nefertari mal conseguiu conter as lágrimas.

Aquilo que receava havia acontecido. Ela, que sonhava com meditação e recolhimento, via-se agora arrastada por uma onda monstruosa. Logo após a coroação, tivera que separar-se de Ramsés para encarar as responsabilidades de grande esposa real e visitar os templos, as escolas e as oficinas de tecelagem que dependiam dela.

Touya apresentou Nefertari aos responsáveis pelas terras da rainha, aos superiores dos haréns encarregados da educação das moças, aos escribas afeitos à administração dos seus bens, aos coletores de impostos, aos sacerdotes e às sacerdotisas que iriam realizar em seu nome os rituais da "esposa do Deus", destinados a preservar a energia criadora sobre a Terra.

Durante vários dias, Nefertari foi levada de um lado para outro sem chance de tomar fôlego – foi obrigada a encontrar-se com centenas de pessoas, descobrir uma palavra justa para cada uma, não abandonar o sorriso, e sem manifestar o mínimo sinal de fadiga.

Todas as manhãs, a cabeleireira, a maquiadora, a manicure e a pedicure apoderavam-se da rainha para deixá-la mais bela do que na véspera; do seu encanto e do poder de Ramsés dependia a felicidade do Egito. No seu elegante vestido de linho, preso na cintura por um cinto vermelho, não havia rainha mais sedutora do que ela.

Esgotada, a jovem estendeu-se sobre uma cama baixa. Não tinha mais disposição para ir a um outro jantar de gala durante o qual lhe seriam oferecidos vasos com ungüentos perfumados.

A frágil silhueta de Touya avançou pela penumbra que invadira o quarto.

– Está doente, Nefertari?

– Já não tenho forças para mais nada.

A viúva de Sethi sentou-se na borda da cama e segurou a mão direita da jovem entre as suas.

– Também atravessei essa provação, tal como você; há, porém, dois remédios que vão curá-la: uma poção revigorante e o magnetismo que Ramsés herdou do pai.

– Não fui feita para ser rainha.

– Ama Ramsés?

– Mais do que a mim mesma.

– Nesse caso, não o trairá. Foi com uma rainha que ele casou, e será como rainha que você lutará a seu lado.

 – E se ele estiver enganado?

– Não se enganou. Pensa que não passei pelos mesmos momentos de cansaço e desânimo? Aquilo que é pedido a uma grande esposa real fica muito além das forças naturais de uma mulher. Desde a criação do Egito sempre foi e assim será; não pode ser de outra maneira.

– Houve algum momento em que sentiu vontade de renunciar?

– Dez vezes, cem vezes por dia, no princípio; supliquei a Sethi que escolhesse outra mulher e me mantivesse a seu lado como segunda esposa. A sua resposta era sempre a mesma: tomava-me nos braços e me reconfortava, sem aliviar em nada a minha sobrecarga de trabalho.

– Não serei indigna da confiança de Ramsés?

– É bom que faça a si mesma essa pergunta, mas é a mim que lhe compete responder.

A inquietação velou o olhar de Nefertari. O de Touya não se mexeu.

– Você está condenada a reinar, Nefertari; não lute contra o seu destino, deixe-se levar por ele como uma nadadora pelo rio.

Em menos de três dias, Ameni e Romeu haviam iniciado uma profunda reforma na administração tebana, conforme as instruções de Ramsés, que conversara com os altos e pequenos funcionários, desde o governador de Tebas até o mais simples estudante. Em razão do afastamento de Mênfis e da presença quase permanente de Sethi no Norte, a grande cidade do Sul levava uma existência cada vez mais autônoma, e o grande sacerdote de Amon, escudado nas imensas riquezas de seu templo, começava a considerar-se uma espécie de monarca, com decretos mais importantes do que os do rei. Ouvindo uns e outros, Ramsés tomara consciência dos perigos que implicava tal situação; se não tomasse uma atitude, o Alto e o Baixo Egito tornar-se-iam dois países diferentes, mesmo opostos, e a divisão levaria ao desastre.

O magro Ameni e o barrigudo Romeu não tiveram qualquer dificuldade em colaborar; diferentes e complementares, surdos às solicitações dos notáveis, subjugados pela personalidade de Ramsés e convencidos de que ele estava no caminho certo, alteraram uma hierarquia morosa e procederam a inúmeras nomeações inesperadas, aprovadas pelo novo rei.

Quinze dias depois da coroação, Tebas estava em ebulição. Alguns haviam anunciado a chegada ao poder de um jovem incapaz; outros, de um adolescente entusiasta da caça e das proezas físicas; mas o que eles não sabiam era que Ramsés não saíra do palácio, multiplicando consultas e decisões e demonstrando a sua autoridade com um vigor digno de Sethi.

Ramsés, por sua vez, aguardava as reações.

E as reações não surgiram. Tebas permaneceu amorfa, estupefata. Convocado pelo rei, o vizir comportou-se docilmente como primeiro-ministro e se contentou em tomar nota das diretivas de Sua Majestade para executá-las sem demora.

Ramsés não partilhava nem da exaltação juvenil de Ameni nem do divertido contentamento de Romeu. Surpreendidos pela sua rápida atuação, seus inimigos, no entanto, não estavam exterminados nem vencidos, mas apenas buscando um segundo fôlego que a adversidade os ajudaria a encontrar. O rei teria preferido uma luta aberta às sigilosas alianças que se tramavam nas sombras, mas isso não passava de um desejo infantil.

Todas as tardes, pouco antes do pôr-do-sol, ele percorria as aléias do jardim do palácio em que trabalhavam vinte jardineiros, que, durante o dia, regavam os canteiros de flores e, ao cair da noite, as árvores. À sua esquerda, Vigilante, o cão amarelo-dourado, usava um colar de centáureas; à sua direita, Matador, o leão colossal, deslocava-se com agilidade. E, à entrada do jardim, o sardo Serramanna, chefe dos guarda-costas de Sua Majestade, sentado debaixo de uma parreira e pronto para agir ao menor sinal de perigo.

Ramsés sentia um enorme afeto pelos sicômoros, romãzeiras, figueiras e outras árvores que faziam do jardim um paraíso em que a alma encontrava repouso – não deveria todo o Egito assemelhar-se àquele oásis de paz onde os diversos aromas viviam em harmonia?

À TARDE, RAMSÉS plantou um minúsculo sicômoro, rodeou a frágil haste com terra e a regou cuidadosamente.

– Vossa Majestade deve esperar um quarto de hora e espalhar aos pouquinhos o conteúdo de outro cântaro de água.

O homem que acabara de falar era um jardineiro sem idade; tinha na nuca a cicatriz de um grande abscesso, seqüelas do peso das varas que levava presas em cada extremidade de um pesado recipiente de terracota.

– Judicioso conselho – reconheceu Ramsés. – Como se chama?

– Nedjem.

– "O doce"... É casado?

– Liguei-me a este jardim, a estas árvores, a estas plantas e a estas flores; são a minha família, os meus antepassados e os meus descendentes. O sicômoro que plantou sobreviverá até depois de Vossa Majestade, mesmo se permanecer até 110 anos sobre esta terra, como os sábios.

– Duvida? – interrogou Ramsés com um sorriso.

– Não deve ser fácil ser rei e permanecer sábio; os homens são perversos e maliciosos.

– E você pertence a essa mesma raça de descontentes; porventura estará isento também desses defeitos?

– Não me atrevo a afirmá-lo, Majestade.

– Reuniu discípulos?

– Não é esse o meu papel, e sim o do chefe dos jardineiros.

– Ele é mais competente do que você?

– Como posso saber? Ele nunca vem aqui.

– Considera que o povo das árvores é suficientemente numeroso no Egito?

– É o único povo que nunca será demais.

– Concordo com a sua opinião.

– A árvore é a essência, o dom total – afirmou o jardineiro. – Viva, oferece sombra, flores e frutos; morta, a sua madeira. Graças a ela, comemos, construímos e saboreamos momentos de felicidade quando, sentados à sua sombra, o doce vento do norte nos envolve. Sonho com um país de árvores, em que os únicos habitantes seriam os pássaros e os ressuscitados.

– Estou pensando em mandar plantar muitas árvores em todas as províncias – revelou Ramsés. – Nenhuma praça de aldeia deve ficar sem sombra. Ali os velhos e os jovens se reunirão, e os primeiros falarão aos segundos.

– Que os deuses lhe sejam favoráveis, Majestade; não pode haver programa de governo melhor do que esse.

– Vai ajudar-me a realizá-lo?

– Eu?... Mas...

– Os gabinetes do Ministério da Agricultura estão repletos de escribas competentes e trabalhadores, mas preciso de um homem que ame a natureza e compreenda os seus segredos para lhes poder fornecer boas diretivas.

– Sou apenas um jardineiro, Majestade, um...

– Você tem o estofo de um excelente ministro da Agricultura. Apresente-se amanhã de manhã no palácio e peça para ver Ameni, que já estará avisado e o ajudará nas suas novas funções.

Ramsés afastou-se, deixando atrás de si um Nedjem estupefato e incapaz de reagir. No fundo do vasto jardim, entre duas figueiras, o novo faraó julgara distinguir uma silhueta branca e esguia. Teria uma deusa aparecido naquele lugar mágico?

Aproximou-se com passos apressados.

A silhueta não se movera.

Na doce luz do sol poente brilhavam os cabelos negros e o longo vestido branco. Como podia uma mulher ser tão bela, sendo ao mesmo tempo inacessível e atraente?

– Nefertari...

A jovem lançou-se para ele e se aninhou em seus braços.

– Consegui escapar – confessou. – Sua mãe aceitou representar-me no concerto de alaúdes desta tarde. Cheguei a pensar que havia me esquecido.

– A sua boca é um botão de lótus, seus lábios pronunciam encantamentos, e isso me dá um desejo louco de beijá-la.

O beijo foi uma fonte de juventude; abraçados como se fossem apenas um, ofereceram-se um ao outro.

– Sou um pássaro selvagem que se deixa prender na armadilha de seus cabelos – declarou Ramsés. – Você me faz descobrir um jardim com infinitas flores cujos perfumes me inebriam.

Nefertari soltou os cabelos. Ramsés fez deslizar as alças do vestido de linho sobre os ombros de Nefertari. Na serena e aromática tepidez de uma noite de verão, uniram-se.

15

O primeiro raio de luz despertou Ramsés; ele acariciou as coxas sublimes de Nefertari, ainda adormecida, e beijou-lhe o pescoço. Sem abrir os olhos, ela o abraçou, colando-se ao seu corpo musculoso.

– Sou feliz.

– Você é a própria felicidade, Nefertari.

– Nunca mais nos separaremos tanto tempo assim.

– Nem você nem eu temos opção.

– As exigências do poder acabarão devorando a nossa vida?

Ramsés apertou-a contra si com força.

– Você não me respondeu...

– Porque você conhece a resposta, Nefertari. Você é a grande esposa real, e eu sou o faraó. Não podemos fugir a essa realidade, nem mesmo nos nossos sonhos mais secretos.

Ramsés levantou-se e se dirigiu à janela, de onde contemplou os campos tebanos, verdejantes sob o sol de verão.

– Eu amo você, Nefertari, mas também sou casado com o Egito. Devo fecundar e tornar próspera esta Terra; quando a voz dela me chama, não tenho o direito de permanecer indiferente.

 – Há tanto assim por fazer?

– Eu julgava que reinaria sobre um país tranqüilo, não me importando que fosse habitado por homens. Mas bastam-lhes semanas para trair a lei de Maât e destruir a obra de meu pai e de seus antepassados. A harmonia é o mais frágil dos tesouros. Se eu abrandar a minha vigilância, o mal e as trevas se apoderarão do país.

Nefertari levantou-se também; nua, aninhou-se no corpo de Ramsés. Mas ao simples contato com o seu perfume, ele soube que a sua comunhão era total.

De repente soaram pancadas nervosas na porta do quarto, que se abriu bruscamente, dando passagem a Ameni, todo despenteado, que se voltou ao ver a rainha.

– Aconteceu algo grave, Ramsés, muito grave!

– A ponto de você vir me importunar tão cedo?

– Venha, não percamos mais tempo.

– Quer dizer que não posso nem me lavar e tomar o desjejum?

– Esta manhã, não.

Ramsés nunca discordava das opiniões de Ameni, sobretudo quando o jovem escriba, geralmente calmo, perdia o controle.

O PRÓPRIO RAMSÉS conduziu um carro puxado por dois cavalos, seguido por outro ocupado por Serramanna e um arqueiro. Embora a velocidade o deixasse indisposto, Ameni alegrou-se com a pressa de Ramsés. Pararam em frente a uma das portas do templo de Karnak, saltaram do carro e leram a estela coberta de hieróglifos que todos os passantes capazes de ler podiam decifrar.

– Olhe! – exigiu Ameni. – Olhe a terceira linha!

A linha formada por três peles de animais, que serviam para escrever a idéia de "nascimento" e designar Ramsés como "o Filho" da Luz, tinha sido mal gravada. Tal defeito poria a perder a sua magia protetora e assim lesaria o ser secreto do faraó.

– Verifiquei – declarou Ameni, em pânico – que o mesmo erro foi repetido por toda parte, nos suportes das estátuas e das estelas visíveis. Isso é uma malvadeza, Ramsés!

– Quem terá sido o autor?

– O grande sacerdote de Amon e os seus escultores; não eram eles que tinham a missão de gravar as mensagens que proclamavam a sua coroação? Se não tivesse constatado com seus próprios olhos, você não teria acreditado em mim.

Embora o sentido real da proclamação não estivesse alterado, o caso era sério.

– Chame os escultores – ordenou Ramsés – e mande corrigir a gravura.

– Não vai levar os culpados ao tribunal?

– Eles apenas obedeceram às ordens.

– O grande sacerdote de Amon está doente; foi por essa razão que não pôde lhe prestar as suas homenagens.

– Possui alguma prova contra esse importante personagem?

– A sua culpa é evidente!

– Desconfie das evidências, Ameni.

– Vai deixá-lo impune? Por mais rico que seja, é seu servidor.

– Faça um relatório detalhado dos seus bens.

ROMEU NÃO TINHA por que se queixar das suas novas funções. Depois de nomear homens conscienciosos e rigorosos no domínio da higiene para se encarregarem da limpeza do palácio, passou a se preocupar com o jardim zoológico real, onde viviam três gatos, duas gazelas, uma hiena e dois grous cinzentos.

Uma única criatura escapava ao seu controle: Vigilante, o cão amarelo-dourado do faraó, que adquirira o irritante hábito de apanhar todos os dias um peixe no lago real; como a cena se desenrolava sob o olhar protetor do leão de Ramsés, era impossível tomar qualquer atitude.

De manhã cedo, Romeu auxiliara Ameni a transportar uma pesada caixa de papiros. Onde aquele pequeno escriba franzino arranjava tanta energia, se comia pouco e apenas dormia duas ou três horas por noite? Infatigável, passava a maior parte do tempo num gabinete cheio de documentos, sem nunca ceder ao menor indício de cansaço.

Ameni fechou-se no escritório com Ramsés, enquanto Romeu fazia a sua inspeção cotidiana nas cozinhas – da qualidade das suas refeições dependia a saúde do faraó e, por conseguinte, do país inteiro.

Ameni desenrolou vários papiros sobre as mesas baixas.

– Eis o resultado das minhas investigações – declarou com orgulho.

– Foram difíceis?

– Sim e não. Os administradores do templo de Karnak não apreciaram nada a minha visita nem as minhas perguntas, mas não se atreveram a impedir-me de verificar as suas respostas.

– Karnak é muito rica?

– Muito rica, sim: possui 80 mil empregados, 46 canteiros de obras em atividade nas províncias que dependem do templo, 450 jardins, pomares e vinhas, 420 mil cabeças de gado, 90 barcos e 65 aglomerados populacionais de tamanhos diferentes que trabalham diretamente para o maior santuário do Egito. O seu grande sacerdote reina sobre um verdadeiro exército de escribas e camponeses. A esse resultado, teremos de acrescentar um outro: se fosse recenseada a totalidade dos bens do deus Amon e, portanto, dos seus sacerdotes, obteríamos 6 milhões de bovinos, 6 milhões de cabras, 12 milhões de burros, 8 milhões de mulas e vários milhões de aves.

– Amon é o deus das vitórias e o protetor do império.

– Ninguém duvida disso, mas os seus sacerdotes são apenas homens; quando somos chamados para gerir uma fortuna dessas, não nos tornamos presas das maiores tentações? Entretanto, não tive tempo de levar mais longe o meu inquérito, mas estou inquieto.

– Tem algum motivo concreto?

– Em Tebas, os dignitários esperam com impaciência a sua partida com Nefertari para o Norte; em outras palavras, Vossa Majestade lhes tira a calma e lhes perturba o jogo habitual. Pedem-lhe que enriqueça Karnak e a deixe crescer como um Estado dentro do próprio Estado, até o dia em que o grande sacerdote de Amon se proclame rei do Sul e estabeleça a secessão.

– Seria a morte do Egito, Ameni.

– E a miséria para o povo.

– Preciso de provas tangíveis, vestígios de qualquer fraude; se agir contra o grande sacerdote de Amon, não posso cometer nenhuma falha.

– Tratarei disso.

SERRAMANNA NÃO SE SENTIA tranqüilo. Desde que os gregos de Menelau atentaram, em Mênfis, contra a vida do faraó, o sardo tinha certeza de que Ramsés ainda continuaria sendo ameaçado. É certo que os bárbaros haviam abandonado o Egito, mas nem assim o perigo desaparecera.

Por isso, inspecionava constantemente aquilo que considerava os pontos sensíveis do palácio tebano: os quartéis-generais do exército e da guarda palaciana, e a caserna das tropas de elite. Caso se verificasse uma revolução, seria dali que partiria. Antigo pirata, o sardo confiava apenas no seu instinto; quer estivesse diante de um oficial superior ou de um simples soldado, estava sempre desconfiado. Em várias ocasiões, a sua sobrevivência devera-se apenas ao fato de quando algum adversário se apresentar como amigo ele ter sido o primeiro a atacar.

Apesar da estatura colossal, Serramanna deslocava-se como um gato; gostava de observar sem ser visto e surpreender conversas. Por maior que fosse o calor, o sardo usava uma couraça metálica; presos à cintura, um punhal e uma espada curta de ponta bem aguçada. As costeletas e o bigode frisado davam ao seu rosto grosseiro um aspecto assustador do qual sabia tirar partido.

Os oficiais de carreira do exército, na sua maioria oriundos de famílias ricas, detestavam-no e se interrogavam sobre a razão que levara Ramsés a confiar o comando da sua guarda pessoal a semelhante brutamontes. Serramanna não se preocupava com isso; ser amado de nada servia, pois não preparava um bom guerreiro para servir a um bom chefe.

E Ramsés era um ótimo chefe, comandante de um imenso navio cuja navegação ameaçava ser perigosa e turbulenta.

Em suma, tinha tudo o que podia desejar um pirata sardo promovido a uma dignidade inesperada e decidido a mantê-la. Entretanto, todas aquelas mordomias – sua suntuosa *villa*, as deliciosas egípcias de seios redondos como pomos de amor e a boa comida – não lhe bastavam. Nada podia substituir um confronto sangrento, porque só nele um homem provava o seu valor.

A guarda do palácio era renovada três vezes por mês, nos dias 1, 11 e 21. Os soldados recebiam vinho, carne, bolos e um salário em cereais. A cada mudança, Serramanna observava seus homens, olhos nos olhos, e lhes atribuía um posto. Qualquer falha à disciplina, qualquer descuido traduziam-se em bastonadas e numa despedida imediata e para sempre.

O sardo caminhou lentamente diante dos soldados, dispostos em fila única. Parou, então, diante de um jovem alourado, que parecia nervoso.

– De onde está vindo?

– De uma aldeia do Delta, meu comandante.

– Qual é a sua arma preferida?

– A espada.

– Beba isso, pois está ansioso para matar a sede.

Serramanna entregou ao jovem aldeão um frasco contendo vinho anisado. O rapaz bebeu dois goles.

– Vigie a entrada do corredor que conduz ao gabinete real e assim impedirá o acesso durante as três últimas horas da noite.

– Às suas ordens, meu comandante.

Serramanna verificou o fio de corte das armas brancas, retificou as posturas, reajustou os uniformes, trocando a seguir algumas palavras com outros soldados.

Depois, cada um foi ocupar o seu posto.

O ARQUITETO DO PALÁCIO dispusera as janelas altas de forma a estabelecer uma circulação de ar que refrescasse os corredores durante as noites quentes de verão.

No interior do palácio, o mais completo silêncio.

Lá fora, apenas o canto dos sapos apaixonados.

Serramanna avançou sem fazer o mínimo ruído sobre os mosaicos do corredor que levava ao gabinete de Ramsés. Tal como supunha, o jovem alourado não estava em seu posto, e sim tentando arrancar a fechadura de entrada do gabinete. O sardo, com a sua enorme mão, agarrou-o pelo pescoço e o levantou no ar.

– Então, um grego, hein! Só um grego beberia vinho anisado sem protestar. A que bando pertence, meu rapaz? Ao que sobrou de Menelau ou ao de uma nova conspiração? Responda!

O jovem estremeceu por instantes, mas não emitiu qualquer som.

Sentindo-o amolecer, Serramanna soltou-o no chão, onde ele foi se esparramando como um boneco de trapos. Sem querer, o sardo quebrara-lhe as costelas.

16

Serramanna não era especialista em relatórios escritos; contentou-se apenas em contar os fatos a Ameni, que os transcreveu em um papiro e imediatamente alertou Ramsés. Ninguém conhecia o grego, recrutado apenas por suas aptidões físicas. Sua morte brutal privava o rei de informações precisas, mas este não fez qualquer censura ao sardo, cuja vigilância revelava-se indispensável.

Não fora o faraó o visado, mas sim o seu gabinete e, portanto, os assuntos do Estado. O que poderiam procurar ali senão documentos confidenciais e informações sobre a forma como pretendia governar o país?

A tentativa criminosa de Menelau não revelara nada importante, fora apenas por vingança; mas essa tentativa de roubo era muito mais tenebrosa. Quem enviara este grego, que permanecera oculto nas sombras, cujo único desejo era o de impedir a gestão do soberano? É evidente que havia Chenar, o irmão posto de lado, inativo e silencioso desde a coroação. Será que tal máscara não ocultaria um desenvolvimento de atividades supersigilosas, conduzidas com muito mais habilidade do que no passado?

Romeu inclinou-se perante o rei.

– Majestade, o seu visitante chegou.

– Conduza-o ao jardim, para o quiosque.

Ramsés estava vestido com um simples saiote branco e portava apenas uma jóia – um bracelete de ouro no punho direito. Concentrou-se durante alguns instantes, consciente da importância daquela entrevista, pois dela dependeria, em grande parte, a sorte do Egito.

O rei mandara erguer no jardim um confortável quiosque em madeira, à sombra de um salgueiro. Sobre uma mesa baixa, cachos de uvas vermelhas e figos frescos; em taças, cerveja leve e digestiva, ideal para o calor intenso.

O grande sacerdote de Amon de Karnak estava sentado numa confortável poltrona de almofadas fofas; à sua frente, um tamborete para pousar os pés. Peruca, vestido de linho, um grande colar de pérolas e lápis-lazúli cobrindo o peito, e vários braceletes de prata em ambos os braços atribuíam-lhe um ar imponente.

Logo que viu o soberano, o grande sacerdote levantou-se e fez uma reverência.

– Este local lhe convém?

– Agradeço à Vossa Majestade por tê-lo escolhido; a sua doçura é propícia à minha saúde.

– Como vai ela?

– Já não sou tão jovem, e isso é o mais difícil de aceitar.

– Estava ansioso para vê-lo.

– Não havia razão para isso, Majestade. Por um lado, fui obrigado a ficar retido no meu quarto durante algum tempo; por outro, esperava vir na companhia dos vizires do Sul e do Norte, e do vice-rei da Núbia.

– Mas que delegação! Recusaram a sua proposta?

– Na primeira abordagem, não; na segunda, sim.

– Por que mudaram de opinião?

– São altos funcionários... Não querem aborrecer Vossa Majestade. No entanto, lamento a ausência deles, que pode diminuir a credibilidade das minhas palavras.

– Se forem justas, nada tem a recear.

– É assim que as considera?

– Como servidor de Maât, decidirei.

– Estou inquieto, Majestade.

– Posso ajudá-lo a dissipar essa inquietação?

– Eu soube que havia solicitado um inventário das riquezas de Karnak.

– E o obtive.

– Quais são as suas conclusões?

– A de que você é um administrador notável.

– Será, por acaso, uma censura?

– Certamente que não. Os nossos antepassados não nos ensinaram que uma espiritualidade feliz é acompanhada pelo bem-estar do povo? O faraó enriquece Karnak e você faz prosperar essas riquezas.

– Há uma censura no tom de sua voz.

– Apenas perplexidade, nada mais; e se examinarmos o que lhe está inquietando?

– Murmura-se que a glória e a fortuna de Karnak estão lhe incomodando e que Vossa Majestade pretende dispensar seus favores a outros templos.

– Quem está dizendo isso?

– São rumores...

– Está dando importância a isso?

– Quando se tornam insistentes, podemos ignorá-los?

– E você, o que pensa disso?

– Que na situação atual Vossa Majestade faria bem em não modificar nada; não seria mais inteligente manter a política do seu pai?

– Infelizmente o seu reinado foi muito curto para que pudesse realizar o conjunto de reformas necessárias.

– Karnak não necessita de nenhuma reforma.

– Eu não penso assim.

– Então a minha inquietação era justificada.

– E a minha, não será também?

– Não... não compreendo.

– O grande sacerdote de Amon continua a ser um fiel servidor do faraó?

O prelado evitava olhar Ramsés. Para disfarçar, comeu um figo e bebeu um pouco de cerveja. A indumentária simples do monarca causava um incrível contraste com a elegância requintada do seu interlocutor, pouco habituado a ataques tão diretos. O rei evitou pressioná-lo, deixando-o retomar o fôlego e a presença de espírito.

– Como pode duvidar de mim, Majestade?

– Por causa do inquérito de Ameni.

O grande sacerdote enrubesceu.

– Esse aborto de escriba, esse bisbilhoteiro, esse rato, esse...

– Ameni é meu amigo, e a sua única ambição é servir ao Egito. Não tolero qualquer insulto que manche a sua reputação, não importa de que boca saia.

O sacerdote engasgou-se.

– Perdoe-me, Majestade, mas os seus métodos...

– Por acaso ele mostrou-se violento?

– Não, porém é mais encarniçado do que um chacal devorando a sua presa!

– Ele faz o seu trabalho conscienciosamente e não negligencia qualquer pormenor.

– O que tem a censurar-me?

– Ramsés fixou o olhar no do grande sacerdote.

– Ainda não sabe?

Pela segunda vez o grande sacerdote desviou o olhar.

– A terra do Egito, em sua totalidade, não pertence ao faraó? – perguntou Ramsés.

– Assim o quer o testamento dos deuses.

– Mas o rei está autorizado a dar terras a homens justos, sábios e corajosos que tenham merecido possuí-las.

– O costume assim o determina.

– O grande sacerdote de Amon está autorizado a agir como faraó?

– É o seu delegado e o seu representante em Karnak.

– Não levou demasiado longe essa delegação?

– Não compreendo...

– Você tem cedido terras a particulares, que assim passaram a ser seus devedores, em particular militares cuja lealdade para comigo, amanhã, pode tornar-se duvidosa. Teria necessidade então de um exército para defender o seu domínio privado?

– Trata-se de uma simples associação de circunstâncias, Majestade! O que está querendo insinuar?

– Três cidades abrigam os três maiores templos do país: Heliópolis é a cidade santa de Ra, a luz criadora; Mênfis, a de Ptah, que cria o Verbo e inspira o gesto dos artífices; Tebas, a de Amon, o princípio oculto do qual ninguém conhece a forma verdadeira. Meu pai velava para que fosse mantido um equilíbrio entre essas três potências, expressões complementares do divino. Com a sua política, você tem quebrado essa harmonia. Tebas tornou-se arrogante e vaidosa.

– Majestade! Não acha que está insultando Amon?

– É ao seu grande sacerdote que falo e dou-lhe ordem para cessar qualquer atividade profana e, assim, consagrar-se à meditação e à prática dos rituais.

O sacerdote ergueu-se com dificuldade.

– Vossa Majestade sabe que isso é impossível.

– Por quê?

– A minha função é simultaneamente espiritual e administrativa, tal como a sua!

– Karnak pertence ao faraó.

– Ninguém o está negando; mas quem governará os seus domínios?

– Um especialista que nomearei.

– Isso desmantelaria a nossa hierarquia! Não cometa esse erro, Majestade; tomar em suas mãos os domínios de Amon iria prejudicá-lo de forma irremediável.

– Isso é uma ameaça?

– É o conselho de um homem experiente a um jovem monarca.

– Acredita então que o seguirei?

– Reinar é uma arte difícil, que exige um certo número de alianças, e, entre elas, o clero de Amon. É claro que obedecerei às suas diretivas, sejam elas quais forem, porque continuo a ser o seu fiel servidor.

Apesar de sentir-se cansado, o sacerdote readquirira o autodomínio.

– Não comece uma guerra inútil, Majestade; teria muito a perder. Uma vez passada a exaltação do poder, volte à razão e deixe tudo como está. Os deuses detestam excessos; lembre-se do lamentável procedimento de Akhenaton em relação a Tebas.

– As malhas da sua rede parecem muito bem tecidas, mas o bico de um falcão poderá rasgá-las.

– Quanta energia gasta em vão! O seu lugar é em Mênfis, não aqui. O Egito precisa da sua força para nos proteger dos bárbaros cujo único sonho é invadir-nos. Deixe-me governar esta região, e eu apoiarei os seus esforços.

– Vou refletir sobre isso.

O grande sacerdote sorriu.

– Ao ímpeto alia a inteligência: você será um grande faraó, Ramsés.

17

Todos os notáveis tebanos tinham apenas um sonho: encontrar-se com o novo faraó e defender a sua causa para preservar as vantagens adquiridas. Diante de um monarca tão imprevisível, que não estava ligado a nenhum clã, até mesmo os cortesãos mais influentes podiam esperar surpresas desagradáveis. Mas era preciso ultrapassar um grande obstáculo: Ameni, o secretário particular do rei, que destilava os encontros a conta-gotas e afastava sem hesitação os importunos. E o que dizer da revista imposta pelo gigante sardo Serramanna, que não deixava ninguém se aproximar do faraó, a não ser depois de verificar pessoalmente que o visitante não possuía armas nem objetos suspeitos?

Nessa manhã, Ramsés recusara-se a receber todos os solicitantes, incluindo o responsável pelos diques, que recomendara a Ameni e de quem este se ocuparia muito bem sozinho. No momento o rei tinha necessidade dos conselhos da grande esposa real.

Sentados à beira do lago onde tinham acabado de banhar-se, oferecendo os corpos nus ao sol cujos raios eram filtrados pela folhagem dos sicômoros, saboreavam a beleza dos jardins do palácio. Nedjem, promovido a ministro da Agricultura, continuava a ocupar-se deles com um cuidado todo especial.

– Acabo de conversar com o grande sacerdote de Amon – confessou Ramsés.

– E a sua hostilidade é irremediável?

– Sem dúvida nenhuma. Ou aceito a sua posição, ou imponho a minha.

– O que propõe ele?

– Que o templo de Karnak conserve a supremacia sobre os outros templos do Egito; que ele reine no Sul e eu, no Norte.

– Isso é inaceitável!

Ramsés olhou Nefertari com espanto.

– Esperava que você me aconselhasse moderação!

– Se a moderação conduz o país à ruína, torna-se um vício. Esse sacerdote tenta impor a sua lei ao faraó, quer privilegiar os seus interesses particulares em detrimento do bem-estar geral. Se ceder, o trono vacilará, e aquilo que Sethi construiu será destruído.

Nefertari expressara-se com doçura, com voz calma e apaziguadora, mas suas afirmações mostraram uma firmeza surpreendente.

– Está considerando as conseqüências de um conflito aberto entre o rei e o grande sacerdote de Amon?

– Se você fraquejar logo no início do seu reinado, os ambiciosos e incapazes ficarão motivados. Quanto ao grande sacerdote de Amon, encabeçará um levante e afirmará a sua autoridade em detrimento à do faraó.

– Não receio iniciar esse combate, mas...

– Receia agir apenas em seu próprio proveito?

Ramsés contemplou a sua imagem na água azul do lago.

– Está lendo os meus pensamentos.

– Não sou a sua esposa?

– O que responde à sua pergunta, Nefertari?

– Nenhum invólucro humano é suficientemente amplo para controlar o faraó. Você é a generosidade, o entusiasmo e a força, e está utilizando essas armas para se lançar à altura da função que se apoderou da sua vida.

– Estarei no caminho errado?

– Tudo aquilo que se divide não é bom, e esse grande sacerdote escolheu a divisão porque ela lhe é conveniente. Como faraó, você não deve ceder um centímetro sequer do seu terreno.

Ramsés encostou a cabeça no seio de Nefertari, e esta, em retribuição, acariciou-lhe o cabelo. Andorinhas, emitindo um som de seda, adejavam em redor do casal real.

OS SONS DE UMA DISCUSSÃO à entrada do jardim vieram quebrar a tranqüilidade. Uma mulher discutia com os guardas, e seu tom de voz aumentava cada vez mais.

Ramsés prendeu seu saiote em volta da cintura e se dirigiu para o pequeno grupo.

– O que se passa aqui?

Os guardas afastaram-se, e o rei descobriu Iset a Bela, deslumbrante e graciosa.

– Majestade! – exclamou ela. – Deixe-me falar com você, eu lhe suplico.

– O que a impede?

– A sua guarda, o seu exército, o seu secretário, o seu...

– Venha comigo.

A princípio, oculto atrás da mãe, um menino deu um passo para o lado.

– Eis o seu filho, Ramsés.

– Kha!

Ramsés pegou-o nos braços e o ergueu acima da cabeça; assustado, o menino começou a chorar.

– Ele é muito tímido – disse Iset.

O rei pôs o filho às costas, o que o fez perder o medo imediatamente e sorrir.

– Quatro anos... O meu filho já tem quatro anos! O preceptor está contente com ele?

– Acha-o muito sério. Kha brinca pouco e só pensa em decifrar hieróglifos. Conhece muitas palavras e já consegue escrever algumas.

– Será escriba antes de mim! Venha refrescar-se; vou ensiná-lo a nadar.

– Ela... Nefertari está aí?

– Claro.

– Porque sou obrigada a fazer o cerco dez vezes ao palácio, isso não quer dizer que pode me manter afastada como a uma estranha. Sem mim, você estaria morto!

– O que quer dizer?

– Não foi a minha carta que o avisou da conspiração que estavam tramando contra você?

– Do que está falando?

Iset a Bela baixou a cabeça.

– Durante algumas noites bastante dolorosas, é verdade, sofri com a solidão do seu abandono. Mas nunca deixei de amar você e recusei aliar-me aos membros da sua própria família que tinham resolvido prejudicá-lo.

– A sua carta nunca me chegou às mãos.

Iset empalideceu.

– Então acredita que eu também fazia parte do rol de seus inimigos?

– Eu estava enganado?

– Sim, estava enganado! Pelo nome do faraó, juro que nunca o traí!

– Por que eu haveria de acreditar em você?

Iset agarrou o braço de Ramsés.

– Como poderia lhe mentir?

Iset viu Nefertari.

A sua beleza cortou-lhe a respiração. Não apenas a perfeição de suas formas era deslumbrante, mas a luz que emanava da rainha encantava o olhar e desarmava qualquer crítica. Nefertari era, sem dúvida, a grande esposa real com a qual nenhuma outra podia rivalizar.

O ciúme não apertou o coração de Iset a Bela. Nefertari estava radiante como o céu de verão, e a sua nobreza impunha respeito.

– Iset! Estou contente em vê-la.

A segunda esposa inclinou-se.

– Não, por favor... Venha banhar-se, está tanto calor!

Iset não esperava semelhante acolhimento. Constrangida, não resistiu, despiu-se e, nua como Nefertari, mergulhou na água azul do lago.

Ramsés observou as duas mulheres nadando. Como era possível ter sentimentos tão diferentes, mas também tão intensos e sinceros? Nefertari era o grande amor da sua vida, uma criatura excepcional, uma rainha. Nem as provações nem as marcas do tempo diminuiriam a paixão luminosa que viviam. Iset a Bela era o desejo, a despreocupação, a graça, o prazer louco. No entanto, tinha mentido e conspirado contra ele; não tinha outro remédio senão castigá-la.

– É verdade que sou seu filho? – perguntou a voz fina de Kha.

– É verdade.

– "Filho", em hieróglifo, escreve-se com um pato.

– É capaz de desenhá-lo?

Com a ponta do dedo e muito sério, Kha desenhou um pato na areia do caminho.

– Sabe como se escreve "faraó"?

Kha desenhou o plano de uma casa e uma coluna.

– A casa para exprimir a idéia de um meio protetor, e a coluna para simbolizar a grandeza: "casa grande", "grande casa"; esse é o significado da palavra faraó*. Sabe por que me chamam assim?

– Porque você é o maior de todos e vive numa casa muito grande.

– Tem razão, meu filho, mas essa casa é o Egito inteiro, e cada um dos seus habitantes deve encontrar aí a sua própria morada.

– Vai me ensinar outros hieróglifos?

– Não gosta de outros jogos?

O menino amuou.

– Ah, já percebi.

---

*Em hieróglifo, PER, "moradia, casa, templo" + AA, "grande" = PER AA; de onde, por evolução fonética, FARAÓ.

Kha sorriu.

Com o indicador, o rei desenhou um círculo com um ponto no centro.

– O Sol – explicou. – Chamam-lhe Ra, cujo nome é composto por uma boca e um braço, porque é o Verbo e a Ação. Agora é a sua vez de desenhá-lo.

O pequeno divertiu-se em desenhar uma série de sóis que, pouco a pouco, se aproximaram de um círculo perfeito. Recém-saídas da água, Iset e Nefertari ficaram estupefatas com o resultado.

– Ele possui dons extraordinários! – constatou a rainha.

– Que chegam a me dar medo – confessou Iset. – O preceptor assusta-se com isso.

– Isso é mal – considerou Ramsés. – Meu filho deve seguir seu caminho, seja com que idade for. Talvez o destino já o prepare para me suceder. Essa precocidade vem direto dos deuses; vamos respeitá-la, e não proibi-la. Esperem-me aqui.

O rei deixou o jardim e entrou no palácio.

Com a ponta do dedo dolorida, o pequeno Kha começou a chorar.

– Posso segurá-lo no colo? – perguntou Nefertari a Iset.

– Sim... claro.

A criança acalmou-se quase de imediato; havia uma infinita ternura nos olhos de Nefertari. Iset atreveu-se a formular a pergunta que lhe queimava o coração.

– Apesar da infelicidade que a feriu, pretende ter outro filho?

– Sim, e creio que estou grávida.

– Ah... Que desta vez as divindades do nascimento lhe sejam favoráveis!

– Agradeço-lhe essas palavras; vão me ajudar no parto.

Iset ocultou a sua perturbação. Não discordava jamais de que Nefertari fosse rainha nem invejava a grande esposa real, sobrecarregada de tarefas e preocupações; mas Iset teria gostado de ser mãe de numerosos filhos de Ramsés, a geradora que o rei veneraria durante toda a vida. Até agora fora ela que dera à luz o primeiro filho; mas se Nefertari fosse mãe de um varão, Kha seria provavelmente relegado a segundo plano.

Ramsés voltou, trazendo uma pequena prancha de escriba equipada com dois minúsculos blocos de tinta, um vermelho e outro preto, e três pequenos pincéis. Quando os entregou ao filho, o rosto de Kha iluminou-se, e ele apertou os preciosos objetos ao peito.

– Adoro-o, papai!

Depois de Iset e Kha terem partido, Ramsés não ocultou seus pensamentos de Nefertari.

– Estou convencido de que Iset conspirou contra mim.

– Interrogou-a?

– Confessa ter tido pensamentos negativos a meu respeito, mas insiste em afirmar que tentou prevenir-me quando se preparava uma investida contra mim. Só que sua carta não me chegou às mãos.

– Por que não acredita nela?

– Tenho a impressão de que continua mentindo e não me perdoa por ter escolhido você para grande esposa.

– Engana-se, Ramsés.

– Seu erro deve ser castigado.

– Que erro? Um faraó não pode castigar baseando-se numa ligeira impressão. Iset lhe deu um filho, não lhe quer mal nenhum. Esqueça o erro, se é que foi cometido, e, mais ainda, a sua punição.

18

O traje de Setaou destoava de todos os dos cortesãos e escribas recebidos no palácio; o seu espesso capote de pele de antílope, semelhante a uma túnica de inverno, estava carregado de soluções medicinais contra a ação do veneno de cobra. Em caso de mordedura, Setaou despia-se, molhava a pele em água e extraía dela o remédio.

– Não estamos no deserto – fez-lhe notar Ramsés. – Aqui você não necessita dessa farmácia ambulante.

– Lamento discordar, mas este lugar é mais perigoso do que os confins mais distantes da Núbia; aqui as serpentes e os escorpiões não têm o mesmo aspecto, mas pululam. Está preparado?

– Estou em jejum, como me pediu.

– Graças ao meu tratamento, você está quase imunizado, mesmo contra certas cobras. Deseja realmente esta proteção suplementar?

– Já concordei.

– Mas ela não é isenta de perigos.

– Não percamos mais tempo.

– Pediu a opinião de Nefertari?

– E você, pediu a de Lótus?

– Ela me acha um tanto louco, mas nos entendemos às mil maravilhas.

Mal barbeado, refratário ao uso da peruca, de cabeça quadrada, Setaou assustaria a maior parte dos doentes.

– Espero não ter me enganado na dosagem desta poção – confessou –, pois você está arriscado a ficar idiota.

– Não vou ceder às suas ameaças.

– Então beba isso.

Ramsés obedeceu.

– O que achou?

– Excelente.

– É por causa do suco de alfarroba. O resto é bem menos agradável: decocção de várias plantas urticáceas e de sangue de cobra diluído. Agora você está imunizado contra qualquer tipo de mordedura. Bastará este preparado de seis em seis meses para manter-se sempre assim.

– E você, quando vai decidir aceitar fazer parte do meu governo?

– Nunca. E você, quando deixará de ser ingênuo? Eu podia tê-lo envenenado!

– Você não tem pensamento de assassino.

– Como se você me conhecesse!

– Menelau ensinou-me muita coisa. E você está esquecendo o instinto de Serramanna, do meu leão e do meu cão.

– Belo trio, na verdade! Está esquecendo também que Tebas anseia por vê-lo partir e que a maioria dos notáveis deseja o seu fracasso?

– A natureza dotou-me de boa memória.

– O homem é um espécime mais perigoso do que os próprios répteis, Ramsés.

– Tem razão, mas também constitui o material com que o faraó tenta construir um mundo justo e harmonioso.

– Bobagem! Mais um sonho que os anos enviarão para o domínio dos sonhos inúteis. Desconfie, meu amigo: você está cercado por seres tenebrosos e malevolentes. Mas vejo que tem sorte, pois possui a mesma força misteriosa que também possuo quando vou ao encontro das cobras. E essa força deu-lhe uma aliada à sua altura: Nefertari, um sonho tornado realidade. É de se acreditar que assim talvez possa vencer.

– Sem você, será difícil.

– Antigamente a lisonja não fazia parte dos seus defeitos. Retornei a Mênfis com uma ótima colheita de venenos; quanto a você, tome cuidado.

APESAR DAS DEMONSTRAÇÕES de poder de Ramsés, Chenar ainda não perdera as esperanças. Continuava na incerteza do resultado da prova de força que o jovem rei opunha ao grande sacerdote de Amon. Os dois homens manteriam certamente as suas posições, o que enfraqueceria a autoridade de Ramsés, cuja palavra estava longe de ter o peso da de Sethi.

Pouco a pouco, Chenar ia conhecendo o irmão.

Atacá-lo de frente? Nunca, porque Ramsés se defenderia com tal energia que logo reverteria a situação. Muito melhor era ir lhe preparando uma sucessão de armadilhas, utilizando a malícia, a mentira, a traição. Se Ramsés não conseguisse identificar seus inimigos, ficaria debatendo-se no vazio e logo estaria cansado; então, quando estivesse extenuado, seria fácil eliminá-lo.

Enquanto o rei procedia a inúmeras nomeações e dominava Tebas com seu poder e vontade, Chenar tornava-se silencioso e discreto, como se os acontecimentos não lhe dissessem respeito. Mas, agora, tinha de sair do seu mutismo, sob pena de se tornar também suspeito de tramar uma conspiração.

Depois de ter refletido bastante, Chenar decidira desempenhar um papel aparentemente grosseiro, tão grosseiro que irritaria Ramsés e o faria reagir com o seu ímpeto habitual, sem desconfiar de que a sua intervenção correspondia exatamente às esperanças de Chenar. Esta tentativa iria servir de teste; se Chenar levasse a melhor sem o irmão desconfiar, saberia manipulá-lo.

Nesse caso, o futuro lhe sorriria.

PELA DÉCIMA VEZ, Ramsés tentava explicar a Vigilante que não era conveniente pescar peixes no viveiro do palácio e partilhar a sua presa com o leão. As rações dadas não lhes eram suficientes? O rei notou no olhar vivo do cão amarelo-dourado que este estava percebendo perfeitamente a repreensão, mas não iria levá-la em consideração. Sob a proteção da fera, Vigilante sentia-se quase invulnerável.

A elevada estatura de Serramanna destacou-se no limiar do gabinete de Ramsés.

– Seu irmão quer vê-lo, mas se recusa a ser revistado.

– Deixe-o entrar.

O sardo afastou-se. Ao passar, Chenar lançou-lhe um olhar gélido.

– Posso conversar a sós com Sua Majestade?

O cão amarelo-dourado seguiu Serramanna, que sempre lhe dava um bocado de bolo de mel.

– Há muito tempo que não conversamos, Chenar.

– Sei que anda muito ocupado, e não quero atrapalhar as suas atividades.

Ramsés caminhou ao redor de Chenar.

– Por que está me observando assim? – espantou-se leste.

– Emagreceu, irmão querido...

– Nestas últimas semanas tenho seguido um regime.

Apesar dos esforços, Chenar continuava volumoso; os minúsculos olhos castanhos iluminavam uma cara de lua cheia de gordas bochechas e cujos lábios grossos traíam a gula.

– Por que manteve essa barba fina e rala?

– Usarei para sempre o luto por Sethi – afirmou Chenar. – Como é possível esquecer o nosso pai?

– Sou sensível também à sua dor e a partilho.

– Tenho certeza disso, mas as suas funções o impedem de manifestá-la; o mesmo não acontece comigo.

– Qual é o motivo da sua visita?

– Já a esperava, não é verdade?

O rei permaneceu silencioso.

– Sou seu irmão mais velho e gozo de excelente reputação; a decepção de não ter sido coroado em seu lugar pertence ao passado, mas não me conformo de ser um nobre ocioso e rico, sem qualquer utilidade para o meu país.

– Compreendo.

– O trabalho de chefe do protocolo que me havia confiado é muito limitado, tanto que Romeu, o novo intendente do palácio, se ocupa dele de boa vontade.

– Que deseja, Chenar?

– Refleti muito antes de tomar esta atitude, pois, para mim, tem caráter humilhante.

– Entre irmãos não há motivo para uma expressão como essa.

– Contestará as minhas exigências?

– Não, Chenar, pois ainda não as conheço.

– Está disposto a ouvir-me?

– Fale, peço-lhe.

Agitado, Chenar começou a andar de um lado para outro.

– Tornar-me vizir? Impossível. Você seria acusado de me conceder um privilégio exorbitante. Dirigir a guarda?

Pensei nisso, mas é uma tarefa excessivamente complexa. Chefe dos escribas? Cargo muito pesado, poucos repousos e tempos livres. Os grandes canteiros de obras? Não possuo a competência necessária. Ministro da Agricultura? O lugar já está preenchido. Ministro das Finanças? Você o conservou para aquele que servia a Sethi. E não tenho qualquer aptidão para a vida dos templos e as tarefas dos grandes sacerdotes.

– Que ambição lhe resta, então?

– Aquela que corresponde aos meus gostos e às minhas capacidades: ministro das Relações Exteriores. Você sabe bem do meu interesse pelo comércio com nossos vassalos e vizinhos; em vez de me limitar a negociações que apenas aumentariam a minha fortuna pessoal, pretendo trabalhar com afinco para reforçar a paz e melhorar a nossa diplomacia.

Chenar parou finalmente de deambular.

– Está chocado com a minha proposta?

– É uma grande responsabilidade.

– Autoriza-me a fazer todo o possível para evitar uma guerra com os hititas? Ninguém deseja um confronto sangrento. O fato de o faraó atribuir o posto de ministro das Relações Exteriores a seu irmão mais velho provará a importância que dá à paz.

Ramsés refletiu longamente.

– Concedo-lhe aquilo que deseja, Chenar. Mas você precisará de ajuda.

– Concordo... Em quem está pensando?

– No meu amigo Acha. A sua profissão é a diplomacia.

– Liberdade vigiada, de certa forma.

– Colaboração eficaz, espero.

– Já que essa é a sua vontade...

– Encontre-o o mais depressa possível, e apresentem-me os seus projetos com exatidão.

Ao sair do palácio, Chenar mal conseguia conter uma explosão de alegria.

O irmão mais novo reagira como ele esperava.

19

Dolente, a irmã de Ramsés, prostrou-se e beijou os pés do rei.

– Perdoe-me, suplico-lhe, e perdoe o meu marido!

– Levante-se. Está ridícula nessa posição.

Dolente aceitou a mão do irmão, mas não se atreveu a fitá-lo. Volumosa, passiva, Dolente parecia desamparada.

– Perdoe-nos, Ramsés. Agimos como dois insensatos!

– Vocês desejavam a minha morte. Por duas vezes o seu marido conspirou contra mim; ele, que foi o meu preceptor!

– O erro dele é grave, o meu também, mas fomos manipulados.

– Por quem?

– Pelo grande sacerdote de Karnak. Conseguiu convencer-nos de que você seria um mau rei e que levaria o país a uma guerra civil.

– Em suma: vocês não têm nenhuma confiança em mim.

– O meu marido, Sary, o considerava uma pessoa impetuosa, incapaz de controlar os instintos de guerreiro. Lamenta muito o seu erro... Ah, como ele lamenta!

– O meu irmão Chenar também não tentou convencê-lo?

– Não – mentiu Dolente. – Era a ele que devíamos ter dado ouvidos. Desde que aceitou plenamente a decisão do nosso pai, considera-se súdito e apenas deseja servir ao Egito, encontrando um lugar digno das suas capacidades.

– Por que não trouxe Sary com você?

Dolente baixou a cabeça.

– Está com muito medo da cólera do faraó.

– Você tem muita sorte, minha querida irmã. A nossa mãe e Nefertari intervieram com insistência para evitar um castigo mais severo. Ambas desejam preservar a unidade da nossa família em homenagem a Sethi.

– Você... você me perdoa?

– Nomeio-a superiora honorária do harém de Tebas. É um belo título e não lhe exigirá nenhum esforço. Seja discreta, irmãzinha.

– E... o meu marido?

– Nomeio-o chefe dos oleiros do canteiro de obras de Karnak. Assim, tornar-se-á útil e aprenderá a construir em vez de destruir.

– Mas... Sary é professor, um escriba, não sabe fazer nada com as mãos.

– Isso é contrário aos ensinamentos dos nossos pais: se a mão e o espírito não trabalham em conjunto, o homem torna-se mau. Apressem-se em assumir as suas novas funções; o que não falta é trabalho.

Ao retirar-se, Dolente suspirou. De acordo com as previsões de Chenar, ela e Sary tinham escapado do pior. No início do seu reinado e sob a influência da mãe e da mulher, Ramsés preferia a clemência à intransigência.

Ser obrigada a trabalhar era um verdadeiro castigo, porém muito mais suave do que o campo de trabalhos forçados dos oásis ou o exílio nos confins da Núbia. Quanto a Sary, que se arriscara à pena de morte, podia dar-se por satisfeito, mesmo seu novo trabalho nada tendo de glorioso.

Essas humilhações, porém, seriam de curta duração. Dolente, por meio de suas mentiras, restaurara a respeitabilidade de Chenar, que representava um personagem digno de crédito, personificado em um irmão obediente e respeitador. Preocupado com mil e uma questões, Ramsés acabaria por acreditar que os seus inimigos de ontem, entre os quais o irmão e a irmã, haviam se conformado e só pensavam em levar uma existência tranqüila.

MOISÉS REENCONTROU com alegria o canteiro de obras da sala de colunas de Karnak que, terminado o período de luto, Ramsés decidira reabrir para terminar a obra gigantesca empreendida pelo pai. Com uma vasta cabeleira, barbudo, de ombros largos, forte compleição, rosto burilado, o jovem hebreu gozava da estima e do afeto da sua equipe de talhadores de pedra e de gravadores de hieróglifos.

Moisés recusara o posto de mestre-de-obras que Ramsés lhe propusera, pois não se achava capaz de assumir tal responsabilidade. Coordenar os esforços dos especialistas e incentivar a sua vontade de perfeição, sim; traçar o plano de um edifício como arquiteto da confraria de Deir el-Medineh, não. Aprendendo a profissão no trabalho, ouvindo aqueles mais instruídos do que ele, familiarizando-se com a sabedoria dos materiais, o hebreu tornar-se-ia então capaz de construir.

A vida rude de um canteiro de obras permitia-lhe exercitar a sua força física e esquecer o fogo que lhe queimava a alma. Todas as noites, estendido na cama e procurando em vão o sono, Moisés tentava compreender por que não encontrara ainda a sua simples alegria de viver. Nascera num país rico, ocupava uma boa posição, beneficiava-se da amizade do faraó, atraía os olhares de mulheres bonitas, levava uma existência folgada e calma... Por que, então, nenhum desses argumentos trazia-lhe calma? Por que essa insatisfação perpétua? Por que essa tortura interior que nada justificava?

Retomar uma intensa atividade, ouvir de novo o canto alegre dos malhos e dos cinzéis, ver deslizar sobre o lado molhado os trenós de madeira carregados com enormes blocos de pedra, velar pela segurança de cada operário, assistir ao crescimento de uma coluna, toda essa aventura exaltante apagaria as suas mágoas.

No verão, faziam a sesta; mas a morte de Sethi e a coroação de Ramsés alteravam os hábitos. Com a concordância dos chefes da corporação de Deir el-Medineh e do mestre-de-obras de Karnak, que lhe explicara seu plano ponto por ponto, Moisés organizara dois períodos de trabalho diários: o primeiro, do amanhecer até a metade da manhã, e o segundo, do começo da tarde até o crepúsculo. Cada um disporia então de um tempo de recuperação suficiente, tanto assim que longas tiras de tecido estendidas entre duas estacas mantinham o canteiro de obras à sombra.

Logo que Moisés passou pelo posto de guarda que dava acesso à sala de colunas em construção, o chefe dos talhadores de pedra caminhou para ele.

– Está fora de questão trabalhar em semelhantes condições.

– O calor ainda não é insuportável.

– O calor não nos assusta... Refiro-me ao comportamento do novo chefe de equipe dos oleiros encarregados dos alicerces.

– Eu o conheço?

– Chama-se Sary; é o marido de Dolente, a irmã do faraó. E por isso ele julga que tudo lhe é permitido!

– Qual é a reclamação?

– Como acha o trabalho muito pesado, não convocará a sua equipe senão de dois em dois dias, mas lhe cortará a sesta e racionará a água. Estará pensando em tratar os nossos colegas como escravos? Estamos no Egito, e não na Grécia ou na terra dos hititas! Declaro-me solidário com os oleiros.

– Tem razão. Onde está Sary?

– Descansando, na tenda dos chefes de equipe.

Sary havia mudado, e muito. O jovial ex-preceptor de Ramsés transformara-se num homem meio magro, de rosto anguloso e gestos nervosos. Fazia girar constantemente em torno do pulso esquerdo uma pulseira de cobre demasiado larga e esfregava freqüentemente com um ungüento o pé direito dolorido em conseqüência da artrite que lhe deformava o volumoso dedo grande. Da sua antiga função, Sary apenas conservara um elegante vestido de linho branco, simbolizando o fato de pertencer à casta dos escribas ricos.

Estendido em almofadas, bebia uma cerveja fresca. Lançou um olhar preguiçoso a Moisés quando este entrou na tenda.

– Eu o saúdo, Sary. Reconhece-me?

– Como poderia esquecer Moisés, o brilhante condiscípulo de Ramsés? Também está condenado a suar neste canteiro de obras... O rei não beneficia em nada os seus velhos amigos.

– Estou satisfeito com a minha condição.

– Poderia exigir um posto melhor!

– Haverá sonho mais belo do que a participação na edificação de um monumento como este?

– Um sonho? Com esse calor, essa poeira, o suor dos homens, essas pedras enormes, esse trabalho sem fim, o barulho das ferramentas, o contato com operários analfabetos? Um pesadelo, você quer dizer! Está perdendo seu tempo, meu pobre Moisés.

– Confiaram-me uma missão e a cumpro.

– Bela e nobre atitude! Quando vier o tédio, você há de mudar.

– Você também não tem uma missão a cumprir?

Uma careta alterou o rosto do ex-preceptor de Ramsés.

– Comandar oleiros... O que poderá haver de mais grandioso?

– São homens resistentes e respeitáveis, muito melhores do que escribas preguiçosos e glutões inveterados.

– Estranhas palavras, Moisés. Estará revoltado, por acaso, contra a ordem social?

– Apenas contra o desprezo que você está tendo pelas pessoas.

– Está querendo censurar-me?

– Fixei horários de trabalho, tanto aos oleiros quanto aos outros; é melhor respeitá-los.

– Eu faço a minha própria escolha.

– Que não corresponde à minha; e você terá de ceder, Sary.

– Recuso-me!

– Como quiser. Falarei dessa recusa com o mestre-de-obras, que alertará o vizir, o qual irá consultar Ramsés.

 – Ameaça...

– É o procedimento habitual em caso de insubordinação num canteiro de obras real.

– Como lhe agrada humilhar-me!

– Não tenho outro objetivo senão o de trabalhar na construção deste templo, pois nada deve interromper os trabalhos.

– Está caçoando de mim.

– Hoje somos colegas, Sary, e a melhor solução é coordenarmos os nossos esforços.

– Ramsés vai abandoná-lo, assim como fez comigo!

– Peça aos oleiros que tratem dos alicerces, conceda-lhes a sesta regulamentar e não se esqueça de lhes dar toda a água de que necessitarem.

20

O vinho era excepcional, a peça de carne, saborosa, o purê de favas, muito bem temperado. "Pode-se falar tudo sobre Chenar", pensou Meba, "mas ele é perfeito como anfitrião".

– A refeição agrada-lhe? – perguntou o irmão mais velho de Ramsés.

– Meu caro amigo, está uma maravilha! Seus cozinheiros são os melhores do Egito.

O elegante sexagenário, veterano nas manhas da diplomacia depois de longos anos passados à frente do Ministério das Relações Exteriores, estava sendo sincero. Chenar não poupava na qualidade dos produtos que oferecia aos seus convidados.

– A política do rei não lhe parece incoerente? – perguntou Meba.

– Ele é um homem difícil de assimilar os assuntos.

A crítica sutil agradou ao diplomata, cujo rosto largo e tranqüilo revelava sinais pouco habituais de nervosismo. Geralmente muito reservado, Meba perguntava a si próprio se Chenar, para viver em paz e não perder nenhum privilégio, não se aliara ao campo dos partidários de Ramsés. No entanto, as palavras que acabava de pronunciar pareciam indicar o contrário.

– Não aprovo de forma alguma a série de nomeações intempestivas que obriga excelentes servidores do Estado a deixar as suas funções para serem relegados a postos subalternos.

– Sou da mesma opinião, Meba.

– Ramsés nomeou um jardineiro ministro da Agricultura, que disparate! Só quero ver quando chegar a vez do meu ministério!

– É precisamente sobre esse assunto que queria lhe falar.

Meba empertigou-se todo e ajeitou a espalhafatosa peruca que usava durante todo o ano, mesmo na época dos fortes calores.

– Tem alguma informação confidencial que me interesse?

– Vou relatar a situação nos seus mínimos detalhes, para que possa apreciá-la com lucidez. Ramsés convocou-me ontem. Uma ordem brutal, sem discussão. Deixando tudo o que estava por fazer, dirigi-me ao palácio, onde ele me fez esperar por mais de uma hora.

– Não ficou... preocupado?

– Sim, confesso que fiquei. O seu sardo, Serramanna, revistou-me sem consideração, apesar dos meus protestos.

– Revistou você, o irmão do rei? Será que caímos assim tão baixo?

– Receio que sim, Meba.

– Mas você protestou junto ao rei?

– Não me deixou falar. Está tão seguro de si que não sente mais respeito pelos outros.

– Sethi teria condenado essa atitude.

– Infelizmente meu pai já não é deste mundo, e Ramsés agora está no trono.

– Os homens passam, as instituições ficam. Um dignitário com o seu valor atingirá um dia a função suprema.

– Os deuses decidirão.

– Não quer continuar a falar sobre... o meu caso particular?

– Ah, sim, tem razão. Enquanto eu tremia de vergonha e indignação depois daquela ignóbil revista, Ramsés anunciou que me nomeava ministro das Relações Exteriores.

Meba empalideceu.

– Você, no meu lugar? É incompreensível!

– Compreenderá melhor quando souber que não sou, a seus olhos, senão um homem de palha, enquadrado pelos seus esbirros, que não me permitirão qualquer iniciativa. Você não teria tido a coluna vertebral tão flexível, meu caro Meba, e eu sou apenas um testa-de-ferro. Os governos estrangeiros ficarão honrados em ver o interesse que Ramsés concede a esse ministério, nomeando para ele o irmão, sem saberem que estou de pés e mãos atados.

Meba estava abatido.

– Então já não sou nada...

– Assim como eu, apesar das aparências.

– Esse rei é um monstro.

– Aos poucos muitos homens de valor descobrirão isso. Portanto, não devemos ceder ao desânimo.

– O que tem para propor-me?

– Deseja reformar-se ou lutar a meu lado?

– Posso prejudicar Ramsés.

– Finja retirar-se e aguarde as minhas instruções.

Meba sorriu.

– Ramsés talvez faça mal em subestimar você. À frente desse ministério, mesmo muito controlado, hão de surgir as oportunidades.

– É muito perspicaz, meu caro amigo. E se me falasse agora do funcionamento desse grande corpo de Estado, que com tanto talento você dirigiu?

Meba não se fez de rogado. Chenar omitiu dizer-lhe que tinha um aliado precioso, proporcionando-lhe o domínio da situação. A traição de Acha devia permanecer guardada como o seu mais precioso segredo.

SEGURANDO LITA pela mão, o mago Ofir caminhava devagar pela rua principal da cidade do sol, a capital abandonada de Akhenaton, o faraó herético, e de sua esposa Nefertiti. Nenhuma das construções fora destruída, mas a areia entrava pelas portas e janelas quando o vento do deserto soprava suas rajadas.

Situada a mais de 400 quilômetros ao norte de Tebas, a cidade estava deserta há cerca de cinqüenta anos. Depois da morte de Akhenaton, a corte abandonara aquele majestoso local do Médio Egito para se instalar na cidade de Amon. Os cultos tradicionais haviam sido restaurados, os antigos deuses, novamente velados em detrimento de Aton, o disco solar, encarnação do deus único.

Akhenaton não fora suficientemente longe; o próprio disco traía a verdade. O deus único estava além de qualquer representação ou símbolo, pois residia no céu, e a espécie humana, na terra. Fazendo viver nela os deuses, o Egito opunha-se à adoção universal do deus único. O Egito devia ser destruído.

Ofir era descendente de um conselheiro líbio de Akhenaton, que passara longas horas em companhia do monarca. Akhenaton ditara-lhe poemas místicos que o estrangeiro se comprometera a difundir por todo o Oriente Médio e mesmo entre as tribos do Sinai – em particular, os hebreus.

Fora o general Horemheb, o verdadeiro fundador da dinastia a que pertenciam Sethi e Ramsés, que fizera desaparecer o antepassado de Ofir, considerado um temível agitador e praticante de magia negra, culpado de ter influenciado Akhenaton, a ponto de fazê-lo esquecer os deveres do cargo que assumira.

É certo que essas foram realmente as intenções do líbio: apagar as humilhações sofridas por seu povo, enfraquecer o Egito, aproveitar a frágil saúde de Akhenaton para convencê-lo a abandonar qualquer política de defesa.

A manobra estivera prestes a ter êxito.

Agora, Ofir retomava o prumo. Não herdara a ciência do seu predecessor e os seus talentos de feiticeiro? Detestava o Egito tanto quanto ele e encontraria no ódio a capacidade de destruí-lo. Vencer o Egito significava abater o faraó. Abater Ramsés.

O olhar de Lita permanecia vazio. No entanto, Ofir ia-lhe descrevendo todos os edifícios oficiais, todas as *villas* dos nobres, fazendo-a descobrir os bairros dos artífices e dos comerciantes, incluindo o jardim zoológico onde Akhenaton reunira espécies raras. Durante horas, Ofir e Lita vaguearam pelo palácio vazio onde o rei e Nefertiti haviam brincado com as filhas, uma das quais era a avó da jovem.

Durante essa nova visita à cidade do sol, que se ia degradando ano após ano, Ofir achou Lita mais atenta, como se seu interesse pelo mundo exterior finalmente despertasse. Demorou-se no quarto de dormir de Akhenaton e Nefertiti, inclinou-se sobre um berço desarmado e então chorou.

Quando as lágrimas cessaram, Ofir tomou-a pela mão e a levou até um ateliê de escultura. Lá encontravam-se várias cabeças femininas em gesso guardadas em caixas, cabeças que haviam servido de modelo antes de serem esculpidas numa pedra nobre.

O mago retirou-as uma a uma das caixas.

De repente, Lita acariciou uma das cabeças de gesso, cujo rosto era de sublime beleza.

– Nefertiti – murmurou.

A seguir, a mão deslocou-se para outra cabeça, bem menor e com traços de notável delicadeza.

– Merit-Aton, a bem-amada de Aton, minha avó. E esta é a irmã, ali a outra irmã... a minha família, a minha família esquecida! Está de novo perto de mim, tão perto!

Lita apertou as cabeças de gesso de encontro ao peito, mas uma escapuliu e se quebrou ao cair no chão.

Ofir receou uma crise de nervos, mas a jovem não esboçou sequer um gesto de surpresa, permanecendo imóvel durante um longo minuto. De repente, arremessou as outras cabeças de encontro à parede e pisou os cacos.

– O passado está morto, pois acabo de matá-lo – declarou, olhos parados.

– Não – objetou Ofir. – O passado não morre nunca. A sua avó e a sua mãe foram perseguidas porque acreditavam em Aton. Fui eu que a recolhi, Lita, fui eu que a arranquei do exílio e da morte certa.

– É verdade, lembro-me... A minha avó e a minha mãe estão enterradas lá embaixo, nas colinas, e eu devia ter ido me juntar a elas há muito tempo. Mas você se comportou como um pai.

– Chegou o tempo da vingança, Lita. Se você só teve infelicidade e sofrimento em vez de viver uma infância feliz, foi por causa de Sethi e de Ramsés. O primeiro já morreu, e o segundo está oprimindo um povo inteiro. Devemos puni-lo; você tem de castigá-lo.

– Quero passear na minha *villa*.

Lita tocou nas pedras dos templos e nas paredes das casas como se tomasse posse da cidade morta. Ao pôr-do-sol, subiu para o terraço do palácio de Nefertiti e contemplou o seu reino fantasmagórico.

– A minha alma está vazia, Ofir, e o seu pensamento a preenche.

– Desejo vê-la reinando, Lita, para que imponha a crença no deus único.

– Não, Ofir, isso é apenas um discurso. Uma única força o está movendo: o ódio, porque o mal está em você.

– Recusa-se então a ajudar-me?

– A minha alma está vazia, mas você a preencheu com o seu louco desejo de fazer mal. Moldou-me, pacientemente, como o instrumento da sua vingança e da minha: hoje, estou pronta para combater, como a lâmina afiada de uma espada.

Ofir ajoelhou-se e deu graças a Deus. As suas preces tinham sido ouvidas.

21

A taberna era animada pelos meneios sensuais de um grupo de bailarinas profissionais, no qual se misturavam egípcias do delta e núbias de pele de ébano. A flexibilidade das jovens fascinou Moisés, sentado a uma mesa no fundo do estabelecimento, diante de um copo de vinho de palma. Depois de um dia difícil, durante o qual evitara, no último instante, dois acidentes, o hebreu sentia necessidade de estar só no meio de um lugar barulhento, vendo os outros se divertir, mas sem ele próprio tomar parte na diversão.

Então percebeu, não longe de sua mesa, um estranho casal.

A mulher era jovem, loura, de formas volumosas, atraente. O homem, muito mais velho do que ela, tinha um rosto inquietante: magro, maçãs do rosto salientes, nariz aquilino, lábios muito finos, queixo pronunciado, lembrando bem uma ave de rapina. Por causa do barulho, Moisés não conseguia ouvir-lhes a conversa; captava apenas trechos incoerentes de um lento discurso proferido pela voz monótona do homem.

As bailarinas núbias convidaram os clientes para dançar; um deles, um qüinquagenário embriagado, pousou a mão sobre o ombro direito da mulher loura e a convidou. Surpreendida, ela o repeliu. Irritado, o bêbado insistiu. O amigo da mulher estendeu a mão direita na direção do importuno, que recuou cerca de um metro, como se agredido por um violento soco. Assustado, o bêbado balbuciou algumas palavras de desculpa e se afastou.

O homem de rosto inquietante agira rápido e com discrição, mas Moisés não se enganara. O estranho personagem parecia dispor de grandes poderes.

Quando o homem e a mulher saíram da taberna, Moisés os seguiu. Dirigiram-se para o sul do aglomerado tebano antes de desaparecerem em um bairro popular formado por pequenas casas de um andar, separadas por estreitas ruelas. Por alguns instantes, o hebreu julgou tê-los perdido de vista, mas ouviu os passos decididos do homem.

Àquela hora da noite, o local estava deserto; um cão ladrou, e morcegos passaram por ele rasantes. Quanto mais Moisés se aproximava, mais aguçava-se a sua curiosidade. Viu novamente o estranho casal, que se esgueirava por entre casebres a serem demolidos brevemente, para darem lugar a novas habitações. Ninguém vivia ali.

A mulher empurrou uma porta, que rangeu, perturbando o silêncio da noite. O homem havia desaparecido.

Moisés deteve o passo.

Deveria entrar e interrogá-los, perguntar-lhes quem eram e por que se comportavam tão estranhamente? Compreendeu então o caráter grotesco da sua atitude. Não só não pertencia à guarda do palácio, como também não tinha nada que se intrometer na vida privada das pessoas. Que gênio mau o tinha impelido a fazer aquela estúpida perseguição? Furioso consigo mesmo, deu meia-volta.

Inesperadamente, o homem com cara de ave de rapina apareceu à sua frente.

– Estava nos seguindo, Moisés?

– Como sabe o meu nome?

– Apenas perguntei na taberna; você é amigo de Ramsés, portanto, é um personagem célebre.

– E quem é você?

– Por que estava nos seguindo?

– Um pequeno impulso...

– Explicação pouco convincente.

– No entanto, é a verdade.

– Não acredito em você.

– Saia da minha frente.

O homem estendeu a mão.

A areia à frente de Moisés moveu-se e surgiu uma serpente com chifres, dardejando uma língua furiosa.

– É apenas um truque de magia! – replicou o hebreu.

– Não se aproxime porque ela é bem real. Limitei-me a despertá-la.

O hebreu voltou-se.

Outro réptil o ameaçava.

– Se quer sobreviver, entre na minha casa.

A porta rangente abriu-se.

No espaço estreito da ruela, não havia meio de Moisés escapar dos répteis. E Setaou não estava por perto. Por fim, entrou num compartimento de teto baixo e chão de terra batida. O homem o seguiu e fechou a porta.

– Não tente fugir, ou as serpentes o picarão. Quando eu decidir, elas dormirão.

– O que deseja?

– Falar.

– Poderia derrubá-lo com um único soco.

O homem sorriu.

– Lembre-se do que viu na taberna, por isso não se arrisque.

A jovem loura estava em um canto do quarto e escondia o rosto com um pedaço de pano.

– Ela está doente?

– Não, apenas não suporta a escuridão; logo que o sol nasce, ela fica melhor.

– E então? Vai dizer quem é e o que deseja de mim?

– O meu nome é Ofir, nasci na Líbia e pratico a magia.

– Em que templo pratica o ofício?

– Em nenhum.

– Então, está na ilegalidade.

– Esta jovem e eu nos escondemos e nos deslocamos permanentemente.

– Tem cometido algum outro delito?

– O de não partilhar a fé de Sethi e a de Ramsés.

Moisés ficou atordoado.

– Não compreendo...

– Esta mulher frágil e ferida chama-se Lita. É a neta de Merit-Aton, uma das seis filhas do grande Akhenaton, morto há 55 anos na cidade do sol e simplesmente retirado dos anais reais por ter tentado impor ao Egito a idéia do deus único: Aton.

– Pelo que sei, nenhum dos seus partidários foi perseguido!

– Não será o esquecimento o pior dos castigos? A rainha Akhesa, esposa de Tutankhamon e herdeira do trono do Egito, foi injustamente condenada à morte, e a ímpia dinastia fundada por Horemheb apoderou-se das Duas Terras. Se a justiça existisse, seria Lita a subir ao trono.

– Está conspirando contra Ramsés?

Ofir sorriu de novo.

– Sou apenas um velho mago, Lita está fraca e desesperada. O poderoso faraó do Egito nada tem a recear de nós. No entanto, surgirá uma verdadeira força que o aniquilará e imporá a sua lei.

– Quem?

– O verdadeiro Deus, Moisés, o Deus único cuja cólera em breve se abaterá sobre todos os povos que não se prostrarem perante ele!

As graves inflexões da voz de Ofir tinham feito tremer as paredes do casebre. Moisés sentiu um medo estranho, horrível, mas ao mesmo tempo fascinante.

– Você é hebreu, Moisés.

– Eu nasci no Egito.

– Tal como eu, não passa de um exilado. Procuramos uma terra pura, que não tenha sido conspurcada por dezenas de divindades! Você é hebreu, Moisés, o seu povo sofre; quer ressuscitar a religião dos seus ancestrais e, assim, continuar os grandes desígnios de Akhenaton.

– Os hebreus são felizes no Egito; além do mais, são bem pagos e bem alimentados.

– A parte material não lhes basta.

– Se está tão convencido disso, torne-se o seu profeta!

– Não passo de um líbio e não possuo a sua autoridade nem a sua fama.

– Você está delirando, Ofir! Transformar os hebreus numa facção hostil a Ramsés seria conduzi-los ao extermínio. Nenhum deles deseja revoltar-se ou abandonar o país, e eu sou amigo de um faraó destinado a fazer um grande reinado.

– Arde em você uma chama, Moisés, como ardia no coração de Akhenaton. Aqueles que compartilhavam do seu ideal não desapareceram e estão começando a reagrupar-se.

– Então você e Lita não estão sozinhos.

– Temos de mostrar-nos muito prudentes, mas todos os dias fazemos amizades preciosas. A religião de Akhenaton é a do futuro.

– Talvez não seja essa a opinião de Ramsés.

– Como é amigo do novo monarca, compete a você convencê-lo.

 – Eu mesmo?

– Os hebreus imporão a supremacia do seu Deus único ao mundo inteiro, e você se tornará seu líder!

– A sua profecia é ridícula!

– Mas se realizará.

– Não tenho a mínima intenção de me voltar contra o rei.

– Então que se afaste do nosso caminho e será poupado.

– Continua delirando, Ofir, é melhor você voltar para o seu país.

– A terra nova ainda não existe, mas será você que a descobrirá.

– Tenho outros projetos.

– Acredita num só Deus, não é verdade?

Moisés sentiu-se perturbado.

– Não sou obrigado a lhe responder.

– Não fuja ao seu destino, Moisés.

– Vá embora, Ofir.

Moisés dirigiu-se para a porta; o mago não o impediu.

– As serpentes regressaram ao seu esconderijo – declarou. – Pode sair sem receio.

– Adeus, Ofir.

– Até breve, Moisés.

22

Pouco antes da madrugada, o sacerdote Bakhen saiu da casa correspondente à sua função, lavou o corpo depilado, vestiu um saiote branco e, com um vaso, dirigiu-se para o lago sagrado sobrevoado por dezenas de andorinhas que anunciavam o nascer do dia. O grande lago, ao qual se chegava por escadas de pedra dispostas nos quatro cantos, continha água do Noun, inesgotável oceano de energia do qual brotavam todas as formas de vida. Bakhen recolheria um pouco do precioso líquido, que seria utilizado para numerosos rituais de purificação celebrados no templo coberto.

– Lembra-se de mim, Bakhen?

O sacerdote voltou a cabeça na direção do homem que se aproximava vestido como um simples "sacerdote puro".

– Ramsés...

– Quando você era meu instrutor, no exército, nós dois lutamos, e a luta ficou empatada.

Bakhen curvou-se.

– O meu passado desapareceu, Majestade; hoje pertenço a Karnak.

O ex-encarregado das estrebarias, cavaleiro emérito de rosto largo e desagradável, voz rouca e aspecto rude, parecia compenetrado na sua nova função.

– Karnak não pertence ao rei?

– Com toda certeza, Majestade.

– Lamento perturbar a sua serenidade, Bakhen, mas tenho de saber se você é amigo ou inimigo.

– Por que haveria de ser inimigo do faraó?

– Por acaso sabe que o grande sacerdote de Amon está contra mim?

– As querelas da hierarquia...

– Não se esconda atrás de palavras ocas, Bakhen. Não há lugar para dois senhores neste país.

O ex-instrutor pareceu desarmado.

– Acabo de passar os primeiros graus e...

– Se você é meu amigo, Bakhen, deverá ser também meu aliado na luta que estou iniciando.

– Como?

– Esse templo deve ser um local de correto procedimento, assim como todos os outros santuários do Egito. Se não fosse, qual seria a sua reação?

– A minha reação seria a de curtir o couro dos culpados!

– É o auxílio que lhe peço, Bakhen. Dê-me a certeza de que ninguém aqui trai a lei de Maât.

Ramsés afastou-se seguindo pela borda do lago sagrado com passos tão regulares quanto os dos outros sacerdotes que vinham encher os seus vasos com a água purificadora.

Bakhen não conseguiu tomar uma decisão imediata. Karnak tornara-se a sua morada, o mundo em que gostava de viver. Mas a vontade do faraó não consistia no valor sagrado por excelência?

EM TEBAS, O MERCADOR sírio Raia adquirira três belas tendas no centro da cidade. Os cozinheiros das famílias nobres vinham ali comprar conservas de carne de excelente qualidade, enquanto as patroas avaliavam os elegantes e bem confeccionados vasos asiáticos.

Desde o fim do luto os negócios haviam recomeçado. Simpático, gozando de excelente reputação, Raia podia contar com uma clientela fiel, cada vez mais numerosa. Por isso não deixava de felicitar e aumentar os seus empregados, que, por sua vez, não poupavam elogios ao sírio.

Depois que o barbeiro se fora, após ter aparado a ponta da sua fina barba, Raia debruçara-se sobre as suas contas, exigindo que ninguém o incomodasse.

O mercador limpou a testa. Ele não suportava o calor do verão e ainda menos o fracasso de ter de pagar a um mancebo grego para entrar no gabinete de Ramsés e fazer o inventário das pastas que o jovem monarca tencionava tratar com prioridade. Fracasso previsível, na verdade. Raia queria mesmo era testar as medidas de segurança tomadas por Ramsés e Serramanna. Infelizmente, pareciam muito eficazes. Não seria fácil obter informações de confiança, embora a corrupção continuasse a ser o melhor recurso.

O sírio encostou o ouvido à porta do gabinete. Nenhum ruído na antecâmara, ninguém o estava vendo. Por precaução, subiu em um tamborete e olhou por um minúsculo orifício aberto na divisória.

Com tranqüilidade, entrou na despensa onde se acumulavam os pequenos vasos de alabastro provenientes do sul da Síria, aliada do Egito. As belas damas adoravam-nos; Raia só os colocava à venda um de cada vez.

Procurou então o que estava marcado com um discreto pontinho vermelho por baixo do rebordo do gargalo. Dentro, uma tabuazinha de madeira comprida, com as características do objeto: altura, largura da boca, do meio e da base, dimensões, valor.

Havia também vários números em código que Raia traduziu em linguagem corrente.

A mensagem dos seus patrões hititas era bastante clara: lutar contra Ramsés, apoiar Chenar.

– MAGNÍFICA PEÇA – considerou Chenar, passando a mão amorosamente pelo bojo do vaso que Raia lhe oferecia, à vista e na presença de uma clientela afortunada que não se atreveria a cobrir a oferta do irmão mais velho de Ramsés.

– É a obra-prima de um velho artífice, cioso dos seus segredos.

– Ofereço-lhe cinco vacas leiteiras da melhor raça, uma cama de madeira de ébano, oito cadeiras, vinte pares de sandálias e um espelho de bronze.

Raia curvou-se.

– O senhor é muito generoso. Poderia fazer-me o favor de colocar seu selo sobre o meu registro?

O mercador convidou Chenar a encaminhar-se até o fundo da loja. Ali poderiam falar em voz baixa sem serem ouvidos.

– Tenho uma excelente notícia: os nossos amigos estrangeiros apreciam muito a sua iniciativa e estão decididos a ajudá-lo.

– Quais as condições?

– Sem condições nem restrições.

– Está me fazendo sonhar?

– Negociaremos mais tarde. Por ora, trata-se de um acordo de princípios, e considere-o uma grande vitória. As minhas felicitações, senhor; sinto-me como se já estivesse falando com o futuro senhor do país, mesmo que o caminho a percorrer ainda seja longo.

Chenar sentiu-se dominado por uma espécie de embriaguez. Aquela aliança secreta com os hititas era tão eficaz e perigosa quanto um veneno mortal; competia-lhe saber utilizá-la para destruir Ramsés, mas sem se prejudicar e sem enfraquecer muito o Egito. Uma experiência tão perigosa quanto a de um equilibrista sobre um abismo, que ele sabia ser capaz de executar.

– Qual é a sua nova mensagem? – perguntou Raia.

– Transmita-lhes a minha gratidão e diga-lhes que estou trabalhando ativamente... como ministro das Relações Exteriores.

O espanto desenhou-se no rosto do sírio.

– O senhor conseguiu o lugar!

– Sob forte vigilância.

– Os meus amigos e eu contamos com o senhor para que o desempenhe da melhor forma possível.

– Que os seus amigos não hesitem em fazer incursões nos protetorados egípcios mais fracos, em comprar príncipes e tribos que julgam controlar o Egito, e que espalhem o máximo de falsos rumores.

– De que gênero?

– Grandes conquistas territoriais, anexação total da Síria, invasão dos portos libaneses, quebra do moral de soldados egípcios que moram no estrangeiro... É preciso assustar Ramsés e fazê-lo perder o sangue-frio.

– Permita-me aprovar humildemente a sua estratégia.

– Tenho muitas outras idéias, Raia; ao me escolherem, os seus amigos não se enganaram.

– Confesso, acredite-me, que as minhas modestas recomendações não foram inúteis.

– Ao meu pagamento oficial acrescentarei um saco de ouro da Núbia.

Chenar saiu dos fundos do estabelecimento; o seu elevado título de nobreza não o permitia discutir durante muito tempo com um mercador, mesmo conhecendo-se a sua paixão por vasos exóticos.

Deveria informar ao diplomata Acha sobre a aliança secreta com o inimigo hitita? Não, isso seria um erro. Seria preferível limitar ao máximo a sua rede de partidários, pois a manobraria com muito mais eficácia e evitaria eventuais falhas.

SOB A DOCE SOMBRA de um sicômoro, a rainha Touya escrevia a crônica do reinado de Sethi. Rememorava os grandes feitos de uma época abençoada, durante a qual o Egito conhecera a felicidade e a paz. Cada um dos pensamentos do marido, cada um dos seus gestos gravaram-se em sua memória. Estivera atenta às suas esperanças e também às suas angústias, e preservara a recordação dos momentos de intimidade em que suas almas se uniam.

Em seu frágil corpo, Sethi sobrevivia.

Quando viu Ramsés caminhar na sua direção, Touya detectou todo o intacto poder do rei morto. No jovem faraó não existia nenhuma das falhas que afetavam a maior parte das pessoas; fora talhado como um bloco único, um obelisco, capaz de resistir a qualquer tempestade. A força da juventude aumentava-lhe mais ainda aquela aparência invulnerável.

Ramsés beijou as mãos da mãe e se sentou à sua direita.

– Está escrevendo durante todo o dia.

– E também durante a noite; perdoar-me-ia se esquecesse algum detalhe? Você está com ar preocupado.

Para Touya, o filho era como um livro aberto.

– O grande sacerdote de Amon está desafiando a autoridade do rei.

– Sethi já o previra. Mais cedo ou mais tarde esse conflito seria inevitável.

– Como agiria ele em tal situação?

– Você não sabe? Só há uma linha de conduta possível, meu filho.

– Nefertari é da mesma opinião.

– Ela é a rainha do Egito, Ramsés, e, como qualquer rainha, guardiã da Regra.

Não seria melhor agir com moderação?

– Quando é preciso preservar a estrutura de coesão de um país, não se pode agir com moderação.

– Demitir um grande sacerdote de Amon provocará terríveis perturbações.

– Quem rege o Egito, meu filho: você ou ele?

23

Os burros em procissão penetraram o recinto de Karnak, guiados por um burro velho que, conhecedor de todos os grãos de poeira da estrada que ia da fábrica de tecidos ao templo, ensinara aos seus companheiros caminhar com um passo igual e digno.

A encomenda era volumosa, e Bakhen fora chamado com outro sacerdote para confirmar o seu recebimento nos armazéns de mercadorias. Cada peça de linho destinada à confecção das indumentárias rituais teria um número anotado num registro indicando-lhe a proveniência e a qualidade.

– É uma ótima mercadoria – apreciou o colega de Bakhen, um homenzinho de aspecto carrancudo. – É novo por aqui?

– Cheguei há alguns meses.

– Gosta da vida em Karnak?

– Não tenho do que reclamar.

– Além do seu serviço no templo, exerce alguma outra profissão?

– O meu passado está esquecido, então pedi para ficar servindo aqui definitivamente.

– Eu cumpro períodos de dois meses nos armazéns e retorno à cidade como encarregado do controle das barcas. Não é cansativo... Aqui, pelo menos, nunca paramos!

– Por que impõe essa sobrecarga a si mesmo?

– Isso é problema meu. Eu trato dos tecidos de primeira qualidade e você, dos outros.

Logo que um burro era descarregado, os empregados do armazém colocavam com cuidado a peça de tecido sobre um trenó forrado de pano. Bakhen examinava-o e registrava-o numa pequena tábua de madeira, anotando a data de entrega. Parecia-lhe que o colega trabalhava pouco e passava a maior parte do tempo olhando em volta, como se estivesse sendo vigiado.

– Estou com sede – disse. – Quer beber?

– Com muito gosto.

O sacerdote com aspecto de fuinha afastou-se. Como colocara a tábua de registros no dorso do velho burro, Bakhen apressou-se em dar uma olhada.

Continha apenas alguns sinais hieroglíficos completamente fantasiosos, ou seja, não havia qualquer relação com a entrega de linho de primeira qualidade.

Quando o homem voltou com um odre de água fresca, Bakhen recomeçara a trabalhar.

– Beba, é boa... Fazer-nos trabalhar com este calor é desumano.

– Os burros não se queixam.

– Você é um brincalhão!

– Já está terminando?

– Nem pensar! Depois, é preciso vigiar a arrumação em todos os armazéns.

– O que fazemos com as tábuas?

– Dê-me a sua que vou entregá-la juntamente com a minha no gabinete de registro.

– O gabinete fica longe dos armazéns?

– Não muito, mas mesmo assim é preciso andar um bocado.

– Dividamos, então, as tarefas. Desta vez eu entrego as tábuas.

– Não, não! Ninguém o conhece lá no gabinete.

– Então será uma boa ocasião para me apresentar.

– Eles têm lá as suas normas e não gostam de mudá-las.

– A rotina não lhe é cansativa?

– Obrigado pela oferta, mas eu me arranjarei.

O colega de Bakhen pareceu muito atrapalhado; colocou-se então de lado para que este não o visse escrever.

– Está com alguma câibra, amigo?

– Não; estou bem.

– Tire-me uma dúvida: você sabe escrever?

Como que picado por uma cobra, o sacerdote voltou-se para Bakhen.

– Por que está me fazendo essa pergunta?

– Vi a sua tábua em cima do burro.

– Você é muito curioso...

– Sempre haverá curiosos, e às vezes por nada. Se quiser, eu lhe gravo as inscrições corretas; senão a sua tábua vai ser recusada e você terá aborrecimentos.

– Não se faça de desentendido, Bakhen.

– O que devo entender?

– Ah, basta! Você também quer meter a mão... É normal, mas não perca tempo.

– Explique-se.

O sacerdote com aspecto de fuinha aproximou-se de Bakhen e falou em voz baixa:

– Este templo é rico, muito rico; aqui nós nos arranjamos. Algumas peças de linho a menos não arruinarão Karnak; e, vendendo-as a bons clientes, fazemos um excelente negócio. Percebeu?

– O gabinete de registros está metido na transação?

– Somente um escriba e dois armazenistas. Como as peças de linho não são registradas, então não existem, e assim podemos negociá-las discretamente.

– Não tem medo de ser apanhado?

– Não se preocupe.

– A hierarquia...

– A hierarquia tem outras preocupações. Quem lhe disse que eles não fecham os olhos? Enfim, que porcentagem você quer?

– Bem... a melhor possível.

– Você é durão. Gosto disso; vamos formar uma boa equipe. Daqui a alguns anos seremos donos de uma pequena fortuna e já não teremos mais necessidade de trabalhar aqui. Então, vamos acabar esta entrega?

Bakhen concordou com a cabeça.

NEFERTARI DESCANSOU A CABEÇA no ombro de Ramsés. O sol despontava, inundando o quarto com a forte claridade da manhã. Ambos veneravam esse milagre cotidiano, essa vitória constante e renovada da luz sobre as trevas. Com a celebração dos rituais, o casal real associava-se à viagem da barca solar nos espaços subterrâneos e ao combate da tripulação divina contra o dragão gigantesco que tentava destruir a criação.

– Preciso da sua magia, Nefertari. Este dia prenuncia-se difícil.

– A sua mãe tem a mesma opinião que eu?

– Tenho a sensação de que vocês são cúmplices.

– A nossa visão é igual – confessou ela, sorrindo.

– Os seus argumentos convenceram-me; hoje vou demitir o grande sacerdote de Amon.

– Por que esperou até agora?

– Precisava de uma prova do mau funcionamento de sua administração.

– Já a conseguiu?

– Bakhen, o meu instrutor militar que se tornou sacerdote, descobriu um tráfico de peças de linho no qual estão implicados diversos empregados de Karnak. Ou o grande sacerdote também é corrupto, ou não controla o seu pessoal. Tanto num caso como no outro já não merece estar no domínio da sua hierarquia.

– Esse Bakhen é um homem sério?

– É jovem, mas Karnak passou a ser toda a sua vida. A descoberta desse roubo o fez mergulhar num verdadeiro desespero. Considerava que não tinha o direito de se calar, então fui arrancando as palavras de sua boca uma a uma para saber a verdade. Bakhen nunca foi delator e muito menos ambicioso.

– Quando irá se encontrar com o grande sacerdote?

– Esta manhã mesmo. O confronto será difícil, porque ele vai negar qualquer responsabilidade e gritar que tudo é uma injustiça.

– O que receia?

– Que ele paralise a atividade econômica do templo e desorganize, pelo menos durante algum tempo, os circuitos alimentares. É o preço a pagar para evitar uma tentativa de divisão do país.

O tom sério de Ramsés impressionou Nefertari. Não o considerava um tirano ávido por se desembaraçar de um rival incômodo, mas um faraó consciente da necessidade da união das Duas Terras e decidido a preservá-la, fossem quais fossem os riscos.

– Tenho uma confissão a fazer-lhe – disse ela, sonhadora.

– Fez o seu próprio inquérito acerca de Karnak?

– Não.

– Então foi a minha mãe, e você fala por ela!

– Também não.

– Essa confissão tem algo a ver com a minha entrevista com o grande sacerdote?

– Não, mas talvez não seja estranha à orientação do Estado.

– Não me faça perder a paciência.

– Mais uns meses... Estou grávida.

Ramsés tomou Nefertari docemente nos braços, e a sua força tornou-se protetora.

– Exijo que os melhores médicos do reino tratem de você a cada momento.

– Não se preocupe.

– Como não hei de me preocupar? Espero que o nosso filho seja belo e vigoroso, mas sua vida e sua saúde interessam-me mais do que tudo.

– Não me faltará nada, fique tranqüilo.

– Posso ordenar que abrande desde já o seu ritmo de trabalho?

– Você toleraria uma rainha preguiçosa?

RAMSÉS ESTAVA IMPACIENTE. O atraso do grande sacerdote de Amon começava a parecer um insulto. Que desculpa inventaria o prelado para justificar a sua ausência? Se ele tivesse ouvido qualquer rumor sobre as revelações de Bakhen, com certeza procuraria abafar o inquérito administrativo, destruindo as provas e afastando os culpados e as testemunhas. Essas manobras retardatárias iriam voltar-se contra ele.

Quando o sol se aproximava do zênite, o quarto profeta de Amon solicitou audiência. O rei recebeu-o imediatamente.

– Onde está o primeiro profeta e grande sacerdote de Amon?

– Acaba de morrer, Majestade.

24

Promoveu-se um conclave por ordem do faraó. A reunião incluía o segundo, o terceiro e o quarto profetas de Amon de Karnak, assim como os grandes sacerdotes e as grandes sacerdotisas dos principais santuários do Egito. Faltaram ainda os sacerdotes de Dendera e Athribis, o primeiro demasiado idoso para viajar e o segundo retido por doença na sua residência do Delta. Em seu lugar vieram dois delegados com poder de representação.

Esses homens e mulheres de idade avançada, encarregados de executar, em nome do rei, os rituais nos seus respectivos santuários, haviam-se reunido numa das salas do templo de Thutmosis III, denominado "Aquele cujo monumento brilha como a luz". Ali eram iniciados os grandes sacerdotes de Amon; ali eram revelados os deveres do seu cargo.

– Preciso consultar todos – declarou Ramsés – para escolher o novo chefe da hierarquia religiosa de Karnak.

Muitos aprovaram com um movimento de cabeça; o novo faraó talvez não fosse assim tão impulsivo quanto pensavam.

– Essa função não passa, por direito, para o segundo profeta? – perguntou o grande sacerdote de Mênfis.

– Não considero a antigüidade um critério suficiente.

– Majestade, posso alertá-lo contra a incompetência? – interveio o terceiro profeta de Amon. – No domínio do profano, é certamente possível confiar responsabilidades a homens jovens, mas no quadro da gestão de Karnak isso seria um erro. A experiência e a honorabilidade devem ter primazia.

– Pois falemos dessa tal honorabilidade! Sabia que existe um lucrativo tráfico de peças de linho de primeira qualidade, cuja fonte se encontra justamente no interior de Karnak?

As palavras do rei causaram uma intensa perturbação nos presentes.

– Os responsáveis foram detidos e condenados a trabalhar nas oficinas de tecelagem. Nunca mais entrarão num templo enquanto viverem.

– Seria responsabilidade do defunto?

– Não me parece, mas vocês podem compreender por que considero preferível não escolher o seu sucessor dentro da atual hierarquia do templo.

Fez-se um longo silêncio ante as inesperadas declarações de Ramsés.

– Existe algum nome no espírito de Vossa Majestade? – interrogou o grande sacerdote de Heliópolis.

– Espero que me apresentem uma proposta conveniente.

– Quanto tempo nos concederá?

– De acordo com a tradição, devo agora visitar um certo número de cidades e templos, na companhia da rainha e de diversos membros da corte. Quando regressar, vocês me entregarão o resultado de suas deliberações.

ANTES DE PARTIR para a tradicional viagem pelo Egito, a ser efetuada durante o primeiro ano do seu reinado, Ramsés foi ao templo de Gurnah, na margem ocidental de Tebas, onde era venerado o *ka* de Sethi, o seu poder imortal. Todos os dias, sacerdotes especializados proviam os altares com carne, pão, legumes e frutos, recitando litanias que mantinham presente na terra o espírito do falecido rei.

O jovem monarca contemplou um dos baixos-relevos que mostravam o pai, eternamente jovem, diante das divindades. Implorou-lhe que saísse da parede de pedra e viesse lhe dar o abraço que lhe transmitiria a força do monarca transformado em estrela.

Quanto mais os dias passavam, mais Ramsés sentia intensamente a ausência de Sethi como uma provação e um apelo. Provação porque já não podia pedir conselho a um guia seguro e generoso; apelo porque a voz do falecido pai preenchia todos os seus pensamentos, impelindo-o a dar mais um passo, quaisquer que fossem os obstáculos.

A MESMA QUESTÃO surgia com freqüência nas conversas dos habitantes de Tebas – nobres com fortuna, artífices ou mães de família tagarelando na porta de casa: que membros da corte Ramsés e Nefertari levariam em sua comitiva para percorrer as Duas Terras e selar a aliança do faraó com todas as divindades?

Cada um tinha uma informação confidencial vinda de uma pessoa autorizada ou de um habitante do palácio. De fonte segura, sabia-se que a flotilha real tomaria primeiro a direção do Sul, até Assuã, e depois iria para o Norte, descendo o Nilo até o Delta. As tripulações estavam prevenidas: seria preciso navegar depressa, os esforços seriam exaustivos e as escalas, muito curtas. Mas todos se congratulavam com a realização dessa viagem ritualística, durante a qual o casal real tomaria posse da terra do Egito, a fim de mantê-la em harmonia com Maât, a Regra eterna.

Logo após a partida, Ameni apresentou uma enorme quantidade de dossiês a Ramsés, que deveria analisá-los em todos os detalhes antes do encontro com os governadores de província, os superiores dos templos e os governantes dos principais aglomerados populacionais. O secretário particular do rei entregou-lhe a biografia de cada personagem importante, definindo as etapas de cada carreira, a situação familiar, as confessadas ambições, as amizades com os outros notáveis. Quando as informações eram pouco duvidosas ou provenientes de rumores não confirmados, Ameni assinalava o fato.

– Quantos dias e noites você passou coletando este tesouro? – perguntou Ramsés.

– Acho que perdi a conta. A minha única preocupação é que a informação seja exata; sem isso, como é possível governar?

– Uma leitura rápida demonstrou-me que os partidários de Chenar são numerosos, ricos e influentes.

– É surpresa para você?

– Até esse ponto é.

– Outros tantos espíritos que você terá de conquistar.

– Você é muito otimista!

– E você é o rei e deve reinar. O resto não conta.

– Nunca pára e descansa, Ameni?

– A morte será suficientemente longa para eu dormir; enquanto for um porta-sandálias, aplanarei o seu caminho. Está contente com a sua cadeira de campanha?

O banco dobrável de madeira do faraó era composto por um assento de couro com sólida armação de madeira e pés terminados por cabeças de pato incrustadas em marfim. Por ocasião das cerimônias oficiais e das audiências, o rei se beneficiaria desse conforto.

– Passei pela peneira os membros de escolta do harém – afirmou Ameni. – Durante a viagem não lhe faltará nada. As refeições terão a mesma qualidade das do palácio.

– Continua tão sóbrio como sempre?

– Por um lado, comer bem é um penhor de longa vida; por outro, beber pouco preserva a energia e a concentração. Por um mensageiro rápido, enviei ordem aos governantes locais e aos grandes sacerdotes das cidades onde pararemos para que mandem preparar alojamentos para os membros da nossa expedição. É evidente que você e a rainha disporão de um palácio.

– Preocupa-se com Nefertari?

– Essa é uma pergunta descabida; a gravidez de sua esposa é uma questão de Estado. Em sua cabine, ventilada, ela poderá repousar em completo sossego. Cinco médicos vão se revezar, você terá um relatório cotidiano sobre a sua saúde. Mas ainda persiste uma inquietação.

– A respeito dela?

– Não; a respeito dos desembarcadouros. Disponho de informações alarmantes sobre o mau estado de alguns, mas não acredito muito; em minha opinião, alguns governadores de província tentam obter subsídios complementares para a manutenção dos seus equipamentos. É com boa intenção, tendo em conta a visita do faraó, mas você não deve se deixar influenciar. Cada notável tentará obter o máximo, mas mostre-se coerente, privilegiando o interesse nacional.

– Como está seu relacionamento com os vizires do Norte e do Sul?

– Do ponto de vista deles, detestável; do meu, excelente. São bons funcionários, mas demasiado medrosos e vivendo com receio de ficarem com pés e mãos atados. Pode mantê-los no cargo porque não o trairão.

– Estive pensando...

– Em nomear-me vizir? De maneira alguma! A minha posição atual é a mais vantajosa para você. Posso agir na sombra, sem ser sufocado pelo peso de uma enorme máquina administrativa.

– Quais são as reações entre os meus convidados?

– Estão encantados com a viagem, mas um pouco aborrecidos por serem inspecionados e revistados por Serramanna, que os considera, a todos, criminosos em potencial. Ouço as queixas e as esqueço de imediato. Esse sardo cumpre a sua função de forma incrível.

– Está se esquecendo do meu leão e do meu cão.

– Claro que não; eles estão bem alimentados e constituem a sua melhor guarda particular.

– Como Romeu está se comportando?

– É opinião unânime que ele parece ter sido sempre seu intendente! Graças a ele, a gestão da sua casa está perfeitamente garantida. A sua escolha foi perfeita, Ramsés.

– Passa-se o mesmo com Nedjem?

– O seu novo ministro da Agricultura leva o seu papel muito a sério. Duas horas por dia sobrecarrega-me de questões administrativas e depois fecha-se com os conselheiros técnicos do antigo ministro, que lhe ensinam o que deve fazer... Durante essa viagem, não vai ver paisagem alguma!

– E o meu bem-amado irmão?

– O barco de Chenar é um palácio flutuante. O novo ministro das Relações Exteriores tem sempre mesa farta e promete ao Egito de Ramsés um brilhante futuro.

– Você me considera um ingênuo incurável?

– A realidade é mais complexa – considerou Ameni. – A conquista desse posto parece tê-lo deixado realmente satisfeito.

– Você acha que Chenar ainda pode se tornar um aliado?

– Lá no fundo, claro que não; mas o seu irmão é astuto e verifica os seus limites. Você foi inteligente em refrear-lhe a sede de poder e permitir que continuasse a ocupar a ribalta. Não se deixará acomodar numa posição de notável rico e adulado?

– Que os deuses o ouçam!

– Você deveria dormir; amanhã o dia será duro: nada menos do que dez entrevistas e três recepções. Está satisfeito com a sua cama?

"Com menos me contentaria", pensou o rei, olhando-a: um travesseiro para a cabeça, um colchão feito de fibras de cânhamo cruzadas e presas à armação montada com cavilhas e entalhos, quatro pés em forma de patas de leão e um estribo enfeitado com centáureas, mandrágoras e lótus para que tivesse belos sonhos.

– Só faltam umas almofadas fofas – considerou o secretário particular do rei.

– Só preciso de uma.

– Mas claro que não! Veja só que pobreza...

Ameni agarrou a almofada colocada à cabeceira da cama. Estarrecido, recuou.

Um escorpião negro, ao ser descoberto, estava em posição de ataque.

25

O próprio Ramsés teve de reconfortar Serramanna. O chefe da guarda pessoal não compreendia como fora introduzido o escorpião no quarto do soberano. Um interrogatório cerrado aos criados não surtiu qualquer resultado.

– Eles não têm culpa de nada – constatou o sardo. – Temos de interrogar é o seu intendente.

Ramsés não se opôs.

Romeu não gostava de Serramanna, mas não esboçou qualquer reação de protesto quando o monarca lhe pediu para responder com franqueza às perguntas do sardo.

– Quantas pessoas estão autorizadas a entrar neste quarto?

– Cinco. Quer dizer... Cinco permanentes.

– O que isso quer dizer?

– Às vezes, em certas escalas, contrato um ou dois funcionários extras.

– E nesta última escala?

– Contratei um para transportar os lençóis e levá-los à lavanderia.

– Como se chama?

– Está anotado no registro dos salários.

– É inútil – considerou o rei. – Esse homem deve ter dado um nome falso, e não temos tempo de voltar atrás para tentar encontrá-lo.

– Eu ignorava essas práticas! – berrou Serramanna. – Elas reduzem a nada as minhas medidas de segurança!

– Mas o que se passou? – perguntou Romeu, espantado.

– Você não tem de saber nada! Daqui por diante revistarei todas as pessoas que subirem ao barco de Sua Majestade, quer se trate de um general, de um sacerdote ou de um varredor!

Romeu voltou-se para Ramsés, que aprovou com aceno de cabeça.

– E... para as refeições?

– Um de seus cozinheiros provará os pratos na minha presença.

– Como quiser.

Romeu saiu da cabine do rei. Furioso, Serramanna bateu com o punho numa trave, emitindo um longo gemido.

– Esse escorpião não o teria matado, Majestade – considerou Serramanna, mas o teria acometido de intensa febre.

– O que me impediria de continuar a viagem... Um fracasso por causa do descontentamento dos deuses. Era esse o verdadeiro objetivo.

– Esse tipo de incidente não voltará a se repetir – prometeu o sardo.

– Receio que sim, enquanto não descobrirmos o verdadeiro culpado.

Serramanna ficou carrancudo.

– Tem alguma suspeita? – perguntou o rei.

– Os homens às vezes são ingratos.

– Fale claro.

– Esse Romeu... E se ele tiver mentido? E se foi ele mesmo o autor da façanha?

– E então? O seu trabalho não consiste justamente em descobrir isso?

 – Conte comigo, Majestade.

ETAPA APÓS ETAPA, a viagem ritual do casal real transformou-se num triunfo. A autoridade de Ramsés e o encanto de Nefertari seduziram os governadores de província, os grandes sacerdotes, os governantes locais e outros notáveis, surpreendidos pela imponência dos novos senhores do Egito. Ramsés não deixou de pôr em evidência o irmão mais velho, que muitos dignitários conheciam e cuja nomeação para a chefia do Ministério das Relações Exteriores acalmava angústias. Por um lado, a família real permanecia unida, e os dois irmãos avançavam de mãos dadas; por outro lado, o patriotismo de Chenar e o seu desejo de grandeza garantiriam a continuação da política de defesa, indispensável para preservar a civilização dos ataques bárbaros.

Em cada escala, o casal real prestava homenagem à rainha-mãe, Touya, cuja simples presença inspirava emoção e respeito. Frágil, silenciosa, discretamente na retaguarda, Touya encarnava a tradição e a continuidade, sem as quais o reinado de seu filho pareceria ilegítimo.

Ao se aproximarem de Abidos, o prestigiado santuário de Osíris, Ramsés convocou o amigo Acha para a proa do barco. Fosse qual fosse o dia ou a hora, o jovem diplomata mantinha-se sempre elegante e distinto.

– Está satisfeito com a viagem, Acha?

– Vossa Majestade apodera-se dos corações, e isso é bom.

– Não há muita hipocrisia na atitude de alguns deles?

– Certamente; o essencial, porém, é que reconheçam a sua autoridade.

– O que acha da nomeação de Chenar?

– Parece surpreendente.

– Em outras palavras: chocou-se.

– Nada me autoriza a criticar as decisões do faraó.

– Considera o meu irmão incompetente?

– Nas atuais circunstâncias, a diplomacia é uma arte difícil.

– Quem supõe que se atreveria a desafiar o poderio egípcio?

– O seu triunfo pessoal dentro do seu próprio país não deve ocultar a realidade exterior. O inimigo hitita não está inativo; sabendo que Vossa Majestade não é um soberano de mentira, ele tentará reforçar suas posições antes de encarar, talvez, uma ação mais belicosa.

– São fatos concretos?

– Apenas suposições, por enquanto.

– Como você vê, Acha, Chenar é o meu irmão mais velho e um personagem representativo, sempre muito à vontade nas recepções e nos banquetes. Encantará os embaixadores estrangeiros com discursos inúteis e se envolverão em seu próprio jogo. Mas há outras distrações que o tentariam, do tipo malevolência ou conspiração. A sua vontade declarada de querer colaborar comigo e ser um bom servidor do Estado parece-me suspeita. É por isso que o seu papel é essencial.

– O que espera de mim?

– Eu o estou nomeando chefe dos serviços secretos do Alto e Baixo Egito. Tal como os seus predecessores, a sua aparente função consistirá em dirigir o serviço de correio diplomático e, portanto, examinar os documentos redigidos por Chenar.

– Está me ordenando que o vigie?

– Sim, essa é uma das suas missões.

– Chenar não desconfia de mim?

– Eu o fiz compreender que não disporia de qualquer liberdade de ação. Sabendo-se permanentemente vigiado, será menos tentado a cometer lamentáveis desvios.

– E se ele escapar à minha vigilância?
– Você tem demasiado talento para isso, meu amigo.

QUANDO RAMSÉS viu a terra sagrada de Abidos, sentiu um aperto no coração. Tudo ali lhe recordava a presença de Sethi. Ele, o homem do deus Seth, encarnação do poder do cosmos e matador do seu irmão Osíris, mandara construir um prodigioso santuário para celebrar os mistérios do deus morto e ressuscitado. Ramsés e Nefertari tinham sido iniciados ali, gravando no mais profundo do seu ser a revelação e a certeza da sobrevivência que tinham o dever de partilhar com seu povo.

Nas margens do canal que conduzia ao desembarcadouro não havia ninguém. É verdade que o regozijo naquele território sagrado só se manifestava nos festejos da ressurreição de Osíris, mas a indiferença e a atmosfera pesada que dominavam a recepção da flotilha real espantaram os viajantes.

Com a espada na mão, Serramanna foi o primeiro a desembarcar, rapidamente rodeado pela guarda pessoal do faraó.

– Não estou gostando disso – resmungou o sardo.

Ramsés pousou o pé no desembarcadouro; ao longe, por trás de uma cortina de acácias, erguia-se o templo de Osíris.

– Não se arrisque muito – recomendou Serramanna. – Deixe-me explorar os arredores.

Libertinos em Abidos! O rei não podia acreditar em semelhante sacrilégio.

– Os carros! – ordenou. – Eu seguirei na frente.

– Majestade...

O sardo compreendeu que era inútil insistir. Como garantir a segurança de um monarca tão impulsivo?

O carro real percorreu rápido o trajeto entre o desembarcadouro e o recinto do templo. Para sua grande surpresa, o primeiro portão de acesso não estava fechado. Descendo do carro, Ramsés penetrou no pátio a céu aberto.

A fachada do templo estava coberta de andaimes; no chão, estendida, uma estátua do seu pai como Osíris. No local e mais além, ferramentas espalhadas. Nem um único artífice trabalhando.

Espantado, o faraó entrou no santuário. Os altares estavam vazios, sem qualquer oferenda, e nenhum sacerdote recitava as liturgias.

Era evidente que o templo havia sido abandonado.

Ramsés voltou a sair e interpelou Serramanna, imóvel na soleira.

– Traga-me imediatamente os responsáveis pelo canteiro de obras.

Mais calmo, o sardo partiu a toda velocidade.

A CÓLERA DE RAMSÉS subiu até o céu límpido de Abidos.

No grande pátio do templo tinham sido reunidos sacerdotes, funcionários, artífices e ritualistas encarregados da manutenção e do funcionamento do santuário. Juntos, inclinaram-se, dobraram os joelhos e tocaram o chão com o nariz, aterrorizados pela voz potente do monarca que lhes censurava a preguiça e a incúria. Ramsés não aceitara qualquer desculpa. Como pudera o pessoal de Abidos comportar-se de forma tão desrespeitosa, com o pretexto de que a morte de Sethi o impedia de tomar qualquer iniciativa? Portanto, a desordem e a inércia apoderavam-se dos espíritos à mínima oportunidade, e ninguém pensava mais no seu dever.

Todos receavam severas punições, mas o jovem faraó contentou-se em exigir a duplicação das oferendas ao *ka* de Sethi. Ordenou que fosse criado um pomar, que se plantassem árvores, dourassem as portas, continuassem a construção do templo, terminassem as estátuas, realizassem diariamente os rituais, e anunciou a construção de uma barca para a celebração dos mistérios de Osíris. Os camponeses que trabalhavam nas terras do santuário estariam isentos de taxas, e o próprio templo seria dotado de incontáveis riquezas, desde que nunca mais fosse tão negligenciado.

O grande pátio esvaziou-se em silêncio. Todos se congratularam com a indulgência do rei e juraram nunca mais provocar a sua indignação.

Com o ânimo serenado, Ramsés entrou na capela central – o "céu" de Abidos, onde a luz secreta brilhava nas trevas – e se comunicou com a alma do pai, unida às estrelas, enquanto a barca do sol prosseguia a sua eterna viagem.

26

Chenar rejubilava-se.

É verdade que o escorpião introduzido no quarto de Ramsés havia falhado, mas o irmão mais velho do rei não acreditava de maneira alguma no plano proposto por Sary, o ex-preceptor do soberano, cego pelo ódio. Diminuir Ramsés e privá-lo do seu poder físico não seria uma tarefa fácil. A experiência, no entanto, provava que sempre existia uma falha nas medidas de segurança mais rigorosas.

Chenar rejubilava-se porque Acha, no fim de um jantar que transcorrera às mil maravilhas, acabava de dar-lhe uma fabulosa notícia. À popa do barco que deslizava sobre o Nilo, os dois homens não poderiam ser ouvidos pelos últimos convivas, que tinham abusado do vinho. O médico de bordo tratava de um alto funcionário que vomitava, prendendo a atenção dos presentes.

– Chefe dos serviços secretos... Será que estou sonhando?

– A minha nomeação já efetivou-se.

– Suponho que também esteja encarregado de me espionar.

– Exatamente.

– Quer dizer que, aparentemente, não terei grande liberdade de movimentos e deverei contentar-me em ser um personagem comum, sem consistência.

– É esse o desejo do soberano.

– Vamos cumpri-lo, meu caro Acha! Desempenharei o meu papel com perfeição. Se entendi bem, você se tornará a principal fonte de informações do rei no que se refere à política hitita.

– É provável.

– A nossa aliança lhe convém?

– Mais do que nunca. Estou convencido de que Ramsés é um tirano. Despreza os outros e só acredita em si mesmo. A sua vaidade conduzirá o país ao desastre.

– As nossas análises continuam iguais, mas está decidido a correr todos os riscos?

– A minha posição não mudou.

– Por que detesta tanto Ramsés?

– Por ele ser Ramsés.

SITUADA NO CENTRO de um campo verdejante, Dendera, o templo da bela e sorridente deusa Hathor, era um hino à harmonia entre o céu e a terra. Grandes sicômoros plantados próximos ao edifício proporcionavam sombra ao recinto e aos anexos, que abrigavam, entre outros, uma escola de música. Como soberana das sacerdotisas de Hathor, iniciadas nos mistérios da dança das estrelas, Nefertari alegrava-se com essa etapa, durante a qual esperava poder meditar por algumas horas no santuário. A flotilha real, depois do episódio de Abidos, fora obrigada a voltar para o Sul, mas a rainha insistira nessa escala.

Ramsés pareceu-lhe preocupado.

– Em que está pensando? – perguntou.

– Na nomeação do grande sacerdote de Amon. Ameni mostrou-me as pastas dos principais candidatos, mas nenhum me agrada.

– Falou do assunto com Touya?

– Ela tem a mesma opinião. São homens que Sethi afastou e que tentam aproveitar-se da situação.

Nefertari contemplava os vários rostos de Hathor desenhados na pedra com uma graça espantosa. De repente, o olhar da soberana brilhou com uma estranha luz.

– Nefertari...

Ela não respondeu, absorta numa visão. Ramsés segurou-lhe a mão, receando que ela lhe escapasse para sempre, levada para os céus pela deusa de rosto meigo. Mas a rainha, agora mais tranqüila, aninhou-se nos braços do marido.

– Eu havia partido para longe, para tão longe... Um oceano de luz e uma voz cantante cuja mensagem eu ouvia.

– O que dizia a mensagem?

– "Não escolha nenhum dos homens que lhe estão sendo apresentados." Compete a nós partir em busca do futuro grande sacerdote de Amon.

– Não tenho tempo.

– Escute o Além; não é ele que guia a ação do faraó, desde o nascimento do Egito?

O casal real foi acolhido pela superiora das músicas e cantoras, que lhes ofereceu um concerto nos jardins do templo. Nefertari saboreou aqueles momentos deliciosos; Ramsés fervia de impaciência.

Teria de esperar por outra revelação para descobrir um grande sacerdote de Amon sem ambições pessoais?

Ramsés teria regressado de boa vontade ao barco para discutir o caso com Ameni, mas não pôde escapar à visita ao templo, às suas oficinas e seus armazéns. Reinavam por toda parte a ordem e a beleza.

Na margem do lago sagrado, Ramsés esqueceu as preocupações. A tranqüilidade do local, a suavidade dos canteiros de lírios e centáureas, e a lenta procissão das sacerdotisas que vinham buscar um pouco de água para o ritual da tarde teriam acalmado o espírito mais atormentado.

Um homem idoso arrancava as ervas daninhas e as guardava num saco. Seus gestos eram lentos, mas precisos; com um os joelhos no chão, voltara as costas ao casal real. Essa atitude irreverente merecia uma censura, mas o velho parecia tão absorto na sua tarefa que o rei não o incomodou.

– Suas flores são admiráveis – disse Nefertari.

– Eu lhes falo com amor – respondeu o homem, com voz grosseira. – Caso contrário, cresceriam tortas.

 – Também já constatei esse fenômeno.

– Hã? Você, uma mulher tão bela, se ocupa com jardinagem?

– Só nas minhas horas livres, quando as outras ocupações do dia me permitem.

– Você é assim tão ocupada?

– A minha função deixa-me pouco tempo disponível.

– Você é a superiora das sacerdotisas?

– Essa tarefa faz parte das minhas atribuições.

– Tem outras? Ah, perdão... Não tenho nenhum motivo para importuná-la assim. Comunicar-se por meio do amor pelas flores é uma forma maravilhosa de encontrar pessoas sem haver necessidade de saber mais.

O velho fez uma careta de dor.

– Este maldito joelho esquerdo... Há momentos em que me atormenta, e sinto dificuldade em levantar-me.

Ramsés ofereceu o braço ao jardineiro.

– Obrigado, meu príncipe... Porque, pelo que vejo, deve ser um príncipe, não?

– É o grande sacerdote de Dendera que o obriga a tratar assim do jardim?

– Realmente, é ele.

– Dizem-no severo, doente e incapacitado de viajar.

– Exato. Também gosta de flores como esta jovem?

– Plantar árvores é a minha distração favorita. Gostaria de falar com o grande sacerdote.

– Por quê?

– Porque ele não foi ao conclave, onde, no fim, os seus colegas deveriam propor a Ramsés o nome do futuro grande sacerdote de Amon.

– E se deixasse esse velho servidor dos deuses ocupar-se das suas flores?

Ramsés não tinha mais dúvidas: o grande sacerdote tentava dissimular-se sob a roupa de jardineiro.

– Apesar do seu joelho dolorido, não me parece de forma alguma incapaz de subir em um barco e ir até Tebas.

– O ombro direito também não está muito bom, começo a sentir o peso dos anos, o...

– Estará o grande sacerdote de Dendera descontente com a sua sorte?

– Pelo contrário, Majestade; ele apenas deseja que o deixem terminar os seus dias em paz neste templo.

– E se o faraó em pessoa lhe pedisse para ir ao conclave e deixasse os seus colegas se beneficiarem da sua experiência?

– Se o faraó, apesar da sua juventude, já possui também alguma experiência, poupará tais fadigas a um velho. Poderia Ramsés pegar a minha bengala que está em cima daquele murinho?

O soberano fez-lhe a vontade.

– Como vê, Majestade, o velho Nebu caminha com dificuldade. Quem ousaria obrigá-lo a sair do seu jardim?

– Como grande sacerdote de Dendera, aceitará pelo menos dar um conselho ao rei do Egito?

– Na minha idade, é preferível ficar calado.

– Não é essa a opinião do sábio Ptah-hotep, cujas máximas nos alimentam desde o tempo das pirâmides. A sua palavra me é muito preciosa, e gostaria de ouvi-la. Quem seria o mais qualificado, na sua opinião, para ocupar o posto de grande sacerdote de Amon?

– Passei toda a minha existência em Dendera e nunca fui a Tebas. Esses problemas de hierarquia não são o meu forte. Que Ramsés me perdoe, mas adquiri o hábito de me deitar cedo.

NEFERTARI E RAMSÉS passaram parte da noite no terraço do templo em companhia dos astrônomos. No céu noturno, milhares de almas despertavam e também a corte das estrelas eternas, reunidas em redor da Estrela Polar, pela qual passava um eixo que ligava o visível ao invisível.

Pouco depois, o casal real retirou-se para um palácio de onde, pelas janelas, avistavam-se os campos; embora pequeno e mobiliado de maneira rústica, tornou-se o paraíso de uma breve noite à qual o canto dos pássaros veio pôr um ponto final. Nefertari adormecera nos braços de Ramsés após terem partilhado o seu sonho de felicidade.

Depois de conduzirem os rituais da madrugada, saborearem um pequeno mas substancial almoço e tomarem banho no lago contíguo ao palácio, Ramsés e Nefertari prepararam-se para partir. Os membros da hierarquia religiosa vieram cumprimentá-los. De repente, Ramsés afastou-se da linha que precedia o cortejo e dirigiu-se ao jardim, perto do lago sagrado.

Nebu estava ajoelhado e vigiava a plantação de malmequeres e esporas-bravas.

– Gosta da rainha, Nebu?

– O que espera que eu responda, Majestade? Ela é o símbolo da beleza e da inteligência.

– Portanto, os seus pensamentos não lhe parecerão sem importância.

– E quais são eles?

– Sinto-me desolado por lhe arrancar a sua calma, mas devo levá-lo para Tebas. São os desejos da rainha.

– Com que intenção, Majestade?

– De nomeá-lo o grande sacerdote de Karnak.

27

Quando a flotilha real iluminou as águas do Nilo, ao atracar no embarcadouro do templo de Karnak, Tebas inteira ficou em ebulição. O que significava aquele precoce retorno de Ramsés? Os boatos mais contraditórios espalharam-se com a velocidade de um raio. Para uns, o rei queria eliminar o clero de Amon e reduzir a cidade à categoria de burgo provincial; para outros, adoecera gravemente durante a viagem e vinha agonizar no seu palácio, frente à montanha do silêncio. Não tinha sido demasiado rápida a ascensão do jovem monarca? O céu agora castigava os seus excessos.

Raia, o espião sírio pago pelos hititas, mordia-se de raiva. Pela primeira vez, não dispunha de qualquer informação digna de crédito. No entanto, graças à sua rede de mercadores, simultaneamente ambulantes e sedentários, instalados, ao longo do rio, nos principais aglomerados populacionais, ele podia, sem abandonar Tebas, seguir os deslocamentos do rei e tomar conhecimento rapidamente de suas decisões.

Ignorava a razão do retorno precipitado de Ramsés à capital do Sul. Tal como previsto, o rei detivera-se em Abidos, mas, em vez de continuar a viagem para o Norte, voltara atrás e passara alguns dias em Dendera.

Ramsés parecia imprevisível. Agia com rapidez e sem nada confiar aos conselheiros, cujas conversas e indiscrições poderiam chegar aos ouvidos de Raia. O sírio estava furioso; o jovem monarca estava se tornando um adversário de peso, difícil de controlar. Chenar devia demonstrar mais talento para utilizar melhor as armas de que dispunha.

Em caso de conflito aberto, Ramsés ameaçava tornar-se muito mais perigoso do que tinham imaginado; a passividade não era de forma alguma o seu estilo. Competia a Raia reagir rapidamente e com vigor, eliminando da sua rede os incapazes e apáticos.

COM A COROA AZUL, envergando um longo robe de linho plissado, e com o cetro do poder na mão direita, Ramsés encarnava a própria majestade. Quando penetrou na sala do templo onde estavam reunidos os membros do conclave, cessaram as discussões.

– Já têm um nome a propor?

– Majestade – declarou o grande sacerdote de Heliópolis –, continuamos a deliberar.

– Suas deliberações terminaram. Eis o novo grande sacerdote de Amon.

Apoiando-se em sua bengala, Nebu iniciou sua entrada na sala do conclave.

– Nebu! – exclamou a grande sacerdotisa de Saïs. – Julgava-o doente e incapaz de se deslocar!

– E estou, mas Ramsés fez um milagre.

– Na sua idade – protestou o segundo profeta de Amon –, não é preferível um repouso tranqüilo? A gestão de Karnak e Luxor é uma tarefa esmagadora!

– Tem razão; mas quem se oporá à vontade do rei?

– O meu decreto já está gravado em pedra – revelou Ramsés. – Diversas estrelas proclamarão a nomeação de Nebu. Algum de vocês o considera indigno de desempenhar essa elevada função?

Ninguém protestou.

Ramsés deu a Nebu um anel de ouro e um bastão de electro, mistura de ouro e prata, símbolos do seu poder.

– A partir de agora, você é o grande sacerdote de Amon, cujos tesouros e celeiros ficarão sob seu controle. Como superior do seu templo e dos seus domínios, seja escrupuloso, honesto e vigilante. Não trabalhe para si próprio, mas para aumentar o *ka* da divindade. Amon sonda as almas e perscruta os corações, conhece aquilo que está oculto em cada ser. Se estiver satisfeito com você, o manterá à frente da hierarquia, concedendo-lhe longa vida e uma velhice feliz.

Compromete-se, sob juramento, a respeitar a regra de Maât e cumprir os seus deveres?

– Pela vida do faraó, comprometo-me – declarou Nebu, inclinando-se perante Ramsés.

O SEGUNDO E O TERCEIRO profetas de Amon estavam furiosos e inconformados. Ramsés não só colocara à frente de toda a hierarquia religiosa um velho que lhe obedeceria em tudo, como ainda nomeara para quarto profeta um desconhecido: Bakhen! Esse fanático do rei vigiaria o velho e seria o verdadeiro senhor de Karnak, cuja independência parecia perdida há muitos anos.

Os dois dignitários já não tinham qualquer esperança de virem um dia a reinar sobre o domínio mais rico do Egito. Apanhados entre Nebu e Bakhen, seriam mais cedo ou mais tarde obrigados a demitir-se, pondo eles próprios fim às suas carreiras. Desamparados, procuraram um aliado. O nome de Chenar veio-lhes à mente, mas não teria o irmão do rei, ao tornar-se um dos seus ministros, se aliado à sua causa?

Como não tinha nada a perder, o segundo profeta procurou Chenar em nome de todos os sacerdotes de Amon hostis à decisão de Ramsés. Foi recebido na margem de um lago cheio de peixes, à sombra de um grande pano estendido entre duas estacas espetadas no solo. Um serviçal ofereceu-lhe suco de alfarroba e rapidamente afastou-se. Chenar enrolou os papiros que estava consultando.

– O seu rosto não me é desconhecido...

– Chamo-me Doki e sou o segundo profeta de Amon.

O personagem não desagradou a Chenar. Pequeno, com a cabeça raspada, testa estreita, olhos cor de avelã, tinha nariz pontudo e um queixo pronunciado e agressivo, que fazia lembrar a mandíbula de um crocodilo.

– Em que posso lhe ser útil?

– Certamente me considerará inábil, mas não estou habituado ao protocolo nem às fórmulas de delicadeza.

– Dispensaremos isso.

– Um velho, Nebu, acaba de ser nomeado grande sacerdote, primeiro profeta de Amon.

– Como segundo profeta, seria você o designado para ocupar esse posto, não é verdade?

– O falecido grande sacerdote não me esquecera, mas o rei ignorou-me.

– É perigoso criticar as suas decisões.

– Nebu é incapaz de dirigir Karnak.

– Na verdade, Bakhen, o amigo do meu irmão, é que será o primeiro profeta.

– Perdoe-me esta pergunta direta, mas você aprova semelhantes decisões?

– É a vontade do faraó tornada realidade.

Doki sentiu-se desiludido; Chenar aliara-se à facção de Ramsés. O sacerdote ergueu-se.

– Não vou importuná-lo mais.

– Um momento... Recusa-se a aceitar o fato consumado?

– O rei deseja quebrar o poder dos sacerdotes de Amon.

– Tem meios para se opor a tal decisão?

– Não estou só.

– Quem você representa?

– Boa parte da hierarquia e a maioria dos sacerdotes.

– Tem algum plano de ação?

– Senhor Chenar! Não temos intenção de nos tornar indisciplinados!

– Você é um fraco, Doki, e sequer sabe o que quer.

– Preciso de ajuda.

– Terá primeiro de provar.

– Mas... como?

– Descubra você mesmo.

– Mas sou um simples sacerdote, um...

– Ou é um ambicioso ou um incapaz. Se ficar se lamentando é a sua única atividade, então não me interessa ajudá-lo.

– E se eu conseguir desacreditar os homens do faraó?

– Consiga isso e tornaremos a nos ver. E que fique bem claro: esta entrevista nunca aconteceu.

A esperança renascia para Doki. Abandonou a *villa* de Chenar imaginando inúmeros projetos irrealizáveis, mas, procurasse, a inspiração apareceria.

Chenar estava cético. O indivíduo possuía qualidades, mas parecia-lhe indeciso e demasiado influenciável. Assustado pela sua própria audácia, renunciaria com certeza a combater Ramsés. Mas nunca se devia negligenciar um eventual aliado; portanto, havia adotado a estratégia correta para ficar conhecendo a verdadeira natureza e intenção do segundo profeta de Amon.

RAMSÉS, MOISÉS E BAKHEN percorriam o canteiro de obras em que trabalhavam os artífices encarregados de construir a gigantesca sala de colunas sonhada por Sethi e que o filho realizaria. Não havia qualquer atraso na entrega dos blocos, a coordenação das diversas equipes realizava-se sem choques, e as colunas de pedra, simbolizando os papiros surgidos do oceano primordial, elevavam-se uma a uma.

– Está satisfeito com as suas equipes? – perguntou o novo monarca a Moisés.

– Não é fácil lidar com Sary, mas creio que consegui dominá-lo.

– Que falta cometeu ele?

– Trata os operários com um desprezo inaceitável e tenta roubar-lhes nas rações para enriquecer a si próprio.

– Mande-o ao tribunal.

– Não será necessário – considerou o hebreu, divertido. – Prefiro tê-lo sob o meu controle. Quando ultrapassar as medidas, tratarei do caso.

– Se o adular muito, ele apresentará queixa.

– Pode ficar tranqüilo, Majestade; Sary é um covarde.

– Ele não foi o seu preceptor? – perguntou Bakhen.

– Foi – respondeu Ramsés –, e um preceptor competente. Mas apoderou-se dele uma espécie de loucura, e tendo em conta as suas proezas, outro em meu lugar já o teria enviado para o campo de trabalhos forçados dos oásis. Espero que o trabalho o faça recuperar a razão.

– Os primeiros resultados não são nada encorajadores – lamentou Moisés.

– A sua perseverança há de conseguir... mas não aqui. Dentro de alguns dias partiremos para o Norte e você irá conosco.

O hebreu pareceu contrariado.

– Mas esta sala de colunas ainda não está terminada!

– Confio essa tarefa a Bakhen, quarto profeta de Amon, a quem você aconselhará e dará as instruções necessárias. Ele conduzirá a obra a bom termo e se preocupará também com a ampliação do templo de Luxor. Que maravilha quando o pátio dos colossos, o pórtico e os obeliscos virem a luz do dia! Faça com que os trabalhos avancem depressa, Bakhen; talvez o destino me tenha reservado uma existência breve, e desejo inaugurar esses esplendores.

– A sua confiança muito me honra, Majestade.

– Não nomeio homens de palha, Bakhen. O velho Nebu desempenhará a função dele e você, a sua; a ele compete a gestão de Karnak, e a você, os grandes canteiros de obras. Tanto um quanto outro devem avisar-me em caso de dificuldade. Comece o trabalho e não pense em outra coisa.

O faraó e Moisés saíram do canteiro de obras por uma aléia orlada de tamargueiras, que conduzia ao santuário da deusa Maât, a Regra, a verdade e a justiça.

– Gosto de me recolher neste local – confidenciou o rei. – Meu espírito permanece em paz, e minha visão fica mais clara. Que sorte têm esses sacerdotes quando se esquecem de si mesmos! Em cada pedra do templo é perceptível a alma dos deuses, em cada capela se revela a sua mensagem.

– Por que me obriga a abandonar Karnak?

– Aguarda-nos uma formidável aventura, Moisés. Lembra-se de quando falávamos da verdadeira força com Acha, Ameni e Setaou? Eu estava convencido, antes, de que apenas o faraó dispunha dela. Atraía-me como a chama aos insetos, e teria me queimado se meu pai não me tivesse preparado para vivê-la. Mesmo quando estou descansando, há uma força que fala em mim, que exige, que ordena que eu construa.

– Que projeto concebeu?

– É de tal forma gigantesco que não me atrevo ainda a lhe falar; vou refletir sobre ele durante a viagem. Se for possível realizá-lo, você estará intimamente associado a ele.

– Confesso que estou surpreso.

– Por quê?

– Estava convencido de que o rei esqueceria os amigos e apenas se preocuparia com os cortesãos, as questões de Estado e os imperativos do poder.

– Julgou-me mal, Moisés.

– Você mudará, Ramsés?

– Um homem muda, em função do objetivo que deseja alcançar; o meu é a grandeza do meu país e nunca mudará.

28

Sary, o ex-preceptor de Ramsés, não conseguia se conformar: fora reduzido a chefe de uma miserável equipe de oleiros; ele, que tinha educado as elites do reino! E esse Moisés, que o ameaçava constantemente, tirando partido da sua supremacia física! Dia após dia, suportava cada vez menos as humilhações e chacotas. Tentara colocar os operários contra o hebreu, mas a popularidade deste era tal que suas críticas não haviam encontrado eco.

Moisés era apenas um executante. Era necessário vingar-se, sim, daquele que o mergulhava na infelicidade e na decadência.

– Compartilho o seu ódio – admitiu a esposa, Dolente, irmã de Ramsés, estendida em almofadas –, mas a solução que propõe parece-me assustadora, muito assustadora...

– O que temos a perder?

– Estou com medo, querido. Esse tipo de atitude poderá recair sobre nós mesmos.

– E se assim for? Você está esquecida, desprezada, e eu sou alvo de abomináveis humilhações! Como podemos continuar desse jeito?

– Compreendo, Sary, compreendo... Mas chegar a isso...

– Vai me acompanhar, ou terei de ir só?

– Sou a sua mulher.

Ajudou-a a levantar-se.

– Refletiu bem?

– Há mais de um mês isso não sai da minha cabeça.

– E se... descobrirem e nos denunciarem?

– Não há perigo.

– Como pode ter tanta certeza?

– Tomei as minhas precauções.

– Serão suficientes?

– Dou-lhe a minha palavra!

– Não seria possível evitar...

– Não, Dolente. Decida-se.

– Então, vamos.

O casal, vestido modestamente, saiu a pé e se enfiou por uma ruela que levava a um bairro popular de Tebas onde viviam numerosos estrangeiros. Muito pouco à vontade, a irmã de Ramsés seguia agarrada ao marido, hesitante sobre que caminho tomar.

– Estamos perdidos, Sary?

– Claro que não.

– Ainda é longe?

– Mais dois blocos de casas.

Alguns moradores encaravam-nos, considerando-os intrusos. Mas Sary avançava, obstinado, embora a mulher não parasse de tremer.

– Pronto. É aqui.

Sary bateu numa porta pintada de vermelho, sobre a qual estava espetado o cadáver de um escorpião. Uma mulher idosa veio abrir, e o casal desceu por umas escadas de madeira, que conduziam a uma espécie de gruta úmida onde ardia uma dezena de lamparinas de azeite.

– Ele já vem – anunciou a velha. – Sentem-se nos bancos.

Dolente preferiu ficar em pé, pois aquele lugar a aterrorizava. A magia negra era proibida no Egito, mas alguns praticantes não hesitavam em propor os seus serviços por preços exorbitantes.

O libanês, gordo e obsequioso, encaminhou-se com passos miúdos até os clientes.

– Está pronto – anunciou. – Tem o necessário?

Sary colocou na mão direita do mago o conteúdo de um pequeno saco de couro: uma dezena de turquesas de perfeita pureza.

– O objeto que me comprou encontra-se no fundo da gruta; ao lado, encontrará uma espinha de peixe com a qual irá escrever o nome da pessoa que está querendo enfeitiçar. Em seguida, quebrará o objeto, e a tal pessoa adoecerá.

Durante o discurso do mago, Dolente escondera o rosto com um xale. Logo que ficou a sós com o marido, agarrou-lhe os pulsos.

– Vamos embora. Isso é terrível!

– Um pouco de coragem, mulher! Está quase acabando.

– Ramsés é meu irmão!

– Engano seu; ele se tornou o nosso pior inimigo. Temos de agir, sem receio e sem remorsos. Não arriscamos nada, e ele nem saberá de onde virá o ataque.

– Talvez pudéssemos...

– Não há mais tempo para recuar, Dolente.

No fundo da gruta, sobre uma espécie de altar coberto de sinais bizarros, representados por animais monstruosos e gênios maléficos, estavam colocadas uma placa de calcário muito fina e uma espinha de peixe, comprida, grossa e pontiaguda. Havia manchas marrons sujando a placa. O mago certamente a havia mergulhado em sangue de serpente para aumentar o seu poder nocivo.

Sary agarrou a espinha e começou a gravar, em hieróglifos, o nome de Ramsés. Aterrada, a mulher fechou os olhos.

– É a sua vez – ordenou ele.

– Não, não posso!

– Se o feitiço não for realizado por um casal, de nada adiantará.

– Não quero matar Ramsés!

– O mago prometeu-me que ele não morreria. A doença apenas o impedirá de reinar, Chenar se tornará o regente, e nós regressaremos a Mênfis.

– Não posso...

Sary colocou à força a espinha de peixe na mão direita da esposa e a obrigou a fechar os dedos.

– Vamos! Grave o nome de Ramsés.

Por estar com a mão trêmula, ele a ajudou. Desajeitadamente traçados, os hieróglifos compuseram o nome do rei.

Só faltava agora quebrar a fina placa de calcário.

Sary agarrou-a, e Dolente escondeu novamente o rosto. Recusava-se a ser testemunha daquele horror.

Apesar de usar toda a sua força, Sary não conseguia quebrar a placa, que parecia tão sólida quanto granito. Irritado, agarrou uma das pedras espalhadas pelo chão da gruta e tentou quebrar o calcário enfeitiçado, sem sequer provocar-lhe uma brecha.

– Não compreendo... Esta placa é tão fina!

– Ramsés está protegido! – gritou Dolente. – Ninguém pode atingi-lo, nem mesmo um mago! Vamos sair daqui! Vamos sair daqui depressa!

O CASAL CAMINHAVA a esmo pelas ruelas do bairro popular. Dominado por um pânico que lhe apertava a boca do estômago, Sary não conseguia encontrar o caminho por onde viera. Fechavam-se portas à sua aproximação, e olhares observavam-nos por trás de persianas entreabertas. Apesar do calor, Dolente continuava escondendo o rosto com o xale.

Um homem magro, com perfil de ave de rapina, os abordou. Seus olhos, de um verde sombrio, brilhavam com um fulgor inquietante.

– Por acaso estão perdidos?

– Não – respondeu Sary. – Afaste-se.

– Não sou inimigo e posso ajudá-los.

– Não preciso de sua ajuda; encontraremos o caminho.

– Este bairro é muito perigoso. É preciso ter cuidado.

– Saberemos nos defender.

– Contra malfeitores armados não terão qualquer chance. Aqui, um homem que anda com pedras preciosas torna-se uma presa muito fácil.

– Não temos pedra alguma.

– Não pagou ao mago libanês com turquesas?

Dolente agarrou-se mais ao marido.

– É mentira, é tudo mentira!

– Vocês são dois idiotas; por acaso não esqueceram... isto?

E o homem magro mostrou a fina placa de calcário com o nome de Ramsés.

Dolente fez uma careta de horror e desfaleceu nos braços do marido.

– Qualquer ato de magia negra contra o faraó é punido com a morte, não sabia? A minha intenção não é denunciá-los, podem ficar tranqüilos.

– O que... está querendo?

– Ajudá-los, já disse. Entrem em minha casa, aí à esquerda; sua esposa precisa beber algo.

A casa, de chão de terra batida, era modesta, mas limpa. Uma jovem loura, gorducha, ajudou Sary a deitar Dolente em cima de um banco de madeira coberto com uma esteira e deu-lhe água.

– Meu nome é Ofir – declarou o homem magro – e esta é Lita, descendente de Akhenaton, a legítima herdeira do trono do Egito.

Sary ficou estupefato. Dolente voltou a si.

– Está... está brincando?

– É a pura verdade.

Sary voltou-se para a jovem loura.

– Este homem está mentindo, ou não?

Lita balançou a cabeça afirmando que não e foi sentar-se em um canto do quarto, indiferente ao que se passava.

– Não fique chocado com ela – recomendou Ofir. – Sofreu tanto que será difícil fazê-la voltar ao que era.

– Mas... o que lhe fizeram?

– Ameaçaram-na de morte, espancaram-na, trancaram-na e obrigaram-na a renegar a sua fé em Aton, o deus único; ordenaram-lhe ainda que esquecesse o seu nome e o de seus pais, e, por fim, tentaram destruir a sua alma. Se eu não tivesse intervindo, hoje não passaria de uma pobre louca.

– Por que a está ajudando?

– Porque a minha família foi perseguida, assim como a dela. Por isso só temos uma razão para viver: a da vingança. Uma vingança que dará o poder a Lita e expulsará os falsos deuses da terra do Egito.

– Ramsés não é responsável pelas suas desgraças!

– Claro que é. Ele pertence a uma dinastia maldita que engana o povo e o tiraniza.

– Como consegue sobreviver?

– Os partidários de Aton nos abrigam e nos alimentam, escondendo-nos, na esperança de que ele ouvirá as nossas preces.

– São muito numerosos?

– Mais do que pode imaginar, mas todos reduzidos ao silêncio. Mesmo que só restassem Lita e eu, continuaríamos a nossa missão.

– Essa época já está ultrapassada – protestou a irmã de Ramsés. – Esses rancores só dizem respeito a você mesmo.

– Errado – objetou Ofir. – Atualmente vocês são meus aliados.

– Saiamos desta casa, Sary; estas pessoas estão loucas.

– Sei quem você é – revelou Ofir.

– Está blefando!

– Você é Dolente, a irmã de Ramsés; este homem é seu marido, Sary, ex-preceptor do faraó. Sei que ambos foram vítimas da sua crueldade e desejam vingar-se.

– Isto é assunto nosso.

– Tenho em meu poder a placa de calcário enfeitiçado que você utilizou. Se eu entregá-la no gabinete do vizir, testemunhando contra vocês...

– Isso é chantagem!

– Sejamos aliados, e a ameaça desaparecerá.

– Que interesse eu teria nisso? – perguntou Sary.

– Utilizar magia negra contra Ramsés é uma boa idéia, mas você não entende do assunto. O feitiço que você escolheu teria feito adoecer um simples mortal, mas não um rei. Ramsés, desde a sua coroação, beneficiou-se de proteções invisíveis que cercam o corpo, isolando tudo em torno de si. Será necessário destruí-las uma a uma. E eu e Lita somos capazes de fazê-lo.

– O que vai exigir em troca?

– Alojamento, alimentação e um local discreto para podermos estabelecer contatos.

Dolente aproximou-se de Sary.

– Não lhe dê ouvidos. Isso é perigoso e será prejudicial para nós.

Sary aproximou-se do homem magro.

– Combinado. Somos seus aliados.

29

Ramsés acendeu as lamparinas de azeite, que iluminaram o *naos* de Karnak, a parte mais secreta do templo, onde apenas ele e o seu substituto eventual, o grande sacerdote, tinham o poder de entrar. As trevas dissiparam-se; surgiu o

Santo dos santos, uma capela em granito rosa contendo a imagem terrestre de Amon, "o oculto", do qual nenhum ser humano conheceria jamais a verdadeira forma. Pastilhas de incenso consumiam-se com lentidão, perfumando o lugar mais sagrado entre todos, onde a energia divina encarnava, no invisível e no visível.

O rei quebrou o selo de argila colocado sobre o *naos*, puxou o ferrolho e abriu as portas do relicário.

– Desperte em paz, poder da origem, que cria a cada instante. Reconheça-me, pois sou o seu filho; o meu coração o ama, e venho receber os seus conselhos para executar o que lhe for útil. Desperte em paz e brilhe sobre esta terra, que apenas vive pelo seu amor. Pela energia que emana, ressuscite tudo o que existe.

Em seguida, iluminou a estátua divina, retirou as tiras de linho colorido que a cobriam, purificou-a com água do lago sagrado, ungiu-a com ungüentos e a revestiu com novas tiras de tecido puro. Depois, fazendo-as surgir pelo poder de sua voz, apresentou-lhe as oferendas que os sacerdotes, no mesmo instante, depositavam em numerosos altares espalhados pelo templo. Todas as manhãs, esse mesmo ritual era realizado em cada um dos santuários do Egito.

Veio, por fim, a oferenda suprema, a de Maât, a imortal Regra de vida.

– Você vive dela – disse o rei à divindade. – Ela a revigora com o seu perfume, a alimenta com o seu orvalho; seus olhos são a Regra, todo o seu ser é a Regra.

O faraó beijou fraternalmente a Potência, fechou as portas do *naos* e, puxando o ferrolho, colocou um selo de argila. A cada manhã, o grande sacerdote Nebu repetiria os mesmos gestos em seu nome.

Quando Ramsés saiu do *naos*, todo o templo estava desperto. Os sacerdotes retiravam dos altares a parte do alimento purificado que pertencia aos humanos, pães e bolos saíam das padarias de Karnak, a carne era preparada para as refeições do meio-dia, os artífices iniciavam o seu trabalho, os jardineiros adornavam as capelas com flores. O dia seria sereno e feliz.

PRECEDIDO PELO CARRO de Serramanna, o de Ramsés movia-se em direção ao Vale dos Reis. Apesar da hora matinal, o calor já era tórrido. Embora receasse a terrível quentura do Vale, Nefertari estava serena. Um pano molhado na nuca e um guarda-sol permitir-lhe-iam suportar a provação.

Antes de tornar a partir para o Norte, Ramsés queria rever o túmulo de seu pai e recolher-se perante o sarcófago cujo nome egípcio, "o senhor da vida", indicava a função. No mistério da câmara de ouro, a alma de Sethi regenerava-se constantemente.

Os dois carros detiveram-se ante a estreita entrada do Vale. Ramsés ajudou Nefertari a descer, enquanto Serramanna, apesar da presença da guarda, inspecionava os arredores. Nem mesmo ali estava tranqüilo. O sardo observou os guardas que protegiam o acesso, nada notando de anormal em seu comportamento.

Para surpresa de Nefertari, Ramsés não seguiu pelo caminho que conduzia às moradas da eternidade de Sethi e de seu antepassado, o primeiro dos Ramsés, onde repousavam lado a lado, mas dobrou à direita, na direção de um canteiro de obras. Operários picotavam a rocha, que saltava em estilhaços, recolhidos em pequenos cestos.

Sobre vários blocos polidos e alinhados, um dos mestres-de-obras da confraria de Deir el-Medineh desenrolou um papiro; em seguida, curvou-se perante o casal real.

– Eis o lugar do meu túmulo – revelou Ramsés a Nefertari.

– Já pensou até nesse dia...

– Desde o primeiro dia do seu reinado, um faraó deve conceber o plano da sua futura morada da eternidade e começar logo os trabalhos.

O véu de tristeza que obscurecera o olhar de Nefertari dissipou-se.

– Tem razão, a morte é a nossa companheira de todos os instantes; se soubermos prepará-la, ela nos sorrirá.

– Este local lhe parece satisfatório?

A rainha girou muito lentamente sobre si mesma, como se tomasse posse do espaço, como se perscrutasse a rocha e as profundezas da terra. Depois, parou com os olhos fechados.

– Será aqui que o seu corpo repousará – predisse.

Ramsés apertou-a contra si.

– Mesmo que a Regra lhe imponha a moradia no Vale das Rainhas, nunca nos separaremos. Farei da sua morada da eternidade a mais bela jamais criada na nossa terra amada pelos deuses. As gerações guardarão dela a memória e cantarão a sua beleza por séculos e séculos.

O poder do Vale e a intensidade do momento uniram o casal real em um novo laço, do qual os pedreiros, cavouqueiros e mestres-de-obras sentiram a intensidade luminosa. Para além de uma mulher e de um homem apaixonados, firmava-se a presença do Faraó e da grande esposa real, cuja vida e morte estavam marcadas com o selo da eternidade.

O trabalho fora interrompido, e as ferramentas, silenciadas. Cada artífice teve consciência da sua participação no mistério daqueles dois seres, cuja tarefa era reinar para que o céu repousasse sobre os seus pilares e a terra estivesse em festa. Sem eles, o Nilo não correria, os peixes não saltariam na corrente, os pássaros não voariam no azul do céu, e a humanidade não se proveria do sopro da vida.

Ramsés e Nefertari separaram-se sem deixar, porém, de se olhar. Acabavam de franquear a porta do verdadeiro casamento.

Os artífices recomeçaram a picotar a pedra, e o rei aproximou-se do mestre-de-obras.

– Mostre-me o plano que concebeu.

Ramsés observou o plano que lhe foi apresentado.

– Torne mais longo o primeiro corredor, faça uma primeira sala com quatro pilares, penetre mais fundo na rocha, expandindo-se na sala de Maât.

Segurando o pincel que o mestre-de-obras lhe estendia, o rei fez mudanças no desenho com tinta vermelha e deu-lhe as dimensões exatas.

– A partir da sala de Maât, vire em ângulo reto: uma curta e estreita passagem conduzirá à morada de ouro, com oito pilares, no centro da qual será depositado o sarcófago. Várias capelas, destinadas a receber os apetrechos funerários, se comunicarão com esse espaço. Qual é a sua opinião?

– Não vejo qualquer impossibilidade técnica.

– Se surgirem dificuldades durante os trabalhos, quero ser imediatamente informado

– O meu dever é resolvê-las.

O CASAL REAL e respectiva escolta saíram do Vale dos Reis e retomaram a estrada em direção ao Nilo. Como o rei não indicara a Serramanna o lugar aonde iam, o sardo observava constantemente o topo das colinas. Garantir a segurança de Ramsés era uma façanha e tanto, pelo fato de o jovem monarca não ter a mínima preocupação com o perigo. De tanto jogar com a sorte, ainda acabaria perdendo-a.

Ao se aproximar de imensos campos cultivados, o carro real virou para a direita, passando em frente à necrópole dos nobres e ao templo funerário de Thutmosis III, o ilustre faraó que conseguira estabelecer a paz na Ásia e também expandir a civilização egípcia por todo o Oriente Próximo, indo muito mais além.

Ramsés deteve-se num local desabitado, no limite entre o deserto e os campos, próximo da aldeia dos construtores. Serramanna espalhou de imediato os seus homens, receando alguma emboscada do meio do trigal.

– O que acha deste lugar, Nefertari?

Elegante, etérea, a rainha tirara as sandálias para melhor sentir a energia da terra. Os pés nus afofavam a areia ardente; andou da direita para a esquerda, deu alguns passos para trás e se sentou numa pedra plana, à sombra de uma palmeira.

– A força reside aqui, uma força idêntica à que habita o seu coração.

Ramsés ajoelhou-se e massageou docemente os delicados pés da esposa.

– Ontem – confessou ela – fui tomada por um sentimento estranho, quase assustador.

– Consegue descrevê-lo?

– Vi você no interior de uma pedra alongada e protegido por ela; alguém tentava quebrá-la para retirar a proteção e tentar destruí-lo.

– E conseguiu?

– O meu espírito lutou contra essa força maléfica e a repeliu. A pedra permaneceu intacta.

– Foi algum pesadelo?

– Não; eu estava acordada, e essa imagem foi passando pelo meu pensamento como uma realidade longínqua, mas presente, tão presente...

– A sua inquietação desapareceu?

– Não completamente. Ainda sinto uma angústia, como se um inimigo estivesse oculto nas sombras, fora do meu alcance, com desejo de lhe fazer mal.

– Você sabe que tenho muitos inimigos, Nefertari, por isso não vejo motivo para nos assustarmos. Para me destruírem, não hesitarão em utilizar as armas mais vis. Ou fico parado receando os seus ataques, ou vou adiante sem me preocupar com eles. Decidi ir adiante.

– Tenho, portanto, o dever de lhe proteger.

– Serramanna encarrega-se disso.

– Ele pode conter os ataques visíveis, mas como poderá proteger você dos invisíveis? Este será o meu papel, Ramsés; com o meu amor, envolverei a sua alma com uma muralha tão sólida que os demônios não conseguirão atravessá-la. Mas é preciso ainda...

– Em que está pensando?

– Num ser que ainda não existe e que preservará o seu nome e a sua vida.

– Ele nascerá aqui, neste solo que você tocou com os pés nus. Eu também pensei nesse aliado imenso, com corpo de pedra e alma construída com materiais eternos. Aqui será edificado o meu templo de milhões de anos: o Ramesseum. Quero que o concebamos juntos, como o nosso filho.

30

Serramanna alisou o bigode, envergou uma túnica violeta de decote largo, perfumou-se e observou num espelho o corte do cabelo. Considerando aquilo que queria dizer a Ramsés, devia apresentar-se como um respeitável e cordato personagem de quem as opiniões são dignas de atenção. O sardo hesitara muito antes de tomar tal atitude, mas as suas deduções não o enganavam, e sentia-se incapaz de guardar no peito peso tão forte.

Abordou o rei no fim da sua higiene matinal. Refrescado e bem-disposto, o monarca o receberia bem.

– Esplêndido – considerou Ramsés. – Vai renunciar ao comando da minha guarda pessoal para se dedicar à última moda de Mênfis?

– Havia pensado...

– Havia pensado que um certo requinte seria melhor para determinadas declarações.

– Quem o informou...

– Ninguém, fique tranqüilo; o seu segredo mantém-se inviolável.

– Majestade, eu tenho razão!

– Bela entrada no assunto! E em que é que você tem razão?

– Aquele escorpião que tentou picá-lo para estragar a sua viagem... Alguém o colocou em seu quarto.

– Isso eu já sabia, Serramanna. E o que mais?

– Irritado com a minha própria falha, fiz uma investigação.

– E a conclusão a que chegou o está perturbando.

– É verdade, Majestade, é verdade...

– Está com medo de algo, Serramanna?

A insinuação fez o sardo empalidecer. Se Ramsés não fosse o faraó do Egito, o punho de Serramanna lhe teria fechado a boca.

– Devo garantir a sua segurança, Majestade, e nem sempre é fácil

– Censura-me por ser imprevisível?

– Se moderasse um pouco...

– Você se aborreceria.

– Sou um antigo pirata, mas gosto do trabalho bem-feito.

– Quem o impede de fazê-lo?

– Quanto à proteção normal, não há problema; mas terei permissão de ir mais longe?

– Seja mais claro.

– Suspeito de um dos que lhe estão próximos. Para mandar colocar o escorpião, era necessário conhecer a situação de sua cabine.

– Inúmeras pessoas estavam a par disso!

– É possível, mas o meu instinto me garante que tenho um meio de identificar o culpado.

– Usando que métodos?

– Os meus.

– A justiça é a base da sociedade egípcia, Serramanna; o faraó é o primeiro servidor da Regra e não se coloca acima das leis.

– Em outras palavras, não terei autorização oficial.

– Isso iria atrapalhar a sua iniciativa.

– Compreendi, Majestade!

– Não estou bem certo, Serramanna. Siga a sua idéia, mas faça a coisa certa; não admitirei nenhum excesso. Com ordem oficial ou não, considero-me responsável pelos seus atos.

– Não atacarei ninguém.
– Dê-me a sua palavra.
– A palavra de um pirata tem algum valor?
– Um homem corajoso e leal não trai a sua.
– Quando digo "atacar", eu...
– Dê-me a sua palavra, Serramanna.
– Está bem, Majestade, tem a minha palavra!

A LIMPEZA DO PALÁCIO era uma das obsessões de Romeu, promovido por Ramsés a intendente e, portanto, responsável pelo conforto do faraó. Os varredores, lavadores de chão e outros limpadores de pano não tinham descanso sob as ordens de um escriba rigoroso e metódico que desejava reforçar a sua posição agradando a Romeu. Este verificava o trabalho de suas equipes e não hesitava em chamar à ordem aquele que falhasse, ameaçando-lhe baixar o salário em uma segunda falha.

Ao cair da noite, o escriba deixou para trás um palácio brilhante como um espelho. Exausto e sedento, dirigiu-se em passo apressado para uma taberna em que serviam uma deliciosa cerveja. Ao passar por uma ruela apinhada de burros carregados com sacos de trigo, uma mão forte agarrou-o pelo colarinho da túnica e o obrigou a entrar, em esperneios, numa loja escura, cuja porta se fechou com violência. Assustado, o funcionário sequer gritara.

Duas mãos enormes apertaram-lhe o pescoço.
– Comece a falar, crápula!
– Deixe-me... deixe-me respirar...
Serramanna abrandou um pouco a pressão.
– É cúmplice do seu patrão, hein?
– Patrão? Que patrão?
– Romeu, o intendente.

– Mas o meu trabalho é impecável!

– Romeu detesta Ramsés, não é verdade?

– Não sei... Não, não, eu não acredito! E eu sou um fiel servidor do rei!

– Romeu é um grande apreciador de escorpiões, tenho certeza disso!

– Romeu, apreciador de escorpiões? Eles o aterrorizam!

– Está mentindo.

– Não, juro que não!

– Você já o viu manipulá-los.

– Você está enganado...

O sardo começou a ficar em dúvida. Em geral, aquele tipo de tratamento dava excelentes resultados. O escriba parecia dizer a verdade.

– Procura... um apreciador de escorpiões?

– Conhece algum?

– Um amigo do rei chamado Setaou... Passa a vida com as serpentes e os escorpiões. Dizem que fala a sua linguagem, e que eles lhe obedecem.

– Onde está esse Setaou?

– Partiu para Mênfis, onde possui um laboratório. Casou com uma feiticeira núbia, Lótus, tão temível quanto ele.

Serramanna largou o escriba, que esfregou o pescoço, feliz por conseguir respirar.

– Posso... posso ir embora?

O sardo despediu o funcionário com um gesto da mão.

– Um momento... Fiz algum mal a você?

– Não, não!

– Vá embora, então, e não fale desse encontro com ninguém, caso contrário os meus braços vão virar serpentes e sufocá-lo.

Enquanto o escriba fugia, Serramanna saiu tranqüilamente da loja e, pensativo, seguiu em direção oposta.

Seu instinto dizia-lhe que o intendente Romeu, promovido com muita rapidez, era quem estava mais bem colocado para fazer mal ao rei. Serramanna desconfiava daquele tipo de homem, hábil em ocultar a ambição sob a aparência da jovialidade. No fundo, porém, tinha de admitir o seu erro, um erro vantajoso, porque o escriba talvez lhe tivesse oferecido a boa pista: a que levava a Setaou, um dos amigos do rei.

O sardo fez uma careta.

Ramsés tinha o sentimento da amizade, sentimento, para ele, de um valor sagrado. Atacar Setaou seria arriscado, ainda mais porque o sujeito dispunha de armas temíveis. No entanto, depois de ter obtido aquela informação, Serramanna não podia ficar parado. De volta a Mênfis, dedicaria atenção toda especial ao insólito casal que coabitava muito à vontade com serpentes e escorpiões.

– NÃO RECEBI nenhuma queixa a seu respeito – constatou Ramsés.

– Mantive a minha promessa, Majestade – afirmou Serramanna.

– Tem certeza?

– Completamente.

– E o resultado das investigações?

– No momento, nenhum.

– Fracasso total?

– Uma falsa pista.

– Mesmo assim, não vai desistir, estou certo?

– A minha função consiste em protegê-lo... respeitando a lei.

– Você me esconderia algum detalhe importante, Serramanna?

– Julga-me capaz disso, Majestade?

– Um pirata não é capaz de tudo?

– Sou um velho pirata. Esta vida me agrada bastante para que eu corra riscos inúteis.

O olhar de Ramsés tornou-se penetrante.

– O seu suspeito favorito não era o ideal, mas você não desiste.

Serramanna esboçou um vago gesto com a cabeça.

– Lamento interromper as suas investigações.

O sardo não disfarçou a sua decepção.

– Fui discreto, eu lhe garanto.

– Não é você que está em questão. Amanhã partimos para Mênfis.

31

Romeu não sabia para onde se voltar, já que a preparação da viagem da corte de Tebas para Mênfis lhe causava tantas preocupações. Nem um bojudo vaso de maquiagem deveria faltar às mais elegantes, nem uma cadeira confortável aos notáveis; as refeições de bordo deveriam ter a mesma qualidade daquelas em terra firme; o cão e o leão de Ramsés deviam dispor de uma alimentação farta e variada. E agora, aquela situação: o cozinheiro que acabava de adoecer, o lavadeiro que estava atrasado, o tecelão que se enganara na entrega de toalhas!

Ramsés dera ordens, e essas ordens seriam executadas. Romeu, que tencionava levar uma existência tranqüila, deliciando-se em suculentas receitas, ficara deslumbrado de admiração pelo exigente e impetuoso jovem monarca. É verdade que punha em estado de sítio todos os que o rodeavam, que se mostrava intolerante e ardia num fogo que ameaçava queimar quem dele se aproximava. Mas ao mesmo tempo era tão fascinante quanto o falcão apaixonado pelo céu aberto, encarregado de sua proteção. Romeu, por seu lado, desejava provar as suas qualidades, mesmo que para isso tivesse de sacrificar a sua serenidade.

O intendente, transportando ele próprio um cesto com figos frescos, chegou à passarela do barco real. Serramanna barrou-lhe a entrada.

– Revista obrigatória.

– Sou o intendente de Sua Majestade!

– Revista obrigatória – repetiu o sardo.

– Está querendo provocar um incidente?

– E você? Estará com a consciência tranqüila?

Romeu pareceu abalado.

– O que quer dizer com isso?

– Se você realmente não sabe, tudo correrá bem; mas se sabe a que me refiro, não me escapará.

– Enlouqueceu, sardo? Já que é tão desconfiado, leve você mesmo este cesto ao rei. Eu tenho mil e uma coisas para fazer.

Serramanna retirou o pano branco que cobria o cesto. Os figos eram soberbos, mas não ocultariam uma armadilha mortal? Começou a retirá-los um a um com a mão inquieta, pousando-os no cais. A cada gesto esperava ver erguer-se a cauda mortal de um escorpião.

Quando o cesto ficou vazio, não teve outro remédio senão tornar a enchê-lo, evitando esmagar os frutos maduros.

ISET A BELA estava encantadora.

Curvou-se perante Ramsés, como uma jovem nobre da corte que encontrasse o rei pela primeira vez e estivesse prestes a desfalecer. Ele a fez erguer-se, ao mesmo tempo vigoroso e terno.

– Tornou-se frágil?

– Talvez, Majestade.

Seu rosto parecia grave, quase inquieto, mas os olhos sorriam.

– Há algo que a preocupa?

– Autoriza-me a confiá-lo a você?

Sentaram-se em cadeiras baixas, próximas uma da outra.

– Disponho de alguns instantes para uma audiência particular.

– É assim tão absorvente a "profissão" de rei?

– Já não me pertenço, Iset; há mais tarefas do que horas disponíveis, e é assim que deve ser.

– A corte vai regressar a Mênfis.

– Exato.

– Não recebi nenhuma ordem... Devo ficar com você ou permanecer em Tebas?

– Adivinha a razão do meu silêncio?

– Confesso que ele me magoa.

– Deixo-lhe a escolha, Iset.

– Por quê?

– Amo Nefertari.

– Também me ama, não é verdade?

– Você deveria odiar-me.

– Reina sobre um império, mas será capaz de compreender o coração de uma mulher? Nefertari é uma criatura extraordinária, eu não. Mas nem ela, nem você, nem os deuses podem impedir-me esse amor, seja qual for o lugar que me destine. Por que uma segunda esposa não há de ter direito à felicidade, se souber aproveitar cada um dos segundos que ela lhe proporcionar? Vê-lo, falar com você, partilhar alguns instantes da sua existência são alegrias preciosas que não trocaria por nenhuma outra.

– O que vai decidir então?

– Parto também para Mênfis com a corte.

CERCA DE QUARENTA barcos deixaram Tebas sob as aclamações de uma numerosa multidão que aceitara Ramsés e Nefertari. A sucessão do grande sacerdote de Amon decorrera sem conflitos, o governador da capital do Sul conservara o seu lugar, o vizir também, a corte tinha organizado faustosos banquetes, e o povo alegrava-se com uma cheia promissora, que garantiria a prosperidade do país.

Romeu concedeu-se alguns minutos de repouso. A bordo do navio real não havia qualquer nota falsa, com exceção daquele colosso sardo que não deixava de vigiá-lo. Não exigira revistar todas as cabines e todos os membros da tripulação? Um dia aconteceria algo àquele estrangeiro, e ninguém o lamentaria. Sua ousadia e falta de respeito com eminentes personalidades granjearam-lhe já sólidas inimizades, e apenas o apoio do rei o mantinha na posição. Mas seria duradouro?

O intendente, assaltado por uma dúvida, verificou pela décima vez a qualidade da cama real, a solidez das poltronas, assegurou-se da excelência dos pratos que seriam servidos na refeição do meio-dia e correu para a ponte, transportando um odre de água fresca destinado a Matador e Vigilante, instalados sob um toldo, ao abrigo do sol.

De uma das janelas da espaçosa cabine de Nefertari, Ramsés observava-o, divertido.

– Finalmente um intendente mais preocupado com suas responsabilidades do que com seus privilégios! Uma feliz coincidência, não acha?

Uma sombra de fadiga velou o semblante luminoso de Nefertari. Ramsés sentou-se na cama e a abraçou.

– Serramanna não parece ser da mesma opinião. Existe entre os dois uma nítida aversão.

O rei ficou admirado.

– Por que razão?

– Serramanna desconfia de algo e por isso está sempre alerta.

– Ele não tem nenhum motivo para suspeitar de Romeu!

– Assim espero.

– Também duvida da sua lealdade?

– Romeu é praticamente um desconhecido para nós.

– Ofereci-lhe o posto com que sonhava!

– Vai esquecê-lo.

– Hoje você está pessimista.

– Espero que Romeu não me dê motivos.

– Observou algum fato concreto?

– Nada, a não ser a aversão de Serramanna a ele.

– O seu olhar é precioso, tão precioso.

Ela apoiou a cabeça em seu ombro.

– Ninguém pode ficar indiferente a você, Ramsés: ou o ajudarão, ou o detestarão. O seu poder é tanto que todos o censuram por existir.

Ramsés estendeu-se de costas, e Nefertari aninhou-se junto dele.

– O poder de meu pai não era superior ao meu?

– Vocês são parecidos e ao mesmo tempo diferentes. Sethi impunha a sua autoridade sem necessidade de pronunciar uma só palavra, pois a sua força era secreta; ao contrário de você, que é fogo e torrente, que abre o caminho sem se preocupar com os esforços despendidos.

– Eu tenho um projeto, Nefertari, um imenso projeto.

– Um só?

– Esse é realmente grandioso. Trago-o dentro de mim desde a coroação; surgiu-me como uma exigência à qual não poderia fugir. Se conseguir os meus fins, a face do Egito será transformada.

Nefertari acariciou-lhe a testa.

– Esse projeto já tomou forma ou ainda não passa de um sonho?

– Estou totalmente apto a transformar o sonho em realidade, mas aguardo um sinal.

– Por que hesita?

– Porque o céu deve aprovar-me. Ninguém deve quebrar o pacto estabelecido com os deuses.

– Quer guardar segredo?

– Transmiti-lo com palavras seria o mesmo que encarná-lo; mas você é a grande esposa real e não deve ignorar nada da minha alma.

Ramsés contou, Nefertari ouviu.

Imenso... Sim, o projeto do faraó era imenso.

– Tem razão em esperar um sinal do Além – concluiu a jovem. – Estarei a seu lado, Ramsés, atenta a cada segundo.

– Se ele não vier...

– Virá, com certeza. Compete-nos saber decifrá-lo.

Ramsés ergueu-se e contemplou Nefertari, cujo apelido "bela entre as belas" corria em todas as bocas. Assemelhava-se perfeitamente à mulher ideal dos poemas de amor, com membros de faiança e turquesa, cujo corpo macio tinha a profundidade das águas celestes.

O rei encostou docemente a orelha sobre a barriga da mulher.

– Sente o nosso filho crescer?

– Ele há de nascer, prometo-lhe.

Uma alça do vestido de Nefertari deslizou pelo seu ombro, revelando o início do seio. Ramsés mordeu o tecido fino e desnudou o busto admirável da esposa. Lia-se em seus olhos a fluidez do Nilo celeste, a profundidade do desejo, a magia de dois corpos unidos num amor sem limites.

32

Pela primeira vez desde a coroação, Ramsés entrou no gabinete de seu pai, em Mênfis. Nenhuma decoração, apenas as paredes brancas, três janelas *a claustra*, uma mesa grande, um trono de costas largas para o rei, cadeiras empalhadas para os visitantes e um armário para papiros.

Uma emoção intensa apertou-lhe a garganta.

O espírito de Sethi ainda animava aquele local austero onde trabalhara tantos dias e tantas noites para governar o Egito, tornando-o próspero e feliz. Ali, nem um sinal de morte, mas a permanência de uma vontade implacável.

A tradição exigia que um filho construísse a sua casa e criasse o seu próprio sistema de vida. Ramsés deveria ter ordenado a destruição daquele gabinete e mandado construir um novo à sua imagem. Era essa a intenção do jovem monarca antes de redescobrir o vasto compartimento.

De uma das janelas, Ramsés contemplou o pátio interior onde se encontrava o carro real; depois, foi até o gabinete, abriu o armário que continha os papiros virgens e sentou-se no trono.

A alma de Sethi não o repelia.

O filho sucedera ao pai, e o pai aceitava o filho como o senhor das Duas Terras. Ramsés conservaria o seu gabinete intacto, trabalharia ali quando residisse em Mênfis e preservaria o seu estilo simples, auxiliar precioso em sua tomada de decisões.

Sobre a mesa grande, dois ramos de acácia muito flexíveis, presos na extremidade por um fio de linha: a varinha de feiticeiro de que Sethi se servira para encontrar água no deserto. Como aquele momento havia influído na educação do príncipe Ramsés, ainda inconsciente do seu destino! Compreendera que o faraó lutava com os elementos, com o mistério da criação, atingia o coração da matéria e fazia refulgir a sua vida secreta.

Governar o Egito não significava apenas dirigir um Estado, mas também dialogar com o invisível.

COM OS SEUS DEDOS por vezes entorpecidos por causa da idade, Homero amassou as folhas de sálvia e as meteu no fornilho do cachimbo, uma grande concha de caracol que começava a enegrecer de forma satisfatória. Entre duas baforadas, bebia um gole de um vinho encorpado, perfumado com anis e coentro. Sentado numa cadeira com uma almofada fofa, o poeta grego saboreava a doçura da tarde junto do seu limoeiro, quando a criada lhe anunciou a visita do rei.

Vendo Ramsés mais de perto, Homero ficou impressionado com o seu porte distinto.

O poeta ergueu-se com dificuldade.

– Permaneça sentado, eu lhe peço.

– Majestade, como você mudou!

– Majestade... Tornou-se reverente, meu querido Homero?

– Você foi coroado. E com um monarca do seu porte, todo respeito é devido. Ao vê-lo, torna-se evidente que já não é o adolescente exaltado a quem eu pregava sermões... Minhas palavras podem alcançar os ouvidos do faraó?

– Fico feliz por vê-lo com boa saúde. Está satisfeito com suas condições de vida?

– Ensinei a criada à minha maneira, o jardineiro é silencioso, o cozinheiro tem talento e o escriba a quem dito os meus poemas finge apreciá-los. Que mais posso pedir?

Heitor, o gato preto rajado de branco, saltou para o colo do poeta e ronronou.

Como era de costume, Homero untara o corpo com azeite. Segundo ele, não existia produto mais higiênico e que tivesse melhor perfume.

– Tem avançado em seus propósitos?

– Não estou descontente com as palavras que Zeus dirige aos deuses: "Prendei ao céu um cabo de ouro. Se o puxar com força, arrastarei a terra e o mar; prendê-lo-ei ao Olimpo, e este mundo ficará suspenso nos ares."

– Em outras palavras: o meu reinado ainda não se firmou, e o meu reino balança ao sabor dos ventos.

– Recolhido como estou, como posso estar informado?

– A inspiração do poeta e as conversas dos criados não trazem até você o essencial dos acontecimentos?

Homero coçou a barba branca.

– É bem possível... Permanecer parado só traz inconvenientes. O seu regresso a Mênfis era necessário.

– Tinha de resolver um problema delicado.

– A nomeação do novo grande sacerdote de Amon, que não o trairá após a sua entrada nas funções, eu sei... Operação muito bem conduzida e bastante sensata. A escolha de um velho sem ambições revela uma rara habilidade política vinda da parte de um jovem soberano.

– Aprecio aquele homem.

– Por que não? O essencial é que ele lhe obedeça.

– Se o Norte e o Sul se digladiassem, o Egito ficaria arruinado.

– Curioso país, mas tão atraente! Pouco a pouco, vou cometendo o erro de me habituar aos seus costumes a ponto de cometer infidelidades ao meu vinho preferido.

– Tem tido cuidado com a saúde?

– Este Egito está povoado de médicos! Fui atendido quase que ao mesmo tempo por um dentista, um médico de olhos e um clínico! Prescreveram-me tantas poções que me recusei a tomá-las. Os colírios ainda aceito, pois melhoram um pouco a minha vista... Se os tivesse conseguido na Grécia, talvez meus olhos tivessem permanecido normais. Não voltarei para lá... Há demasiadas facções, demasiados conflitos, demasiados chefes de clã e reizinhos embrulhados em suas rivalidades. Para escrever, preciso de calma e conforto. Esforce-se por construir uma grande nação, Majestade.

– Meu pai já havia iniciado essa obra.

– Escrevi estas frases: "Para que servem os prantos que fazem tremer a alma, visto que é essa a sorte que os deuses impuseram aos mortais, condenados *a viver na dor*?"

Não escapará à sorte comum e, no entanto, sua função o coloca para além dessa humanidade submetida ao sofrimento. Não é por causa do faraó e da perenidade da instituição de tantos e tantos séculos que o seu povo acredita na felicidade, a saboreia com deleite e consegue até construí-la?

Ramsés sorriu.

– Está começando a compreender os mistérios do Egito.

– Não lamente por seu pai e não tente imitá-lo; torne-se, como ele, um rei insubstituível.

RAMSÉS E NEFERTARI haviam celebrado os rituais em todos os templos de Mênfis e prestado homenagem à ação do grande sacerdote da cidade, encarregado de coordenar os trabalhos dos colégios de artífices, entre os quais figuravam os escultores de talento.

Chegara o momento tão receado: o da pose. O rei e a rainha, sentados num trono, coroados, com os cetros na mão, tiveram de permanecer imóveis durante intermináveis horas para permitir aos escultores, "os que dão a vida", gravar na pedra a imagem eternamente jovem do casal real. Nefertari suportou a prova com dignidade, mas Ramsés demonstrava freqüentes sinais de impaciência. A partir do segundo dia mandou vir Ameni, incapaz de ficar parado tanto quanto ele.

– A cheia?

– Satisfatória – respondeu o secretário particular do rei. – Os agricultores esperavam mais, porém o serviço das bacias de retenção está otimista. Não teremos falta de água.

– Como se tem comportado o meu ministro da Agricultura?

– Confia-me o trabalho administrativo e não põe os pés no gabinete. Anda de campo em campo, de exploração em exploração, e resolve mil e uma dificuldades, dia após dia. Não é um comportamento ministerial vulgar, mas...

– Que continue assim! Protestos entre os camponeses?

– Não. As colheitas foram boas, e os celeiros estão cheios.

– O gado?

– A natalidade está aumentando e a mortalidade, regredindo, de acordo com o último recenseamento. Os relatórios do médico de animais não me apontara qualquer resultado alarmante.

– E o meu bem-amado irmão Chenar?

– Um modelo de responsabilidade. Reuniu os seus colaboradores do Ministério das Relações Exteriores, teceu-lhe elogios e pediu a cada funcionário para servir ao Egito com consciência e eficácia. Exerce a sua função com muita seriedade: começa a trabalhar de manhã cedo, consulta os seus conselheiros e trata com deferência o seu amigo Acha. Chenar está se tornando um homem de gabinete e um ministro responsável.

– Está falando sério, Ameni?

– Com a administração não se brinca.

– Conversou com ele?

– Claro.

– Como o recebeu?

– Com delicadeza. Não fez qualquer objeção quando lhe pedi para me fornecer um relatório semanal das suas atividades.

– Surpreendente... Mesmo assim, devia tê-lo escorraçado.

– Na minha opinião, está levando tudo muito a sério. Na medida em que o tem sob controle, o que ainda receia?

– Não tolere qualquer irregularidade da parte dele.

– Recomendação desnecessária, Majestade.

Ramsés ergueu-se, colocou os cetros e a coroa sobre o trono e dispensou o escultor cujo esboço ia tomando forma. Aliviada, Nefertari imitou o rei.

– Ter de posar é um suplício – confessou o monarca. – Se me tivessem descrito essa armadilha, eu a teria evitado! Felizmente, o nosso retrato ficará fixado de uma vez por todas.

– Cada função tem as suas exigências; a sua, Majestade, não pode subtrair-se a elas.

– Desconfie, Ameni; talvez você venha a ser também imortalizado em estátua caso se torne um sábio.

– Com a existência que Vossa Majestade me faz levar, não tenho qualquer dúvida!

Ramsés aproximou-se do amigo.

– O que pensa do meu intendente Romeu?

– É um homem eficaz, mas bastante atormentado.

– Atormentado?

– Fica obcecado com o mínimo pormenor e procura constantemente a perfeição.

– Então é igual a você.

Amuado, Ameni cruzou os braços.

– É uma censura?

– Quero saber o que acha do comportamento de Romeu.

– Perfeito; quanto a ele estou tranqüilo. Se toda a hierarquia agisse igual a ele, você não teria mais preocupações. O que acha que ele fez?

 – Por ora, nada.

– Nada tem a recear de Romeu. Agora, se o meu faraó me permitir, vou voltar correndo para o gabinete.

Nefertari agarrou ternamente o braço de Ramsés.

– Ameni não muda mesmo.

– Ele, sozinho, é um governo.

– Sentiu o sinal?

– Não, Nefertari.

– Pois eu o pressinto.

– Que forma está tomando?

– Não sei, mas vem em nossa direção como um cavalo em disparada.

33

Naqueles primeiros dias de setembro, a cheia estava estacionária. O Egito assemelhava-se a um imenso lago de onde emergiam, aqui e ali, colinas encimadas por aldeias. Para os que não estavam empregados nos canteiros de obras do faraó, era a época das férias e dos passeios de barco. Bem protegido sobre as elevações de terra, o gado alimentava-se com a forragem que os camponeses lhe traziam. Estes, nas áreas onde trabalhavam antes da cheia, agora pescavam!

No extremo sul do Delta, um pouco acima de Mênfis, o Nilo estendia-se numa largura de 20 quilômetros; na orla norte, a inundação atingia mais de 200 quilômetros, com o rio ligando-se ao mar e repelindo-o para o largo.

Proliferavam papiros e lótus, como se o país regressasse aos tempos primordiais, antes da presença do homem.

As águas felizes purificavam a terra, afogavam os bichos nocivos e depositavam um lodo fértil que trazia fecundidade e prosperidade.

Todas as manhãs, desde os meados de maio, um especialista descia os degraus da escada do nilômetro de Mênfis, cujas paredes tinham graduação em côvados*, permitindo-lhe verificar a altura da cheia e calcular o ritmo da subida das águas. Naquela época do ano, o nível começava a baixar de forma quase imperceptível antes de a descida da cheia se iniciar de forma concreta no fim do mês de setembro.

O nilômetro era uma espécie de poço quadrado construído com pedras talhadas. O especialista, receando escorregar, desceu com prudência. Segurava na mão esquerda uma tabuazinha de madeira e uma espinha de peixe que lhe serviria para a escrita; com a mão direita, apoiava-se na parede.

O pé tocou na água.

Surpreendido, pensou um instante, depois começou a examinar detalhadamente as marcas na parede. Os olhos deviam estar o enganando; verificou, tornou a verificar e subiu a escada correndo.

O supervisor dos canais da região de Mênfis olhou com espanto o técnico encarregado do nilômetro.

– Seu relatório é aberrante.

– Foi o que julguei ontem também, mas hoje verifiquei de novo, e não há qualquer dúvida!

– Sabe que dia é hoje?

– Claro que sei, estamos no início de setembro!

– Você é um funcionário competente, bem classificado e consta de uma lista de promoções; permito-lhe

*Um côvado equivale a 52 centímetros.

esquecer este incidente, mas não o repita, e retifique o seu erro.

– Mas não há erro!

– Quer obrigar-me a tomar uma medida disciplinar?

– Eu lhe peço que faça a verificação.

A certeza do funcionário do nilômetro perturbou o supervisor dos canais.

– Você sabe que é impossível!

- Não compreendo, mas é a verdade... A verdade que anotei na minha tabuazinha dois dias seguidos!

Os dois homens dirigiram-se, então, ao nilômetro. Perplexo, o supervisor constatou por si próprio o extraordinário fenômeno: em vez de iniciarem a descida, as águas subiam!

DEZESSEIS CÔVADOS, a altura ideal da cheia. Dezesseis côvados, a "alegria perfeita".

A notícia espalhara-se por todo o império com a rapidez de um relâmpago, e um clamor se erguera: Ramsés, no primeiro ano do seu reinado, tinha realizado um milagre! As bacias de reserva ficariam cheias até o seu limite máximo, a irrigação das culturas ficaria garantida até o fim do período de seca, e as Duas Terras conheceriam um período fausto graças à magia real.

Ramsés sucedia a Sethi nos corações. O Egito era governado por um faraó benfeitor, dotado de poderes sobrenaturais, capaz de controlar a cheia, de repelir o espectro da fome e de alimentar os estômagos.

Chenar estava furioso. Como abafar a estupidez de um populacho que transformava um fenômeno natural em manifestação de magia? Aquele maldito retorno da cheia, que nenhum controlador de nilômetro jamais havia observado, era, com certeza, insólito, e podia mesmo ser classificado como alucinante, mas não tinha nada a ver com Ramsés! Contudo, nas cidades e aldeias organizavam-se festas em honra do faraó, cujo nome foi comemorado com fervor. Não seria um dia igual ao dos deuses?

O irmão mais velho do rei cancelou as suas entrevistas e concedeu um dia de folga ao pessoal do ministério, à semelhança dos colegas de governo. Ter-se destacado teria sido um grave erro.

Por que havia Ramsés de se beneficiar de tanta sorte? Em pouquíssimo tempo, a sua popularidade ultrapassara a de Sethi. Muitos dos seus adversários estavam abalados, perguntando a si próprios se realmente seria possível combatê-lo. Em vez de prosseguir, Chenar tinha de redobrar a prudência e tecer lentamente a sua teia.

Sua obstinação havia de vencer a sorte do irmão. Infiel por natureza, a sorte sempre acabava por abandonar os seus protegidos. No momento em que a de Ramsés o abandonasse, Chenar agiria. Tinha ainda de preparar armas eficazes para atacar com força e precisão.

Da rua ecoaram gritos. Chenar julgou tratar-se de uma confusão, mas o fenômeno ampliou-se até se transformar numa verdadeira algazarra: era Mênfis inteira que soltava exclamações de espanto! O ministro das Relações Exteriores subiu, então, alguns degraus para chegar ao terraço do edifício.

O espetáculo a que assistiu, assim como milhares de egípcios, petrificou-o.

Um imenso pássaro azul, parecido com uma garça-real, sobrevoava a cidade.

"A fênix", pensou Chenar. "É impossível, a fênix regressou..." O irmão mais velho de Ramsés não conseguia afastar essa idéia estúpida e mantinha o olhar fixo no pássaro azul. Dizia a lenda que ela regressava do Além para anunciar um reinado radioso e o despertar de uma nova era.

História de crianças, tolices inventadas pelos sacerdotes para divertir o povo! Mas a fénix continuava dando voltas, num vôo com amplitude magnífica, como se descobrisse Mênfis antes de escolher a sua direção.

Se fosse arqueiro, Chenar a teria abatido em pleno vôo para provar que não passava de uma ave migradora assustada e desorientada. Dar essa ordem a um soldado? Impossível. Nenhum lhe obedeceria e ainda o acusariam de louco! O povo inteiro comungava na visão da fênix. De repente, o clamor atenuou-se.

Chenar readquiriu alguma esperança. É evidente que todos sabiam! Se esse pássaro azul fosse a fênix, não se contentaria em sobrevoar Mênfis, pois, segundo a lenda, já tinha seu destino traçado. Considerando o vôo indeciso da grande ave, as ilusões da multidão em breve se dissipariam, e ninguém iria acreditar num segundo milagre de Ramsés, chegando talvez mesmo a questionar o primeiro.

Essa sorte, essa famosa sorte, já estava prestes a virar!

Ouviram-se mais alguns gritos de criança, e fez-se silêncio.

O imenso pássaro azul continuava a descrever grandes círculos. Graças à pureza do ar, ouvia-se o som gracioso do seu vôo; o bater de suas asas assemelhava-se ao roçagar de um tecido. À alegria sucediam-se a amargura e o choro; não tinham tido a felicidade de ver a fênix – que só aparecia uma vez a cada 15 séculos –, mas, sim, uma infeliz garça-real que se perdera de seu grupo e não sabia que direção tomar.

Aliviado, Chenar regressou ao seu gabinete. Como tivera razão em não dar crédito a essas velhas lendas destinadas a embrutecer espíritos fracos! Nem um pássaro nem um homem poderia viver durante milênios, e muito menos uma fênix poderia ritmar o tempo e consagrar a predestinação de um faraó. No entanto, era necessário retirar um ensinamento do que acontecera: manipular a multidão era uma necessidade para quem queria governar. Dar-lhe sonho e ilusão era tão importante como alimentá-la. Se a popularidade de um chefe de Estado não surgisse naturalmente, era conveniente fabricá-la, utilizando-se dos boatos e falatórios habituais.

Os clamores recomeçaram.

Era, com certeza, o despeito de uma multidão enfurecida e frustrada em relação ao prodígio que esperava. Chenar ouviu o nome de Ramsés; a derrota apresentava-se cada vez mais pungente.

Regressou ao terraço e, estupefato, viu uma multidão em delírio saudando o vôo da fênix em direção à pedra primordial, o obelisco único.

Louco de raiva, Chenar compreendeu que os deuses proclamavam, assim, uma nova era. A era de Ramsés.

– DOIS SINAIS! – exclamou Nefertari. – Uma cheia inesperada e o regresso da fênix! Que reinado se iniciou de forma mais estupenda?

Ramsés lia os relatórios que acabavam de lhe chegar às mãos. Essa inesperada subida das águas até o nível ideal era uma bênção para o Egito; havia também o imenso pássaro azul que toda a população de Mênfis havia admirado, quando pousara bem na ponta do obelisco do grande templo de Heliópolis, um raio de luz petrificado.

Vinda do Além, a fênix não se movia e contemplava o país amado pelos deuses.

– Você parece perplexo – observou a rainha.

– Quem não ficaria espantado com a força desses sinais?

– Você irá recuar?

– Muito pelo contrário, Nefertari. Eles confirmam que devo ir em frente sem me preocupar com as críticas, os entraves e as dificuldades.

– Chegou, portanto, a hora de realizar o seu grande projeto.

Ramsés tomou-a nos braços.

– A cheia e a fênix deram-me a resposta.

Foi um Ameni sem fôlego que irrompeu na sala de audiências do casal real.

– O superior... da Casa da Vida... deseja lhe falar.

– Que venha.

– Serramanna quer revistá-lo... Isso vai provocar um escândalo!

Ramsés dirigiu-se a passo acelerado para a antecâmara onde se defrontavam, de um lado, o superior, um robusto sexagenário de cabeça raspada, envergando um manto branco, e, do outro, o colossal sardo, com capacete, couraça, e armado.

O superior curvou-se diante do faraó, cujo descontentamento Serramanna pressentiu.

– Não há exceções – resmungou o sardo. – Senão a sua segurança não estará garantida, Majestade.

– O que deseja? – perguntou Ramsés ao superior.

– A Casa da Vida espera vê-lo o mais rapidamente possível, Majestade.

34

Quando Sethi levara Ramsés a Heliópolis, decidira fazê-lo passar por uma prova da qual dependeria o seu futuro. Agora, como faraó, franqueava a porta do recinto do grande templo de Ra, tão amplo como o de Amon de Karnak.

Naquele espaço sagrado, banhado por um canal, reuniam-se várias construções: o templo da pedra primordial; o santuário de Atum, o Criador, à sombra de um sicômoro; a capela do salgueiro, onde, nos troncos, estavam inscritas as dinastias, e, por fim, o memorial de Djeser, o criador da pirâmide em degraus de Saqqara.

Heliópolis era um encanto: aléias ladeadas de altares de pedra, feitos para as estátuas divinas, atravessavam bosques de acácias, salgueiros e tamargueiras; pomares e olivais verdejavam; os apicultores faziam abundantes coletas de mel; os estábulos abrigavam vacas de tetas generosas; as oficinas formavam artífices de elite e uma centena de aldeias trabalhavam para a cidade santa, que, em contrapartida, garantia o seu bem-estar.

A sabedoria egípcia ali tomara forma, transcrita em rituais e descrições mitológicas que passavam da boca dos mestres para os ouvidos dos discípulos; colégios de sábios, ritualistas e magos aprendiam ali a sua arte no silêncio e no segredo.

O superior da Casa da Vida de Heliópolis, a mais antiga do país e modelo dos seus êmulos presentes em cada um dos grandes templos, não estava habituado a aparecer no mundo profano. Dedicado à meditação e ao estudo, raramente abandonava o seu domínio.

– Seu pai muitas vezes passou algum tempo entre nós – revelou ele a Ramsés. – O seu desejo mais profundo era retirar-se do mundo, mas sabia que esse sonho nunca se realizaria. Você, majestade, é jovem, e inúmeros projetos fervilham em seu ser e no seu coração. Mas será digno do título que está usando?

Ramsés conteve a cólera com dificuldade.

– Duvida?

– O céu responderá em meu lugar. Siga-me.

– É uma ordem?

– Você é o senhor do país, e eu seu fiel servidor.

O superior da Casa da Vida não baixara os olhos. Aquele adversário era mais temível do que os outros que já tivera de enfrentar.

– Vai seguir-me ou não?

– Mostre-me o caminho.

O superior caminhou com passo cadenciado e se dirigiu para o santuário da pedra primordial, de onde se erguia um obelisco coberto de textos hieroglíficos.

No topo do obelisco, a fênix continuava imóvel.

– Aceita erguer a cabeça e fitar aquela ave, Majestade?

O sol do meio-dia era tão ofuscante que a fênix desaparecia em sua luz.

– Está com intenção de me cegar?

– Compete a você julgar.

– O rei não tem de aceitar o seu desafio.

– Quem o forçaria, a não ser ele próprio?

– Explique-me a razão da sua atitude.

– Você usa um título, Majestade, e esse título é o suporte do seu reinado. Até agora tudo não passou de um ideal. Então, vai continuar assim ou o cumprirá, seja qual for o risco a correr?

Ramsés fitou o sol de frente.

O disco solar não lhe queimou os olhos; viu a ave aumentar, bater as asas e subir para as alturas do céu. Durante longos minutos, o olhar do monarca não se afastou do brilho que iluminava o azul e criava o dia.

– Você é realmente o Filho da Luz e do Sol, Ramsés. Que o seu reinado proclame o seu triunfo sobre as trevas.

Ramsés compreendeu que nunca mais teria de temer o sol, pois era a sua encarnação terrestre. Comungando com ele, alimentava-se da sua energia.

Então, em silêncio, o superior dirigiu-se para uma construção oblonga, de paredes altas e grossas. Ramsés seguiu-o e entrou na Casa da Vida de Heliópolis. No centro, uma elevação abrigava a pedra divina, coberta por uma pele de carneiro; os alquimistas utilizavam-na para efetuar as transmutações, e havia pequenos pedaços depositados nos sarcófagos dos iniciados para tornarem possível a passagem da morte à ressurreição.

O superior fez o rei entrar numa enorme biblioteca, onde estavam guardadas as obras de astronomia e de astrologia, as profecias e os anais reais.

– De acordo com os nossos anais – declarou o superior –, a fênix não aparecia em Heliópolis há 1.461 anos. Sua vinda no ano 1 do seu reinado marca o momento assinalável do encontro de dois calendários estabelecidos pelos nossos astrônomos: o do ano fixo, que perde um dia de quatro em quatro anos, e o do ano real, que perde um quarto de dia por ano. No exato momento em que você estava subindo ao trono, esses dois ciclos cósmicos coincidiram. Será gravada uma estela para anunciar o acontecimento, se assim o decidir.

– Que ensinamento devo retirar das suas revelações?

– Que o acaso não existe, Majestade, e que o destino pertence aos deuses.

Uma inundação miraculosa, o regresso da fênix, uma nova era... Era demais para Chenar. Deprimido, com o pensamento vazio, conseguiu, no entanto, fazer boa figura durante as cerimônias organizadas em honra de Ramsés, cujo reinado, colocado sob semelhantes auspícios, se anunciava notável. Ninguém duvidava de que os deuses haviam escolhido aquele jovem para governar as Duas Terras, no intuito de manter a sua união e aumentar o seu prestígio.

Apenas Serramanna exibia o seu mau humor. Garantir a segurança do rei era uma permanente proeza; verdadeiras multidões de dignitários queriam saudar o faraó, que, afora isso, tinha circulado de carro pelas ruas principais de Mênfis, sob as aclamações do seu povo. Indiferente aos conselhos de prudência do sardo, inebriava-se com a sua popularidade.

Não contente em se expor assim na capital, o rei aventurou-se pelos campos, a maior parte dos quais estava coberta pelas águas da inundação. Os camponeses reparavam as ferramentas e charruas, e ainda reforçavam os celeiros, enquanto as crianças aprendiam a nadar utilizando flutuadores. Sobrevoavam-nos grous de bico vermelho e negro, e manadas de hipopótamos irascíveis espreguiçavam no rio. Não concedendo a si próprio mais de duas ou três horas de sono por dia, Ramsés conseguiu visitar inúmeras aldeias. Recebeu as promessas de fidelidade dos governadores de província e dos governantes locais, e conquistou a confiança dos humildes.

Quando regressou a Mênfis, a cheia começava a baixar, e os camponeses preparavam as sementeiras.

– Nem sequer parece cansado – notou Nefertari.

– Como se pode sentir fadiga quando nos comunicamos com o nosso povo? Mas você não parece estar bem.

– Uma indisposição...

– O que disseram os médicos?

– Que eu devia ficar no leito aguardando um parto normal.

– E por que está de pé?

– Na sua ausência, eu devia...

– Não diga mais nada. Até o parto, não saio mais de Mênfis.

– E o seu grande projeto?

Ramsés pareceu contrariado.

– Permite-me... uma viagem rápida?

A rainha sorriu.

– O que posso eu recusar ao faraó?

– Como esta terra é bela, Nefertari! Ao percorrê-la, compreendi que era um milagre do céu, a filha da Água e do Sol. Nela se aliam a força de Hórus e a beleza de Hathor. Cada segundo da nossa vida lhe deve ser oferecido; você e eu não nascemos para governá-la, e sim para servi-la.

– Foi também assim que julguei.

– O que quer dizer?

– Servir é o ato mais nobre que um ser humano pode realizar. É por seu intermédio, e apenas por ele, que pode ser atingida a plenitude. *Hem*, "o servidor"... Essa palavra sublime não designa simultaneamente o homem mais modesto, na figura do operário assalariado de um canteiro de obras ou do trabalhador agrícola, e o homem mais poderoso, o faraó, o servidor dos deuses e do seu povo? Depois da coroação, distingui uma outra realidade. Nem você nem

 eu podemos contentar-nos em apenas servir. Precisamos

também dirigir, orientar, manejar o leme que permitirá à barca do Estado seguir na direção certa. Ninguém poderá fazer isso por nós.

O rei ficou carrancudo.

– Quando meu pai morreu, experimentei esse mesmo sentimento. Como era bom sentir a presença de um ser superior, capaz de guiar, aconselhar e ordenar! Graças a ele nenhuma dificuldade era intransponível, nenhuma desgraça, irremediável.

– É isso que o povo espera de você.

– Contemplei o sol de frente, e ele não me queimou os olhos.

– O sol está em você, Ramsés; ele dá a vida, faz crescer as plantas, os animais e os seres humanos, mas também pode secar e matar ao se tornar demasiado violento.

– O deserto é queimado pelo sol, e, no entanto, não lhe falta vida!

– O deserto é o Além na terra, os seres humanos não constroem ali as suas casas. Lá apenas são construídas as casas da eternidade que sobreviverão às gerações e fatigarão o tempo. Não é essa a tentação do faraó: imergir o seu pensamento no deserto, esquecendo os homens?

– Meu pai era um homem do deserto.

– Todo faraó deve ser, mas o seu olhar deve igualmente fazer florir o Vale.

Ramsés e Nefertari saborearam juntos a paz da tarde, enquanto os raios do sol poente douravam o obelisco único de Heliópolis.

35

Quando as janelas do quarto de Ramsés escureceram, Serramanna saiu do palácio, não sem antes ter verificado se os guardas que ele próprio escolhera estavam nos seus postos. Saltando para o dorso de um soberbo cavalo negro, atravessou Mênfis a galope e tomou a direção do deserto.

Os egípcios não gostavam de se deslocar à noite. Na ausência do sol, os demônios saíam de suas tocas e agrediam os viajantes imprudentes. O colosso sardo não fazia caso dessas superstições e saberia defender-se, mesmo contra uma horda de seres monstruosos. Quando metia uma idéia na cabeça, ninguém conseguia detê-lo.

Serramanna esperara que Setaou viesse à corte e participasse dos festejos em honra de Ramsés. Mas o especialista em serpentes, fiel à sua reputação de excêntrico, não saíra do seu laboratório. Sempre em busca de quem introduzira o escorpião na cabine de Ramsés, o sardo fazia perguntas aqui e ali, e tentava obter informações mais ou menos confidenciais.

Ninguém gostava de Setaou. Receavam os seus malefícios e as horríveis criaturas com que lidava, mas era impossível deixar de reconhecer a dimensão crescente do seu negócio. Vendendo veneno aos preparadores de remédios destinados a tratar graves doenças, começava a fazer fortuna.

Embora teimasse em desconfiar de Romeu, Serramanna era obrigado a admitir que Setaou constituía um excelente suspeito. Para o sardo a dedução era fácil: depois da sua manobra falha, não se atrevia a aparecer perante

Ramsés para enfrentar o olhar do amigo; enterrara-se logo em seus domínios – uma clara confissão.

Serramanna precisava vê-lo. O ex-pirata estava habituado a julgar os adversários pela expressão e sempre sobrevivera em virtude de sua perspicácia; quando observasse bem Setaou, então formaria a sua opinião. E já que ele se escondia, o sardo iria procurá-lo.

No limite dos campos cultivados, Serramanna saltou do cavalo e prendeu as rédeas ao tronco de uma figueira. Murmurou algumas palavras à orelha do animal para o acalmar e avançou sem fazer ruído para a casa-laboratório de Setaou. Embora a lua se encontrasse apenas em quarto crescente, a noite estava clara. O riso de uma hiena não perturbou o sardo, que tinha a sensação de partir para a abordagem de um barco, apanhando-o de surpresa.

O laboratório estava iluminado. E se um interrogatório um pouco mais enérgico lhe permitisse descobrir a verdade? É claro que Serramanna prometera não agredir os suspeitos, mas a necessidade não fazia a lei? Prudente, curvou-se, contornou uma pequena colina e alcançou a construção por trás.

Com as costas de encontro à parede, o sardo ficou à escuta.

Do interior do laboratório chegavam até ele gemidos. Que infeliz estaria sendo torturado pelo encantador de serpentes? Serramanna deslocou-se como um caranguejo até uma abertura e espreitou. Vasos, jarros, filtros, gaiolas com escorpiões e serpentes, facas de diversos tamanhos, cestos... Uma verdadeira confusão espalhada por mesas e prateleiras.

No chão, um homem e uma mulher, nus e enlaçados. Uma deslumbrante núbia, de corpo esguio e febril, deixava escapar gemidos de prazer. Seu companheiro, de cabelos negros e cabeça quadrada, era viril e forte.

O sardo afastou-se. Embora apreciasse intensamente as mulheres, ver os outros fazer amor não lhe interessava; no entanto, a beleza daquela núbia perturbara-o. Interromper aqueles arroubos apaixonados teria sido criminoso; assim, resignou-se a esperar. Um Setaou esgotado seria mais fácil de interrogar.

Satisfeito, pensou na linda menfita com quem jantaria no dia seguinte, à noite; segundo a sua melhor amiga, apreciava os homens fortes e musculosos.

De repente, ouviu um ruído estranho à sua esquerda.

O sardo voltou a cabeça e viu uma enorme serpente erguida, pronta para o bote. Reconheceu que era melhor evitar o combate. Recuou, esbarrou na parede e estacou. Uma segunda serpente, semelhante à primeira, barrava-lhe a passagem.

– Para trás, animais estúpidos!

O punhal do colosso não assustou as serpentes, que continuavam ameaçadoras. Se conseguisse matar uma, a outra o picaria.

– O que se passa aqui?

Nu, com uma tocha na mão, Setaou descobriu o sardo.

– Vinha roubar os meus produtos... Os meus fiéis cães de guarda evitam-me esse tipo de aborrecimento. São vigilantes e afetuosos. O desagradável para você é que o seu beijo é mortal.

– Não vá cometer um assassinato, Setaou!

– Ora, vejam só, você sabe o meu nome... Mas é um ladrão apanhado em flagrante delito, com um punhal na mão. Legítima defesa, concluirá o juiz.

– Sou Serramanna, o chefe da guarda pessoal de Ramsés.

– Bem que você não me era estranho. Qual a razão desta tentativa de roubo?

– Queria vê-lo, apenas vê-lo.

– A essa hora da noite? Não só me impede de fazer amor com minha Lótus, como ainda mente grosseiramente.

– Estou dizendo a verdade.

– E por que esse desejo súbito?

– Exigências da segurança.

– O que significa isso?

– O meu dever é proteger o rei.

– E eu ameaço Ramsés?

– Não disse isso.

– Mas pensa, por isso veio espionar-me.

– Não devo mentir para você.

As duas cobras aproximaram-se mais ainda do sardo. Os olhos de Setaou brilhavam de raiva.

– Não faça uma loucura.

– Um antigo pirata com receio da morte?

– Com este tipo, sim.

– Desapareça, Serramanna, e não me importune nunca mais. Caso contrário, não deterei as minhas guardiãs.

A um sinal de Setaou, as cobras afastaram-se. O sardo, banhado em suor, passou pelo meio delas e caminhou reto até os campos cultivados.

Sua opinião estava formada: aquele Setaou tinha a alma de um criminoso.

– O QUE ELES estão fazendo? – perguntou o pequeno Kha observando os camponeses obrigarem um rebanho de ovelhas a avançar num terreno encharcado de água.

– Obrigam-nas a enterrar as sementes que espalharam – respondeu Nedjem, o ministro da Agricultura. –

A cheia depositou uma grande quantidade de lodo nas margens e nos campos de cultura; graças a ele, o trigo crescerá forte e abundante.

– Estas ovelhas são úteis?

– Assim como as vacas e todos os animais da criação.

A descida da cheia começara, os semeadores haviam se lançado ao trabalho, felizes por pisar a lama fértil que o grande rio lhes oferecera com abundância. Trabalhavam desde o nascer da manhã e tinham poucos dias para aproveitar a terra fofa, fácil de manejar. Depois de cavar com as enxadas, quebrando os torrões embebidos em água, recobriam rapidamente o solo que acabava de ser semeado, com os animais ajudando os homens a enterrar os grãos.

– Seu campo é bonito – disse Kha –, mas gosto mais dos papiros e dos hieróglifos.

– Quer ver uma fazenda?

– Se quiser me mostrar.

O ministro pegou na mão de Kha. Andava como lia e escrevia: com uma seriedade bastante rara para a sua idade. Nedjem, o doce, comovera-se com o isolamento da criança, que não pedia brinquedos nem companheiros, e solicitara à mãe, Iset a Bela, que deixasse Nedjem agir como preceptor. Parecia-lhe indispensável fazer com que o filho de Ramsés saísse de sua prisão dourada para levá-lo a descobrir a natureza e suas maravilhas.

Kha observava não como uma criança surpreendida com um espetáculo insólito e novo, mas como um escriba veterano, pronto a tirar notas para fazer um relatório à sua administração.

A fazenda era formada por silos para cereais, estábulos, um galinheiro, uma padaria e uma horta. Na entrada, pediram a Nedjem e Kha que lavassem as mãos e os pés. Depois, o proprietário recebeu-os, encantado com a visita de tão importantes personagens. Mostrou-lhes as mais belas vacas leiteiras, alimentadas e tratadas com extremo cuidado.

– O meu segredo – confessou – consiste em levá-las para pastar num bom local; não sentem muito calor, comem à vontade e desenvolvem-se de semana para semana!

– A vaca é o animal da deusa Hathor – declarou o pequeno Kha. – É por isso que é linda e meiga.

O dono da fazenda ficou espantado.

– Quem lhe ensinou isso, príncipe?

– Li numa história.

– Já sabe ler?

– Quer fazer-me feliz?

– Claro!

– Dê-me um pedaço de calcário e uma ponta de cana.

– Sim, sim... imediatamente...

Com o olhar, o homem consultou Nedjem, e este aprovou com um pestanejar. Munido com os seus utensílios, o menino aventurou-se no pátio da fazenda e depois nos estábulos, sob o olhar dos camponeses estupefatos.

Uma hora mais tarde, apresentou ao seu hospedeiro o pedaço de calcário coberto de números.

– Contei bem – afirmou Kha. – Você tem 112 vacas.

O menino esfregou os olhos e se encostou na perna de Nedjem.

– Agora – confessou – estou com sono.

O ministro da Agricultura pegou-o no colo.

Kha já havia adormecido.

“Mais um milagre de Ramsés”, pensou Nedjem.

36

Tão atlético quanto Ramsés, com ombros largos, testa alta contornada por abundante cabeleira, barbudo, com o rosto queimado de sol, Moisés entrou lentamente no gabinete do rei do Egito.

Ramsés levantou-se, e os dois amigos abraçaram-se.

– Era aqui que trabalhava Sethi, não era?

– Não modifiquei nada, Moisés. Este compartimento está impregnado do seu pensamento; que ele possa inspirar o meu governo.

Uma luz suave entrava pelas três janelas, *a claustra*, cuja disposição garantia uma agradável circulação de ar. O calor do verão que findava tornava-se agradável.

Ramsés abandonou o trono real de encosto largo e sentou-se numa cadeira de palha de frente para o amigo.

– Como tem passado, Moisés?

– A minha saúde é excelente, mas a minha força não é aproveitada.

– Não temos quase tempo nenhum para nos vermos, e sou eu o responsável.

– Sabe que a ociosidade, mesmo luxuosa, me horroriza. Gostava mais do meu trabalho em Karnak.

– Será que falta à corte de Mênfis um pouco de sedução?

– Os cortesãos me aborrecem. Não cessam de lhe tecer louvores e não tardarão a elevá-lo ao posto de divindade. Acho isso estúpido e desprezível.

– Você é contra a minha atividade?

– A cheia miraculosa, a fênix, a nova era... São fatos
 indiscutíveis que explicam a sua popularidade. Mas o seu

povo está convencido de que você possui poderes sobrenaturais, que é um predestinado.

– E você, Moisés?

– Talvez seja verdade, mas você não é o verdadeiro Deus.

– Alguma vez pretendi sê-lo?

– Tenha cuidado, Ramsés; as lisonjas dos que o rodeiam poderiam conduzi-lo a uma vaidade incomensurável.

– Você não conhece bem o papel e a função do faraó. Além disso, me considera um medíocre.

– Só estou querendo ajudá-lo.

– Vou lhe dar oportunidade para demonstrá-lo.

O olhar de Moisés brilhou de curiosidade.

– Vai mandar-me outra vez para Karnak?

– Tenho uma tarefa muito mais importante para você, se estiver de acordo.

– Mais importante do que Karnak?

O rei levantou-se e se dirigiu para a janela.

– Concebi um projeto imenso que confiei a Nefertari. Tanto eu quanto ela consideramos que era preciso aguardar um sinal antes de concretizá-lo. Então o céu ofereceu-me dois sinais, a cheia e a fênix... e a Casa da Vida confirmou-me que se abria uma nova era, de acordo com as leis da astronomia. Claro que terminarei a obra começada pelo meu pai, tanto em Karnak como em Abidos. Mas esse novo tempo deve ser assinalado por novas criações. Será isso vaidade, Moisés?

– Todos os faraós devem agir assim, segundo a tradição.

Ramsés pareceu preocupado.

– O mundo está mudando, e os hititas constituem uma ameaça permanente. O Egito é um país rico e cobiçado. Foram essas verdades que me levaram a conceber o meu projeto.

– Aumentar o poder do exército?

– Não, Moisés, mas deslocar o centro vital do Egito.

– Quer dizer...

– Construir uma nova capital.

O hebreu ficou estupefato.

– Você está... falando sério?

– A sorte do nosso país será decidida na fronteira ao nordeste. Portanto, é no Delta que deverá ficar o meu governo, a fim de que eu seja imediatamente informado do mínimo acontecimento que ocorra no Líbano, na Síria e nos nossos protetorados ameaçados pelos hititas. Tebas continuará a ser a cidade de Amon, a cidade esplêndida onde se erguem o imenso Karnak e o admirável Luxor, que embelezarei. Na margem oeste, a montanha do silêncio vela para sempre sobre os Vales dos Reis e das Rainhas e as moradas da eternidade dos seres de retidão.

– Mas... e Mênfis?

– Mênfis é a balança das Duas Terras, na junção do Delta e do Vale do Nilo; permanecerá a nossa capital econômica e a sede do governo central. Mas é preciso avançar mais a norte e a leste, Moisés; nós não nos acomodamos no nosso soberbo isolamento, e não se esqueça de que já fomos invadidos e que o Egito surge como uma presa fácil e tentadora.

– A linha de fortalezas não é suficiente?

– Em caso de perigo, tenho de reagir muito depressa. Quanto mais próximo eu estiver da fronteira, menos tempo demorarão a chegar-me as informações.

– Criar uma capital é um empreendimento muito perigoso. Akhenaton não fracassou?

– Akhenaton cometeu erros imperdoáveis. O local que escolheu, no Médio Egito, estava condenado desde a colocação da primeira pedra. Não tinha em mente a felicidade do seu povo, mas a realização do seu sonho místico.

– Não foi ele que se opôs aos sacerdotes de Amon, assim como você?

– Se o grande sacerdote de Amon permanecer fiel à Regra e ao rei, por que haveria de combatê-lo?

– Akhenaton acreditava num deus único e construiu uma cidade para a sua glória.

– Quase arruinou o país próspero que lhe fora legado pelo pai, o grande Amenhotep; Akhenaton era um fraco e um indeciso, perdido em suas orações. Durante o seu reinado, as potências hostis ao Egito conquistaram numerosos territórios que nós controlávamos. Ainda pretende fazer a sua defesa?

Moisés hesitou.

– A sua capital hoje está abandonada.

– A minha será construída para várias gerações.

– Quase chega a causar-me medo, Ramsés.

– Ganhe coragem, amigo!

– Quantos anos serão necessários para fazer surgir uma cidade do nada?

Ramsés sorriu.

– Ela não surgirá do nada

– Explique-se.

– Durante os meus anos de formação, Sethi me fez descobrir pontos essenciais. Em cada viagem me transmitia um ensinamento que eu tentava compreender. E hoje eu sinto que essas peregrinações assumem um sentido concreto. Um desses pontos foi Avaris.

– Avaris, a cidade maldita, a capital dos invasores hicsos?

– Sethi levava o nome de Seth, o assassino de Osíris, porque o seu poderio era tal que soube pacificar a força de destruição, extraindo dela a luz oculta e utilizando-a para construir.

– E você quer transformar Avaris na cidade de Ramsés?

– *Pi-Ramsés*, "a cidade de Ramsés", capital do Egito, será efetivamente o seu nome.

– É uma loucura!

– Pi-Ramsés será magnífica e acolhedora; os poetas cantarão a sua beleza.

– Quantos anos para construí-la?

– Não esqueci a sua pergunta; foi por causa dela mesmo que o mandei chamar.

– Começo a compreender...

– Preciso de um homem de confiança para supervisionar os trabalhos e impedir qualquer atraso. Tenho pressa, Moisés; Avaris deverá estar transformada em Pi-Ramsés o mais depressa possível.

– Calculou um prazo?

– Quero-a em menos de um ano.

– É impossível!

– Com você à frente dos trabalhos, não.

– Julga-me capaz de deslocar pedras com a velocidade de um raio e de reuni-las apenas com a força da minha vontade?

– Pedras, não; tijolos.

– Então pensou...

– ...nos hebreus que trabalham em grande número nesse setor. Estão atualmente dispersos por vários aglomerados populacionais; reunindo-os, você montará uma formidável equipe de operários qualificados, capazes de realizar um gigantesco empreendimento!

– Os templos não devem ser construídos em pedra?

– Aumentarei os que já existem, e a construção se estenderá por vários anos. Com tijolos, edificaremos o palácio, os prédios administrativos, as *villas* dos nobres e as casas grandes e pequenas. Em menos de um ano, Pi-Ramsés estará habitável e funcionará como capital.

Moisés pareceu duvidar.

– Continuo a achar que é impossível. Só o plano...

– O plano está na minha cabeça! Eu próprio o desenharei em papiro, e você vigiará pessoalmente a execução.

– Os hebreus são um povo bastante independente; cada clã tem o seu chefe.

– Não estou pedindo para que se torne o rei de uma nação, mas apenas chefe dos trabalhos.

– Não será fácil impor-me perante eles.

– Tenho confiança em você.

– Logo que o projeto se torne conhecido, outros hebreus tentarão ocupar o meu lugar.

– Crê que tenham possibilidade de conseguir?

Agora foi a vez de Moisés sorrir.

– Nos prazos que está impondo, não temos qualquer chance de conseguir um empreendimento desse porte.

– Construiremos Pi-Ramsés sim, e ela resplandecerá sob o sol do Delta e iluminará o Egito com toda a sua beleza. Comece a trabalhar, Moisés!

37

Abner, o oleiro, não conseguia suportar mais as injustiças de Sary. Por ser casado com a irmã de Ramsés, o egípcio tratava os operários com desprezo e dureza. Pagava as horas extras abaixo da tabela, roubava nas rações de alimentação e cortava as folgas, sob o pretexto de que o trabalho não estava a contento.

Quando Moisés residia em Tebas, Sary tivera de recuar; mas, desde a sua partida, redobrara a agressividade. Na véspera espancara com um pedaço de pau um menino de 15 anos, acusando-o de não transportar suficientemente depressa os tijolos da fábrica para o barco.

Mas agora a taça transbordara.

Quando Sary apareceu à entrada da fábrica, os hebreus estavam sentados em círculo. Apenas Abner permanecia de pé, diante dos cestos vazios.

– De pé! Ao trabalho! – ordenou Sary, cuja magreza se acentuara.

– Queremos desculpas – declarou Abner com calma.

– O que você disse?

– O menino que você espancou injustamente está muito machucado. Você deve desculpas, tanto a ele quanto a nós.

– Perdeu a cabeça, Abner?

– Enquanto você não cumprir essa exigência, não voltaremos ao trabalho.

Sary emitiu um riso feroz.

– Você é ridículo, meu pobre Abnerí!

– Já que está debochando de nós, apresentaremos queixa.

– Você é ridículo e estúpido. Por minha ordem, a guarda do palácio fez um inquérito e verificou que o jovem foi vítima de um acidente, por sua própria culpa.

– Mas isso é mentira!

– A declaração dele foi registrada por um escriba, na minha presença. Se ele me desmentir, será acusado e condenado.

– Como ousa deturpar assim a verdade?

– Se não voltarem imediatamente ao trabalho, as punições serão pesadas. É preciso entregar os tijolos para a nova casa do governador de Tebas, e ele não admite atrasos.

– As leis...

– Não fale das leis, hebreu. Você é incapaz de compreendê-las. Caso se atreva a fazer queixa, sua família e seus familiares sofrerão com isso.

Abner receou a ameaça do egípcio. Tanto ele quanto os outros operários retomaram o trabalho.

DOLENTE, A ESPOSA de Sary, estava cada vez mais fascinada pela estranha personalidade de Ofir, o mago líbio. Apesar do seu rosto inquietante e do perfil de ave de rapina, pronunciava palavras apaziguadoras e falava do disco solar, Aton, com gentileza. Hóspede discreto, aceitara receber inúmeros amigos da irmã de Ramsés para evocar a injusta perseguição infligida a Akhenaton e a necessidade de espalhar o culto a um deus único.

Ofir era fascinante. Ninguém saía insatisfeito das suas conversas; alguns ficavam abalados, outros convencidos de que ele tinha razão. Pouco a pouco ia tecendo uma rede na qual prendia os que considerava dignos de interesse. Com o correr das semanas, essa rede de partidários de Aton e do reinado de Lita ampliara-se, mesmo parecendo longe de poder desempenhar um papel qualquer na conquista do trono. Ia tomando corpo um movimento de idéias.

Lita assistia às conversas, mas permanecia silenciosa. A dignidade da jovem, o seu porte, a sua reserva conquistaram a adesão de vários notáveis. Pertencia realmente a uma linhagem real que merecia ser levada em consideração. Não deveria, mais cedo ou mais tarde, ocupar o seu lugar na corte?

Ofir não criticava, nada exigia. Com voz grave e persuasiva, recordava as convicções profundas de Akhenaton, a beleza dos poemas que ele próprio compusera em honra de Aton, o seu amor pela verdade. O amor e a paz: não era essa a mensagem do rei perseguido e da sua descendente Lita? E essa mensagem anunciava um futuro magnífico, um futuro digno do Egito e da sua civilização.

Quando Dolente apresentou o mago ao ex-ministro das Relações Exteriores, Meba, sentiu orgulho de si mesma: orgulho de sair da sua apatia habitual, orgulho de servir a uma nobre causa. Ramsés a havia abandonado, agora Ofir dava um sentido à sua existência.

O antigo diplomata, de rosto largo e sereno, e aspecto nobre e imponente, não ocultou a sua desconfiança.

– Cedo à sua insistência, minha cara, mas apenas para lhe ser agradável.

– Fico-lhe muito grata, Meba; não me esquecerei disso.

Dolente conduziu Meba até junto do mago, sentado sob um toldo. Estava entrelaçando dois fios de linho para fazer um cordão que serviria para pendurar um amuleto.

Ergueu-se e fez uma reverência.

– É uma grande honra, para mim, receber um ministro.

– Já não sou nada – declarou Meba, em tom amargo.

– A injustiça pode cair sobre qualquer pessoa em qualquer momento.

– Isso não serve de consolo.

A irmã de Ramsés interveio.

– Expliquei tudo ao meu amigo Meba; talvez ele aceite ajudar-nos.

– Não vamos nos iludir, minha cara! Ramsés encerrou minha carreira com uma reforma dourada.

– E está desejando vingar-se dele – afirmou Ofir com voz calma.

– Não exageremos – protestou Meba. – Ainda me restam alguns amigos influentes que...

– ...que se preocuparão apenas com a própria carreira, não com a sua. Eu tenho outro objetivo: provar a legitimidade de Lita.

– É uma grande besteira. Ramsés possui uma personalidade de força excepcional e não entregará o poder a ninguém. Além disso, os milagres que assinalaram o seu primeiro ano de reinado tornaram-no superpopular. Pode se convencer de que está fora do seu alcance.

– Para vencer um adversário desse porte, é impossível combatê-lo no seu próprio terreno.

– Qual é o seu plano?

– Está interessado?

Atrapalhado, Meba acariciou o amuleto que trazia ao pescoço.

– Bem...

– Com esse gesto acaba de me dar uma das respostas: a feitiçaria. Tenho capacidade para quebrar todas as proteções que rodeiam Ramsés. Será um trabalho demorado e difícil, mas conseguirei.

Assustado, o ex-ministro recuou um passo.

– Não posso lhe prestar ajuda.

– Não estou lhe pedindo isso, Meba. Mas há outro terreno no qual é necessário atacar Ramsés: o das idéias.

– Não estou compreendendo.

– Os partidários de Aton necessitam de um chefe respeitado e respeitável. Quando Aton eliminar os outros deuses, esse chefe desempenhará um papel de primeiro plano e derrubará Ramsés, enfraquecido e incapaz de reagir.

– É... é muito arriscado!

– Akhenaton foi o perseguido, não Aton. Nenhuma lei lhe proíbe o culto, e os seus adoradores são numerosos e estão decididos a impor-se. Akhenaton falhou, mas nós venceremos.

Meba estava perturbado, e suas mãos tremiam.

– Tenho de refletir.

– Não é empolgante? – interrogou a irmã do rei. – É um mundo novo que se abre à nossa frente, um mundo onde teremos o nosso verdadeiro lugar!

– Sim, com certeza... Vou refletir a respeito.

Ofir estava muito satisfeito com aquela entrevista. Diplomata prudente e receoso, Meba não tinha a envergadura de um chefe de clã. Mas detestava Ramsés e sonhava reconquistar sua posição. Incapaz de agir, aproveitaria a oportunidade que lhe fora apresentada depois de consultar seu guia e amigo Chenar, o homem que Ofir desejava manipular. Dolente falara-lhe demoradamente do novo ministro das Relações Exteriores, antes tão ciumento do irmão. Se não havia mudado, é porque continuava disfarçado, dominado pelo mesmo desejo de destruir Ramsés. Por intermédio de Meba, o mago acabaria por entrar em contato com esse poderoso personagem e faria dele o seu principal aliado.

DEPOIS DE UM ESGOTANTE e interminável dia de trabalho, o dedão do pé direito de Sary estava vermelho e inchado, deformado pela artrite. Conduzia com dificuldade o carro correspondente à sua função, pois a posição do pé era-lhe insuportável. Sua única satisfação tinha sido a de ter tomado medidas disciplinares contra os hebreus, que finalmente haviam compreendido ser inútil revoltar-se contra ele. Graças às suas relações com a guarda tebana e ao apoio do governante local, podia tratar os oleiros como bem entendesse e descarregar todos os seus problemas sobre aquela gentalha.

A presença do mago e da sua conselheira silenciosa começava a importuná-lo. É certo que os dois estranhos personagens continuavam a comportar-se de forma discreta, mas influenciavam de forma um tanto excessiva Dolente, cuja devoção por Aton se tornava exasperante. À força de se perder no misticismo de Ofir e de beber-lhe as palavras como água em uma nascente, não negligenciaria o seu dever conjugal?

A grande e lasciva mulher morena esperava-o no limiar da sua *villa*.

– Vá buscar ungüento para me massagear – ordenou. – A dor é intolerável.

– Não estará sendo demasiado manhoso, meu querido?

– Eu, manhoso? É porque você não sabe como os meus dias são pesados! A companhia daqueles hebreus me deixa deprimido.

Dolente deu-lhe o braço e o levou para o quarto. Sary estendeu-se sobre as almofadas, e a esposa lavou-lhe os pés, perfumou-os e massageou com ungüento o dedão inchado.

– O seu mago ainda está aí?

– Meba visitou-o.

– O ex-ministro das Relações Exteriores?

– Entenderam-se maravilhosamente.

– Meba, partidário de Aton? Ele é um miserável!

– Mas ainda é muito bem relacionado, e boa parte dos notáveis o respeitam. Se concordar em ajudar Ofir e Lita, vamos prosseguir com eles.

– Não acha que está dando importância demais a esses dois iluminados?

– Sary! Como se atreve a falar assim?

– Pronto, pronto... Estou calado.

– Esta é a única chance de reconquistarmos a nossa posição. E depois, essa fé em Aton é tão bela, tão pura... Não está sentindo o coração enternecer-se quando Ofir fala da sua fé?

– O seu marido não é mais importante do que esse mago líbio?

– Mas... Não há comparação possível!

– Esse mago vem vê-la durante todo o dia, enquanto eu tenho de vigiar aqueles hebreus preguiçosos. Uma loura e uma morena sob o mesmo teto... Tem sorte, esse Ofir!

Dolente parou de massagear o dedão inchado.

– Está delirando, Sary! Ofir é um sábio e um homem de oração. Há muito tempo que não pensa em...

– E você, ainda pensa?

– Você me enoja!

– Dispa o seu vestido, querida, e recomece a massagem. Eu estou me lixando para as orações.

– Ah, quase me esqueci!

– Do quê?

– Um mensageiro real deixou uma carta para você.

– Entregue-me.

Dolente afastou-se rápido. O dedão do pé de Sary já doía menos. O que quereria a administração? Certamente nomeá-lo para outro cargo mais honorífico em que pudesse evitar o contato com os hebreus.

A volumosa mulher morena reapareceu com a missiva. Sary tirou o papiro do invólucro, desenrolou-o e leu.

Seu rosto ficou crispado, e os lábios, roxos.

– Más notícias?

– Estou sendo convocado para ir a Mênfis com a minha equipe de oleiros.

– É... é maravilhoso!

– A carta está assinada por Moisés, supervisor dos canteiros de obras reais.

38

Nenhum oleiro hebreu faltou à chamada. Quando as cartas de Moisés chegaram aos diferentes aglomerados populacionais em que trabalhavam, o entusiasmo fora geral. Desde a sua estada em Karnak, a reputação de Moisés dera a volta ao Egito. Todos sabiam que defendia os seus irmãos de raça e não tolerava qualquer opressão. Ser amigo de Ramsés dava-lhe uma notável vantagem e agora fora nomeado supervisor dos canteiros de obras reais! Para muitos, nascia uma imensa esperança. O jovem hebreu, sem sombra de dúvida, iria melhorar-lhes os salários e as condições de trabalho.

Nem ele próprio contava com tal sucesso. Alguns chefes de clã estavam contrariados, mas não se discutiam as ordens do faraó. Colocaram-se, portanto, sob a autoridade de Moisés, que percorria o campo de tendas armado ao norte de Mênfis e verificava-lhe o conforto e a higiene.

Sary barrou-lhe a passagem.

– Qual é o motivo da minha convocação?

– Em breve saberá.

– Eu não sou hebreu!

– Vários chefes de equipe egípcios estão aqui.

– Esqueceu que a minha esposa é a irmã do rei?

– Eu sou o supervisor dos canteiros de obras. Em outras palavras, você me deve obediência.

Sary mordeu os lábios.

– O meu grupo de hebreus é muito indisciplinado. Adquiri o hábito de utilizar um pedaço de pau para puni-los e não tenho intenções de mudar.

– Manejado com justiça, o pau pode servir de alerta para que se ande na linha. Em caso de injustiça, quem maneja o pau é que deve apanhar com ele.

– A sua arrogância não me assusta.

– Não confie tanto, Sary; tenho autoridade para demiti-lo. Você acha que daria um excelente oleiro?

– Você nunca se atreverá...

– Ramsés deu-me plenos poderes, lembre-se disso.

Moisés afastou Sary, que cuspiu sobre as pegadas do hebreu.

Esse regresso a Mênfis, com que Dolente tanto se felicitava, ameaçava transformar-se num inferno. Embora tivesse sido oficialmente informado da presença da irmã mais velha, que acompanhava o marido, Ramsés não reagira. O casal estava instalado numa *villa* de tamanho médio, que abrigava o mago Ofir e Lita, apresentados como criados. O trio, apesar da relativa desaprovação de Sary, estava decidido a recomeçar em Mênfis o que fizera em Tebas. Levando em consideração o grande número de estrangeiros que residiam na capital econômica do país, a

 propagação da religião de Aton seria mais fácil do que no

Sul, tradicionalista e hostil a evoluções religiosas. Dolente via nisso um sinal muito favorável para o êxito dos seus desígnios.

Sary permanecia cético, pois estava preocupado mesmo era com a sua própria sorte. Qual seria o conteúdo do discurso que Moisés ia pronunciar perante milhares de hebreus revoltados?

À ENTRADA DO MINISTÉRIO das Relações Exteriores encontrava-se uma estátua de Thot, sob a forma de um enorme babuíno de granito rosa. O senhor dos hieróglifos, encarnado nesse temível e perigoso animal, não separara as línguas na época da criação das raças humanas? Seguindo o seu exemplo, os diplomatas deviam praticar diversos idiomas, porque era proibida a exportação dos signos sagrados que os egípcios gravavam na pedra. Durante as suas estadas no estrangeiro, tanto embaixadores como mensageiros falavam a língua do país onde se encontravam.

Tal como os outros altos funcionários do ministério, Acha recolheu-se na capela situada à esquerda da entrada do prédio e depositou narcisos sobre o altar de Thot. Antes de se debruçar sobre os complexos dossiês de que dependia a segurança do país, era conveniente implorar os favores do escriba divino.

Cumprido o ritual, o elegante e distinto diplomata atravessou diversas salas repletas de funcionários ociosos e pediu para ser recebido por Chenar, que ocupava um enorme gabinete naquele andar.

– Até que enfim, Acha! Onde tem estado?

– Passei uma noite um tanto inútil e dormi mais tempo do que o habitual. O meu ligeiro atraso lhe causou algum aborrecimento?

O rosto de Chenar apresentava-se vermelho e inchado; não havia dúvida de que o irmão mais velho de Ramsés estava dominado por uma violenta emoção.

– Algum incidente grave?

– Por acaso ouviu falar da concentração de fabricantes de tijolos hebreus ao norte de Mênfis?

– Não, não prestei atenção.

– Nem eu, e fizemos muito mal!

– O que estas pessoas têm a ver conosco?

Cabeça erguida e imóvel, voz macia, Acha sentia um profundo desprezo pelos operários hebreus, com quem não tinha qualquer interesse em conviver.

– Sabe quem é o homem que os convocou e que possui atualmente o título de supervisor dos canteiros de obras reais? Pois eu lhe digo: Moisés!

– O que isso tem de extraordinário? Já controlou um canteiro de obra em Karnak e foi promovido.

– Se fosse só isso... Ontem, Moisés dirigiu-se aos hebreus e revelou-lhes o projeto de Ramsés: construir uma nova capital no Delta!

Fez-se um longo silêncio após a revelação. Acha, geralmente tão seguro de si, sentiu o choque.

– Tem certeza...

– Sim, Acha, certeza absoluta! Moisés executa as ordens do meu irmão.

– Uma nova capital... É impossível.

– Para Ramsés, não!

– É um projeto simples?

– Não. O próprio Ramsés desenhou o plano e escolheu a localização. Uma localização incrível: Avaris, a cidade maldita dos ocupantes hicsos de quem tivemos tanta dificuldade para nos livrar!

De repente, o rosto de lua cheia de Chenar iluminou-se.

– E se... Ramsés tivesse enlouquecido? Sendo o seu projeto fadado ao fracasso, seria então necessário apelar para homens razoáveis.

– Não seja otimista. Ramsés corre riscos enormes, é verdade, mas o seu instinto é um bom guia. Não havia melhor decisão a tomar; instalando a capital tão longe, no nordeste do país, mas tão próxima da fronteira, isso será uma advertência clara aos hititas. Em vez de se dobrar sobre si mesmo, o Egito mostra-se consciente do perigo e não cederá um centímetro de terreno. O rei será rapidamente informado dos movimentos dos seus inimigos e reagirá sem demora.

Chenar sentou-se, desanimado.

– É uma catástrofe. A nossa estratégia vai por água abaixo.

– Não seja tão pessimista. Por um lado, o desejo de Ramsés talvez não venha a tornar-se realidade; por outro, por que haveríamos de renunciar aos nossos planos?

– Não está claro que o meu irmão está com a política externa em suas mãos?

– Não é uma surpresa, mas terá sempre de depender das informações que receberá e a partir das quais terá de apreciar a situação. Vamos deixá-lo minimizar o nosso papel e obedeçamos-lhe com deferência.

Chenar readquiriu confiança.

– Tem razão, Acha; uma nova capital não será uma defesa impossível de transpor.

A RAINHA-MÃE TOUYA reencontrara com emoção o jardim do seu palácio de Mênfis. Como tinham sido raros os passeios em companhia de Sethi, quão breves os anos passados a seu lado! Recordava cada uma das suas palavras, cada um dos seus olhares; sonhara muitas vezes com uma longa e calma velhice durante a qual desfiariam as suas recordações. Mas Sethi partira pelos belos caminhos do Além, e ela continuava só, em um jardim maravilhoso povoado de romãzeiras, tamargueiras e jujubeiras. Dos dois lados da aléia, centáureas, anêmonas, tremoceiros e ranúnculos. Um pouco cansada, Touya sentou-se perto do lago dos lótus, num caramanchão coberto de glicínias.

Quando Ramsés aproximou-se dela, sua tristeza desapareceu.

Em menos de um ano de reinado, o filho adquirira tanta segurança que as dúvidas pareciam afastadas definitivamente do seu espírito. Governava com o mesmo vigor do pai, como que habitado por uma força inesgotável.

Ramsés beijou a mãe com ternura e respeito, e sentou-se à sua direita.

– Preciso lhe falar.

– É por isso que estou aqui, meu filho.

– O que acha da escolha dos homens que formam o meu governo?

– Recorda-se do conselho de Sethi?

– Foi ele que me guiou: "Perscruta a alma dos homens, procura dignitários de caráter firme e reto, capazes de emitir uma opinião imparcial sem trair o seu juramento de obediência." Consegui? Só os próximos anos poderão dizê-lo.

– Receia já uma revolta?

– Como estou indo depressa, é inevitável. Há suscetibilidades que serão feridas, interesses contrariados.

Quando tive a idéia dessa nova capital, foi uma espécie de fulgor, um traço de luz que me atravessou o pensamento, impondo-se a mim como uma verdade indestrutível.

– Isso chama-se *sia*, a intuição direta, sem raciocínio e sem análise. Sethi tomou inúmeras decisões graças a ela; considerava que se transmitia de coração de faraó para coração de faraó.

– Aprova a construção de Pi-Ramsés, a minha cidade?

– Pelo que *sia* falou em seu coração, para que precisa da minha opinião?

– Porque o meu pai está presente neste jardim, e você e eu ouvimos a sua voz.

– Os sinais surgiram, Ramsés; o seu reinado abriu uma nova era. Pi-Ramsés será a sua capital.

As mãos de Ramsés apertaram as da mãe.

– Você há de ver essa cidade, minha mãe, e ela vai lhe dar alegria.

– A sua proteção é que me preocupa.

– Serramanna está vigilante.

– Estou me referindo à sua proteção mágica. Pensa mesmo em construir o seu templo de milhões de anos?

– O local já está escolhido, mas Pi-Ramsés é a minha prioridade.

– Não esqueça esse templo. Se as forças das trevas se desencadearem contra você, lembre-se: ele será o seu melhor aliado.

39

O local era magnífico.

Terra fértil, vastos campos, vegetação abundante, carreiros orlados de flores, macieiras cujos frutos tinham o sabor do mel, um olival de árvores vigorosas, lagos cheios de peixes, salinas, longas extensões de papiros altos e retos: assim eram os campos de Avaris, a cidade odiada, reduzida a algumas casas e a um templo ao deus Seth.

Fora lá que pela primeira vez Sethi confrontara Ramsés com *a* força. Seria ali que Ramsés construiria a sua capital.

A beleza e o aspecto luxuriante do lugar surpreenderam Moisés; os hebreus e os contramestres egípcios faziam parte da expedição que Ramsés em pessoa guiava, acompanhado por Matador e Vigilante. De olhar atento, Serramanna e uma dezena de batedores tinham precedido o monarca para se assegurarem de que nenhum perigo o ameaçava.

O pequeno burgo de Avaris dormitava ao sol. Abrigava apenas funcionários sem perspectiva, camponeses desmotivados e apanhadores de papiros. Tudo ali parecia fadado ao esquecimento e ao eterno ritmo das estações.

A expedição que saíra de Mênfis fizera uma pequena parada na cidade santa de Heliópolis, onde Ramsés havia feito oferendas a Ra, seu protetor. Passara também por Bubastis, cidade da deusa da doçura e do amor, Bastet, que encarnara numa gata, e depois seguira ao longo do canal pelusíaco* do Nilo, conhecido como "as águas de Ra".

---

*O "canal pelusíaco", um dos três grandes braços do Delta, é assim denominado porque vai até Pelúsia (perto de Tell Farameh), cidade situada no extremo oriental do Delta.

Próximo ao lago Menzaleh encontrava-se Avaris, no extremo ocidental do "caminho de Horus", pista que ia dar na Siro-Palestina pelo litoral do Sinai.

– Uma localização estratégica de primordial importância – constatou Moisés, analisando o plano que Ramsés lhe confiara.

– Compreende agora as razões da minha escolha? Prolongadas por um canal, as "águas de Ra" nos permitirão comunicar com os grandes lagos que contornam o istmo de El-Qantara. De barco, em caso de urgência, atingiremos rapidamente a fortaleza de Sile e os fortins da fronteira. Reforçarei a proteção ao leste do Delta, controlarei a rota das invasões e serei rapidamente informado de qualquer perturbação que ocorra nos nossos protetorados. Aqui, o verão será agradável; as guarnições não sofrerão com o calor e estarão prontas para agir em qualquer momento.

– Você enxerga as coisas grandes a distância – considerou Moisés.

– Como reagem os seus homens?

– Parecem felizes por trabalhar sob as minhas ordens. Mas a melhor motivação será o substancial aumento de salário que lhes concedeu.

– Não há vitórias sem generosidade. Quero uma cidade esplêndida.

Moisés debruçou-se novamente sobre o plano. Seriam construídos quatro templos principais: na parte ocidental, o de Amon, "o oculto"; ao sul, o de Seth, o senhor do lugar; do lado oriental, o de Astarte, a deusa síria; e ao norte, o de Uadjet, "a verdejante", a que garante a prosperidade do local. Perto do templo de Seth localizar-se-ia um grande porto fluvial, ligado às "águas de

Ra" e às "águas de Avaris" por dois largos canais ao redor da cidade e que lhe garantiriam um perfeito abastecimento de água potável. Em redor do porto, armazéns, celeiros, fábricas e oficinas. Mais ao norte, no centro da cidade, o palácio real, os prédios administrativos, as *villas* dos nobres e os bairros residenciais, onde ficariam lado a lado tanto os ricos quanto os humildes. Do palácio sairia a artéria principal, que seguiria em linha reta ao templo de Ptah, o Criador, enquanto duas grandes aléias conduziriam, pela esquerda, ao de Amon e, pela direita, ao de Ra. O santuário de Seth ficaria mais isolado, ou seja, do lado do canal que ligava as "águas de Ra" com as "águas de Avaris".

Quanto ao exército, este disporia de quatro casernas, uma entre o canal pelusíaco e as construções oficiais, e as outras três ao longo das "águas de Avaris", sendo a primeira por trás do templo de Ptah, a segunda encostada aos bairros populacionais, e a terceira próxima aos templos de Ra e de Astarte.

– Especialistas vão abrir, a partir de amanhã, oficinas para a fabricação de mosaicos envernizados – revelou Ramsés. – Da casa mais modesta à sala de recepções do palácio, cores intensas dominarão tudo. Mas primeiro é necessário que as construções existam; eis aí o seu papel, Moisés.

Com o indicador da mão direita, Moisés identificou uma a uma as construções, cujas dimensões tinham sido efetuadas com precisão pelo monarca.

– A obra é gigantesca, mas entusiasmante. No entanto...

– No entanto?

– Sem querer desagradá-lo, acho que falta um templo. E já posso imaginá-lo no espaço livre, entre os santuários de Amon e Ptah.

– A que divindade seria dedicado?

– Àquela que cria a função do faraó. Não será nesse templo que você celebrará a sua festa de regeneração?

– Para que esse ritual seja cumprido, um faraó deve ter reinado durante trinta anos. Iniciar a partir de agora a construção desse templo seria uma ofensa ao destino.

– Mas deixou-lhe o espaço livre.

– Também não ter pensado nele teria sido uma ofensa à minha sorte. No ano 30 do meu reinado, por ocasião dessa festa, você estará na primeira fila dos dignitários, em companhia dos nossos amigos de infância.

– Trinta anos... Que sorte nos reservará Deus?

– De início, que determine que criemos juntos a capital do Egito.

– Dividi os hebreus em dois grupos. O primeiro transportará os blocos de pedra até os canteiros de obras dos templos, onde trabalharão sob a direção dos mestres-de-obras egípcios. O segundo fabricará os milhares de tijolos destinados ao seu palácio e às construções civis. A coordenação entre os grupos de produção será difícil; receio que a minha popularidade seja rapidamente afetada. Sabe como os hebreus me chamam? *Masha*, "o salvo das águas"!

– Terá você também realizado um milagre?

– É uma velha lenda da Babilônia de que gostam muito; fizeram um jogo de palavras com o meu verdadeiro nome, Moisés, "o que nasceu", porque consideram que eu, um hebreu, sou abençoado pelos deuses. Apesar de não ter recebido educação como os nobres, não sou amigo do faraó? Deus salvou-me das "águas" da miséria e do infortúnio. Um homem que goza de tanta sorte merece ser seguido; é por isso que os oleiros me dão a sua confiança.

– Que nada lhes falte. Dou-lhe poder para utilizar os celeiros reais, em caso de necessidade.

– Construirei a sua capital, Ramsés.

COM UMA PERUCA NEGRA curta, presa por uma tira branca que deixava as orelhas a descoberto, usando bigode e barba curta, de testa pequena e lábio inferior grosso, os fabricantes de tijolos hebreus formavam uma corporação zelosa da sua perícia. Sírios e egípcios tentavam superá-los, mas os melhores especialistas eram os hebreus e assim permaneceriam. O trabalho era árduo, rigidamente vigiado pelos contramestres egípcios, mas corretamente pago e entrecortado por vários dias de descanso. Além disso, a alimentação no Egito era boa e farta; eles conseguiam alojar-se sem grande dificuldade, chegando mesmo, os mais empreendedores, a construir agradáveis habitações com materiais recuperados.

Moisés não se enganara: no canteiro de obra de Pi-Ramsés, o ritmo de trabalho seria mais violento do que o habitual, mas a conquista de prêmios compensaria tal incômodo. Participar da construção da nova capital enriqueceria mais de um hebreu, desde que eles não poupassem o suor. Três operários, em ritmo normal, podiam fabricar oitocentos ou novecentos tijolos pequenos por dia; em Pi-Ramsés, seria preciso moldar peças de tamanho considerável,* que serviriam de base para a colocação dos outros tijolos pequenos, produzidos em série. Esses alicerces eram da responsabilidade dos mestres-de-obras e dos talhadores de pedra, e não dos oleiros.

Desde o primeiro dia, os hebreus compreenderam que a vigilância de Moisés não abrandaria. Os que tinham

 *38 x 18 x 12 centímetros.

esperado gozar longos cochilos debaixo de uma árvore desiludiram-se e tiveram de render-se à realidade: o ritmo seria acelerado até a inauguração oficial da capital. Assim como seus colegas, Abner decidiu fazer correr o seu suor na mistura do lodo do Nilo com palha picada a fim de obter, amassando, a mistura correta. Várias eiras* tinham sido postas à disposição dos operários, que umedeciam o lodo com água tirada de uma vala ligada a um canal e, depois, com entusiasmo ritmado por cantos, trabalhavam o material com enxadas e picaretas para tornar os futuros tijolos mais resistentes.

Abner era enérgico e hábil; logo que a argila lhe parecia no ponto certo, enchia um cesto, e um dos ajudantes o carregava no ombro até a oficina, onde despejava a argila num molde retangular de madeira. Retirar o tijolo do molde era uma operação delicada à qual Moisés às vezes assistia pessoalmente. Os tijolos eram dispostos em solo bastante seco e ali ficariam secando durante quatro dias para depois serem empilhados e transportados para os diversos canteiros de obras, começando pelas peças mais claras.

De material simples, o tijolo de lodo do Nilo, quando bem fabricado, revelava-se de notável resistência; sendo as camadas corretamente colocadas, podiam mesmo durar séculos.

Nasceu, então, entre os hebreus uma verdadeira disputa. É verdade que havia o aumento de salário e os prêmios, mas também havia o orgulho de participar de um empreendimento colossal e vencer o desafio que tinham pela frente. Quando o entusiasmo esmorecia, Moisés

---

*Cada uma com cerca de 6 mil metros quadrados.

tornava a incentivá-los, e milhares de tijolos perfeitos saíam dos moldes.

Pi-Ramsés nascia, Pi-Ramsés brotava do sonho de Ramsés para se tornar realidade. Mestres-de-obras e talhadores de pedra, seguindo o plano do rei, edificavam sólidos alicerces; incansáveis, os ajudantes traziam os tijolos fabricados pelos hebreus.

Sob a luz do sol, uma cidade ia tomando corpo.

Abner, ao fim de cada dia, admirava Moisés. O chefe dos hebreus ia de um grupo a outro, verificava a qualidade do alimento, mandava repousar os doentes e os operários muito fatigados. Contrariamente àquilo que havia suposto, sua popularidade aumentava cada vez mais.

Graças aos prêmios que já havia acumulado, Abner poderia oferecer uma bela casa à sua família, ali mesmo, na nova capital.

Então escutou às suas costas uma voz já conhecida:

– Está satisfeito, Abner?

O rosto magro de Sary estava iluminado por uma alegria perversa.

– O que quer comigo?

– Sou o seu chefe de equipe. Esqueceu?

– Faço o meu trabalho.

– E muito mal.

– Mal como?

– Estragou vários tijolos.

– É mentira!

– Dois contramestres identificaram os erros e fizeram um relatório. Se o entregar a Moisés, você será despedido e, com certeza, condenado.

– Qual o motivo dessas invenções, dessas mentiras?

– Trata-se apenas de uma solução: comprar o meu silêncio com seus lucros. Assim, o seu erro será apagado.

– Você é um miserável, Sary!

– Você não tem saída, Abner.

– Por que me odeia?

– Você é hebreu, como tantos outros; e paga pelos outros, é tudo.

– Você não tem esse direito!

– Quero a sua resposta, e já!

Abner baixou os olhos. Sary o vencera mais uma vez.

40

Ofir sentia-se mais à vontade em Mênfis do que em Tebas. A grande cidade abrigava um número enorme de estrangeiros, sendo a maior parte deles perfeitamente integrada à população egípcia. Havia, entre eles, adeptos da doutrina de Akhenaton cuja fé vacilante o mago reavivava, prometendo-lhes que tal doutrina lhes daria, num futuro próximo, felicidade e prosperidade.

Os que tiveram a sorte de ver Lita, sempre silenciosa, ficaram muito impressionados. Ninguém duvidava de que corria sangue real em suas veias sendo ela realmente a herdeira do rei maldito. O discurso paciente e persuasivo de Ofir fazia maravilhas, e a *villa* menfita da irmã de Ramsés servia de local para proveitosos encontros que, dia após dia, permitiam aumentar o número de partidários do deus único.

Ofir não era o primeiro estrangeiro a propagar idéias originais, mas o único a tentar ressuscitar a heresia rejeitada pelos sucessores de Akhenaton. Sua capital e sua sepultura haviam sido abandonadas, e nenhum cortesão fora sepultado na necrópole próxima da cidade de Aton. E todos sabiam que Ramsés, depois de ter submetido à sua vontade a hierarquia de Karnak, não toleraria qualquer perturbação religiosa. Ofir teve, portanto, o cuidado de destilar, em doses infinitesimais, críticas contra o rei e a sua política, sem causar reprovação.

O mago progredia.

Dolente trouxe-lhe suco de alfarroba fresco.

– Parece fatigado, Ofir.

– A nossa tarefa exige uma atividade permanente. Como vai o seu marido?

– Está muito descontente. Segundo sua última carta, passa todo o tempo inspecionando hebreus preguiçosos e mentirosos.

– No entanto, dizem que a construção da capital avança rapidamente.

– Na opinião geral, vai ser magnífica!

– Mas dedicada a Seth, senhor do mal e das potências das trevas! Ramsés tenta abafar a luz e ocultar o sol. Devemos impedi-lo desse intento.

– Estou certa disso, Ofir.

– Bem sabe que o seu apoio me é necessário. Autoriza-me, então, a utilizar os recursos da minha ciência para impedir Ramsés de destruir o Egito?

A volumosa mulher morena e lasciva mordeu os lábios.

– Ramsés é meu irmão!

Ofir agarrou docemente as mãos de Dolente.

– Ele já nos fez tanto mal! Claro que respeitarei a sua decisão, mas por que esperar mais tempo? Ramsés continua avançando! E quanto mais avança, mais se reforçam as suas proteções mágicas. Se adiarmos a nossa intervenção, vai ser difícil eu conseguir anulá-las.

– É grave, é muito grave...

– É melhor tomar consciência das suas responsabilidades, Dolente. Ainda posso agir, mas logo será tarde demais.

Dolente hesitava em pronunciar uma condenação definitiva para o irmão faraó. Ofir largou-lhe as mãos.

– Talvez exista outro meio.

– Em que está pensando?

– Correm rumores de que a rainha Nefertari está grávida.

– Não é um rumor! Basta olhar para ela.

– Dedica-lhe alguma afeição?

– Absolutamente nenhuma.

– Esta noite, um dos meus compatriotas vai me trazer o necessário.

– Vou fechar-me em meu quarto! – gritou Dolente, antes de desaparecer.

O HOMEM CHEGOU no meio da noite. A *villa* estava silenciosa; Dolente e Lita dormiam. Ofir abriu a porta da casa, agarrou o saco que o mercador lhe estendia e pagou com dois lençóis de linho que Dolente lhe dera.

A transação demorou apenas alguns instantes.

Ofir enclausurou-se numa pequena divisão da *villa* na qual qualquer abertura ou brecha haviam sido vedadas. Uma luz muito fraca escapava de uma simples lamparina de azeite.

Sobre uma mesa baixa, o mago colocou o conteúdo do saco: uma estatueta de macaco, uma mão de marfim, uma grosseira figurinha de mulher nua, uma minúscula coluna e mais uma figurinha de mulher, dessa vez segurando serpentes nas mãos. O macaco lhe daria a técnica do deus Toth; a mão, a disposição de agir; a mulher nua, o impulso de atacar os órgãos genitais da rainha; a coluna tornaria o seu ataque duradouro; a mulher com serpentes destilaria o veneno da magia negra no corpo de Nefertari.

A tarefa de Ofir não era fácil. A rainha possuía forte personalidade e, na ocasião da sua coroação, se beneficiara de proteções invisíveis, idênticas às de Ramsés. Mas a gravidez tornava as suas defesas menos eficazes. Outra vida se alimentava da de Nefertari, privando-a pouco a pouco das suas forças.

Seriam necessários pelo menos três dias e três noites para que o feitiço tivesse chance de fazer efeito. Ofir estava decepcionado por não atacar diretamente Ramsés, mas a excitação da irmã o impedia de fazê-lo. Quando o cérebro de Dolente estivesse completamente dominado, visaria a uma finalidade mais ambiciosa. Seu objetivo, no momento, era enfraquecer o adversário.

ENTREGANDO A GESTÃO dos negócios comuns a Ameni e aos seus ministros, Ramsés ia freqüentemente ao canteiro de obras de Pi-Ramsés. Graças ao impulso de Moisés e a um rigoroso esquema de trabalho, a obra progredia a passos de gigante.

Reinava a alegria entre os operários; não só a alimentação continuava a ser excelente e farta, como ainda os prêmios anunciados eram entregues com regularidade, de acordo com o esforço de cada um. Os mais trabalhadores juntariam um belo pecúlio e poderiam instalar-se quer na nova capital, quer em qualquer outro aglomerado populacional, onde comprariam um pedaço de terra. Além disso, um serviço de saúde bem equipado tratava dos doentes e distribuía cuidados gratuitos; ao contrário de outros canteiros de obras, o de Pi-Ramsés não sofria com a presença de fingidores tentando arranjar uma folga sob o pretexto de falsas doenças.

O rei preocupava-se com a segurança, e vários contramestres velavam por isso constantemente. Apenas lamentara alguns levemente feridos durante a colocação de blocos de granito no local do templo de Amon. Graças ao revezamento das equipes observado com rigor, os homens não atingiam o limite das suas forças; de seis em seis dias, dois de repouso permitiam-lhes descontrair-se e se recuperar.

Apenas Moisés não concedia a si próprio qualquer folga. Verificava tudo, evitava conflitos, tomava as decisões urgentes, reorganizava equipes desfalcadas, pedia o material em falta, redigia relatórios, dormia uma hora depois do almoço e três horas por noite. Descobrindo um chefe com uma vitalidade excepcional, os fabricantes de tijolos hebreus obedeciam-lhe ao mínimo gesto da mão ou do olhar; nunca tinham estado sob o comando de um homem que defendesse tão bem os seus interesses.

Abner contara a Moisés das humilhações que Sary lhe infligia, mas receava represálias por causa das boas relações do egípcio com a guarda do faraó. Se Abner fosse apontado como perturbador, seria expulso do país e nunca mais veria a mulher e os filhos. Desde que tinha pago a Sary, este deixara de atormentá-lo e se mostrava quase amável. Como parecia ter passado o pior, o hebreu resignou-se ao silêncio e moldou os tijolos com o mesmo entusiasmo de seus colegas.

Naquela manhã, Ramsés visitou o canteiro de obras. Logo que a vinda do monarca foi anunciada, os hebreus lavaram-se profusamente, apararam barbas e bigodes, seguraram a peruca de festa com uma tira branca nova e alinharam os tijolos lado a lado, numa ordem impecável.

Do primeiro carro que parou diante da fábrica saiu um gigante armado e com couraça cujo aspecto simples assustava. Seria algum dos operários passível de sanções disciplinares? A distribuição de vinte arqueiros veio tornar o ambiente ainda mais pesado.

Silencioso, Serramanna passou pelas fileiras dos hebreus, estáticos mas inquietos.

Quando se deu por satisfeito com a inspeção, o sardo fez sinal a um dos seus soldados para abrir caminho até o carro real.

Os oleiros curvaram-se perante o faraó, que os parabenizou um a um, chamando-os pelos nomes. O anúncio da distribuição de perucas novas e da entrega de jarros de vinho branco do Delta provocou uma explosão de alegria; entretanto, o presente que mais profundamente tocou os operários foi a atenção que o rei dedicou aos tijolos recém-moldados. Pegou alguns e os pesou com a mão.

– Perfeito – declarou. – Rações duplas durante uma semana e um dia de repouso extra. Onde está o seu chefe de equipe?

Sary saiu da fileira.

O ex-preceptor do rei foi o único que não se alegrou com a visita do monarca. Ele, outrora brilhante professor e cortesão ambicioso, receava rever o rei contra o qual conspirara.

– Está satisfeito com as suas novas funções, Sary?

– Agradeço a Vossa Majestade por tê-las confiado a mim.

– Sem a clemência da minha mãe e de Nefertari, o seu castigo teria sido mais duro.

– Tenho consciência disso, Majestade, e tento com a minha atitude apagar os meus erros.

– São inapagáveis, Sary.

– O remorso que sinto até hoje me corrói o coração.

– Deve ser bem doce, para permitir que sobreviva tanto tempo ao seu crime.

– Vossa Majestade não vai me dar mais o perdão?

– Ignoro essa possibilidade, Sary: ou se vive na Regra ou fora da Regra. Você manchou o nome de Maât, e a sua alma será para sempre vil. Que Moisés não tenha motivos para se queixar de você, porque, do contrário, não terá mais oportunidade de fazer mal a ninguém.

– Juro a Vossa Majestade que...

– Nem mais uma palavra, Sary. E fique feliz por ter tido a sorte de trabalhar na edificação de Pi-Ramsés.

Quando o rei tornou a subir em seu carro, as aclamações brotaram de todos os peitos. Contra a vontade, Sary juntou-se ao concerto.

41

Como previsto, a construção dos templos era mais demorada do que a dos prédios profanos. No entanto, a entrega dos blocos era feita sem atrasos, e os especialistas em sirga, entre os quais inúmeros hebreus, encaminhavam-nos com regularidade para os canteiros de obras.

Graças à imensa atividade dos fabricantes de tijolos, o palácio real, cujas partes em pedra estavam confiadas a especialistas, formava uma massa importante no centro da capital. Acostavam os primeiros barcos de transporte, os armazéns estavam abertos, as oficinas de marcenaria criavam móveis de grande luxo, e a fábrica de mosaicos envernizados iniciava a sua produção. As paredes das *villas* pareciam brotar da terra, os bairros da cidade tomavam forma, e as casernas, em breve, alojariam as primeiras tropas.

– O lago do palácio será esplêndido – revelou Moisés. – Prevejo o fim da sua escavação para meados do próximo mês. A sua capital será bela, Ramsés, porque é construída com amor.

– É você o principal artífice desta realização.

– Só aparentemente. Foi você que traçou o plano; eu apenas o executo.

O rei captou um toque de censura no tom de voz do amigo. Quando ia pedir-lhe uma explicação, um mensageiro do palácio de Mênfis veio-lhe ao encontro a todo galope. Serramanna obrigou-o a parar a dez metros do monarca.

Ofegante, o mensageiro saltou para o chão.

– Tem de regressar com urgência a Mênfis, Majestade... A sua esposa, a rainha... a rainha está doente.

RAMSÉS ESBARROU com o doutor Pariamakhu, chefe dos médicos do palácio, qüinquagenário douto e autoritário, de mãos longas e esguias. Cirurgião experiente, era considerado um médico eficiente, mas severo com seus pacientes.

– Quero ver a rainha – exigiu Ramsés.

– A rainha dorme, Majestade. As enfermeiras massagearam-lhe o corpo com azeite misturado com um sonífero.

– O que se passa?

– Receio um parto prematuro.

– Não é... perigoso?

– Com efeito, o risco é maior.

– Ordeno que salve Nefertari.

– O prognóstico de nascimento continua a ser favorável.

– Como sabe?

– Realizei o exame habitual, Majestade. Colocaram cevada e trigo em dois sacos de pano, que foram regados vários dias consecutivos com a urina da rainha. Tanto a cevada como o trigo germinaram, então a criança nascerá; como o trigo germinou primeiro, dará à luz uma menina.

– Ouvi dizer o contrário.

O doutor Pariamakhu encarou-o com frieza.

– Vossa Majestade está fazendo confusão com outra experiência em que se utilizam fermento e cevada cobertos de terra. Resta esperar que o sêmen, saído do seu coração para ir até o coração da rainha, se tenha fixado bem na coluna vertebral e nos ossos da criança. Um esperma de boa qualidade produzirá uma excelente medula espinhal e uma perfeita coluna óssea. Devo recordá-lo de que o pai forma os ossos e tendões, e a mãe, a carne e o sangue?

Pariamakhu estava satisfeito com a lição de medicina que dera ao seu poderoso aluno.

– Duvida dos meus conhecimentos fisiológicos de antigo aluno do *Kap*, doutor?

– Claro que não, Majestade!

– Mas não havia previsto esse incidente.

– A minha ciência tem certos limites, Majestade, e...

– O meu poder não os tem, doutor, e exijo um nascimento feliz.

– Majestade...

– Sim, doutor?

– A sua própria saúde exige grande atenção. Ainda não tive a honra de examiná-lo, como me impõem os deveres do cargo.

– Não pense nisso, eu não me importo com a doença. Avise-me imediatamente, assim que a rainha acordar.

O SOL DECLINAVA quando Serramanna autorizou o doutor Pariamakhu a entrar no gabinete do rei.

O médico estava pouco à vontade.

– A rainha está acordada, Majestade.

Ramsés ergueu-se.

– Mas...

– Fale, doutor!

Pariamakhu, que se gabara perante os ilustres colegas de poder domesticar seu ilustre cliente, sentia falta de Sethi, a quem, no entanto, considerava renitente e desagradável. Ramsés era uma fonte de tempestade cuja cólera era melhor evitar.

– A rainha acaba de ser conduzida à sala de partos.

– Eu tinha exigido vê-la!

– As parteiras consideraram não haver um segundo a perder.

Ramsés partiu o cálamo com que escrevia. Se Nefertari morresse, teria ele forças para reinar?

SEIS PARTEIRAS da Casa da Vida, de túnica longa e largo colar de turquesas, ajudaram Nefertari a caminhar até a sala de partos, cujo pavilhão era arejado e adornado com flores. Tal como as outras mulheres do Egito, a rainha ficaria nua, agachada sobre pedras cobertas com uma camada de vimes.

Elas simbolizavam o destino de cada recém-nascido, cuja duração de vida era fixada por Thot.

A primeira parteira seguraria a rainha pela cintura, a segunda interviria em todas as fases do parto, a terceira receberia a criança nas mãos abertas, a quarta lhe prestaria os primeiros cuidados, a quinta era a ama, e a sexta apresentaria à rainha duas chaves de vida até que a criança desse o primeiro grito. Conscientes do perigo, as seis mulheres aparentavam, no entanto, uma perfeita tranqüilidade.

Depois de terem massageado longamente Nefertari, a parteira-chefe aplicara-lhe cataplasmas sobre o baixo-ventre e enfaixara o abdome. Considerando necessário apressar um parto que se anunciava doloroso, introduzira-lhe na vagina uma pasta composta por resina de terebintina, cebola, leite, funcho e sal. Para acalmar-lhe o sofrimento, utilizaria terracota misturada com azeite morno e untaria suas partes genitais.

As seis parteiras sabiam que a luta de Nefertari seria longa, e o fim, incerto.

"Que a deusa Hathor conceda uma criança à rainha", salmodiou uma delas; "que nenhuma doença lhe toque; desapareça, demônio que vem das trevas, que entra disfarçadamente, com o rosto voltado para trás! Não há de beijar esta criança, não a adormecerá, não lhe fará mal, não a levará! Que o espírito venha até ela e a anime, que nenhum malefício lhe toque, que as estrelas lhe sejam favoráveis!"

Quando caiu a noite, as contrações tornaram-se mais freqüentes. Entre os dentes da rainha introduziu-se uma pasta à base de favas, para lhe permitir apertá-los sem se ferir.

Seguras de sua técnica, concentradas e recitando antigas fórmulas contra a dor, as seis parteiras ajudaram a rainha do Egito a dar a vida.

RAMSÉS JÁ NÃO agüentava mais.

Ao reaparecer pela décima vez, o doutor julgou que o rei ia lhe saltar ao pescoço.

– Terminou, finalmente?

– Sim, Majestade.

– E Nefertari?

– A rainha está viva, de boa saúde e lhe deu uma filha.

– Também de boa saúde?

– É... mais delicado o caso dela.

Ramsés empurrou o médico e se precipitou até o pavilhão de partos. Uma parteira estava limpando-o.

– Onde estão a rainha e a minha filha?

– Num quarto do palácio, Majestade.

– Diga-me a verdade!

– A criança nasceu muito fraca.

– Quero vê-la.

Descontraída, radiosa, mas esgotada, Nefertari dormia. A parteira-chefe a fizera beber uma poção sedativa.

O bebê era de uma beleza notável. Fresca, com os olhos simultaneamente espantados e curiosos, a filha de Nefertari e de Ramsés saboreava a vida quase como um milagre.

O rei tomou-a nos braços.

– É maravilhosa! O que receia?

– O cordão do amuleto que lhe deveríamos colocar no pescoço partiu-se. É mau presságio, Majestade, muito mau presságio.

– A predição foi formulada?

– Aguardamos a profetisa.

Esta apresentou-se alguns minutos mais tarde e, com as seis parteiras, recriou a confraria das sete Hathor, encarregadas de adivinhar o destino da recém-nascida. Formando um círculo em redor dela, uniram os seus pensamentos para penetrarem o futuro.

A meditação demorou mais tempo do que o habitual.

Com expressão sombria, a profetisa destacou-se do grupo e se encaminhou na direção do rei.

– O momento não é propício, Majestade. Somos incapazes de...

– Não minta.

– Podemos enganar-nos.

– Peço-lhe que seja sincera.

– O destino desta criança será decidido nas próximas 24 horas. Se não descobrirmos um meio de afastar os demônios que lhe roem o coração, a sua filha não sobreviverá à próxima noite.

42

A ama, de excelente saúde, foi encarregada de amamentar a filha do casal real. O próprio doutor Pariamakhu controlara o seu leite, que devia ter o agradável odor da farinha de alfarroba. Para garantir uma forte subida do leite, a ama bebera suco de figueira e comera espinha dorsal de peixe, cozida e esmagada juntamente com azeite.

Para desespero da ama e do médico, o bebê recusou alimentar-se. Experimentaram outra ama, sem êxito. A última solução – um leite excepcional conservado num vaso em forma de hipopótamo – não deu melhores resultados. A recém-nascida não absorveu o líquido untuoso que escorria das tetas do animal artificial.

O médico umedeceu os lábios da sua pequena paciente e se preparava para envolvê-la num pano úmido quando Ramsés a tomou nos braços.

– É necessário hidratá-la, Majestade!

– A sua ciência é inútil. A minha força a manterá viva.

Apertando a filha de encontro ao peito, o rei caminhou até o leito de Nefertari. Apesar do seu esgotamento, a rainha continuava radiosa.

– Estou feliz... tão feliz! Ela não está bem protegida?

– Como se sente?

– Não se inquiete. Já pensou no nome da nossa filha?

– Esse papel pertence à mãe.

– Ela se chamará Meritamon, "a Amada de Amon", e há de presenciar o seu templo de milhões de anos. Enquanto ela estava nascendo, tive um estranho pensamento... É preciso construí-lo sem demora, Ramsés... Esse templo será a sua melhor defesa contra o mal, nele estaremos unidos contra a adversidade.

– O seu desejo se tornará realidade.

– Por que aperta a nossa filha com tanta força?

O olhar de Nefertari era tão límpido, tão confiante, que Ramsés foi incapaz de lhe esconder a verdade.

– Meritamon está doente.

A rainha ergueu-se um pouco no leito e agarrou o pulso do rei.

– De que sofre ela?

– Recusa qualquer alimento, mas hei de curá-la.

Exausta, a rainha cessou de lutar.

– Já perdi um filho, agora as forças das trevas querem roubar a nossa filha... A noite me consome.

Nefertari desmaiou.

– QUAIS SÃO AS SUAS CONCLUSÕES, doutor? – perguntou Ramsés.

– A rainha está muito fraca – respondeu Pariamakhu.

– Poderá salvá-la?

– Não sei, Majestade. Se sobreviver, nunca mais poderá ter filhos; uma nova gravidez lhe seria fatal.

– E a nossa filha?

– Não compreendo mais nada; neste momento, está muito tranqüila! A hipótese das parteiras talvez seja correta, embora me pareça absurda.

– Fale!

– Elas estão convencidas de um feitiço.

– Um feitiço aqui, no meu palácio?

– É por isso que considero essa idéia inconcebível. No entanto, talvez devêssemos convocar os magos da corte...

– E se o responsável for um deles? Não, é impossível; para mim só existe uma hipótese.

Meritamon havia adormecido nos braços fortes de Ramsés.

OS RUMORES CORRIAM por toda a corte. Nefertari teria tido um segundo filho natimorto, e a rainha estaria prestes a morrer. Ramsés, dominado pelo desespero, teria enlouquecido. Sem se atrever a acreditar nessas excelentes notícias, Chenar esperava que não fossem completamente desprovidas de fundamento.

Dirigindo-se ao palácio com a irmã Dolente, Chenar forçou uma expressão grave e chorosa. Dolente parecia abatida.

– Estará se tornando uma excelente atriz, minha querida irmã?

– Esses acontecimentos me perturbam.

– Mas não gosta nem de Ramsés nem de Nefertari.

– A criança... A criança não é responsável por nada.

– Que importância tem isso? Ficou muito sensível de repente. Se os boatos tiverem fundamento, o nosso futuro começa a iluminar-se.

Dolente não ousara confessar a Chenar que o feitiço realizado pelo mago Ofir era a verdadeira causa da sua perturbação. Para ter conseguido quebrar o destino do casal real, era porque possuía um raro e poderoso domínio das forças obscuras.

Ameni, mais pálido do que de costume, recebeu Dolente e Chenar.

– Dadas as circunstancias – declarou este –, imaginamos que o rei desejaria ter perto de si o irmão e a irmã.

– Lamento, mas ele prefere ficar só.

– Como está Nefertari?

– A rainha repousa.

– E a criança? – perguntou Dolente.

– O doutor Pariamakhu está tratando dela.

– Não pode nos dar mais detalhes?

– É preciso ter paciência.

Quando Chenar e Dolente estavam saindo do palácio, viram passar Serramanna e seus soldados levando um homem sem peruca, mal barbeado e vestido com uma túnica de pele de antílope cheia de bolsos. Com passos rápidos, dirigiam-se para os aposentos privados do casal real.

– SETAOU! Você é a minha última esperança.

O encantador de serpentes aproximou-se do rei e contemplou o bebê que ele segurava nos braços.

– Não gosto de crianças, mas esta aqui é uma pequena maravilha. Obra de Nefertari, claro.

– Meritamon, a nossa filha. Ela vai morrer, Setaou.

– O que está dizendo?

– Feitiço.

– Aqui, no palácio?

– Não sei.

– Como se manifesta?

– Ela se recusa a comer.

– E Nefertari?

– Também está muito mal.

– Suponho que esse querido doutor Pariamakhu já cruzou os braços.

– Não sabe mais o que fazer.

– É a sua atitude normal. Coloque suavemente a sua filha no berço.

Ramsés obedeceu. Logo que deixou os braços do pai, Meritamon começou a respirar com dificuldade.

– Só a sua força a mantém viva... Era o que eu receava. Mas... O que se pensa neste palácio? A criança sequer tem um amuleto protetor!

De um dos bolsos, Setaou tirou um em forma de escaravelho, pendurou-o num cordão de sete nós e o colocou no pescoço de Meritamon. No escaravelho havia uma frase: "A morte raptora não se apoderará de mim; a luz divina salvar-me-á."

– Torne a pegar a sua filha – ordenou Setaou – e abra-me as portas do laboratório.

– Acha que conseguirá...

– Falaremos depois. O tempo é curto.

O LABORATÓRIO DO PALÁCIO tinha diversas seções. Setaou fechou-se no compartimento em que estavam armazenados caninos inferiores de hipopótamos machos, que por vezes ultrapassavam 70 centímetros de comprimento e dez de largura. Talhou um em forma de lua crescente com extremidades alongadas e, depois de ter polido a superfície sem estragar o marfim, gravou nele várias figuras destinadas a afastar as forças maléficas, vindas da noite para matar mãe e filha. Setaou escolhera as que lhe tinham parecido mais adequadas à situação: um grifo alado com corpo de leão e cabeça de falcão, um hipopótamo fêmea manejando uma faca, uma rã, um sol resplandecente e um anão barbudo segurando serpentes em cada uma das mãos. Descrevendo-as em voz alta, tornou-as eficazes e ordenou-lhes que cortassem a goela dos demônios machos e fêmeas, que os espezinhassem, que os dilacerassem e os fizessem fugir. Depois, preparou uma poção à base de veneno de víbora para abrir a boca do estômago; mesmo numa dose infinitesimal, talvez fosse demasiado violenta para o organismo de um recém-nascido.

Quando Setaou saiu, o doutor Pariamakhu precipitou-se até ele, aflito.

– É preciso agir depressa, a criança está definhando.

CONTEMPLANDO O PÔR-DO-SOL, Ramsés continuava segurando a filha nos braços, abandonada e confiante. Apesar do seu magnetismo, a respiração do bebê começava a tornar-se irregular. A filha de Nefertari, o único fruto da sua união que poderia viver... Se Meritamon morresse, Nefertari não sobreviveria ao choque da perda. A cólera apoderou-se do coração do rei, uma cólera que desafiaria as trevas que avançavam rastejando e salvaria a filha dos seus malefícios.

Setaou entrou no quarto. Na mão, segurava o marfim esculpido.

– Isto deveria deter o feitiço – explicou –, mas não será suficiente; se quisermos curar os malefícios causados no interior do corpo para permitir-lhe alimentar-se, teremos de fazê-la beber este remédio.

Ao saber da sua composição, o doutor Pariamakhu sobressaltou-se.

– Oponho-me, Majestade!

– Tem certeza do resultado, Setaou?

– O perigo é real. Você é que vai decidir.

– Administre-o!

43

Setaou colocou o marfim sobre o peito de Meritamon. Estendida no berço, com grandes olhos interrogadores, a criança respirava calmamente.

Ramsés, Setaou e o doutor Pariamakhu permaneceram silenciosos. O talismã parecia eficaz, mas seria a sua proteção duradoura?

Dez minutos mais tarde, Meritamon agitou-se e chorou.

– Tragam-lhe uma estátua da deusa Opet – ordenou Setaou. – Vou voltar para o laboratório. Doutor, molhe levemente os lábios da criança e não faça mais nada.

Opet, o hipopótamo fêmea, era a patrona das parteiras e das amas. No céu, tomava a forma de uma constelação que impedia a Ursa Maior, de natureza ligada a Seth e, portanto, detentora de um poder formidável, de perturbar a paz de Osíris ressuscitado. Cheia de leite materno e carregada de energia positiva pelos magos da Casa da Vida, a estátua de Opet foi colocada à cabeceira do berço.

Sua presença acalmou a criança. Meritamon tornou a adormecer.

Setaou reapareceu, segurando em cada mão um marfim mágico grosseiramente talhado.

– É rudimentar – afirmou –, mas deverá bastar. Colocou o primeiro sobre a barriga do bebê e o segundo sobre os pés. Meritamon não esboçou qualquer reação.

Agora está protegida por um campo de forças positivas. O feitiço foi quebrado, e o malefício, anulado.

– Está salva? – perguntou o rei.

– Apenas a amamentação a arrancará da morte. Se a boca do seu estômago continuar fechada, ela morrerá.

– Dê-lhe a sua poção.

– Pode dá-la você mesmo.

Com doçura, Ramsés separou os lábios da filha, profundamente adormecida, e deitou o líquido ambarino em sua pequena boca. O doutor Pariamakhu recusou-se a olhar.

Alguns segundos mais tarde, Meritamon abriu os olhos e chorou.

– Depressa! – disse Setaou. – As tetas da estátua.

Ramsés levantou um pouco a filha; Setaou retirou a haste metálica que tapava a teta de onde escorria o leite, e o rei encostou os lábios do bebê no orifício.

Meritamon bebeu com volúpia o líquido nutritivo, parando apenas para tomar fôlego, e deu suspiros de satisfação.

– O QUE DESEJA, Setaou?

– Nada, Ramsés.

– Nomeio-o diretor dos magos do palácio.

– Eles que trabalhem por seus próprios meios! Como está Nefertari?

– Está surpreendente! Amanhã vai passear no jardim.

– E a menina?

– Tem uma inesgotável sede de viver.

– O que predizem as sete fadas?

– Que o véu negro que cobria o destino de Meritamon rasgou-se; viram um vestido de sacerdotisa, uma mulher de grande nobreza e as pedras de um templo.

– Uma existência austera, ao que parece.

– Você merece ser rico, Setaou.

– As minhas serpentes, os meus escorpiões e Lótus bastam-me.

– Terá crédito ilimitado para as suas pesquisas. Quanto à sua produção de veneno, é o palácio que vai comprá-la pelo melhor preço para ser distribuída aos hospitais.

– Recuso privilégios.

– Não se trata de privilégios. Os seus produtos são excelentes, por isso a sua remuneração deve ser elevada e o seu trabalho, encorajado.

– Se me atrevesse a pedir...

– Pois peça!

– Ainda tem daquele vinho tinto de Fayum, do ano 3 de Sethi?

– Mandarei entregar-lhe algumas ânforas amanhã.

– Isso vai custar-me muitos frascos de veneno!

– Permita-me que eu lhe presenteie.

– Não gosto de presentes, sobretudo vindos do rei.

– É o amigo que lhe pede que aceite essa oferenda. Como adquiriu a ciência que salvou Meritamon?

– As serpentes ensinaram-me quase tudo, e Lótus fez o restante. A técnica das feiticeiras núbias é incomparável.

O amuleto que a sua filha tem ao pescoço vai evitar-lhe muitos aborrecimentos, desde que seja recarregado todos os anos.

– Lótus e você vão ter uma *villa* oficial.

– Em plena cidade? Não está falando sério... Como poderíamos estudar as serpentes? Precisamos do deserto, da noite, do perigo. Falando em perigo... Esse feitiço é raro.

– Explique-se.

– Tive de empregar grandes recursos porque o ataque foi sério. Fique certo de que há feitiço estrangeiro neste caso: sírio, líbio ou hebreu; se não tivesse utilizado três marfins mágicos, não teria conseguido quebrar o campo de forças negativas. E não me refiro ao desejo de quererem matar de fome um recém-nascido... Trata-se de um espírito particularmente perverso, na minha opinião.

– Um mago do palácio?

– Muito me surpreenderia. O seu inimigo é íntimo das forças do mal.

– Há de continuar...

– Pode ter certeza.

– Como podemos identificá-lo e deixá-lo em estado de não poder fazer mal?

– Não faço a mínima idéia. Um demônio desse porte sabe defender-se com uma arte inimaginável. Talvez já tenha até cruzado com ele; pode ter-lhe parecido amável e inofensivo. Ou talvez se oculte num antro inacessível.

– Como proteger Nefertari e Meritamon?

– Utilizando os recursos que provaram a sua eficácia: amuletos e ritual de invocação das forças benéficas.

– E se for insuficiente?

– Será necessário então desenvolver uma energia superior à do mago negro.

– Criar, portanto, um local que a produza.

O templo de milhões de anos... Ramsés não poderia ter um aliado melhor e mais eficaz.

PI-RAMSÉS continuava crescendo.

Não era ainda uma cidade, mas as grandes construções e as casas iam tomando forma, dominadas pela massa imponente do palácio, cujos alicerces de pedra eram equivalentes aos de Tebas e de Mênfis. O entusiasmo no trabalho não diminuía. Moisés parecia infatigável, e a intendência continuava exemplar. Constatando o resultado dos seus esforços, os construtores da nova capital, dos mestres-de-obras aos serventes, desejavam contemplar a obra completa, e alguns tinham mesmo a intenção de se estabelecer na cidade construída por suas mãos.

Dois chefes de clã, despeitados diante do sucesso de Moisés, haviam tentado contestar a sua autoridade. O hebreu nem se dera o trabalho de argumentar, pois a totalidade dos oleiros exigira que ele permanecesse em seu posto. A partir daquele incidente, Moisés, mesmo sem saber, aparecia cada vez mais como o rei sem coroa de um povo sem pátria. Edificar a capital exigia-lhe tanta energia que suas angústias se tinham dissipado; deixara de interrogar-se sobre o deus único e só se preocupava com a boa organização dos canteiros de obras.

O anúncio da chegada de Ramsés alegrou-o. Não tinham as aves de mau agouro evocado a morte de Nefertari e da filha? Durante alguns dias houvera um clima de nervosismo. Desmentindo os boatos, Moisés apostara que o rei não tardaria a visitar a sua cidade em construção.

Ramsés deu-lhe razão.

Serramanna não conseguiu impedir os operários de formar uma ala de honra à passagem do carro real. Queriam tocá-lo para se apropriar um pouco da magia do faraó. O sardo praguejou contra o jovem monarca, que não tinha a menor consideração pelas medidas de segurança.

Ramsés foi direto à *villa* provisória ocupada por Moisés. Quando o faraó desceu do carro, o hebreu curvou-se; logo que entraram e ficaram ao abrigo dos olhares estranhos, os dois amigos abraçaram-se.

– Se continuarmos assim, a sua insensata aposta corre o risco de ser ganha.

– Está adiantado em relação aos prazos?

– É um fato.

– Hoje quero ver tudo!

– Só vai ter boas surpresas. Como vai Nefertari?

– A rainha está muito bem, e a nossa filha também. Meritamon será tão bela quanto a mãe.

– É verdade que escaparam da morte por pouco?

– Foi Setaou quem as salvou.

– Com os seus venenos?

– Tornou-se perito em magia e conseguiu desfazer o malefício que atacava a minha esposa e a minha filha.

Moisés ficou estupefato.

– Quem se atreveu?

– Ainda não sabemos.

– É preciso ser muito canalha para atacar uma mulher e a filha, e louco para atacar a esposa e a filha do faraó!

– Perguntei a mim mesmo se essa horrível agressão não estaria relacionada com a construção de Pi-Ramsés. Estou provocando o descontentamento de muitos notáveis ao criar esta nova capital.

– Não, isso é impossível... Entre o descontentamento e o crime há uma distância muito grande.

– Se o culpado fosse um hebreu, qual seria a sua reação?

– Um criminoso é um criminoso, seja qual for a sua raça. Mas creio que está enganado.

– Se souber de algo, não me esconda.

– Não tem confiança em mim?

– Eu lhe falaria assim, se não tivesse?

– Nenhum hebreu cometeria semelhante ato.

– Tenho de ausentar-me durante algumas semanas, Moisés; confio-lhe a minha capital.

– Quando regressar, não vai reconhecê-la. Não demore muito, para não sermos forçados a adiar a inauguração.

44

Naqueles primeiros dias de um mês de junho sufocante, Ramsés festejava o início do segundo ano de reinado. Já um ano se passara, desde a partida de Sethi para o reino das estrelas.

O barco do casal real parara na altura do Gebel Silsileh, local onde as duas margens se aproximam. Segundo a tradição, ali residia o gênio do Nilo, e o faraó devia despertá-lo para que ele se tornasse o pai que alimenta e provocasse a cheia.

Depois de ter feito a oferenda do leite e do vinho e recitado as orações rituais, o casal real penetrou no interior de uma capela escavada na rocha. Ali a temperatura era bastante agradável.

– O doutor Pariamakhu falou com você? – perguntou Ramsés a Nefertari.

– Prescreveu-me um novo tratamento para fazer sumir os últimos vestígios de cansaço.

– Nada mais?

– Terá ocultado de mim a verdade em relação a Meritamon?

– Não, fique descansada.

– Então o que deveria ter-me dito?

– Realmente, a coragem não é a maior virtude desse bom doutor.

– De que covardia o acusa?

– De você ter sobrevivido por milagre ao parto.

O rosto de Nefertari ficou sombrio.

– Não terei mais filhos, não é verdade? E não poderei mais lhe dar um filho varão.

– Kha e Meritamon são os legítimos herdeiros da Coroa.

– Ramsés deverá ter outros filhos. Se considera que é indispensável que me retire para o templo...

O rei apertou-a contra si.

– Eu amo você, Nefertari. Você é o amor e a luz, é a rainha do Egito. A nossa alma está unida para sempre, ninguém poderá nos separar.

– Iset lhe dará muitos filhos.

– Nerfetari...

– É preciso, Ramsés, é preciso. Você não é um homem como os outros. Você é o faraó.

LOGO QUE CHEGOU a Tebas, o casal real dirigiu-se ao local onde seria edificado o templo de milhões de anos de

 Ramsés. A localização revelou-se grandiosa e carregada

de uma energia que seria alimentada simultaneamente pela montanha do Ocidente e pela fértil planície.

– Fiz mal em deixar para trás esta construção em troca da capital – confessou Ramsés. – O aviso de minha mãe e o atentado perpetrado contra você e contra a nossa filha abriram-me o espírito. Somente um templo de milhões de anos poderá nos proteger do mal oculto nas trevas.

Nobre e resplandecente, Nefertari contemplou a vasta extensão de areia e rochas que parecia fadada à esterilidade; tal como Ramsés, dispunha de uma cumplicidade com o sol, que deslizava sobre sua pele sem a queimar e a iluminava com seus raios. Naqueles instantes de imobilidade era a deusa das fundações, e cada passo que desse sacralizaria o terreno escolhido.

A grande esposa real emergia da eternidade e a gravava naquela terra queimada pelo sol, já marcada com o selo de Ramsés.

OS DOIS HOMENS se esbarraram na passarela do barco real e pararam um na frente do outro. Setaou era mais baixo do que Serramanna, mas de ombros tão largos quanto os dele. Os olhares enfrentaram-se.

– Esperava não voltar a vê-lo próximo do rei, Setaou.

– Não fico nada incomodado por desiludi-lo.

– Fala-se de um cultor da magia negra que pôs em perigo a vida da rainha e da filha.

– E você ainda não o identificou? Pobre Ramsés, como está mal protegido.

– Alguém já lhe calou a boca alguma vez?

– Tente, se isso o diverte. Mas não confie nas minhas serpentes.

– É uma ameaça?

– Pouco me importa o que pensa. Seja como for que se apresentem, pirata é sempre pirata.

– Se confessasse o seu crime, me pouparia tempo.

– Para um chefe da segurança, você está muito mal informado. Nem ao menos sabe que salvei a filha do casal real.

– Farsante! Você é um depravado, Setaou.

– E você tem uma mente suja.

– Na próxima tentativa de fazer mal ao rei, vou esmagar-lhe o crânio com meu punho.

– Vai morrer de vontade, Serramanna.

– Quer que eu experimente?

– Agredir sem motivo um amigo do rei vai condená-lo a trabalhos forçados.

– Em breve você estará lá.

– Você irá na minha frente, sardo. Agora saia do meu caminho.

– Aonde vai?

– Vou me encontrar com Ramsés e, por ordem dele, purificar o local do seu futuro templo dos répteis que ali se instalarem.

– Vou impedi-lo de fazer o mal, feiticeiro.

Setaou afastou Serramanna.

– Em vez de ficar aí falando idiotices, o melhor a fazer é proteger o rei.

Ramsés recolheu-se durante várias horas na capela de culto ao pai, no interior do templo de Gurnah, à margem oeste de Tebas. O rei depositara sobre o altar cachos de uvas, figos, bagas de zimbro e pinhas. Naquele lugar de repouso, a alma de Sethi vivia em paz, alimentada pela essência sutil das oferendas.

Fora ali que Sethi anunciara que Ramsés lhe sucederia. O jovem príncipe não sentira o peso das palavras do pai.

Vivia um sonho, à sombra protetora de um gigante cujo pensamento se movia como a barca divina pelos espaços celestes.

Quando a coroa vermelha e a coroa branca haviam sido colocadas em sua cabeça, Ramsés abandonara para sempre a calma de herdeiro do trono para enfrentar um mundo cuja rudeza ignorava. Nas paredes daquele templo, deuses sorridentes e austeros sacralizavam a vida; um faraó ressuscitado prestava-lhes homenagem e se comunicava com o invisível. Lá fora, os homens. A humanidade com a sua coragem e covardia, a sua retidão e hipocrisia, a sua generosidade e avidez. E ele, Ramsés, no meio daquelas forças contrárias, encarregado de manter o elo entre humanos e deuses, fossem quais fossem os seus desejos e fraquezas.

Reinava há apenas um ano, mas já há muito tempo não se pertencia mais.

Quando Ramsés subiu ao carro em que Serramanna estava, segurando as rédeas, o sol declinava.

– Aonde vamos, Majestade?

– Ao Vale dos Reis.

– Mandei revistar os barcos que constituem a sua flotilha.

– Nada de suspeito?

– Nada.

O sardo estava nervoso.

– Não tem realmente mais nada para me dizer, Serramanna?

– Realmente nada, Majestade.

– Tem certeza?

– Acusar sem provas seria uma falta grave.

– Terá identificado o mago negro?

– A minha opinião não tem qualquer valor. Apenas os fatos contam.

– A galope, Serramanna.

Os carros partiram na direção do Vale, cujo acesso era permanentemente guardado por soldados. Naquele fim de um dia de verão, o calor acumulara-se na rocha, que o devolvia e dava a sensação de se penetrar numa fornalha onde qualquer pessoa morreria asfixiada.

Banhado em suor e arquejando, o oficial responsável pelo destacamento curvou-se perante o faraó, garantindo-lhe que nenhum ladrão penetraria no túmulo de Sethi.

Não foi para a morada de eternidade do pai que Ramsés se dirigiu, mas para a sua. Terminado o dia de trabalho, os talhadores de pedra limpavam as ferramentas e arrumavam-nas em cestos. A visita inesperada do rei interrompeu as conversas; os artífices reuniram-se atrás do mestre-de-obras, que acabava de redigir o seu relatório cotidiano.

– Já escavamos o longo corredor até a sala de Maât. Quer que lhe mostre, Majestade?

– Deixe-me só.

Ramsés transpôs o limiar do seu túmulo e desceu uma curta escada escavada na rocha, correspondente à entrada do sol nas trevas. Nas paredes do corredor que se seguia estavam gravados hieróglifos dispostos em colunas verticais, orações que uma figura de faraó eternamente jovem dirigia à potência da luz, enumerando seus nomes secretos. Surgiam depois as horas da noite e as provações do quarto oculto que o velho sol tinha de ultrapassar para esperar seu renascer de manhã.

Depois de ter atravessado esse reino das sombras,
 Ramsés viu-se em veneração perante as divindades,

presentes no Além como haviam estado na terra. Admiravelmente desenhadas, pintadas com cores vivas, deleitavam permanentemente o rei.

À direita, a sala do carro real com quatro pilares. Ali seriam conservados o leme, a caixa, as rodas e as peças restantes do carro ritual de Ramsés, para que fosse reconstituído no outro mundo e permitisse ao monarca deslocar-se nele, aterrorizando os inimigos da luz.

Mais adiante, o corredor tornava-se mais estreito. Era decorado com as cenas e os textos rituais da abertura da boca e dos olhos, praticados na estátua do rei, transfigurado e ressuscitado.

Depois imperava de novo a rocha, ainda no começo do desbastamento feito pelos cinzéis dos talhadores de pedra. Seriam necessários vários meses para abrir e decorar a sala de Maât, e também a morada de ouro onde ficaria instalado o sarcófago.

A morte de Ramsés construía-se perante seus olhos, calma e misteriosa. Nenhuma palavra faltaria na linguagem da eternidade, nenhuma cena, à arte do invisível. O jovem vagava pelo Além da sua pessoa terrestre, participava de um universo cujas leis ultrapassariam para sempre a compreensão humana.

Quando o faraó saiu do seu túmulo, uma noite serena reinava sobre o Vale dos seus antepassados.

45

O segundo profeta de Amon, Doki, correu até o palácio de Tebas para onde o rei acabava de convocar os principais dignitários da hierarquia de Karnak. Pequeno, de cabeça raspada e testa estreita, tinha nariz e queixo pontiagudos, lembrando os maxilares de um crocodilo. Doki receava estar atrasado por causa da estupidez do seu secretário, que se esquecera de avisá-lo da urgência da convocação enquanto ele verificava as contas do escriba dos rebanhos. O imbecil seria enviado para uma casa, longe do conforto dos gabinetes do templo.

Serramanna revistou Doki e o deixou entrar na sala de audiências do faraó. À sua frente, sentado numa cadeira de braços, o velho Nebu, grande sacerdote e primeiro profeta de Amon. Enrugado, de ombros curvados, pousara a dolorida perna esquerda sobre uma almofada e aspirava um frasquinho de essências de flores.

– Perdoe-me, Majestade. O meu atraso...

– Deixemos isso para lá. Onde está o terceiro profeta?

– Está escalado para os rituais de purificação na Casa da Vida e ali deseja permanecer em reclusão.

– De acordo. E Bakhen, o quarto profeta?

– Está no canteiro de obras de Luxor.

– Por que não está aqui?

– Supervisiona a difícil colocação dos obeliscos. Se desejar, mando-o vir imediatamente...

– É inútil. A saúde do grande sacerdote de Karnak é satisfatória?

– Não – respondeu Nebu com voz cansada. – Estou me deslocando com dificuldade e passando a maior parte do meu tempo na sala dos arquivos. O meu antecessor negligenciou os rituais antigos que desejo revalorizar.

– E você, Doki, está mais preocupado com os assuntos deste mundo?

– É preciso, Majestade! Bakhen e eu garantimos a gestão do domínio, sob o controle do nosso venerado grande sacerdote.

– Os meus jovens subordinados compreenderam que ter um pé ruim não significa nada enxergar – precisou Nebu. – A missão que o rei me confiou será cumprida sem esmorecimento e não tolerarei nem erro nem preguiça.

O seu tom firme surpreendeu Ramsés. Embora parecesse esgotado, o velho Nebu mantinha o leme com firmeza.

– A sua presença é uma felicidade, Majestade; significa que o nascimento da sua nova capital não implica abandonar Tebas.

– Não é essa a minha intenção, Nebu. Que faraó digno da sua função poderia negligenciar a cidade de Amon, o deus das vitórias?

– Mas afastar-se por quê?

A pergunta parecia carregada de censura.

– Não compete ao grande sacerdote de Amon discutir a política do Egito.

– Admito perfeitamente, Majestade, mas não lhe compete preocupar-se com o futuro do seu templo?

– Nebu pode ficar sossegado. A grande sala de colunas de Karnak não é a mais bela e a maior jamais construída?

– Graças a Vossa Majestade; mas permita a um velho sem ambições perguntar qual a verdadeira razão da sua presença aqui.

Ramsés sorriu.

– Quem é mais impaciente, Nebu: você ou eu?

– Em você arde o fogo da juventude, em mim impõe-se a voz do reino das sombras. O pouco tempo que me resta de vida impede-me de falar coisas inúteis.

O jogo de palavras entre Ramsés e Nebu deixava Doki sem voz. Se o grande sacerdote continuasse a desafiar assim o monarca, a cólera deste não tardaria a explodir.

– A família real está em perigo – revelou o faraó. – Foi em Tebas que vim procurar a proteção mágica de que necessita.

– Como tenciona agir?

– Fundando o meu templo de milhões de anos.

Nebu apertou a bengala.

– Aprovo a sua decisão, mas primeiro tem de aumentar o *ka*, esse poder do qual é depositário.

– De que forma?

– Terminando o templo de Luxor, o santuário do *ka* por excelência.

– Não está forçando a situação, por sua capela, Nebu?

– Em outras circunstâncias, sem dúvida, teria tentado influenciá-lo pouco ou muito, mas a gravidade das suas palavras me faz desistir disso. É em Luxor que se acumula o poder de que Karnak precisa para fazer brilhar o divino; precisa dele para reinar.

– Levarei em conta a sua opinião, grande sacerdote, mas ordeno que prepare o ritual da fundação do meu templo de milhões de anos, que será erigido na margem do Ocidente.

PARA ACALMAR A FEBRE que o invadira, Doki bebera diversas taças de cerveja forte. As mãos tremiam, e um suor gelado escorria-lhe pelas costas. Depois de ter sofrido tantas injustiças, a sorte sorria-lhe finalmente.

Ele, o segundo profeta de Amon, condenado a envelhecer naquele posto subalterno, era detentor de um segredo de Estado da mais elevada importância! Ao fazer confidências, Ramsés cometera um erro que Doki exploraria, na esperança de alcançar a função de grande sacerdote.

O templo de milhões de anos... Uma ocasião inesperada, a solução que lhe parecia inacessível! Mas tinha de ficar calmo, não agir com precipitação, não perder um segundo, pronunciar as palavras certas e saber calar-se.

A sua posição de segundo profeta permitia-lhe desviar materiais que lhe serviriam de moeda de troca, suprimindo algumas linhas nos inventários. Como supervisor dos escribas controladores, não correria qualquer perigo.

Não estaria se iludindo, possuiria realmente capacidade para realizar semelhante projeto? Nem o grande sacerdote nem o rei eram ingênuos. Ao primeiro passo em falso, seria desmascarado. Mas tal oportunidade não tornaria a surgir. Um faraó apenas construía um templo de milhões de anos.

SITUADO A CERCA DE MEIA HORA de marcha de Karnak, Luxor estava ligado ao imenso templo de Amon por uma aléia ladeada de esfinges protetoras. Utilizando os arquivos da Casa da Vida, que continham os segredos do Céu e da Terra, e lendo os livros de Thot, Bakhen traçara um plano que permitiria aumentar Luxor de acordo com a vontade expressa por Ramsés desde o primeiro ano de seu reinado. Graças ao apoio de Nebu, os trabalhos tinham avançado com rapidez. Ligado ao santuário de Amenhotep III, um grande pátio de 52 metros de largura por 48 de comprimento guardaria estátuas de Ramsés. Na frente da elegante coluna de 65 metros de largura, seis colossos representando o faraó guardariam o acesso desse templo do *ka*, enquanto dois obeliscos, com 25 metros de altura, se ergueriam para o céu de forma a dissipar as forças nocivas.

A bela pedra de arenito, de beleza inigualável, as paredes recobertas de electro e o pavimento de prata fariam de Luxor a obra-prima do reinado de Ramsés. Os mastros de auriflama, confirmando a presença do divino, tocariam as estrelas.

Mas o espetáculo ao qual Bakhen assistia há quase uma hora mergulhava-o em desespero. Proveniente das pedreiras de Assuã, uma embarcação de 70 metros de comprimento, transportando o primeiro dos dois obeliscos, girava sobre si mesma no meio do Nilo, apanhada num redemoinho não assinalado por nenhuma carta de navegação. Na frente da pesada embarcação de sicômoro, o marinheiro que sondava constantemente o rio com uma longa vara para evitar que o barco encalhasse num banco de areia vira demasiado tarde o perigo. Entrando em pânico, o homem do leme fizera uma manobra errada; no momento em que ele caía na água, um dos lemes partira-se. O outro, bloqueado, ficara inutilizável.

Os movimentos desordenados da embarcação haviam desequilibrado a carga. Ao escorregar, o obelisco, um monólito com 200 toneladas, quebrara os cordames que lhe garantiam a fixação. Havia outros que ameaçavam ceder. Logo o gigantesco bloco de granito rosa mergulharia no rio.

Bakhen cerrou os punhos e chorou.

Aquele naufrágio era um terrível fracasso do qual nunca se recuperaria. Seria com toda razão considerado responsável pela perda de um obelisco e pela morte de diversos homens. Não fora ele, por estar muito apressado, que ordenara a partida da embarcação sem esperar pela cheia? Inconsciente dos perigos em que poria a tripulação, Bakhen julgara-se superior às leis da natureza.

O quarto profeta de Amon teria dado de boa vontade a sua vida para impedir aquele desastre. Mas o barco oscilava cada vez mais, e os estalos sinistros demonstravam que o casco não tardaria a quebrar-se. O obelisco era perfeito; faltava apenas o dourado do remate em forma de pirâmide, que teria resplandecido sob os raios do sol. Um obelisco condenado a desaparecer no fundo do Nilo.

Na margem, um homem gesticulava. Um gigante com bigode, capacete e armadura, cujos protestos se perdiam no vento fortíssimo que soprava.

Bakhen percebeu que ele se dirigia a um nadador, suplicando-lhe que desse meia-volta. Mas este avançava rapidamente na direção do barco. Com risco de se afogar ou de morrer atingido por um remo, conseguiu alcançar a proa da embarcação e subir pelo casco com auxílio de algumas cordas.

O homem agarrou no leme bloqueado que duas mãos tentavam, em vão, pôr novamente em funcionamento. Com uma força incrível, fincando-se nos calcanhares, nos músculos dos braços e do peito prestes a estourar, conseguiu mover a pesada peça de madeira.

Parando de girar sobre si mesma, a embarcação parou por instantes, paralela à margem. Aproveitando um vento favorável, o nadador, manobrando o leme, conseguiu fazê-la sair do redemoinho, logo auxiliado pelos remadores, que tinham recuperado a confiança.

Quando a embarcação acostou, dezenas de talhadores de pedra e de operários encarregaram-se imediatamente de descarregar o obelisco.

Quando o seu salvador apareceu no topo da passarela, Bakhen reconheceu Ramsés, o rei do Egito, que havia arriscado a vida para salvar a agulha de pedra que tocaria o céu.

46

Chenar fazia seis refeições por dia e engordava a olhos vistos. Estava assim desde que perdera a esperança de conquistar o poder e conseguir finalmente vingar-se de Ramsés. Seu apetite insaciável acalmava-o, permitindo-lhe esquecer o nascimento de uma nova capital e a insolente popularidade do rei. Nem mesmo Acha conseguia mais reconfortá-lo. É verdade que utilizava argumentos convincentes: o poder desgasta, o entusiasmo dos primeiros meses de reinado diminuiria, dificuldades de toda a ordem iriam se acumular no caminho de Ramsés... Mas nada de concreto justificava essas belas palavras de otimismo. Os hititas pareciam paralisados, sensíveis ao eco dos milagres realizados pelo jovem monarca.

Em suma, tudo ia de mal a pior.

Ao inclinar-se para uma coxa de pato assado, seu intendente anunciou-lhe a visita de Meba, o ex-ministro das Relações Exteriores cujo lugar ele ocupara, fazendo-lhe crer que Ramsés era o único responsável por essa alteração.

– Não quero vê-lo.

– Mas ele insiste.

– Mande-o embora.

– Meba afirma possuir uma informação importante e que lhe diz respeito.

O ex-ministro não era nem fanfarrão nem mentiroso. A sua carreira fora construída com base na prudência.

– Então deixe-o entrar.

Meba não mudara: o rosto largo e inspirando confiança, o ar senhorial, uma voz neutra e de pouca personalidade. Em suma, um alto funcionário acostumado ao conforto e aos seus hábitos, incapaz de compreender as verdadeiras razões da sua queda.

– Obrigado por me receber, Chenar.

– A visita de um amigo de longa data é sempre um prazer. Está com fome ou sede?

– Um pouco de água fresca me faria bem.

– Renunciou ao vinho e à cerveja?

– Desde que perdi o meu posto, sofro de terríveis dores de cabeça.

– Estou desolado por ser o beneficiário involuntário dessa injustiça. Mas o tempo vai passar, Meba, e talvez eu consiga obter para você um posto honorífico.

– Ramsés não é rei de voltar atrás. Em tão poucos meses, o seu sucesso é fulgurante.

Chenar cravou os dentes numa asa de pato.

– Tinha me resignado – confessou o antigo diplomata – até que sua irmã, Dolente, me apresentou a um estranho personagem.

– O nome dele?

– Ofir, um líbio.

– Nunca ouvi falar.

– Vive escondido.

– Por quê?

– Porque protege uma jovem de nome Lita.

– Mas que história sórdida está me contando?

– Segundo Ofir, Lita é uma descendente de Akhenaton.

– Mas todos os seus descendentes foram mortos!

– E se fosse verdade?

– Ramsés a exilaria de imediato.

– Sua irmã colocou-se do lado dela e dos partidários de Aton, o deus único, que excluirá todos os outros. Em Tebas formou-se um grupo.

– Espero que não faça parte dele! Essa loucura vai acabar mal. Esquece que Ramsés pertence a uma dinastia que condena a experiência tentada por Akhenaton?

– Estou perfeitamente consciente disso e fiquei assustado ao encontrar Ofir. Mas, refletindo bem, esse homem pode ser um aliado precioso contra Ramsés.

– Um líbio que vive se escondendo?

– Ofir possui uma qualidade apreciável: é um mago.

– Existem centenas deles!

– Este, no entanto, conseguiu pôr em perigo a vida de Nefertari e da filha.

– O que está dizendo?

– Sua irmã Dolente está convencida de que Ofir é um sábio e que Lita subirá ao trono do Egito. Como conta comigo para reunir os partidários de Aton, beneficio-me das suas confidências. Ofir é um mago temível e decidido a destruir as defesas mágicas do casal real.

– Tem certeza?

– Quando o vir, ficará convencido. Mas não é tudo, Chenar; você tem pensado em Moisés?

– Moisés... por que Moisés?

– As idéias de Akhenaton não são muito diferentes das de alguns hebreus. Não se murmura que Moisés, o amigo do faraó, vive atormentado pela vinda de um deus único e que a sua fé na nossa civilização está abalada?

Chenar fitou Meba com atenção.

– O que propõe?

– Que encoraje Ofir a continuar a sua magia negra e o faça encontrar-se com Moisés.

– A sua descendente de Akhenaton me aborrece...

– Também a mim, mas que importância tem? Convençamos Ofir de que acreditamos em Aton e no reinado de Lita. Quando o mago tiver enfraquecido Ramsés e manipulado Moisés contra o rei, nós nos livraremos desse personagem duvidoso e da sua protegida.

– Um plano interessante, meu caro Meba.

– Conto com você para aperfeiçoá-lo.

– O que deseja em troca?

– Recuperar o meu antigo posto. A diplomacia é toda a minha vida; gosto de receber os embaixadores, presidir jantares mundanos, conquistar com palavras envolventes os dignitários estrangeiros, promover relações, armar ciladas, beneficiar-me do protocolo... Ninguém pode compreender se não tiver entrado na carreira. Quando se tornar rei, nomeie-me ministro das Relações Exteriores.

– Suas propostas são verdadeiramente dignas de interesse.

Meba estava encantado.

– Sem importuná-lo, beberia agora de boa vontade um pouco de vinho. Minha dor de cabeça desapareceu.

BAKHEN, O QUARTO PROFETA de Amon, prostrara-se perante Ramsés.

– Não tenho qualquer desculpa, Majestade. Sou o único responsável por este desastre.

– Que desastre?

– O obelisco podia ter-se perdido, a tripulação, ser dizimada...

– Os seus pesadelos não têm sentido, Bakhen. O que conta é a realidade.

– Mas ela não apaga a minha imprudência.

– Por que a cometeu?

– Desejava fazer de Luxor a jóia do seu reinado.

– Supunha que uma única obra-prima me bastaria? Levante-se, Bakhen.

O ex-instrutor militar de Ramsés nada perdera da sua robustez. Parecia-se mais com um atleta do que com um sacerdote ascético.

– Você teve sorte, Bakhen, e eu aprecio os homens que o destino favorece. A magia de uma pessoa não consiste em escapar aos golpes da sorte?

– Sem a sua intervenção...

– Então é capaz de provocar a vinda do faraó! Bela façanha, na verdade, que merece ser gravada nos anais.

Bakhen receava que uma terrível punição se sucedesse àquelas palavras irônicas, mas o olhar penetrante de Ramsés desviou-se e foi fixar-se na embarcação. As manobras de descarga efetuavam-se sem dificuldade.

– Aquele obelisco é esplêndido. Quando estará pronto o segundo?

– No fim de setembro, espero.

– Que os gravadores de hieróglifos se apressem!

– O calor já é muito forte nas pedreiras de Assuã.

– Quem é você, Bakhen, um construtor ou um chorão? Vá até lá e fique de olho no acabamento do trabalho. E os colossos?

– Os talhadores de pedra escolheram um arenito magnífico nas pedreiras de Gebel Silsileh.

– Que eles também comecem a trabalhar, e sem demora. Envie imediatamente um emissário e parta a seguir para não deixar os escultores perderem uma hora. Por que o grande pátio ainda está por acabar?

– Era impossível andar mais depressa, Majestade!

– Engana-se, Bakhen. Para construir um santuário do *ka*, um local de repouso oferecido à força que cria permanentemente o universo, você não pode agir como um modesto contramestre, hesitante sobre o comportamento a seguir e tímido com os materiais. É o fogo do raio que deve projetar o seu pensamento na pedra e fazer nascer o templo. Você se mostrou lento e preguiçoso: esse é o seu verdadeiro erro.

Confuso, Bakhen era incapaz de protestar.

– Quando Luxor estiver acabado, você produzirá o *ka*; essa energia me é necessária o mais depressa possível. Mobilize os melhores artífices.

– Alguns estão ocupados na sua morada da eternidade, no Vale dos Reis.

– Mande-os vir, meu túmulo esperará. Você vai se preocupar também com uma outra urgência: a criação do meu templo de milhões de anos, na margem oeste. A sua presença preservará o reino de muitas desgraças.

– Quer...

– Uma construção colossal, um santuário tão poderoso que a sua magia repelirá a adversidade. Amanhã vamos fazê-lo nascer.

– Mas se há Luxor, Majestade...

– Também há Pi-Ramsés, uma cidade inteira. Chame os escultores de todas as províncias e fique apenas com aqueles cujas mãos sejam geniais.

– Majestade, os dias não são esticáveis!

– Se está lhe faltando tempo, Bakhen, crie-o.

47

Doki encontrou-se com o escultor numa taberna de Tebas que nenhum deles havia freqüentado antes. Sentaram-se no recanto mais escuro, perto de operários líbios que falavam em voz alta.

– Recebi a sua mensagem e aqui estou – disse o escultor. – Por que tanto mistério?

Com uma peruca que lhe tapava as orelhas e escondia a testa, Doki estava irreconhecível.

– Falou a alguém da minha carta?

– Não.

– Nem à sua esposa?

– Eu sou solteiro.

– Nem à sua amante?

– Só vou vê-la amanhã à noite.

– Dê-me a carta.

O escultor devolveu o papiro enrolado a Doki, que o rasgou em pedacinhos.

– Se não chegarmos a um acordo – explicou –, não restarão vestígios desse nosso contato. Eu nunca lhe escrevi e nunca nos encontramos.

O escultor, um homem robusto e maciço, tinha dificuldade em compreender aquelas sutilezas.

– Já trabalhei para Karnak e não tive motivo de queixa, mas nunca me chamaram a uma taberna para uma conversa sem pé nem cabeça!

– Sejamos claros: você quer ficar rico?

– E quem não quer?

– A fortuna pode ser adquirida rapidamente, mas você terá de correr um risco.

– Qual?

– Antes de revelá-lo, temos de chegar a um acordo.

– E qual é o acordo?

– Se recusar, o de abandonar Tebas.

– Senão...

– O de que talvez seja melhor ficarmos por aqui.

Doki ergueu-se.

– Está bem. Fique.

– Dê-me a sua palavra, sobre a vida do faraó e sob a vigilância da deusa do silêncio que fulmina o perjúrio.

– Tem a minha palavra.

Dar a palavra era um ato mágico que comprometia todo o ser. Traí-la fazia o *ka* fugir e privava a alma das suas qualidades.

– Não lhe pedirei senão que grave alguns hieróglifos numa estela – revelou Doki.

– Mas... essa é a minha profissão! Por que tanto mistério?

– Compreenderá no momento certo.

– E... a fortuna?

– Trinta vacas leiteiras, cem carneiros, dez bois gordos, um barco pequeno, vinte pares de sandálias, peças do mobiliário e um cavalo.

O escultor ficou estupefato.

– Tudo isso... por uma simples estela?

– Isso mesmo.

– Só um louco recusaria tal oferta. Conte comigo.

Os dois homens saudaram-se batendo na mão um do outro.

– O trabalho é para quando?

– Amanhã de madrugada, na margem oeste de Tebas.

MEBA HAVIA CONVIDADO Chenar para a *villa* de um dos seus subordinados, cerca de 20 quilômetros ao norte de Mênfis, em pleno campo. O ex-ministro das Relações Exteriores e o irmão mais velho de Ramsés haviam chegado por caminhos diferentes e com duas horas de intervalo. Chenar achara conveniente avisar Acha sobre a diligência.

– O seu feiticeiro está atrasado – censurou Chenar, dirigindo-se a Meba.

– Ele me prometeu que viria.

– Não estou acostumado a esperar. Se ele não estiver aqui em meia hora, irei embora.

Ofir fez a sua entrada, acompanhado por Lita.

O mau humor de Chenar sumiu de imediato. Fascinado, encarou o inquietante personagem. Magro, maçãs do rosto salientes, nariz proeminente, lábios muito finos, a cabeça do líbio parecia a de um abutre prestes a devorar a sua presa. A jovem, de cabeça baixa, tinha um ar de derrotada, sem qualquer personalidade.

– É uma grande honra para mim e para Lita – declarou Ofir com uma voz profunda que fez Chenar estremecer. – Não ousávamos esperar semelhante favor.

– O meu amigo Meba falou-me de você.

– O deus Aton lhe agradecerá.

– Eis um nome que seria melhor não pronunciar.

– Dediquei a minha existência à luta para reconhecer os direitos de Lita ao trono. Se o irmão mais velho de Ramsés me recebe, é porque deve aprovar a minha iniciativa.

– Raciocínio correto, Ofir, mas você está esquecendo o obstáculo principal: o próprio Ramsés.

– Muito pelo contrário. O faraó que governa o Egito é de uma envergadura e força excepcionais, portanto, um adversário muito duro, cujas defesas serão difíceis de quebrar. No entanto, disponho de certas armas que para mim são eficazes.

– A pena de morte é o castigo para aqueles que utilizam a magia negra.

– Ramsés e os seus antepassados tentaram destruir a obra de Akhenaton; entre mim e ele a luta será sem tréguas.

– Qualquer conselho de moderação é inútil, não é verdade?

– É assim que de que ser.

– Conheço bem o meu irmão: é um homem teimoso e violento, que não suportará qualquer ameaça à sua autoridade. Se encontrar partidários de um deus único no seu caminho, irá esmagá-los.

– Por isso a única solução é atacá-lo pelas costas.

– Excelente projeto, mas difícil de ser concretizado.

– A minha magia irá corroê-lo como ácido.

– Qual a sua opinião sobre um aliado no interior da fortaleza?

Os olhos do mago contraíram-se como os de um gato; apenas conservou uma estreita fenda, que tornou o seu olhar insustentável.

Chenar estava contente consigo mesmo: havia tocado no ponto certo.

– Qual é o nome dele?

– Moisés. Um amigo de infância de Ramsés, um hebreu a quem ele confiou a supervisão dos canteiros de obras de Pi-Ramsés. Convença-o a ajudá-lo e seremos aliados.

O GENERAL QUE COMANDAVA o forte de Elefantina via correr dias felizes. Desde a investida comandada pessoalmente por Sethi, as províncias núbias sob a tutela egípcia viviam em paz e exportavam regularmente os seus produtos.

A fronteira meridional egípcia estava bem guardada; após vários decênios, nenhuma tribo núbia pensaria em atacá-la, nem sequer pô-la em questão. A Núbia seria para sempre território egípcio; os filhos dos chefes de tribo eram educados no Egito, antes de regressarem a seu país, para ali difundirem a cultura faraônica, sob o controle do vice-rei da Núbia, um alto funcionário nomeado pelo rei. Embora os egípcios detestassem permanecer muito tempo no exterior, aquele posto era muito cobiçado porque o seu titular beneficiava-se de consideráveis privilégios.

Mas o general não o invejava, porque nada era melhor do que o clima e a paz de Elefantina, de onde era originário. A guarnição exercitava-se de madrugada, antes de se colocar à disposição dos trabalhadores das pedreiras para garantir o carregamento dos blocos de granito nos lanchões que partiam para o Norte. Como estava distante o tempo das expedições guerreiras e como era bom que assim permanecesse!

Desde a sua nomeação, o general transformara-se em aduaneiro. Os seus homens verificavam os produtos provenientes do Grande Sul e aplicavam-lhes taxas em função da tabela imposta pela Dupla Casa Branca – o Ministério da Economia e das Finanças. Um acúmulo de papéis e de documentos administrativos sobrecarregava o quartel-general, mas o oficial superior preferia enfrentá-los a ter de enfrentar os temíveis guerreiros núbios.

Dentro de alguns minutos, entraria em um barco rápido para examinar as fortificações vistas do Nilo; como habitualmente fazia, saborearia a doçura da brisa e encheria os olhos com a beleza das margens e das falésias. E, é claro, não esqueceria o saboroso jantar que compartilharia com uma jovem mulher saída há pouco do desgosto da viuvez.

Um ruído estranho de passos o fez sobressaltar-se.

Viu, então, o ordenança à sua frente, sem fôlego.

– Mensagem urgente, meu general.

– De onde vem?

– De uma patrulha de vigilância, no deserto da Núbia.

– Nas minas de ouro?

– Sim, meu general.

– O que disse o mensageiro?

– Que o caso é muito sério.

Em outras palavras, o general não podia guardar o papiro enrolado num armário e esquecê-lo por alguns dias. Retirou-lhe o selo, desenrolou-o e o leu com estupefação.

– É... é uma falsificação!

– Não, meu general. O mensageiro está à sua disposição.

– Não pode ter acontecido semelhante catástrofe... Núbios revoltados atacaram a caravana militar que trazia o ouro para o Egito!

48

A lua nova acabava de nascer.

Com o tronco nu, Ramsés usava uma peruca e um saiote arcaicos, semelhantes aos dos faraós do Antigo Império. Nefertari estava com um longo e justo vestido branco; em lugar da coroa, a estrela de sete pontas da deusa

Sechat, encarnada por ela no período dos rituais da fundação do Ramesseum, o templo de milhões de anos. Ramsés recordava-se da sua estada entre os talhadores de pedra, nas pedreiras de Gebel Silsileh, onde manejara o maço e o cinzel. Aspirava então a tornar-se membro daquela corporação, antes de o pai arrancá-lo do seu sonho.

O casal real estava sendo assistido por uma centena de ritualistas vindos do templo de Karnak; à frente, o grande sacerdote Nebu, o segundo profeta, Doki, e o quarto, Bakhen. A partir do dia seguinte, começariam a trabalhar dois arquitetos e suas respectivas equipes.

Cinco hectares! Cinco hectares – eis a superfície do templo de milhões de anos fixada por Ramsés. Para além do próprio santuário, compreenderia um palácio e numerosas dependências, entre as quais uma biblioteca, vários armazéns e um jardim. Aquela cidade sagrada, economicamente autônoma, seria dedicada ao culto da força sobrenatural presente na pessoa do faraó.

Atordoado pela dimensão do projeto, Bakhen recusava-se a pensar nas dificuldades e se concentrava nos gestos efetuados pelo casal real. Depois de terem fixado os cantos simbólicos da futura construção, o rei e a rainha, manejando um comprido maço, haviam enterrado as estacas de base e estendido o cordão, evocando a memória de Imhotep, o criador da primeira pirâmide e o modelo dos arquitetos.

O faraó escavara um pouco da fundação com a ajuda de uma enxada, depositando na cavidade pequenos lingotes de ouro e de prata, ferramentas em miniatura e amuletos, logo cobertos com areia e ocultos dos olhares de todos.

Com mão firme, Ramsés colocara no respectivo lugar a primeira pedra de canto, usando uma alavanca e moldando ele próprio um tijolo; do seu ato criador nasceriam os solos, as paredes e os tetos do templo. Chegou o momento da purificação: Ramsés foi contornando o espaço sagrado, lançando nele grãos de incenso, cujo nome hieroglífico, *sonter*, significava "o que diviniza".

Bakhen ergueu uma porta de madeira, maquete da futura porta monumental da edificação. Ao consagrá-la, o rei abriu o acesso ao seu templo de milhões de anos e o trouxe à vida. A partir daquele momento, o Verbo estava nele. Doze vezes Ramsés bateu naquela porta com o maço branco, "o iluminador", chamando a presença das divindades. Segurando uma lamparina acesa, iluminou o santuário em que residia o invisível.

Por fim, pronunciou a antiga fórmula, afirmando que não construíra aquele monumento para si próprio e, sim, o oferecia ao seu verdadeiro senhor, a Regra, origem e fim de todos os templos do Egito.

Bakhen teve a sensação de estar vivendo um verdadeiro milagre. Aquilo que se realizava ali perante os olhos de alguns privilegiados ultrapassava a compreensão humana. Sobre o solo ainda nu, que já pertencia aos deuses, começava a espalhar-se a força do *ka*.

– A estela de fundação está pronta – declarou Doki.

– Que seja implantada – ordenou o rei.

O escultor pago por Doki trouxe uma pequena pedra coberta de hieróglifos. O texto sacralizava para sempre o território do Ramesseum, o qual não regressaria ao mundo profano; a magia dos signos transformava a terra em céu.

Setaou avançou, trazendo um papiro virgem e um godê cheio de tinta fresca. Doki teve um sobressalto; a intervenção daquele rude personagem não estava prevista.

Setaou escreveu um texto no papiro, em linhas horizontais e da direita para a esquerda, lendo-o depois em voz alta.

– "Que seja selada toda boca viva que falar contra o faraó, pronunciando palavras más ou que tenha intenção de pronunciá-las contra ele, tanto de noite quanto de dia. Que este templo de milhões de anos seja um recinto mágico de proteção para o ser real e que afaste todo o mal."

Doki suava em bicas. Ninguém o prevenira daquela intervenção mágica que, felizmente, não mudaria nada na evolução de seu plano.

Setaou apresentou o papiro enrolado a Ramsés, que colocou o seu selo e o depositou ao pé da estela onde seria enterrado. Ao pousar o olhar sobre os hieróglifos, o rei observou-os atentamente.

De repente, voltou-se.

– Quem gravou estes hieróglifos?

Percebia-se o ódio na pergunta do monarca.

O escultor avançou.

– Eu, Majestade.

– Quem lhe deu o texto para a inscrição na pedra?

– O grande sacerdote de Amon em pessoa, Majestade.

O escultor prostrou-se, simultaneamente por respeito e para evitar o olhar furioso de Ramsés. A inscrição tradicional relativa à fundação de um templo de milhões de anos tinha sido modificada e deturpada, anulando a sua função protetora.

Então o velho Nebu, aliado das forças das trevas e vendido aos inimigos do faraó, traíra Ramsés! O rei sentiu vontade de lhe esmagar o crânio com o maço de fundação,

 mas uma estranha energia, subindo do solo sacralizado,

espalhou um calor benéfico pela sua árvore da vida, a coluna vertebral. No seu coração abriu-se uma porta que lhe modificou a visão. Não, não era a violência que devia utilizar. E o gesto muito discreto que Nebu acabara de esboçar confirmou essa opinião.

– Levante-se, escultor.

O homem obedeceu.

– Dirija-se ao grande sacerdote e o traga aqui.

Doki estava triunfante; seu plano desenrolava-se perfeitamente, e os protestos do velho seriam atrapalhados e inúteis. O castigo do rei seria terrível, e o lugar de grande sacerdote ficaria vago. Desta vez, o rei recorreria a um homem experiente e familiarizado com a hierarquia: ele, Doki.

O escultor aprendera bem a lição. Deteve-se diante de um homem idoso que segurava um báculo dourado na mão direita e usava um anel de ouro no dedo médio, os dois símbolos representativos do grande sacerdote de Amon.

– Foi esse homem que lhe deu o texto para gravar na estela? – interrogou Ramsés.

– Foi ele.

– Então você é um mentiroso.

– Não, Majestade! Eu lhe juro que foi o grande sacerdote de Amon em pessoa que...

– Você nunca o viu, escultor.

Nebu, então, retomou o báculo e o anel que confiara a um ritualista idoso no momento em que o escultor, ao lhe dar as costas, o acusava perante o faraó.

Assustado, o escultor vacilou.

– Doki... Onde está você, Doki? Você tem de me ajudar, eu não sou responsável por nada! Foi você que me mandou dizer que o grande sacerdote de Amon queria destruir a magia do templo!

Doki tentou fugir.

Louco de raiva, o escultor alcançou-o e, lançando-se sobre ele, começou a espancá-lo.

DOKI NÃO RESISTIRA aos ferimentos e morrera. O escultor, acusado de crime de morte, deturpação de hieróglifos, corrupção e mentira, compareceria diante do tribunal do vizir e seria condenado à pena de morte sob a forma de suicídio, ou a trabalhos forçados num dos campo dos oásis.

No dia seguinte, ao pôr-do-sol, o próprio Ramsés implantou a estela de fundação do Ramesseum devidamente retificada.

O Ramesseum havia nascido.

– Desconfiava de que Doki queria prejudicá-lo? – perguntou Ramsés a Nebu.

– A natureza humana é assim mesmo – respondeu o grande sacerdote. – Raros são os seres que se contentam em seguir o seu próprio caminho sem invejar o dos outros. Como muito bem escrevem os sábios, a inveja é uma doença mortal que nenhum médico é capaz de combater.

– É necessário substituir Doki.

– Pensa em Bakhen, Majestade?

– Sim.

– Não me oporei à sua decisão, mas parece-me prematura. Você havia encarregado Bakhen de vigiar os trabalhos de Luxor e do seu templo de milhões de anos, e teve razão. Aquele homem merece a sua confiança. Mas não o esmague sob um peso excessivo nem deixe o seu espírito se dispersar em tarefas muito variadas. Com o tempo, ele galgará outros graus da hierarquia.

– O que propõe?

– Para o lugar de Doki nomeie um velho, como eu, preocupado com meditações e rituais. Assim, o templo de Amon de Karnak não lhe causará quaisquer preocupações.

– Você próprio o escolherá. Consultou o plano do Ramesseum?

– A minha existência foi uma longa seqüência de dias felizes e serenos, mas carregarei uma tristeza: a de não viver o suficiente para ver terminado o seu templo de milhões de anos.

– Quem sabe, Nebu?

– Os meus ossos estão doloridos, Majestade; a minha visão está diminuindo, os meus ouvidos estão ficando surdos e durmo cada vez mais. Sinto que meu fim se aproxima.

– Cento e dez anos não é a idade atingida pelos sábios?

– Sou apenas um homem velho e feliz. Por que hei de censurar a morte para que esta recupere a sorte de que me beneficiei para oferecê-la a outro?

– O seu golpe de vista ainda me parece excelente. Se não tivesse dado o seu báculo e o seu anel àquele velho ritualista, o que se teria passado?

– O que aconteceu, aconteceu, Majestade; a regra de Maât nos protegeu.

Ramsés contemplou a vasta extensão em que ergueria o seu templo de milhões de anos.

– Vejo uma edificação grandiosa, Nebu, um santuário de granito, arenito e basalto. Suas colunas subirão até o céu, as portas serão de bronze dourado, árvores farão sombra nos lagos de água pura, os celeiros estarão abarrotados de trigo, o tesouro conterá ouro, prata, pedras preciosas e vasos raros; estátuas vivas habitarão os pátios e as capelas;

um muro protegerá todas essas maravilhas. Ao nascer do dia e ao pôr-do-sol subiremos juntos para o terraço e veneraremos a eternidade inscrita na pedra. Três seres viverão para sempre neste templo: o meu pai Sethi, a minha mãe Touya e a minha esposa Nefertari.

– Esqueceu o quarto, que também é o primeiro: você mesmo, Ramsés.

A grande esposa real aproximou-se do rei, trazendo um pequeno pé de acácia.

Ramsés ajoelhou-se e o plantou na terra; Nefertari regou-o cuidadosamente.

– Vele por esta árvore, Nebu, pois ela há de crescer com o meu templo. Permitam os deuses que eu possa repousar um dia sob a sua benéfica sombra, esquecer nela o mundo e os homens, e ver a deusa do Ocidente revelada na sua folhagem e no seu tronco antes de me tomar pela mão.

49

Moisés estendeu-se, exausto, na sua cama de sicômoro. O dia fora esgotante. Cerca de cinqüenta pequenos incidentes, dois levemente feridos no canteiro de obras do palácio, um atraso na entrega de rações no canteiro de obras da terceira caserna, um milhar de tijolos imperfeitos para destruir... Nada de especial, mas o acúmulo de preocupações pouco a pouco afetava a sua resistência.

Pequenas interrogações invadiam-lhe novamente o espírito. Construir aquela capital tornava-o feliz, mas ter de construir vários templos em homenagem a divindades entre as quais Seth, o maléfico, não seria uma ofensa ao deus único? Como supervisor dos canteiros de obras de Pi-Ramsés, Moisés contribuía para dar forma à glória de um faraó que perpetuava os antigos cultos.

Em um canto do quarto, perto da janela, alguém se movera.

– Quem está aí?

– Um amigo.

Um homem magro, com cara de ave de rapina, saiu da penumbra e caminhou pela luz vacilante espalhada por uma lamparina de azeite.

– Ofir!

– Gostaria de lhe falar.

Moisés sentou-se na cama.

– Estou cansado e quero dormir. Falo com você amanhã, no canteiro de obras, se eu tiver tempo.

– Estou correndo perigo, meu amigo.

– Por quê?

– Você sabe o motivo! Porque acredito no deus único, salvador da humanidade. O deus que o seu povo venera em segredo e que amanhã reinará sobre o mundo, depois de ter destruído os ídolos. E a sua conquista deve começar pelo Egito.

– Esquece que Ramsés é o faraó?

– Ramsés é um tirano. Zomba do divino e só se preocupa com o seu próprio poder.

– É melhor que o respeite. Ramsés é meu amigo, e estou construindo a sua capital.

– Aprecio a nobreza dos seus sentimentos e a sua fidelidade a ele. Mas você é um homem dividido, Moisés, e tem consciência disso. O seu coração recusa esse reinado e espera o do verdadeiro deus.

– Está delirando, Ofir.

O olhar do líbio tornou-se insistente.

– Seja sincero, Moisés; pare de mentir para si mesmo.

– Acha que me conhece melhor do que eu próprio?

– E por que não? Recusamos os mesmos erros e compartilhamos o mesmo ideal. Aliando as nossas forças, transformaremos este país e o futuro dos seus habitantes. Quer queira ou não, Moisés, você é o líder dos hebreus. Sob a sua liderança, cessaram as suas rivalidades. Sem você saber, formou-se um povo.

– Os hebreus estão submetidos à autoridade do faraó, não à minha.

– Renego essa ditadura! E você também a renega.

– Engano seu: cada um tem a sua função.

– A sua consiste em guiar o seu povo para a verdade; a minha, em instaurar o culto de um deus único, colocando Lita no trono do Egito, a herdeira legítima de Akhenaton.

– Pare de delirar, Ofir; instigar a revolta contra o faraó só pode levar ao desastre.

– Conhece algum outro meio para se instalar o reino do deus único? Quando somos detentores da verdade, é preciso saber lutar para impô-la.

– Lita e você... Dois iluminados! É irrelevante.

– Acredita realmente que estamos sós?

O hebreu ficou intrigado.

– É evidente que sim...

– Depois do nosso primeiro encontro – afirmou Ofir – a situação evoluiu. Os partidários do deus único são mais numerosos e mais determinados do que imagina. A força de Ramsés não passa de uma ilusão à qual ele próprio se deixará prender. Uma boa parte da elite do país irá nos seguir, quando você, Moisés, tiver aberto o caminho.

– Eu...? Por que eu?

– Porque você tem a capacidade de nos guiar e de liderar os adeptos da verdadeira fé. Lita deve permanecer à sombra até poder subir ao trono, e eu não passo de um homem de oração, sem influência sobre as multidões. Mas quando você erguer a sua voz, todos o ouvirão e o aceitarão.

– Quem você realmente é, Ofir?

– Um simples crente que, como Akhenaton, está convencido de que o deus único reinará sobre todas as nações, depois de ter dobrado a espinha do vaidoso Egito.

Moisés devia ter mandado embora aquele demente há muito tempo, mas o discurso dele o fascinava. Ofir formulava idéias que estavam calando fundo no pensamento do hebreu; idéias tão revolucionárias que se recusava a continuar ouvindo.

– O seu projeto é insensato, Ofir; você não tem qualquer chance de vencer.

– O fluxo do tempo corre em nossa direção, Moisés, e arrastará tudo à sua passagem. Lidere os hebreus, dê-lhes um país para que possam prostrar-se perante o deus único e reconhecer que ele é o todo-poderoso. Lita governará o Egito, seremos aliados, e essa aliança será o berço de onde brotará a verdade para todos os povos.

– Isso não passa de um sonho.

– Nem você nem eu somos sonhadores.

– Ramsés é meu amigo, repito, e não tolerará qualquer distúrbio.

– Não, Moisés, ele não é seu amigo, e sim o seu mais feroz adversário. Aquele que quer abafar a verdade.

– Saia da minha casa, Ofir.

– Medite sobre minhas palavras e prepare-se para agir. Em breve nos veremos novamente.

– Não conte com isso.

– Até breve, Moisés.

O hebreu passou a noite em claro.

Cada uma das palavras de Ofir atravessava-lhe a mente como uma onda, arrastando as suas objeções e receios. Embora Moisés não fosse ainda capaz de reconhecê-lo, aquele encontro fora o que ele esperara.

O LEÃO E O CÃO, deitados um próximo do outro, acabavam de mastigar carcaças de aves. Sentados e abraçados à sombra de uma palmeira, Ramsés e Nefertari admiravam os campos de Tebas. Com muita dificuldade o rei havia convencido Serramanna a conceder-lhe uma escapadela. Matador e Vigilante não eram seus melhores guarda-costas?

De Mênfis chegavam excelentes notícias. A pequena Meritamon gostava muito do leite da sua ama e recebera pela primeira vez a visita do irmão Kha, do qual o ministro da Agricultura, Nedjem, se ocupava com a vigilância iluminada de um preceptor. Iset a Bela congratulara-se com o nascimento da filha do casal real e dirigira afetuosos cumprimentos a Nefertari.

O sol do fim da tarde, doce e acariciador, dourava a pele sedosa de Nefertari. Uma ária de flauta ergueu-se no ar límpido, vaqueiros cantavam trazendo o seu gado de volta, e burros carregando enormes pesos trotavam em direção às casas. A oeste, o sol adquirira uma coloração alaranjada, ao mesmo tempo que a montanha tebana se avermelhava.

À dureza de um dia de verão sucedia-se a ternura da noite. Como era belo o Egito adornado com seus ouros e verdes, com a prata do Nilo e os fogos do poente! Como

Nefertari era bela, naquele fino vestido de linho transparente! Do seu corpo flexível e lânguido emanava um perfume embriagante; no seu rosto grave e sereno desenhava-se a nobreza de uma alma luminosa.

– Serei digno de você? – perguntou Ramsés.

– Que pergunta estranha...

– Às vezes você me parece tão distante desse mundo e das suas torpezas, da corte e de suas mesquinharias, dos deveres temporais do nosso cargo.

– Terei falhado na minha missão?

– Pelo contrário, você não comete o mínimo erro, como se desde sempre fosse a rainha do Egito. Amo-a e admiro-a, Nefertari.

Seus lábios uniram-se, quentes e vibrantes.

– Tinha decidido não me casar – confessou ela – e permanecer reclusa no templo. Não sentia nem indiferença nem aversão aos homens, mas pareciam-me mais ou menos escravos de uma ambição que acabava por torná-los pequenos e doentes. Você estava além da ambição porque o destino escolhera o seu caminho. Também o amo e o admiro, Ramsés.

Cada um sabia que seu pensamento era uno, e nenhuma provação os separaria. Criando juntos o templo de milhões de anos, haviam realizado o seu primeiro ato mágico de casal real, nascente de uma aventura à qual apenas a morte poria um fim aparente.

– Não se esqueça das suas obrigações – lembrou-lhe ela.

– Quais?

– Gerar filhos.

– Já tenho um.

– Precisa de mais. Se a sua existência for longa, talvez alguns morram antes de você.

– Por que não a nossa filha como minha sucessora?

– Segundo os astrólogos, ela será de natureza meditativa, como o pequeno Kha.

– Não é uma boa predisposição para reinar?

– Depende das circunstâncias e do mundo que nos rodeia. Hoje o nosso país é a própria imagem da serenidade, mas como será amanhã?

O galope de um cavalo veio quebrar a paz da tarde.

Coberto de poeira, Serramanna saltou da montaria.

– Perdoe-me se o importuno, Majestade, mas o assunto é da máxima urgência.

Ramsés percorreu com os olhos o papiro que o sardo lhe entregara.

– Um relatório do general de Elefantina – revelou a Nefertari. – Núbios revoltados atacaram uma caravana que transportava o ouro destinado aos nossos principais templos.

– Vítimas?

– Mais de vinte mortos e inúmeros feridos.

– Serão apenas ladrões, ou será um início de revolta?

– Ainda não sabemos.

Perturbado, Ramsés deu alguns passos. O leão e o cão, compreendendo a contrariedade do dono, vieram lamber-lhe as mãos.

O monarca pronunciou as palavras que a grande esposa real receava ouvir.

– Partirei para o local, pois compete ao faraó restabelecer a ordem. Na minha ausência, Nefertari, você governará o Egito.

50

A frota de guerra do faraó era constituída por vinte barcos em forma de lua crescente, em que nem a popa nem a proa tocavam a água. Uma enorme vela estava presa por grosso cordame a um mastro único, de uma solidez a toda prova. No centro, uma espaçosa cabine reservada à tripulação e aos soldados; à frente, uma cabine menor, para o comandante.

No barco principal, o próprio Ramsés verificara os dois lemes, um a bombordo e outro a estibordo. Um cercado com cobertura fora construído para Matador e Vigilante, este último aninhado nas patas dianteiras do leão e pronto para aproveitar-se da sua farta ração diária.

Tal como na viagem anterior, as colinas desérticas, as ilhotas verdejantes, o céu de um azul absoluto e a fina faixa verde que resistia ao ataque do deserto fascinaram Ramsés. Aquele país de fogo, simultaneamente violento e para além de qualquer conflito, assemelhava-se à sua alma.

Andorinhas, grous e flamingos rosa sobrevoaram a flotilha, cuja passagem foi saudada por babuínos risonhos empoleirados no topo das palmeiras. Esquecendo a finalidade da sua expedição, os soldados passavam o tempo jogando, bebendo vinho de palma e dormindo protegidos do sol.

Depois de passarem pela segunda catarata e entrarem na região de Kuosh, lembraram-se de que não estavam ali para uma viagem de divertimento. Os barcos acostaram em uma margem devastada, e os soldados desembarcaram em silêncio. Ergueram as tendas, dispuseram paliçadas de proteção em redor do campo e aguardaram as ordens do faraó.

Algumas horas mais tarde, o vice-rei da Núbia e a sua escolta apresentaram-se perante o monarca, sentado num banco de cedro dourado.

– Que explicações tem para me dar? – exigiu Ramsés.

– Estamos com a situação controlada, Majestade.

– Eu pedi explicações.

O vice-rei da Núbia havia engordado muito. Limpou a testa com um pano branco.

– Foi um incidente deplorável, concordo, mas de pouca importância. Não devemos exagerar.

– Um carregamento de ouro roubado, soldados e mineiros mortos não justificam a presença do faraó e de um corpo expedicionário?

– A mensagem que lhe foi enviada talvez tenha sido demasiado alarmista, mas isso não me impede de me alegrar com a vinda de Vossa Majestade.

– O meu pai, quando pacificou a Núbia, confiou-lhe o cuidado de preservar a paz. Será que não foi quebrada por causa da sua negligência e lentidão em intervir?

– Uma fatalidade, Majestade, apenas uma fatalidade!

– Você é o vice-rei da Núbia, porta-estandarte à direita do rei, superintendente do deserto do Sul, chefe da frota de carros, e atreve-se a falar de fatalidade...? Com quem está querendo brincar?

– A minha conduta foi irrepreensível, eu lhe garanto! Mas o meu trabalho é esmagador: controlar os governantes das aldeias, verificar o abastecimento dos celeiros, indicar...

– E o ouro?

– Vigio a sua produção e o entrego com o maior zelo, Majestade!

– Esquecendo-se de proteger uma caravana de carros?

– Como eu podia prever o ataque de um pequeno grupo de insensatos?

– Não é esse precisamente um de seus deveres?

– Uma fatalidade, Majestade...

– Leve-me ao local onde ocorreu o ataque.

– É no caminho das minas de ouro, num local isolado e árido. Infelizmente, de pouca serventia.

– Quem são os culpados?

– Uma tribo miserável cujos membros se embebedaram para agir dessa maneira.

– Mandou procurá-los?

– A Núbia é grande, Majestade, e as minhas tropas são reduzidas.

– Portanto, não foi feita nenhuma investigação aprofundada.

– Apenas Vossa Majestade poderia decidir uma intervenção militar.

– Agora não preciso mais de você.

– Devo acompanhar Vossa Majestade na perseguição desses criminosos?

– Quero a verdade, vice-rei: a Núbia está pretendendo revoltar-se para defendê-los?

– Bem... é pouco provável, mas...

– A insurreição já começou?

– Não, Majestade, mas as fileiras desses bandidos parecem ter engrossado. É por isso que a sua presença e a sua intervenção eram necessárias.

– BEBA – DISSE Setaou a Ramsés.

– É preciso?

– Não, mas prefiro ser prudente. Não será Serramanna que o protegerá das serpentes.

O rei concordou em beber a poção perigosa à base de plantas urticáceas e de sangue de cobra diluído que Setaou lhe preparava a intervalos regulares. Assim imunizado, o soberano poderia aventurar-se na pista do ouro sem correr riscos.

– Obrigado por me proporcionar esta viagem; Lótus também está encantada por rever o seu país. E imagine o que veremos por aqui!

– Não será um passeio de divertimento, Setaou. Vamos esbarrar, sem dúvida, em forte resistência.

– E se deixasse esses pobres-diabos dormirem sobre o seu ouro?

– Roubaram e mataram. Ninguém deve ficar impune se trair a lei de Maât.

– Nada o fará desistir?

– Nada.

– Pensou na sua segurança?

– O caso é muito grave para que possa confiá-lo a um subalterno.

– Recomende aos seus homens a maior prudência; nesta estação os répteis são particularmente mais venenosos. Eles que se untem com *assa fœtida*: o odor da borracha resinosa faz fugir um bom número de répteis. Se um soldado for mordido, avise-me. Vou dormir numa carroça com Lótus.

O corpo expedicionário avançou por uma pista cheia de cascalho. À frente, um guia núbio, Serramanna e o rei, montando robustos cavalos; a seguir, bois puxando carroças, burros carregados de armas e de odres com água, e os soldados.

O guia núbio estava convencido de que os agressores não se haviam afastado do lugar onde tinham atacado a caravana de carros. A alguns quilômetros, com efeito, havia um oásis que lhes permitiria esconder provisoriamente o saque antes de o negociarem.

De acordo com o mapa em seu poder, o rei podia avançar sem receio no coração de uma região desértica, porque havia poços abertos ao longo do caminho. Há anos nenhum mineiro sofria de sede, segundo os relatórios da administração da Núbia.

A descoberta do cadáver de um burro surpreendeu o guia. Em geral, os pesquisadores de ouro utilizavam apenas animais saudáveis, capazes de suportar um longo esforço.

Quando se aproximou do primeiro grande poço, a serenidade voltou a reinar. Beber até matar a sede, encher os odres, dormir à sombra de panos estendidos entre quatro estacas... Dos oficiais aos simples soldados, o sonho era o mesmo. Como a noite cairia dentro de menos de três horas, o rei com certeza faria uma parada.

O guia foi o primeiro a chegar ao poço. Apesar do calor, aquilo que descobriu gelou-lhe o sangue. Correu para Ramsés.

– Majestade... Está seco!

– Talvez o nível da água tenha baixado. Desça ao fundo.

Com o auxílio de uma corda segura por Serramanna, o guia obedeceu. Quando voltou a subir, seu rosto parecia ter envelhecido vários anos.

– Seco, Majestade.

O corpo expedicionário não tinha água suficiente para voltar atrás; talvez apenas os mais resistentes sobrevivessem. Era preciso, portanto, seguir em frente, com a esperança de alcançar o segundo poço. Mas, visto que os relatórios da administração núbia eram inexatos, não estaria o segundo também seco?

– Podíamos sair da pista principal – propôs o guia – e virar para a direita, na direção do oásis dos rebeldes. A meio caminho existe um poço de que têm necessidade durante as suas investidas.

– Repouso até o anoitecer – ordenou Ramsés. – Depois, partiremos de novo.

– Avançar de noite é perigoso, Majestade! As serpentes, uma possível emboscada...

– Não temos outra alternativa.

Que estranhas circunstâncias! Ramsés pensou na sua primeira expedição à Núbia, ao lado do pai, durante a qual os soldados tiveram de suportar uma provação idêntica, após o envenenamento dos poços por uma tribo revoltosa. No seu íntimo, o rei admitiu que havia subestimado o perigo. Uma simples operação de restabelecimento da ordem podia transformar-se em um desastre.

Ramsés falou aos seus homens e disse-lhes a verdade. O moral ficou abalado, porém os mais experientes não perderam a esperança e acalmaram os companheiros. Não estavam sob as ordens de um faraó fazedor de milagres?

Os soldados, apesar dos perigos, apreciaram a marcha noturna. Uma retaguarda muito vigilante detectaria um ataque-surpresa. À frente, o guia avançava com prudência; graças à lua cheia, seu olhar atingia uma grande distância.

Ramsés pensou em Nefertari. Se ele não regressasse, a rainha ficaria com o peso do Egito sobre os ombros. Kha e Meritamon eram demasiado jovens para reinar, e muitas ambições se revelariam, com ainda mais fúria do que haviam sido abafadas.

De repente, o cavalo de Serramanna empinou. Surpreendido, o sardo desequilibrou-se e caiu no solo pedregoso. Semidesmaiado, impossibilitado de reagir, rolou ao longo de uma encosta arenosa e foi cair no fundo de uma cavidade invisível da pista.

Um ruído curioso, semelhante ao de uma respiração forçada, alertou-o.

A dois passos dele, uma víbora emitia um sopro rouco, provocado por uma brutal expulsão do ar contido nos pulmões. Incomodada, tornava-se violenta e atacava.

Serramanna perdera a espada ao cair. Sem arma, não lhe restava senão bater em retirada, evitando fazer qualquer movimento brusco. Mas a víbora sopradora, deslocando-se lateralmente, impediu-o de fazê-lo.

Com o tornozelo direito doendo, o sardo não conseguiu pôr-se de pé. Incapaz de correr, tornava-se uma presa fácil.

– Maldito animal! Vai privar-me de uma bela morte em combate!

A víbora sopradora aproximou-se. Serramanna atirou-lhe areia na cabeça, aumentando ainda mais o furor do réptil. No momento em que ela se lançava, com um movimento rápido, para vencer a curta distância que a separava do inimigo, um pau bifurcado prendeu-a ao chão.

– Que pontaria a minha! – felicitou-se Setaou. – Tinha apenas uma chance em dez de consegui-lo.

Segurou, logo abaixo da cabeça, que agitava a cauda furiosamente.

– Como é linda esta serpente sopradora, com as suas três cores: azul-pálido, azul-escuro e verde! Uma jovem muito elegante, não acha? Felizmente para você, o seu sopro ouve-se ao longe e é facilmente identificável.

– Suponho que deveria agradecer-lhe.

– Sua mordedura causa apenas um edema local, que se estende ao membro ferido e provoca uma hemorragia, pois seu veneno não é muito abundante, apesar de tóxico. É possível se salvar caso se tenha um coração forte. Honestamente, a sopradora não é tão temível como parece.

51

Setaou tratara a entorse de Serramanna com ervas e amarrara seu tornozelo com linho embebido num bálsamo descongestionante. Dentro de algumas horas ela desapareceria. Desconfiado, o sardo se perguntava se não fora o próprio encantador de serpentes que preparara aquele atentado com a víbora para aparecer como um salvador e convencê-lo de que era um verdadeiro amigo de Ramsés, sem qualquer intenção de lhe fazer mal. No entanto, o comportamento indiferente de Setaou, que não tirava partido da sua ajuda, jogava a seu favor.

Descansaram da madrugada até o meio da tarde. Depois a marcha continuou. Ainda havia água suficiente para os homens e os animais, mas em breve teriam de racionar. Apesar do cansaço e da angústia, Ramsés apressou o avanço e insistiu na indispensável vigilância da retaguarda. Os revoltosos não atacariam de frente, mas pela retaguarda, tentando enfraquecer os seus adversários com um ataque-surpresa.

Nas fileiras, já não brincavam nem evocavam o regresso ao Vale; ninguém falava.

– Aqui está! – anunciou o guia, estendendo o braço.

Algumas ervas esparsas, um círculo de pedras secas, um suporte de madeira com um grande odre preso a uma corda gasta.

O poço.

A única esperança de sobrevivência.

O guia e Serramanna precipitaram-se até a água salvadora. Permaneceram acocorados um longo tempo e depois ergueram-se lentamente.

O sardo balançou negativamente a cabeça.

– Este país está sem água desde a aurora dos tempos, e vamos morrer de sede aqui. Nunca se conseguiu escavar um poço duradouro. Teremos de procurar uma nascente no Além!

Ramsés reuniu seus homens e confessou-lhes a gravidade da situação. De manhã as reservas estariam esgotadas. Não podiam avançar nem recuar.

Vários soldados jogaram as armas no chão.

– Peguem-nas de volta! – ordenou Ramsés.

– Para quê? – perguntou um oficial. – Vamos nos desidratar sob o sol.

– Viemos a esta região desértica para restabelecer a ordem e vamos restabelecê-la.

– Como os nossos cadáveres poderão combater os núbios?

– Meu pai outrora encontrou-se numa situação semelhante – recordou Ramsés – e salvou os seus homens.

– Então nos salve também!

– Abriguem-se do sol e dêem de beber aos animais.

O rei deu as costas para os seus soldados e encarou o deserto. Setaou perfilou-se a seu lado.

– Que pretende fazer?

– Avançar. Avançar até encontrar água.

– É insensato.

– Tal como meu pai me ensinou, assim agirei.

– Fique conosco.

– Um faraó não espera a morte como um derrotado.

Serramanna aproximou-se.

– Majestade...

– Evite o pânico e mantenha os turnos de guarda. Que os homens não esqueçam que poderão ser atacados.

– Não tenho o direito de deixá-lo partir só, nessa imensidão de areia. A sua segurança não estaria garantida.

Ramsés pousou a mão no ombro do sardo.

– Encarrego-o da segurança do meu exército.

– Regresse sem demora. Soldados sem um comandante arriscam-se a fazer o que lhes der na telha.

Sob os olhos petrificados dos soldados, o rei afastou-se do antigo poço e se aventurou no deserto vermelho, na direção de uma colina pedregosa que escalou com passo tranqüilo. Lá de cima, descobriu uma região isolada.

Tal como o pai, devia descobrir o segredo do subsolo, os veios da terra, a água proveniente do oceano de energia que se introduzia entre as pedras e enchia o coração das montanhas. O plexo do rei contraiu-se com a dor, sua visão modificou-se, o corpo tornou-se ardente, como se fosse invadido por uma intensa febre.

Ramsés segurou a varinha de feiticeiro feita de acácia que trazia presa à cintura do saiote, a mesma varinha usada por seu pai para prolongar a visão. A magia de que estava impregnada continuava intacta; mas onde procurar, naquela vastidão de areia e rochas?

Uma voz falava em seu corpo, uma voz vinda do Além, uma voz que tinha a potência da de Sethi. A dor no plexo tornou-se tão insuportável que obrigou Ramsés a sair da sua imobilidade e descer da elevação. Já não sentia o calor implacável que teria aniquilado qualquer viajante. Seu ritmo cardíaco havia abrandado como o de um órix.

A areia e as rochas mudaram de forma e de cor. O olhar de Ramsés penetrou pouco a pouco as profundezas do deserto, os dedos enclavinharam-se sobre as duas hastes de acácia muito flexíveis, ligadas na extremidade por um fio de linho.

A varinha ergueu-se, tremeu e voltou a cair. Ramsés continuou a andar, e a voz tornou-se distante. Deu meia-volta, dirigiu-se para a esquerda, para o lado da morte. A voz estava de novo próxima, a varinha agitou-se. Ramsés esbarrou em um enorme bloco de granito rosa, perdido naquele mar de cascalho.

A força da terra arrancou-lhe a varinha das mãos.

Acabava de encontrar água!

COM A LÍNGUA SECA, a pele queimada pelo sol e os músculos doendo, os soldados deslocaram o bloco e cavaram no local indicado pelo rei. Atingiram um enorme veio de água a 5 metros de profundidade e soltaram gritos de alegria que ecoaram por toda a região.

Ramsés mandou fazer várias perfurações, formando uma série de poços ligados entre si por uma galeria subterrânea. Aplicando essa técnica adotada pelos mineiros, o rei não se contentava em salvar apenas o seu exército de uma morte atroz, mas também previa a irrigação de uma vasta extensão de terra.

– Está imaginando jardins verdejantes? – interrogou Setaou.

– Fecundidade e prosperidade não são os melhores sinais que podemos deixar?

Serramanna interrompeu-o.

– Esqueceu os núbios revoltados?

– Nem por um segundo.

– Mas os soldados estão transformados em cavadores de poços!

– Esse trabalho muitas vezes faz parte das missões, de acordo com a tradição.

– Na pirataria, não misturávamos as coisas. Se formos atacados pelos selvagens, ainda saberemos defender-nos?

– Não o encarreguei de garantir a nossa segurança?

Enquanto os soldados consolidavam os poços e a galeria, Setaou e Lótus capturavam magníficos répteis de tamanho superior à média e acumulavam preciosas reservas de veneno.

Inquieto, Serramanna multiplicava as rondas pelos arredores e obrigava os soldados, em turnos alternados, a treinar como na caserna. Muitos acabaram esquecendo o assassinato dos transportadores de ouro e só pensavam no regresso da expedição ao Vale do Nilo, sob o comando de um faraó fazedor de milagres.

"Amadores", pensou o ex-pirata.

Aqueles soldados egípcios eram apenas voluntários alistados, rapidamente se transformando em operários ou camponeses. Não tinham o hábito dos combates, dos sangrentos corpo-a-corpo e das lutas até a morte. Em nada se comparavam à formação de um pirata, sempre alerta e pronto a cortar a goela de qualquer inimigo com qualquer arma. Despeitado, Serramanna sequer tentou ensinar-lhes ataques traiçoeiros e exibições inesperadas. Aqueles soldadecos nunca haveriam de aprender a combater com ele.

O sardo, no entanto tinha a sensação de que os núbios revoltados não estavam longe e que, há pelo menos dois dias, estavam próximos do acampamento egípcio e o vigiavam. Também o leão e o cão de Ramsés haviam pressentido uma presença hostil. Tornavam-se nervosos, dormiam menos, caminhavam de forma agitada e com o focinho erguido para o vento.

"Se esses núbios fossem verdadeiros piratas, o corpo expedicionário egípcio seria aniquilado", mentalizou o sardo.

A NOVA CAPITAL do Egito crescia a uma velocidade surpreendente, mas Moisés já não a olhava como antes. Para ele, Pi-Ramsés não passava de uma cidade estrangeira, povoada de falsos deuses e de homens perdidos em crenças insensatas.

Fiel à sua missão, continuava incentivando os diversos canteiros de obras e mantendo o ritmo dos trabalhos, mas todos haviam notado nele uma rudeza crescente, particularmente em relação aos contramestres egípcios, quem criticava, em maior parte das vezes sem razão, o apurado sentido da disciplina. Moisés passava cada vez mais tempo junto dos hebreus e, todas as noites, discutia com pequenos grupos o futuro do seu povo. Muitos, porém, estavam satisfeitos com a sua condição e não sentiam qualquer desejo de mudar para criar uma pátria independente. A aventura parecia demasiado arriscada.

Moisés insistiu. Evocou a sua fé no Deus único, a originalidade da sua cultura, a necessidade de se libertarem do jugo egípcio e de se afastarem dos ídolos. Alguns espíritos começaram a vacilar, mas outros permaneceram irredutíveis. No entanto, todos reconheceram que Moisés tinha a potencialidade de um chefe, que a sua ação havia sido benéfica para os hebreus e que estes não podiam deixar de dar ouvidos ao seu discurso.

O amigo de infância de Ramsés dormia cada vez menos. Sonhava de olhos abertos com uma terra fértil onde reinaria o deus do seu coração; sonhava com um país que os próprios hebreus governariam e cujas fronteiras defenderiam como o seu bem mais precioso.

Enfim, conhecia a natureza do fogo que devorava a sua alma há tantos anos! Daria um nome a esse desejo inextinguível, colocando-se à frente de um povo que conduziria para a sua verdade. Todavia, a angústia apertava-lhe a garganta. Ramsés aceitaria aquela revolta e uma negação ao seu próprio poder? Moisés teria de convencê-lo, de fazê-lo aceitar o seu ideal.

As recordações invadiam-no. Ramsés não era um simples companheiro de jogos, mas um verdadeiro amigo, um ser animado por um fogo idêntico e, afinal, tão diferente. Moisés não o trairia fomentando uma conspiração contra ele; iria enfrentá-lo pessoalmente e o faria ceder. Mesmo que a vitória parecesse impossível, haveria de consegui-la.

Porque Deus estava com ele.

52

Com a parte anterior da cabeça raspada, argolas nas orelhas, nariz achatado, faces escarificadas, usando colares de pérolas multicores e saiotes talhados em peles de pantera, os núbios revoltosos haviam cercado o acampamento egípcio no início da tarde, quando a maior parte dos soldados de Ramsés fazia a sesta. Brandindo grandes arcos de madeira de acácia, trespassariam com suas flechas grande número de egípcios antes que qualquer membro da expedição tivesse tempo de reagir.

Mas se o chefe hesitava em dar a ordem de atacar era por causa de um pequeno grupo de homens, igualmente armados com potentes arcos, protegidos atrás de uma barreira formada por escudos e folhas de palmeiras. À frente deles estava Serramanna, que já esperava esse assalto. A elite dos soldados, reunidos por ele, faria, por sua vez, baixas numerosas nas fileiras núbias. O chefe dos revoltosos tomara consciência disso, mesmo com a vitória parecendo garantida.

O tempo parou. Ninguém se movia.

O principal conselheiro do chefe núbio aconselhou-o a atirar e abater o máximo de inimigos, enquanto alguns guerreiros de corrida rápida se lançariam sobre a barreira. Mas o chefe estava habituado aos combates e, ao ver o rosto de Serramanna, não pressagiou nada de bom. Não estaria aquele gigante de bigode preparando-lhes uma ou várias ciladas que eles seriam incapazes de detectar? Aquele homem não tinha nada em comum com os egípcios que ele havia matado, e o seu instinto de caçador avisava-o de que devia desconfiar.

Quando Ramsés saiu da sua tenda, todos os olhares convergiam para ele. Com uma coroa azul moldando-lhe a forma da cabeça e alargando atrás, envergando uma camisa de linho plissada com mangas curtas e um saiote dourado em cujo cinto estava pendurada uma cauda de touro selvagem, o faraó segurava na mão direita o cetro "magia", em forma de bordão de pastor, com a extremidade encostada ao peito.

Atrás do rei avançava Setaou, segurando as sandálias brancas do monarca. Apesar da gravidade da situação, pensou em Ameni, o porta-sandálias do faraó, que teria ficado estupefato ao ver o amigo barbeado, com peruca e saiote, semelhante a um dignitário da corte, exceto por um detalhe: um curioso saco pendurado à cinta e pendendo ao longo das costas.

Sob os olhares inquietos dos soldados egípcios, o faraó e Setaou foram até o limite do acampamento e detiveram-se a uns 30 metros dos núbios.

– Sou Ramsés, faraó do Egito. Quem é o seu chefe?

– Eu – respondeu o núbio, avançando um passo.

Com duas plumas presas na parte de trás da cabeça e seguras por uma tira vermelha, músculos salientes, o chefe dos revoltosos brandiu uma zagaia decorada com plumas de avestruz.

– Se não é covarde, aproxime-se de mim – disse Ramsés.

O principal conselheiro não concordou com a idéia. Mas nem Ramsés nem o seu porta-sandálias estavam armados, ao passo que o chefe núbio dispunha de uma zagaia, e o conselheiro, de um punhal com gume duplo. O chefe lançou um olhar de lado para Serramanna.

– Mantenha-se à minha esquerda – ordenou ao conselheiro.

Se o gigante do bigode desse ordem para atirar, o chefe estaria protegido por um escudo humano.

– Tem medo? – perguntou Ramsés.

Os dois núbios destacaram-se do grupo de guerreiros e caminharam na direção do rei e do seu porta-sandálias. Pararam a menos de três metros dos adversários.

– Então é você o faraó que oprime o meu povo?

– Núbios e egípcios viviam em paz. Você quebrou essa harmonia ao matar os meus transportadores e roubar o ouro destinado aos templos do Egito.

– Esse ouro é nosso, não seu. Você é que é o ladrão.

– A Núbia é uma província egípcia, portanto submetida à lei de Maât. O crime e o roubo devem ser severamente castigados.

– Estou rindo da sua lei, faraó! Aqui faço eu a minha. Há outras tribos prontas a juntar-se a mim. Quando eu matá-lo, serei um herói! Todos os guerreiros ficarão sob as minhas ordens e expulsarão para sempre os egípcios do nosso solo!

– Ajoelhe-se – ordenou Ramsés.

O chefe e o seu conselheiro entreolharam-se, boquiabertos.

– Largue a sua arma, ajoelhe-se e se submeta à Regra.

Uma careta deformou o rosto do chefe núbio.

– Se me curvar, você me concederá o perdão?

– Se você mesmo se colocou fora da Regra, perdoá-lo seria negá-la.

– Desconhece, então, a clemência...

– Sim, desconheço.

– Por que hei de me submeter?

– Porque é um rebelde, e a sua única liberdade é inclinar-se perante o faraó.

O conselheiro principal adiantou-se ao chefe e brandiu o punhal.

– Que morra o faraó, e seremos livres!

Setaou, que não tirara os olhos dos dois núbios, abriu o saco e deixou sair de dentro a víbora das areias. Esgueirando-se na areia ardente com a rapidez da morte raptora, o réptil mordeu o núbio no pé antes de ter finalizado o seu gesto.

Apavorado, o conselheiro acocorou-se e abriu a ferida com o punhal para fazer sair o sangue.

– Já está mais frio do que a água e mais ardente do que uma chama – afirmou Setaou, fitando o chefe direto nos olhos. – O corpo do seu conselheiro está coberto de suor, já não vê o céu, e a saliva escorre-lhe da boca. Os olhos e as sobrancelhas crispam-se, o rosto incha; a sua sede torna-se intensa, vai morrer. Não pode mais se levantar, a pele adquirirá um tom púrpura antes de escurecer, e um estremecimento acompanhará a sua partida.

Setaou brandiu o saco cheio de víboras.

Os guerreiros núbios recuaram.

– De joelhos – ordenou de novo o faraó. – Senão uma morte atroz o espera.

– É você quem vai morrer!

O chefe ergueu a zagaia sobre a cabeça, mas um rugido o deteve. Voltando-se para o lado, mal teve tempo de ver saltar sobre si o leão de Ramsés, de boca escancarada. A fera rasgou o peito do núbio com as garras e abocanhou a cabeça do infeliz.

A um sinal de Serramanna, os arqueiros egípcios lançaram suas flechas sobre os núbios atordoados; os soldados precipitaram-se sobre eles e os desarmaram.

– Amarrem-lhes as mãos atrás das costas! – exigiu o sardo.

QUANDO A VITÓRIA de Ramsés se tornou conhecida, centenas de núbios saíram dos seus esconderijos e aldeias para lhe prestar homenagem. O rei escolheu um chefe de clã idoso, de cabelos brancos, e concedeu-lhe a zona fértil criada em redor do poço. Confiou-lhe também os prisioneiros, que realizariam trabalhos agrícolas sob a vigilância de guardas núbios. A pena máxima seria aplicada a fugitivos e reincidentes.

A seguir, o corpo expedicionário egípcio dirigiu-se para o oásis onde os rebeldes haviam instalado o seu quartel-general. Encontrou apenas uma fraca resistência e recuperou o ouro que os ourives estavam utilizando para adornar estátuas e portas de templos.

Ao cair da noite, Setaou apanhou dois pedaços de nervuras de palma bem secas, prendeu-as com os joelhos e esfregou entre elas, cada vez mais depressa, uma varinha de madeira seca. A poeira de madeira inflamou-se, e apareceu uma chama. Ao fazerem o seu turno de guarda, os soldados alimentariam o fogo, cuja presença afastaria as cobras, hienas e outros animais indesejáveis.

– Fez a sua coleta de répteis? – perguntou Ramsés.

– Lótus está encantada. Esta noite vamos descansar.

– Este país não é sublime?

– Parece-me que gosta tanto dele quanto nós.

– Ponha-me à prova e obrigue-me a ultrapassar-me. A sua força é minha.

– Sem a minha víbora, os rebeldes o matariam.

– Mas isso não aconteceu, Setaou.

– No entanto, o seu plano foi bastante arriscado.

– Mas evitou combates sangrentos.

– Tem sempre consciência das suas imprudências?

– Para quê?

– Eu sou apenas Setaou e posso divertir-me com as serpentes venenosas, mas você é o senhor das Duas Terras. A sua morte mergulharia o país na confusão.

– Nefertari reinaria com inteligência.

– Você só tem 25 anos, Ramsés, mas já não tem o direito de ser jovem. Deixe para outros a impetuosidade dos guerreiros.

– Pode o faraó ser um covarde?

– Quer parar de ser exagerado? Apenas lhe peço um pouco de prudência.

– Não estou protegido por todos os lados? A magia da rainha, você e os seus répteis, Serramanna e os seus soldados, Vigilante e Matador... Ninguém tem tanta sorte quanto eu.

– Não a desperdice.

– É inesgotável.

– Já que é inacessível a qualquer forma de bom senso, prefiro ir dormir.

Setaou voltou as costas ao rei e estendeu-se ao lado de Lótus; o suspiro de bem-estar que ela exalou motivou o rei a afastar-se. O repouso do encantador de serpentes arriscava-se a ser de curta duração.

Como convencê-lo de que era um homem de Estado, possuindo o estofo de um grande ministro? Setaou encarnava o primeiro grande fracasso de Ramsés. Teimando em seguir o seu caminho, recusava-se a fazer carreira. Seria conveniente deixá-lo seguir livremente na sua escolha, ou devia obrigá-lo a tornar-se uma das primeiras personalidades do reino?

Ramsés passou a noite contemplando o céu estrelado, morada luminosa da alma de seu pai e dos faraós que o haviam precedido. Sentia-se orgulhoso por ter encontrado, como Sethi, água no deserto, e por ter dominado os rebeldes, mas tal vitória não o satisfizera. Apesar da intervenção de Sethi, uma tribo havia se revoltado. Depois de um período tranqüilo, outra situação idêntica estava para acontecer. Então concluiu que só conseguiria pôr fim àquelas convulsões arrancando a raiz do mal – mas como descobri-la?

De madrugada, Ramsés pressentiu uma presença às suas costas. Voltou-se lentamente e viu um enorme elefante que havia entrado no oásis com palmilhas de vento, sem fazer estalar as folhas de palmeira que juncavam o chão. O leão e o cão tinham aberto os olhos, mas haviam permanecido silenciosos, como se soubessem que o dono estava em segurança.

Era ele o grande macho de enormes orelhas e longas presas que Ramsés salvara ao extrair-lhe uma flecha da tromba vários anos antes.

O rei do Egito acariciou a tromba do senhor da savana, e o colosso deu um barrido de alegria, acordando todo o campo.

O elefante afastou-se em passo tranqüilo, percorreu uma centena de metros e voltou a cabeça na direção do rei.

– Temos de segui-lo – decidiu Ramsés.

53

Ramsés, Serramanna, Setaou e uma dezena de soldados aguerridos seguiram o elefante, que atravessou uma planície estreita e desértica, para depois entrar num caminho ladeado de escarpas que ia dar em um planalto sobre o qual existia uma acácia mais do que centenária.

O elefante então parou, e Ramsés aproximou-se dele.

Olhando na mesma direção do olhar do colosso, descobriu a mais sublime das paisagens. O grandioso espigão rochoso, ponto de referência para a navegação, dominava uma ampla curva do Nilo. Ele, o homem do Egito, contemplava o mistério da corrente criadora, o rio divino em toda a sua majestade. Nos rochedos, inscrições hieroglíficas lembravam que o local estava sob a proteção da deusa Hathor, soberana das estrelas e dos navegadores que, com freqüência, gostavam de fazer uma parada naquele lugar.

Com uma das patas dianteiras, o elefante fez rolar um bloco de arenito, que escorregou ao longo da falésia e foi cair numa zona de areia ocre, entre dois promontórios. Ao norte, a escarpa montanhosa erguia-se na vertical e descia quase até a água; ao sul, afastava-se dela e deixava livre uma vasta esplanada que se abria para o leste.

Um rapazinho acostara e dormia na sua barca feita de um tronco de palmeira escavado no centro.

– Vão buscá-lo – ordenou o rei a dois soldados.

Quando os viu chegar, o núbio desatou a correr. Julgou que lhes havia escapado, mas tropeçou numa rocha que mal apontava na areia e se estatelou na beira do Nilo. Os egípcios seguraram-lhe os braços e o conduziram ao rei.

O fugitivo virava os olhos assustados, receando que lhe cortassem o nariz.

– Não sou ladrão! Esta barca pertence-me, juro.

– Responda à minha pergunta – disse Ramsés – e ficará livre: como se chama este lugar?

– Abu-Simbel.

– Pode ir embora.

O rapaz correu até a embarcação e remou com as mãos tão depressa quanto era capaz.

– Não permaneçamos aqui – recomendou Serramanna. – O lugar não me parece seguro.

– Não detectei o menor sinal de serpentes – objetou Setaou. – É estranho... A divina Hathor as assusta?

– Não me sigam – exigiu o rei.

Serramanna deu um passo.

– Majestade!

– Tenho de repetir?

– A sua segurança...

Ramsés iniciou a descida para o rio. Setaou reteve o sardo.

– É preferível obedecer.

Serramanna concordou, resmungando. O rei, sozinho, naquele lugar perdido, num país hostil! Em caso de perigo, apesar das ordens, o sardo prometeu a si mesmo que interviria.

Chegando à beira do rio, Ramsés voltou-se para a falésia de arenito.

Ali estava o coração da Núbia, mas a Núbia ainda não o sabia. Competia a ele, Ramsés, fazer de Abu-Simbel uma maravilha que desafiaria os tempos e selaria a paz entre o Egito e a Núbia.

O faraó meditou durante várias horas em Abu-Simbel, impregnando-se da pureza do céu, do cintilar do Nilo e da força da rocha. Ali seria construído o maior santuário da província; um lugar santo que captaria as energias divinas e difundiria um feixe de proteção tão intenso que o som das armas desapareceria.

Ramsés observou o sol. Seus raios não se contentavam em bater na falésia: penetravam no coração da rocha, iluminando-a interiormente. Quando os arquitetos ali trabalhassem, haveriam de preservar aquele milagre.

Quando o rei voltou a subir a falésia, Serramanna, com os nervos à flor da pele, esteve quase para apresentar-lhe a sua demissão. Mas a placidez do elefante dissuadiu-o; não havia de mostrar-se menos paciente do que um animal, por maior que ele fosse.

– Regressemos ao Egito – decretou o rei.

DEPOIS DE TER PURIFICADO a boca com natrão, Chenar deixou o rosto aos cuidados de um barbeiro de grande doçura, que também sabia depilá-lo sem lhe provocar sequer um "ai" de dor. O irmão mais velho de Ramsés apreciava muito a fricção com óleos perfumados, especialmente na cabeça, antes de colocar a peruca. Essas pequenas alegrias tornavam sua vida mais leve e davam-lhe segurança quanto ao seu aspecto; embora fosse menos belo e menos atlético do que Ramsés, rivalizaria com ele em elegância.

Segundo o seu relógio d'água, uma peça por sinal muito valiosa, constatou que se aproximava a hora do seu encontro.

Sua cadeira com carregadores, confortável e espaçosa, era a mais bela de Mênfis, perdendo apenas para a do faraó, que um dia haveria de ocupar. Fez-se transportar até a margem do grande canal que permitia às pesadas embarcações atingirem o porto de Mênfis e ali descarregar aquilo que traziam.

Sentado debaixo de um salgueiro, o mago Ofir se refrescava ao vento. Chenar encostou-se ao tronco da árvore e viu passar um barco de pesca.

– Tem feito progressos, Ofir?

– Moisés é um homem excepcional, dotado de um caráter difícil de domar.

– Em outras palavras, você falhou.

– Não creio.

– Só impressões não me bastam, Ofir; quero fatos.

– O caminho que conduz ao sucesso é muitas vezes longo e sinuoso.

– Poupe-me da sua filosofia. Está conseguindo? Sim ou não?

– Moisés não rejeitou as minhas propostas. Não é um resultado apreciável?

– É interessante, admito. Ele aceitou que seus projetos são importantes?

– O pensamento de Akhenaton lhe é familiar. Sabe que ele contribuiu para moldar a fé dos hebreus e que a nossa colaboração poderia render bons frutos.

– E a popularidade dele junto aos compatriotas?

– É cada vez maior. Moisés tem a natureza de um verdadeiro líder e mostrará sem dificuldade a sua autoridade aos diversos clãs. Quando a construção de Pi-Ramsés estiver terminada, tomará o seu verdadeiro rumo.

– Quanto tempo falta ainda?

– Alguns meses. Moisés deu tal impulso aos oleiros que estes conseguiram uma cadência de trabalho extraordinária.

– Maldita capital! Graças a ela, a fama de Ramsés ultrapassará a fronteira do Norte.

– Onde está o faraó?

– Na Núbia.

– Uma região perigosa.

– Não sonhe, Ofir; os mensageiros reais trouxeram excelentes notícias. Ramsés realizou mesmo um novo milagre, descobrindo um veio de água no deserto, e o seu exército criou uma zona agrícola. Recuperou o ouro roubado e irá oferecê-lo aos templos. Uma expedição gloriosa, uma vitória exemplar.

– Moisés sabe que terá de enfrentar Ramsés.

– O seu melhor amigo...

– A crença no deus único será mais forte; o conflito será inevitável. Quando se desencadear, deveremos apoiar Moisés.

– Esse será o seu papel, Ofir. Você deve compreender que para mim é impossível agir na primeira linha.

– Mas terá de ajudar-me.

– Quais são as suas necessidades?

– Uma moradia em Mênfis, criados, facilidades de circulação para os meus partidários.

– Concedido, na condição de me serem entregues relatórios regulares acerca de suas atividades.

– Esse é o mínimo dos meus deveres.

– Quando regressará a Pi-Ramsés?

– Amanhã. E lá vou ter uma conversa com Moisés para afirmar-lhe que os nossos efetivos estão aumentando dia a dia.

– Não se aflija mais com as suas condições de vida e preocupe-se apenas em convencer Moisés a lutar pela afirmação da sua fé contra a tirania de Ramsés.

ABNER, O FABRICANTE DE TIJOLOS, cantarolava. Em menos de um mês, a primeira caserna de Pi-Ramsés estaria acabada, e os primeiros soldados transferidos de Mênfis se instalariam nela. Os compartimentos eram espaçosos e bem arejados, e os acabamentos, impressionantes.

Graças a Moisés, que reconhecera as suas qualidades, Abner dirigia uma pequena equipe de dez oleiros experientes e trabalhadores. A chantagem exercida por Sary não passava de uma má recordação; Abner se instalaria na nova capital com a família e seria o encarregado da manutenção dos prédios públicos. Abria-se à sua frente uma chance de ser feliz.

Essa noite iria saborear uma perca do Nilo com seus colegas e jogar o jogo da serpente, esperando que os seus peões avançassem regularmente nas casas, sem cair nas múltiplas ciladas inscritas no corpo do réptil. O primeiro que chegasse ao fim do percurso seria o vencedor, e Abner sentia que a sorte lhe sorriria.

Pi-Ramsés começava a animar-se; pouco a pouco, o imenso canteiro de obras transformava-se numa cidade cujo coração não tardaria a bater. E já se pensava no momento grandioso da inauguração, quando o faraó daria vida à capital. No jogo do destino, Abner recebera o privilégio de servir ao ideal de um grande rei e de conhecer Moisés.

– Como vai, Abner?

Sary envergava uma túnica líbia, com listras verticais largas amarelas e negras, presa por um cinto de couro trabalhado verde. Seu rosto estava cada vez mais magro.

– O que quer?

– Saber notícias da sua saúde.

– Saia do meu caminho.

– Está se tornando insolente?

– Por acaso não sabe que fui promovido? Já não estou sob suas ordens.

– O pequeno Abner pavoneia-se como um galo! Vá lá, vá lá... Não fique nervoso.

– Tenho pressa.

– O que pode haver de mais urgente do que satisfazer o seu velho amigo Sary?

Abner tinha dificuldade em ocultar o seu temor. Sary divertia-se com isso.

– O pequeno Abner é um homem razoável, não é verdade? Deseja uma boa vidinha em Pi-Ramsés, mas sabe que as boas pequenas coisas têm um preço. E esse preço quem faz sou eu.

– Desapareça!

– Você não passa de um verme, hebreu, e os vermes não protestam quando os esmagamos. Exijo metade do seu salário e dos seus prêmios. Quando a cidade estiver terminada, você se apresentará como voluntário para ser meu criado. Ficarei encantado em ter um criado hebreu. Em minha casa não se aborrecerá. Tem muita sorte, pequeno Abner; se não tivesse reparado em você, não passaria de um canalha.

– Eu recuso, eu...

– Não diga disparates e obedeça!

Sary afastou-se. Abner acocorou-se, sentando-se sobre os calcanhares, abatido.

Desta vez fora demais. Falaria com Moisés.

54

Nefertari de beleza sem igual, semelhante à estrela da manhã surgindo no início de um ano feliz, cujos dedos acariciavam como lótus. Nefertari luminosa, cujos cabelos perfumados e soltos eram uma cilada em que era bom abandonar-se.

Amá-la era renascer.

Ramsés massageou-lhe docemente os pés, depois beijou-lhe as pernas e deixou as suas mãos vaguearem sobre o corpo delicado, dourado pelo sol. Ela era o jardim no qual cresciam as flores mais raras, o lago de água fresca, o país distante das árvores de incenso. Quando se uniam, o seu desejo tinha a intensidade da corrente avassaladora da cheia e a ternura de uma ária de oboé na paz do poente.

Sob a folhagem verdejante de um sicômoro, Nefertari e Ramsés tinham-se oferecido um ao outro depois do regresso do rei, que afastara os mais íntimos e os conselheiros para ir ao encontro da esposa. A sombra refrescante da grande árvore, as suas folhas turquesa e os seus frutos em forma de figos recortados, tão vermelhos como jaspe, constituíam alguns dos tesouros do palácio de Tebas, onde o casal conseguira isolar-se.

– Como essa viagem foi interminável...

– E a nossa filha?

– Kha e Meritamon estão muito bem. Seu filho acha a irmãzinha muito bonita e pouco barulhenta, mas gostaria de poder já ensinar-lhe a ler. Seu preceptor teve de acalmar-lhe o entusiasmo.

Ramsés apertou a esposa nos braços.

– Fez mal... Por que abafar o fogo de uma criatura?

Nefertari não teve tempo de protestar, porque os lábios do rei pousaram sobre os seus. Sob o efeito do vento norte, os ramos do sicômoro inclinaram-se, respeitosos e cúmplices.

NO DÉCIMO DIA do quarto mês da estação da cheia, no ano 3 do reinado de Ramsés, Bakhen, empunhando um longo bastão, precedeu o casal real para levá-lo ao templo de

Luxor, cujos trabalhos estavam terminados. Tendo partido de Karnak, uma imensa multidão o seguira, avançando pela aléia das esfinges que ligava os dois templos.

A nova fachada de Luxor impunha silêncio. Os dois obeliscos, os colossos reais e a massa simultaneamente poderosa e elegante da coluna formavam um conjunto perfeito, digno dos maiores construtores do passado.

Os obeliscos dispersavam as energias negativas e atraíam as forças celestes para o templo, onde estabeleciam domicílio a fim de alimentarem o *ka* que ele produzia. Na sua base, os cinocéfalos, os grandes macacos nos quais encarnava a inteligência do deus Thot, celebravam o nascimento da luz que favoreciam, a cada alvorada, emitindo os sons do nascer da manhã. Cada elemento, do hieróglifo ao colosso, concorria para a ressurreição cotidiana do sol, que pontificava entre as duas torres da coluna, por cima da porta central.

Ramsés e Nefertari atravessaram-na e penetraram um grande pátio descoberto cujas paredes estavam guarnecidas de colunas maciças, expressão da força do *ka*. Entre elas, colossos em pé com a efígie do rei exprimiam a sua força inesgotável. Ternamente encostada à perna do gigante, a rainha Nefertari, simultaneamente frágil e sólida.

Nebu, o grande sacerdote de Karnak, avançou até o casal real, cadenciando o seu andar lento com sua bengala dourada.

O velho inclinou-se.

– Majestade, eis o templo do *ka*. Aqui será criada a cada instante a energia do seu reinado.

A festa da inauguração de Luxor reuniu toda a população de Tebas e da região em redor, dos mais humildes aos mais abastados. Durante dez dias todos cantariam nas ruas, e as tabernas ao ar livre não se esvaziariam. Pela graça do faraó, a cerveja seria gratuita e consolaria os estômagos.

O rei e a rainha presidiram um banquete que ficou nos anais; Ramsés proclamou que o templo do *ka* estava terminado e que nenhum elemento arquitetural lhe seria acrescentado no futuro. Faltava escolher os temas e as figurações simbólicas, relacionados com o reinado, que ornariam a fachada da coluna e as paredes do grande pátio. Todos foram avisados do desejo do monarca de adiar a sua decisão e tomá-la de acordo com os ritualistas da Casa da Vida.

Ramsés apreciou a atitude de Bakhen, o quarto profeta de Amon: esquecendo-se de falar dos seus próprios méritos, elogiou os dos arquitetos que haviam construído Luxor de acordo com a lei da harmonia. No fim das congratulações, o rei entregou ao grande sacerdote de Amon o ouro da Núbia, cuja extração e o transporte passariam agora a ser da sua competência.

Antes de partir para o Norte, o casal real dirigiu-se ao local do Ramesseum. Também ali Bakhen mantivera os seus compromissos. Niveladores, preparadores de aterros e escavadores estavam em ampla atividade: o templo de milhões de anos começava a surgir no deserto.

– Apresse-se, Bakhen, para que as fundações estejam prontas o mais depressa possível.

– A equipe de Luxor estará aqui a partir de amanhã, e assim passarei a dispor de um efetivo numeroso e qualificado.

Ramsés constatou que o seu plano tinha sido seguido à risca. Imaginava já as capelas, a grande sala de colunas, as mesas de oferenda, o laboratório, a biblioteca... Milhões de anos correriam pelas veias de pedra da construção.

O rei percorreu a área sagrada com Nefertari e descreveu-lhe o seu sonho, como se já pudesse tocar nas paredes esculpidas e nas colunas de hieróglifos.

– O Ramesseum será a sua grande obra.

– Talvez.

– Por que duvida?

– Porque quero cobrir o Egito de santuários, oferecer às divindades mil e um locais de culto a fim de que todo o país seja irrigado pela sua energia e que esta terra se assemelhe ao céu.

– Que templo poderia ultrapassar o de milhões de anos?

– Descobri na Núbia um local extraordinário ao qual fui conduzido por um elefante.

– Tem nome?

– Abu-Simbel. Está sob a proteção da deusa Hathor e serve de paradouro aos marinheiros. O Nilo atinge ali o apogeu da sua beleza, combinando-se com a rocha, e as falésias de arenito parecem estar prontas para fazer nascer o templo de que são portadoras.

– Abrir um canteiro de obras num país tão distante não irá levantar dificuldades intransponíveis?

– Intransponíveis apenas aparentemente.

– Nenhum de seus predecessores tentou semelhante façanha.

– É verdade, mas eu hei de conseguir. Desde que contemplei Abu-Simbel não deixo de pensar no lugar. Aquele elefante era um mensageiro do invisível; o seu nome hieroglífico, *Abu*, não é o mesmo do local e não significa "começo, início"? O novo começo do Egito, o princípio do seu território deve situar-se lá, no coração da Núbia, em Abu-Simbel. Não há qualquer outro meio de pacificar aquela província e de torná-la feliz senão fazendo isso.

– Não será um empreendimento insensato?

– Claro que sim! Mas não é a expressão do *ka*? O fogo que me anima torna-se pedra da eternidade. Luxor, Pi-Ramsés, Abu-Simbel são o meu desejo e o meu pensamento. Se me contentasse em gerir os assuntos correntes, trairia a minha função.

– A minha cabeça apóia-se no seu ombro, e sinto a serenidade de uma mulher amada... Mas você pode também apoiar-se em mim como um colosso sobre a sua base.

– Aprova então o projeto de Abu-Simbel?

– Deve amadurecê-lo, deixá-lo crescer dentro de si, até que a visão seja fulgurante e imperiosa. A seguir, execute-o.

No interior do templo de milhões de anos, Ramsés e Nefertari sentiram-se animados por uma força estranha que os tornava invulneráveis.

OFICINAS, ARMAZÉNS e casernas estavam prontos para serem usados. As vias principais da capital passavam pelos diversos bairros residenciais e iam findar nos templos principais, em construção, mas em cujos *naos* já poderiam realizar-se os rituais essenciais.

Aos oleiros, cuja tarefa estava por terminar, sucederiam os jardineiros e pintores, sem falar dos decoradores especializados que dariam a Pi-Ramsés um aspecto sedutor. Persistia apenas uma inquietação: agradaria a Ramsés?

Moisés subiu ao telhado do palácio e contemplou a cidade. Também ele, como o faraó, conseguira um milagre.

Somente o esforço dos homens e a rigorosa organização do trabalho não teriam bastado; fora necessário o entusiasmo, essa qualidade que não era de natureza humana, mas que provinha do amor de Deus pela sua criação. Como Moisés teria gostado de lhe oferecer esta cidade, em vez de a entregar a Amon, a Seth e aos seus congêneres! Tantos talentos desperdiçados para satisfazer ídolos mudos...

Haveria de construir a sua próxima cidade para a glória do verdadeiro Deus, no seu país, numa terra santa. Ramsés, se era um verdadeiro amigo, compreenderia o seu ideal.

Moisés bateu com o punho no rebordo do terraço.

O rei do Egito nunca toleraria a revolta de uma minoria, nunca entregaria o seu trono a uma descendente de Akhenaton! Um sonho insensato turvara-lhe o espírito.

Embaixo, perto de uma das entradas secundárias, estava Ofir.

– Posso falar com você? – perguntou o mago.

– Aproxime-se.

Ofir aprendera a deslocar-se com discrição. Tomavam-no por um arquiteto cujos conselhos eram úteis ao supervisor dos canteiros de obras de Pi-Ramsés.

– Desisto – declarou Moisés. – É inútil discutir mais.

Ofir permaneceu frio.

– Ocorreu algum acontecimento imprevisto?

– Refleti e considero os nossos projetos sem sentido.

– Vinha informá-lo de que as fileiras dos partidários de Aton aumentaram consideravelmente. Há personalidades muito importantes que concordam que Lita deve subir ao trono do Egito com a bênção do deus único. Se isso se verificar, os hebreus estarão livres.

– Derrubar Ramsés... Está brincando?

– As nossas convicções são firmes.

– Estão realmente seguros de que os seus discursos impressionarão o rei?

– Quem lhe disse que nos contentaríamos com discursos?

Moisés olhou Ofir como se não o conhecesse.

– Não me atrevo a compreender...

– Pelo contrário, Moisés. Você chegou à mesma conclusão que eu, e é ela que o assusta. Se Akhenaton foi vencido e perseguido, foi porque não se atreveu a usar a violência contra os seus inimigos. Sem ela, não podemos ganhar nenhum combate. Quem poderia ser suficientemente ingênuo para acreditar que Ramsés cederia um mínimo que fosse do seu poder a alguém? Vamos vencê-lo daqui mesmo, do interior, e vocês, hebreus, se revoltarão.

– Centenas de mortos, talvez milhares... É uma carnificina que vocês estão querendo?

– Se preparar o seu povo para a luta, você será o vencedor. Deus não está com você?

– Recuso-me a ouvir mais. Desapareça, Ofir.

– Nós nos veremos de novo, aqui ou em Mênfis, como preferir.

– Não conte com isso.

– Não há outro caminho, e você sabe disso. Não resista ao seu desejo, Moisés; não tente sufocar a sua voz. Lutaremos lado a lado, e Deus o fará triunfar.

55

Raia, o mercador sírio, acariciou a barbicha pontiaguda. Não podia estar mais satisfeito com os resultados do seu negócio, cujos lucros aumentavam ano após ano. A qualidade das suas conservas de carne e dos seus vasos importados da Ásia seduzia cada vez mais clientes ricos, tanto em Mênfis como em Tebas. A criação da nova capital, Pi-Ramsés, era um novo mercado que se anunciava! Raia já obtivera autorização para abrir uma grande loja no coração do bairro comercial e estava selecionando vendedores capazes de satisfazer aos exigentes compradores.

Prevendo esses dias felizes, havia encomendado uma centena de vasos preciosos, de formas insólitas, provenientes das oficinas sírias. Cada peça era única e seria vendida por preços altos. Do ponto de vista de Raia, os artífices egípcios trabalhavam melhor do que os seus compatriotas, mas o gosto pelo exótico e, sobretudo, o esnobismo, garantiam-lhe uma fortuna crescente.

Embora os hititas tivessem ordenado ao seu espião apoiar Chenar contra Ramsés, Raia, depois de uma tentativa frustrada, havia se recusado a organizar um novo atentado contra o rei. Ramsés estava demasiado bem protegido, e um segundo fracasso podia fornecer aos investigadores uma pista que levaria até ele.

Há três anos Ramsés reinava com a mesma autoridade de Sethi, à qual se juntava a chama da sua juventude. O rei surgia como uma torrente capaz de arrastar à sua frente qualquer obstáculo que surgisse. Ninguém tinha
 capacidade ou coragem para se opor às suas decisões,

mesmo que o seu programa de construções desafiasse a razão. Subjugados, a corte e o povo pareciam estupefatos com o dinamismo de um monarca que varrera todos os seus opositores.

Entre os vasos importados, havia dois em alabastro.

Raia fechou a porta do estabelecimento e aguçou os ouvidos durante um tempo. Certo de estar só, mergulhou a mão pelo gargalo do vaso, marcado com um discreto ponto vermelho, e retirou de lá uma etiqueta de madeira de pinho com números que precisavam as dimensões do objeto e o seu local de origem.

Raia conhecia o código de cor e decifrou sem dificuldade a mensagem hitita transmitida pelo seu importador do Sul da Síria, membro de sua rede.

Estupefato, o mercador destruiu a etiqueta e precipitou-se loja afora.

– SOBERBO – declarou Chenar, admirando o vaso azul com o gargalo em forma de cisne que Raia lhe mostrava. – Qual é o preço?

– Receio que seja elevado, senhor, mas é uma peça única.

– Vamos discuti-lo, concorda?

Segurando o vaso apertado contra o peito, Raia seguiu o irmão mais velho de Ramsés, que o conduziu a um dos terraços cobertos da sua *villa*, onde poderiam conversar sem se arriscar a serem ouvidos.

– Se não estou errado, Raia, você está usando o procedimento de emergência.

– Exato.

– Por quê?

– Os hititas decidiram atacar!

Chenar aguardava aquela notícia ao mesmo tempo que a receava. Se fosse ele o faraó, teria colocado as tropas egípcias em estado de alerta e reforçado as defesas nas fronteiras. Mas o inimigo mais perigoso do Egito oferecia-lhe uma chance de reinar. Devia, portanto, explorar apenas em seu benefício o segredo de Estado de que se tornara conhecedor.

– Pode ser mais preciso, Raia?

– Parece perturbado, senhor.

– Não é para menos, você não acha?

– É verdade, senhor. Eu próprio estou sob efeito do choque. Essa decisão pode alterar as situações estabelecidas.

– Claro, Raia, claro... É a sorte do mundo que está em jogo. Você e eu seremos os atores principais do drama que está prestes a ser representado.

– Eu não passo de um modesto agente de informações.

– Você será o meu contato com os aliados do exterior. Boa parte da minha estratégia repousa na qualidade das suas informações.

– Você me tornou importante...

– Deseja permanecer no Egito depois da nossa vitória?

– Adquiri os meus hábitos aqui.

– Você será rico, Raia, muito rico. Não serei ingrato com aqueles que me auxiliaram a tomar o poder.

O comerciante inclinou-se.

– Sou seu servidor.

– Tem informações mais precisas?

– Não; por enquanto, não.

Chenar deu alguns passos, apoiou os cotovelos no parapeito do terraço e olhou para o Norte.

– Este é um grande dia, Raia. Mais tarde o recordaremos como o dia que marcou o início do declínio de Ramsés.

A AMANTE EGÍPCIA de Acha era uma pequena maravilha: maliciosa, inventiva, insaciável, extraíra de seu corpo fontes inéditas de prazer. Substituía duas líbias e três sírias, bonitas mas monótonas. Nos jogos do amor, o jovem diplomata exigia fantasia, a única qualidade capaz de libertar os sentidos e fazer do corpo uma harpa com melodias inesperadas. Preparava-se para beijar os mimosos dedos dos pés da donzela quando o seu intendente, apesar de devidamente avisado de que não deveria incomodá-lo sob nenhum pretexto, bateu à porta do quarto.

Furioso, Acha abriu-a, completamente nu.

– Perdoe-me... Uma mensagem urgente do ministério.

Acha consultou a tabuazinha de madeira. Apenas três palavras: "Presença imediata indispensável."

ÀS 2 HORAS, as ruas de Mênfis estavam desertas. O cavalo de Acha percorreu a todo galope a distância que separava a residência do seu dono do edifício do Ministério de Relações Exteriores. O diplomata nem perdeu tempo em fazer uma oferenda a Thot e subiu de quatro em quatro os degraus da escada que conduzia ao seu gabinete, onde o secretário o esperava.

– Achei bom incomodá-lo.

– Por que motivo?

– Pelo motivo de um despacho alarmante de um dos nossos agentes do Norte da Síria.

– Se for de novo uma suposta revelação sem interesse, haverá punições.

O papiro parecia virgem. Aquecendo-o à chama de uma lamparina de azeite, os caracteres hieráticos apareceram. Essa forma rápida de escrever os hieróglifos deformava-os até torná-los quase irreconhecíveis. A grafia do espião egípcio instalado no Norte da Síria, controlada pelos hititas, não se assemelhava a nenhuma outra.

Acha leu e releu.

– A urgência era justificada? – perguntou o secretário.

– Deixe-me só.

Acha desdobrou um mapa e verificou as informações dadas pelo seu informante. Se este não estivesse enganado, o pior estava por acontecer.

– O SOL AINDA não se levantou – resmungou Chenar, bocejando.

– Leia isto – recomendou Acha, apresentando ao seu ministro a mensagem do espião.

O texto despertou de vez o irmão mais velho de Ramsés.

– Parece que os hititas assumiram o controle de várias aldeias da Síria Central e saíram da sua zona de influência aceita pelo Egito...

– O texto é decisivo.

– Parece que não há mortos nem feridos. Pode tratar-se de uma provocação.

– Não seria a primeira vez, é claro; mas os hititas nunca desceram tanto para o sul.

– O que você conclui disso?

– Que se trata da preparação de um ataque em massa contra o Sul da Síria.

– Tem certeza, ou é uma suposição?

– Suposição.

– Poderia transformá-la em certeza?

– Dada a situação, as mensagens deveriam suceder-se em pequenos intervalos.

– Seja como for, guardemos silêncio o máximo que pudermos.

– Estamos correndo um grande risco.

– Eu sei disso, Acha; no entanto, essa é que deve ser a nossa estratégia. Tínhamos a intenção de enganar Ramsés, de levá-lo a cometer erros que lhe custassem uma pesada derrota, mas os hititas parecem impacientes para agir. Temos, portanto, de atrasar ao máximo a preparação do exército egípcio.

– Não estou muito certo disso – objetou Acha.

– Quais são as suas razões?

– Por um lado, ganharemos apenas alguns dias, absolutamente insuficientes para impedir uma contra-ofensiva; por outro, o meu secretário sabe que recebi uma mensagem importante. Adiar a sua transmissão ao rei lhe despertaria suspeitas.

– Então não nos serve de nada sermos informados antes!

– Pelo contrário, Chenar. Ramsés nomeou-me chefe dos serviços secretos; ele confia em mim. Em outras palavras, acreditará naquilo que eu lhe disser.

Chenar sorriu.

– É um jogo muito perigoso! Não dizem que Ramsés lê os pensamentos?

– O pensamento de um diplomata é indecifrável. Por seu lado, apresse-se em confiar-lhe as suas preocupações e, em seguida, alertar-me. Assim, parecerá sincero e digno de crédito.

Chenar afundou-se numa cadeira.

– Sua inteligência é temível, Acha.

– Conheço bem Ramsés. Seria um erro imperdoável considerá-lo desprovido de sutileza

– De acordo; seguiremos o seu plano.

– Falta uma questão essencial: conhecer as reais intenções dos hititas.

Chenar as conhecia, mas concluiu ser preferível não revelar suas fontes a Acha porque, de acordo com o desenrolar da situação, talvez se visse obrigado a sacrificá-lo aos seus amigos hititas.

56

Moisés corria de um lado para o outro, entrava nos prédios públicos, examinava as paredes e as janelas, passava por um bairro em seu carro, apressava os pintores para que terminassem o trabalho. Só lhe restavam alguns dias antes da chegada do casal real e da inauguração oficial de Pi-Ramsés.

Saltavam-lhe aos olhos mil defeitos, mas como podia remediá-los em tão pouco tempo? Os oleiros tinham aceitado dar uma ajuda a outros operários, sobrecarregados de trabalho. No entusiasmo desses últimos momentos, a popularidade de Moisés permanecia intacta. Sua vontade continuava a ser comunicativa e avassaladora, tanto que o sonho ia se transformando em realidade.

Apesar de seu enorme cansaço, Moisés passava longas noites com os irmãos hebreus, ouvia suas queixas e esperanças, e já não hesitava em afirmar-se como o guia de um povo em busca do seu autoconhecimento. Essas idéias assustavam a maior parte de seus interlocutores, mas sua personalidade os fascinava. Quando a grandiosa aventura de

Pi-Ramsés estivesse terminada, abriria Moisés um novo caminho para os hebreus?

Exausto, ele só conseguia ver, em seu sono agitado, a imagem de Ofir surgindo constantemente. O adorador de Aton não se enganava. Na encruzilhada dos caminhos, os discursos não bastavam; era preciso agir, e a ação muitas vezes se alimentava da violência.

Moisés cumprira a missão confiada por Ramsés, libertando-se, assim, de qualquer obrigação com o rei do Egito. Mas não tinha o direito de trair o amigo e jurara a si próprio avisá-lo do perigo que o espreitava. Com a consciência purificada, seria completamente livre.

Segundo o mensageiro real, o faraó e a esposa entrariam em Pi-Ramsés no dia seguinte, por volta do meio-dia. A população das cidades e aldeias dos arredores reunira-se em torno da nova capital para não perder o acontecimento. Ultrapassadas, as forças de segurança não conseguiam impedir os curiosos de se instalarem.

Moisés esperava passar estas últimas horas de supervisor dos canteiros de obras fora da cidade, passeando pelos campos. Mas, no momento em que saía de Pi-Ramsés, um arquiteto correu até ele.

– O colosso... o colosso enlouqueceu!

– O do templo de Amon?

– Não conseguimos detê-lo.

– Eu lhes havia ordenado que não o tocassem!

– Nós pensávamos...

O carro de Moisés atravessou a cidade com a velocidade de um raio.

Diante do templo de Amon, o desastre. Um colosso de 200 toneladas, representando o rei sentado no trono, deslizava suavemente na direção da fachada do edifício. Havia dois riscos: o de colidir nela e provocar enormes estragos, ou o de tombar e quebrar-se. Que espetáculo para oferecer a Ramsés no dia da inauguração!

Cinqüenta homens aflitos puxavam em vão cordas que prendiam a escultura gigantesca a um trenó de madeira. Vários pedaços do cabedal de proteção, colocados nos pontos em que a corda tocava na pedra, haviam rebentado.

– O que aconteceu? – perguntou Moisés.

– O contramestre, empoleirado no colosso para dirigir a manobra, caiu para a frente. Para evitar que fosse esmagado, os operários acionaram os travões de madeira. O colosso desviou-se do caminho de lodo úmido que servia de faixa de escorregamento até o seu lugar, mas continuou avançando. O orvalho, o trenó molhado...

– Precisaríamos de, pelo menos, 150 homens!

– Os técnicos estão ocupados em outros lugares.

– Tragam-me jarros de leite.

– Quantos?

– Milhares! E mandem chamar reforços imediatamente.

Tranqüilizados pela presença de Moisés, os artífices readquiriram o sangue-frio. Quando viram o jovem hebreu subir pelo flanco direito do colosso, pôr-se em pé sobre o pedestal de granito e derramar leite em frente do trenó para abrir um novo caminho, sentiram uma nova esperança. Formou-se uma cadeia para que não faltasse a Moisés o líquido gorduroso sobre o qual deslizaria o enorme peso. Obedecendo às diretivas do hebreu, os primeiros reforços, que acorreram às pressas, prenderam longas cordas nos lados e na traseira do trenó. Os cem operários preparados para rebocar o colosso iriam usá-las para travá-lo.

Pouco a pouco, a pesada escultura mudou a trajetória e tomou a direção correta.

– A viga de travamento! – berrou Moisés.

Trinta homens, até ali imobilizados pelo estupor, colocaram a viga entalhada, destinada a bloquear o trenó, no lugar que deveria ocupar a estátua de Ramsés, em frente ao templo de Amon.

O colosso correu suavemente pela faixa de deslizamento formada pelo leite, foi travado no momento exato e parou no lugar certo.

Alagado em suor, Moisés saltou para o chão. Levando-se em conta a sua fúria, todos previam pesadas punições.

– Tragam-me o responsável por esse erro de manobra, o homem que caiu da estátua.

– Aqui está ele.

Dois operários empurraram Abner, que se ajoelhou diante de Moisés.

– Perdoe-me – choramingou –, senti-me mal e...

– Não é oleiro?

– Sou... O meu nome é Abner.

– O que fazia neste canteiro de obras?

– Eu... eu estava escondido.

– Perdeu a cabeça?

– Tem de acreditar em mim!

Abner era hebreu. Moisés não podia castigá-lo antes de ouvir suas explicações. Compreendeu que o oleiro, aterrorizado, só falaria quando estivessem a sós.

– Siga-me, Abner.

Um arquiteto egípcio gritou um protesto.

– Esse homem cometeu um erro grave. Absolvê-lo seria injuriar os seus colegas.

– Vou interrogá-lo. Em seguida tomarei uma decisão.

O arquiteto curvou-se perante o seu superior hierárquico. Se Abner fosse egípcio, Moisés não se teria mostrado tão delicado. Há algumas semanas o supervisor dos canteiros de obras reais vinha demonstrando uma clara atitude partidária, que acabaria por voltar-se contra ele.

Moisés fez Abner subir em seu carro e o prendeu com uma correia de couro.

– Já chega de acidentes por hoje, não acha?

– Perdoe-me, eu lhe suplico!

– Pare de se lamuriar e explique-me tudo.

Um pequeno pátio abrigado do vento precedia a habitação oficial de Moisés. O carro parou na frente da casa, e os dois homens desceram. Moisés tirou o saiote e a peruca, e apontou para um pesado jarro.

– Suba na mureta – ordenou a Abner – e despeje suavemente essa água sobre os meus ombros.

Enquanto Moisés friccionava a pele com ervas, o compatriota, segurando o pesado jarro com os braços estendidos, ia espalhando o líquido benéfico.

– Perdeu a língua, Abner?

– Tenho medo.

– Por quê?

– Ameaçaram-me.

– Quem?

– Eu... eu não posso dizer.

– Se persistir em calar-se, entrego-o nas mãos da justiça por falta profissional grave.

– Não! Eu perderia o meu emprego!

– Seria justo.

– Juro-lhe que não!

– Então fale!

– Estão me roubando, fazendo chantagem comigo...

– Quem está fazendo isso?

– Um egípcio – respondeu Abner, baixando a voz.

– O nome dele?

– Não posso dizer. É uma pessoa influente.

– Não vou repetir a pergunta.

– Ele se vingará de mim!

– Tem confiança em mim?

– Muitas vezes pensei em lhe falar, mas tenho muito medo daquele homem!

– Pare de tremer e diga o nome dele. Não o incomodará mais.

Apavorado, Abner largou o jarro, que se partiu no chão.

– Sary... é Sary.

A PEQUENA FROTA real entrou no grande canal que conduzia a Pi-Ramsés. A corte em peso acompanhava Ramsés e Nefertari. Estavam todos impacientes para conhecer a nova capital onde seria necessário residir caso se quisesse agradar ao rei. Um grande número de críticas veladas haviam sido formuladas, sempre sobre a mesma questão: como poderia uma cidade construída tão depressa rivalizar com Mênfis? Sem dúvida, Ramsés se precipitava para um fracasso estrondoso, que o obrigaria, mais cedo ou mais tarde, a esquecer Pi-Ramsés.

À proa, o faraó via o Nilo criar o seu Delta, enquanto o barco abandonava a rota principal para entrar no canal que conduzia ao porto da capital.

Chenar encostou-se à amurada ao lado do irmão.

– Tenho consciência de que não é o melhor momento, no entanto devo falar-lhe de um assunto grave.

– É assim tão urgente?

– Receio que sim. Se tivesse conseguido falar com você antes, teria evitado importuná-lo nestes momentos felizes, mas você estava ocupado.

– Estou ouvindo. Pode falar.

– Levo muito a sério o cargo que me confiou e gostaria de dar-lhe somente excelentes notícias.

– Não é o momento agora?

– Analisando-se os relatórios que me têm sido enviados, há o receio de uma reviravolta da situação.

– Vá direto aos fatos.

– Os hititas parecem ter saído da zona de influência que o nosso pai tolerava e invadido a Síria Central.

– Tem certeza?

– É demasiado cedo para nos pronunciarmos, mas queria ser o primeiro a alertá-lo. As provocações hititas foram freqüentes num passado próximo, e espero que esta não passe de mais uma. No entanto, seria conveniente tomar algumas precauções.

– Vou pensar nisso.

– Não está acreditando?

– Você mesmo afirmou que essa invasão não é ainda uma certeza. Logo que receber novas informações, comunique-me.

– Vossa Majestade pode contar com o seu ministro.

A corrente era forte, o vento, bem orientado, e o barco deslizava depressa. A intervenção de Chenar deixou Ramsés pensativo. O irmão mais velho estaria levando realmente o seu papel a sério? Chenar era bem capaz de ter inventado aquela tentativa de invasão hitita para se valorizar e demonstrar as suas aptidões como ministro das Relações Exteriores.

A Síria Central... Uma zona neutra, que nem os egípcios nem os hititas controlavam, não a ocupando militarmente, apenas contentando-se em manter ali informantes de maior ou menor confiança. Desde que Sethi renunciara a se apoderar de Kadesh, uma guerrilha nascente parecia satisfazer os dois campos.

Talvez a criação de Pi-Ramsés, que ocupava uma posição estratégica, tivesse despertado os ardores bélicos dos hititas, inquietos pela atenção evidente que o jovem faraó concedia à Ásia e ao seu império. Um único homem diria a verdade a Ramsés: o seu amigo Acha, chefe dos serviços secretos. Os relatórios oficiais entregues a Chenar representavam apenas a superfície da situação; Acha, graças à sua rede de investigações, conheceria as verdadeiras intenções do adversário.

Um marujo, empoleirado na ponta do mastro principal, não conseguiu conter a alegria:

– Ali! O porto, a cidade... É Pi-Ramsés!

57

Sozinho, num carro dourado, o Filho da Luz avançou pela artéria principal de Pi-Ramsés em direção ao templo de Amon. Ao meio-dia, surgiu como o sol, cujo fulgor dava origem à cidade. Ao lado dos dois cavalos com penachos avançava o leão, de cabeça erguida e juba ao vento.

Estupefata com a força que se desprendia da pessoa do monarca e com a magia que lhe permitia ter uma fera colossal como guarda-costas, a multidão manteve-se em silêncio durante longos minutos. Depois, um grito brotou: "Longa vida a Ramsés!", seguido de dez outros, de cem, de milhares... O barulho em breve tornou-se indescritível ao longo do percurso do rei, que não alterou o seu avanço lento e majestoso.

Nobres, artífices e camponeses envergavam trajes de gala, com os cabelos brilhosos graças a um óleo adocicado; as mais belas perucas adornavam as cabeças das mulheres; as mãos das crianças e dos criados estavam cheias de flores e folhagens que atiravam à passagem do carro.

Estava em preparação um banquete ao ar livre; o intendente do novo palácio havia encomendado mil pães de farinha fina, dois mil pãezinhos bem cozidos, dez mil bolos, carne-seca em profusão, leite, taças com alfarrobas, uvas, figos e romãs. Patos assados, animais de caça, peixes, pepinos e alhos faziam também parte do cardápio, além das centenas de jarros de vinho vindos das *caves* reais e outros de uma cerveja preparada de véspera.

No dia do nascimento de sua nova capital, o faraó convidava o seu povo para a mesa.

Não havia uma mocinha que não tivesse estreado um vestido novo e colorido, nem cavalo que não estivesse enfeitado com fitas de pano e rosetas de cobre, tampouco um burro que não tivesse ao pescoço uma grinalda de flores. Cães, gatos e macacos domésticos teriam direito a ração dupla, enquanto os idosos, fosse qual fosse a sua condição e origem, seriam os primeiros a ser servidos, depois de instalados em assentos confortáveis, à sombra dos sicômoros e das árvores.

Surgiriam inúmeras solicitações, quer para um alojamento, um emprego, um terreno ou mesmo uma vaca, que

Ameni recolheria e examinaria com benevolência, nesse período feliz em que a generosidade era obrigatória.

Os hebreus também manifestavam a sua alegria: um longo descanso corretamente remunerado como compensação pelo esforço intenso, e todos podiam se orgulhar de ter construído, com as suas próprias mãos, a nova capital do reino do Egito. Durante várias gerações ainda se ouviria falar de tal façanha.

O público conteve a respiração quando o carro parou em frente do colosso com a efígie de Ramsés, o mesmo colosso que, na véspera, quase havia provocado um desastre.

Face à sua imagem, Ramsés ergueu a cabeça e fixou o olhar no do gigante de pedra, voltado para o céu. Na fronte da estátua, o *uræus*, uma cobra cuspideira cujo veneno ardente cegava os inimigos do rei; sobre a cabeça, "as duas potências" reunidas: a coroa branca do Alto Egito e a coroa vermelha do Baixo Egito. Sentado em seu trono, com as mãos pousadas retas sobre o saiote, o faraó de granito contemplava a sua cidade.

Ramsés desceu do carro. Exibindo ele também a coroa dupla, envergava uma ampla veste de mangas largas, sob a qual cintilava um saiote dourado preso por um cinto prateado. Sobre o peito do monarca, um colar de ouro.

– A você, em quem encarnam o *ka* do meu reinado e o *ka* da minha cidade, abro-lhe a boca, os olhos e os ouvidos. A partir de agora você é uma criatura viva, e quem ousar atacar-lhe a carne será punido com a morte.

O sol estava no zênite, na vertical do faraó. Ele se voltou para o seu povo.

– Pi-Ramsés nasceu! Pi-Ramsés é a nossa capital!

Milhares de vozes entusiastas repetiram a proclamação.

DURANTE TODO O DIA, Ramsés e Nefertari percorreram as largas aléias, ruas e ruelas, e visitaram todos os bairros de Pi-Ramsés. Deslumbrada, a grande esposa real arranjara-lhe um sobrenome, "a cidade de turquesa", que de imediato estava em todos os lábios. Essa era a última surpresa que Moisés reservara ao rei: as fachadas das casas, *villas* e habitações modestas estavam cobertas de mosaicos azuis envernizados, de uma luminosidade excepcional. Mandando instalar ali a oficina que os fabricava, Ramsés não imaginara que os artífices fossem capazes de produzir tão grande número em tão pouco tempo. Graças a eles, a capital havia encontrado a sua unidade.

Moisés, elegante e requintado, desempenhava a função de mestre-de-cerimônias. Realmente, não havia qualquer dúvida de que agora Ramsés nomearia o seu amigo de infância vizir e faria dele o primeiro-ministro do país. A cumplicidade dos dois homens era evidente; o sucesso de Moisés, flagrante. O soberano não fez qualquer crítica, o que indicava que as suas esperanças tinham sido satisfeitas, ou mesmo superadas.

Chenar estava furioso. Ofir mentira-lhe ou enganara-se ao afirmar que manipulava o hebreu. Depois daquele triunfo, Moisés seria um homem rico e um cortesão zeloso. Enfrentar Ramsés por uma estúpida querela religiosa seria suicídio; quanto ao povo hebreu, este fundia-se tão bem na população egípcia que não havia qualquer interesse em sair dela. Os únicos e verdadeiros aliados de Chenar continuavam a ser os hititas: perigosos como víboras, mas aliados.

A RECEPÇÃO OFERECIDA no palácio real, cuja grande sala de colunas estava adornada com pinturas representando uma natureza bem ordenada e serena, encantou os membros da corte, seduzidos pela beleza e nobreza de Nefertari. A primeira-dama do país, protetora mágica da residência real, teve uma palavra amável e certa para todos.

Os olhares não se afastavam dos admiráveis pavimentos, compostos por ladrilhos envernizados, que formavam delicados quadros evocando lagos de água fresca, jardins floridos, patos esvoaçando numa floresta de papiros, lótus desabrochados e peixes evoluindo num pântano. Verde-pálido, azul-claro, branco-acinzentado, amarelo-ouro e violeta misturavam-se numa sinfonia de cores suaves cantando a perfeição da criação.

Os irônicos e sarcásticos foram reduzidos ao silêncio. Os templos de Pi-Ramsés estavam longe de serem concluídos, mas o palácio não ficava a dever em nada, quer em luxo, quer em requinte, aos de Mênfis e de Tebas. Nenhum cortesão se sentiria ali fora do seu ambiente. Possuir uma *villa* em Pi-Ramsés era já a obsessão dos nobres e das altas personalidades do Estado.

Com uma determinação incrível, Ramsés continuava a fazer milagres.

– Eis o homem a quem esta cidade deve a sua existência – declarou o faraó, pousando a mão sobre o ombro de Moisés.

As conversas interromperam-se.

– O protocolo exigiria que eu me sentasse ao trono, que Moisés se curvasse perante mim e que eu lhe oferecesse colares de ouro em troca dos seus bons e leais serviços. Mas ele é meu amigo, meu amigo de infância, e travamos juntos este combate. Concebi esta capital, e ele a realizou de acordo com os meus planos.

Ramsés deu um solene abraço em Moisés. Não existia mais insigne honra proclamada por um faraó.

– Moisés continuará a ser o supervisor dos canteiros de obras reais durante alguns meses, o tempo de formar o seu sucessor. Depois, trabalhará a meu lado para a maior glória do Egito.

Chenar tivera razão em recear o pior. A eficácia conjugada dos dois amigos os faria mais temíveis do que um exército inteiro.

Ameni e Setaou felicitaram Moisés, cujo nervosismo os espantou. Consideraram que fosse por causa da emoção.

– Ramsés está enganado – disse o hebreu. – Atribui-me qualidades que eu não possuo.

– Dará um excelente vizir – afirmou Ameni.

– Mas mesmo assim ficará sob as ordens deste pequeno escriba tinhoso – afirmou Setaou. – Na realidade, é ele quem governa.

– Cuidado, Setaou!

– A alimentação é suculenta. Se Lótus e eu descobrirmos algumas belas serpentes, talvez nos instalemos aqui. Por que Acha não está aqui?

– Não sei – respondeu Ameni.

– Uma má jogada para a sua carreira. Uma atitude nada diplomática.

Os três amigos viram Ramsés aproximar-se da mãe, Touya, e beijá-la na testa. Apesar da tristeza que velaria para sempre o seu rosto grave e delicado, a viúva de Sethi não ocultava o seu orgulho. Quando anunciara que habitaria imediatamente no palácio de Pi-Ramsés, o triunfo do filho fora total.

EMBORA TERMINADO, o viveiro de pássaros estava ainda vazio das aves exóticas que alegrariam a vista e o ouvido dos

 cortesãos. Encostado a uma coluna, com os braços cruzados

a expressão tensa, Moisés não ousava fitar o amigo monarca. Era preciso esquecer o homem e se dirigir a um adversário, o faraó do Egito.

– Todos dormem, exceto você e eu.

– Parece esgotado, Moisés. Não podemos deixar esta conversa para amanhã?

– Não posso fingir durante mais tempo.

– Fingir o quê?

– Sou um hebreu e acredito no Deus único. Você é um egípcio e adora os seus ídolos.

– Outra vez essa conversa infantil!

– Isso o incomoda porque é verdade.

– Você foi educado em toda a sabedoria dos egípcios, Moisés, e o seu deus único, sem forma e impossível de se conhecer, é a força oculta no coração de cada parcela da vida.

– Ele não encarna em um carneiro!

– Amon é o segredo da vida, que se revela no vento invisível faz inflar a vela do barco; nos chifres do carneiro cuja espiral traça o desenvolvimento harmonioso de uma criação; na pedra que forma a carne dos nossos templos. É tudo isso e não é, senão, tudo isso. Você conhece essa sabedoria tão bem quanto eu.

– Isso não passa de uma ilusão! Deus é único.

– Isso o impede de se multiplicar nas suas criaturas, permanecendo uno?

– Ele não precisa dos seus templos nem das suas estátuas!

– Repito que você está esgotado.

– A minha convicção está formada. Nem você conseguirá modificá-la.

– Se o deus da sua convicção o torna intolerante, desconfie, Moisés. Ele vai conduzir você ao fanatismo.

– É você quem deve desconfiar, Ramsés! Há uma força que se desenvolve neste país. Uma força ainda hesitante, mas que luta pela verdade.

– Explique-se.

– Lembra-se de Akhenaton e da sua fé num deus único? Ele já havia mostrado o caminho, Ramsés. Por isso, ouça a sua voz e o que estou lhe dizendo. Senão o seu império irá desabar.

58

Para Moisés, a situação era clara. Não traíra Ramsés e até o avisara contra o perigo que o espreitava. Com a consciência em paz, podia seguir o seu destino e dar livre curso ao fogo que lhe devorava a alma.

O Deus único, Jeová, residia numa montanha. Era essa montanha que ele teria de descobrir, fossem quais fossem as dificuldades para viajar. Alguns hebreus estavam decididos a partir com ele, sob o risco de perderem tudo. Moisés acabava de arrumar a sua bagagem quando se lembrou de uma promessa a cumprir. Antes de deixar o Egito para sempre, satisfaria essa dúvida moral.

Bastou-lhe efetuar um curto trajeto para chegar ao oeste da cidade, à casa de Sary, ladeada por um antigo palmeiral de árvores vigorosas. Encontrou o proprietário saboreando uma cerveja fresca na orla de um lago cheio de peixes.

– Moisés! Que prazer receber o verdadeiro mestre-de-obras de Pi-Ramsés! A que devo essa honra?

– O prazer não é mútuo, e não existe nenhuma honra.

Sary ergueu-se, irritado.

– O seu futuro promissor não o autoriza a ser insolente. Esqueceu com quem está falando?

– Com um canalha.

Sary ergueu a mão para esbofetear o hebreu, mas este agarrou-lhe o pulso. A seguir, obrigou o egípcio a curvar-se e depois se ajoelhar.

– Está perseguindo um homem chamando Abner.

– Desconheço esse nome.

– Está mentindo, Sary. Roubou-o e está fazendo chantagem com ele.

– Não passa de um oleiro hebreu.

Moisés apertou-lhe mais o pulso. Sary gemeu.

– Eu também não passo de um hebreu. Mas poderia quebrar seu braço, deixando-o aleijado.

– Não se atreverá!

– Fique sabendo que a minha paciência está chegando ao fim. Não importune mais Abner, ou vou arrastá-lo pelo pescoço diante de um tribunal. Agora jure!

– Juro! Eu juro nunca mais importuná-lo.

– Em nome do faraó?

– Em nome do faraó.

– Se trair esse juramento, será amaldiçoado para sempre.

Moisés largou Sary.

– Tem sorte em se safar assim.

Se o hebreu não estivesse de partida, teria apresentado queixa contra Sary; esperava, porém, que o aviso tivesse sido suficiente.

Sentiu, no entanto, uma ponta de dúvida – lera ódio e não submissão nos olhos do egípcio.

Moisés ocultou-se atrás de uma palmeira. Não teve de esperar muito tempo.

Sary saiu de casa com um porrete e seguiu na direção sul, onde ficavam as casas dos oleiros.

O hebreu seguiu-o a boa distância. Viu-o entrar na casa de Abner, cuja porta estava entreaberta. E logo ouviu gemidos.

Moisés correu, entrou também e, na penumbra, viu Sary batendo em Abner com o porrete. Mesmo deitado no chão de terra batida, Abner tentava proteger o rosto com as mãos.

Moisés arrancou o porrete das mãos de Sary e deu-lhe uma violenta pancada na cabeça. Com a nuca sangrando, o egípcio desfaleceu.

– Erga-se, Sary, e desapareça daqui.

Como o egípcio não se mexera, Abner rastejou até ele.

– Moisés... Parece... que ele está morto.

– É impossível, não bati com tanta força assim!

– Não respira.

Moisés ajoelhou-se, e as suas mãos tocaram num cadáver.

Acabara de matar um homem.

A ruela estava silenciosa.

– Você tem de fugir – disse Abner. – Se a guarda o prender...

– Você me defenderá, Abner, e explicará que lhe salvei a vida!

– E quem acreditará em mim? Vão nos acusar de cumplicidade. Vá embora, e bem depressa!

– Tem um saco grande?

– Tenho, o de guardar ferramentas.

– Apanhe-o.

Moisés escondeu o cadáver de Sary no saco e em seguida colocou o fardo nas costas. Enterraria o corpo num terreno arenoso e iria esconder-se numa *villa* desocupada para se acalmar.

O GALGO DA PATRULHA da guarda palaciana emitiu um ganido estranho. O animal, geralmente tão tranqüilo, puxava o dono pela coleira quase a ponto de parti-la. O dono soltou-a, e o galgo partiu a toda velocidade em direção a um terreno arenoso, nos arredores da cidade.

O cão escavava com afinco. Quando o guarda e seus colegas se aproximaram, descobriram primeiro um braço, depois um ombro, em seguida o rosto de um morto.

– Conheço-o – disse um dos guardas. – É Sary.

– O marido da irmã do soberano?

– Sim, é ele mesmo... Olhe, tem sangue seco na nuca!

Desenterraram completamente o cadáver. Não havia dúvidas: tinham acertado Sary, e a pancada fora mortal.

DURANTE TODA A NOITE Moisés não pregou o olho. Errara ao agir daquela maneira, ao tentar disfarçar o cadáver de um canalha, ao fugir de uma justiça que o teria absolvido. Mas havia Abner, com o seu medo, a sua hesitação... E ambos eram hebreus. Os inimigos de Moisés não deixariam de se aproveitar daquele drama para provocar a sua queda. Até Ramsés fincaria o pé contra ele e, tinha certeza, seria de um rigor inflexível.

Alguém acabava de entrar na *villa*, que só tinha a parte central terminada. Seria a guarda, já...? Lutaria; não cairia nas mãos deles.

– Moisés... Moisés, sou eu, Abner! Se está aqui, apareça.

O hebreu mostrou-se.

– Testemunhará a meu favor?

– A guarda egípcia descobriu o cadáver de Sary. Você está sendo acusado de assassinato.

– Quem se atreveu?

– Os meus vizinhos. Viram você.

– Mas são hebreus como nós!

Abner baixou a cabeça.

– Tal como eu, não querem criar inimigos entre as autoridades. Fuja, Moisés. Você não tem mais futuro no Egito.

Moisés revoltou-se. Ele, o supervisor dos trabalhos do rei, o futuro primeiro-ministro das Duas Terras, reduzido à situação de criminoso e fugitivo! Em algumas horas, caíra do pináculo para o abismo... Então veio-lhe à mente: não seria Deus que estaria lhe enviando aquela infelicidade para experimentar a sua fé? Em vez de uma existência vazia e confortável num país ímpio, oferecia-lhe a liberdade.

– Partirei à noite. Adeus, Abner.

MOISÉS PASSOU PELO BAIRRO dos oleiros. Esperava convencer os seus partidários a partir com ele e formar um clã que, pouco a pouco, atrairia outros hebreus, mesmo que a sua primeira pátria não passasse de uma região isolada e desértica. O exemplo... Era preciso dar o exemplo, a que preço fosse!

Brilhavam algumas lamparinas. As crianças dormiam, e as donas de casa trocavam confidências. Sentados sob os alpendres, os maridos bebiam um chá de ervas antes de irem se deitar.

Na ruela em que moravam seus amigos, dois homens brigavam. Ao aproximar-se, identificou-os: seus dois partidários mais fervorosos! Discutiam a propósito de um banco que um deles teria roubado do outro.

Moisés separou-os.

– Você...

– Parem de confrontar-se por um pecado à toa e sigam-me. Saiamos do Egito e partamos em busca da nossa verdadeira pátria.

O hebreu mais idoso olhou Moisés com desdém.

– Quem o elegeu como nosso príncipe e guia? Se não lhe obedecermos, vai nos matar como matou o egípcio?

Ferido no coração, Moisés ficou mudo. Um sonho grandioso acabava de quebrar-se dentro dele. Não passava agora de um criminoso em fuga, abandonado por todos.

59

Ramsés quisera ver o cadáver de Sary, o primeiro morto de Pi-Ramsés desde a fundação oficial da capital.

– Trata-se de um assassinato, Majestade – afirmou Serramanna. – Uma forte paulada aplicada na nuca.

– Já avisaram a minha irmã?

– Ameni ocupou-se disso.

– O culpado foi detido?

– Majestade...

– Por que essa hesitação? Seja quem for, será julgado e condenado.

– O culpado é Moisés.

– Absurdo.

– Temos testemunhas.

– Quero ouvir essas testemunhas!

– São todos hebreus. O principal acusador é Abner, um oleiro. Assistiu ao crime.

– O que se passou?

– Uma rixa que acabou mal. Moisés e Sary detestavam-se há muito tempo. De acordo com as minhas investigações, já haviam discutido em Tebas.

– E se todas essas testemunhas estiverem enganadas? Moisés não pode ser um assassino.

– Os escribas da guarda anotaram os depoimentos e os confirmaram.

– Moisés irá se defender.

– Não, Majestade; ele fugiu.

RAMSÉS DEU ORDEM para revistarem todas as casas de Pi-Ramsés, mas a procura foi em vão. A guarda montada percorreu o Delta, interrogando grande número de camponeses, mas não encontraram qualquer pista de Moisés. Os guardas fronteiriços do nordeste receberam ordens bastante rigorosas, mas não seria tarde demais?

O rei pedia constantemente relatórios, mas não obtinha qualquer informação precisa sobre o caminho seguido por Moisés. Estaria escondido em alguma aldeia de pescadores, perto do Mediterrâneo? Ou num barco de partida para o Sul? Estaria metido no meio de reclusos de um santuário de província?

– Deveria comer algo – recomendou Nefertari. – Desde que Moisés desapareceu, você não faz uma refeição satisfatória.

O soberano apertou ternamente as mãos da esposa.

– Moisés estava esgotado, e Sary deve tê-lo provocado. Se estivesse aqui à minha frente, ele explicaria tudo. A sua fuga é o erro de um homem exausto.

– Ele não está se arriscando muito em se fechar no seu remorso?

– É o que receio.

– Seu cão está triste, acha que você não quer mais saber dele.

Ramsés deixou Vigilante saltar-lhe para os joelhos. Louco de alegria, lambeu o rosto do dono e encostou o focinho em seu ombro.

Aqueles três anos de reinado tinham sido maravilhosos... Luxor aumentado, suntuoso, o templo de milhões de anos em construção, a nova capital inaugurada, a Núbia pacificada e, de repente, aquela horrível brecha! Sem Moisés, o mundo que ele, faraó, começara a construir desmoronava-se.

– Também está se esquecendo de mim – disse Nefertari a meia-voz. – Não posso ajudá-lo a superar esse sofrimento?

– Sim, só você pode.

CHENAR E OFIR encontraram-se no porto de Pi-Ramsés, cada vez mais animado. Eram descarregados artigos alimentícios, mobiliário, apetrechos domésticos e grande quantidade de outras riquezas de que a nova capital necessitava. Os barcos traziam burros, cavalos e bois. Os silos de trigo já estavam ficando cheios, e bons vinhos eram armazenados nas *caves*. Discussões tão inflamadas como em Mênfis ou Tebas começavam a animar os círculos de negociantes por atacado, que se rivalizavam para ocupar os primeiros lugares no abastecimento da capital.

– Moisés não passa de um assassino fugitivo.

– Essa notícia não parece entristecê-lo em nada.

– Você havia se enganado a seu respeito, ele nunca teria mudado de campo. A loucura que Moisés cometeu priva Ramsés de um precioso aliado.

– Moisés é um homem sincero. Sua fé no deus único não é um capricho.

– Só interessam os fatos: ou ele nunca mais reaparece, ou, se aparecer, será preso e condenado. Agora será impossível manipular os hebreus.

– Há muitos anos os partidários de Aton estão habituados a lutar contra a adversidade. E vão continuar. Vai nos ajudar?

– Não é preciso voltar ao assunto. Quais são as suas propostas concretas?

– Todas as noites vou minar os alicerces sobre os quais se apóia o casal real.

– Então está no auge da sua força! Ignora por acaso a existência do templo de milhões de anos?

– Nada do que Ramsés começou está terminado. Compete a nós saber explorar o seu menor momento de fraqueza e nos enfiar na primeira brecha que se abrir.

A firmeza serena do mago impressionou Chenar. Se os hititas pusessem o seu projeto em marcha, não deixariam de enfraquecer o *ka* de Ramsés. E se fosse simultaneamente atacado por dentro e por fora, o rei, por mais forte que fosse, acabaria por sucumbir sob os golpes visíveis e invisíveis.

– Intensifique as ações, Ofir. Fique certo de que não encontrará em mim um ingrato.

SETAOU E LÓTUS haviam decidido fundar um novo laboratório em Pi-Ramsés. Ameni, instalado em gabinetes novos, trabalhava noite e dia. Touya resolvia os mil e um problemas levantados pelos cortesãos, Nefertari encarregava-se das tarefas religiosas e protocolares, Iset a Bela e Nedjem ocupavam-se da educação do pequeno Kha, Meritamon desabrochava como uma flor; Romeu, o intendente, corria das cozinhas para os celeiros e dos celeiros para a sala de refeições do palácio, Serramanna aperfeiçoava constantemente o seu sistema de segurança... Em suma, a vida em Pi-Ramsés parecia harmoniosa e tranqüila, mas Ramsés não suportava a ausência de Moisés.

Apesar das suas discussões, a força do hebreu fora uma oferenda à construção de seu reino. Naquela cidade de que fugira, Moisés deixara muito de sua alma. Sua última conversa com o hebreu provava que o amigo estava sendo vítima de influências perniciosas, que fora preso a laços de que não tinha consciência.

Tinham enfeitiçado Moisés.

Ameni, com os braços carregados de papiros, dirigiu-se em passo apressado para o rei, que andava de um lado para outro na sala de audiências.

– Acha acaba de chegar e quer vê-lo.

– Que entre.

Muito à vontade numa elegante veste verde-pálido enfeitada com uma orla vermelha, o jovem diplomata tinha o dom de lançar moda. Senhor da elegância masculina, parecia, no entanto, menos petulante do que de costume.

– Sua ausência na inauguração de Pi-Ramsés entristeceu-me muito.

– O meu ministro representou-me, Majestade.

– Onde estava, Acha?

– Em Mênfis. Recebi mensagens dos meus informantes.

– Chenar falou-me de uma tentativa de intimidação hitita na Síria Central.

– Não se trata de uma tentativa de intimidação, e a Síria Central não é a única a ser afetada.

A voz de Acha não tinha nada de amável.

– Cheguei a pensar que o meu irmão bem-amado estivesse querendo ser levado a sério e estivesse exagerando.

– Seria preferível. Ligando as informações de confiança, estou convencido de que os hititas iniciaram uma manobra de grande envergadura contra Canaã e a Síria, em toda a Síria. E tenho certeza de que os próprios portos libaneses estão ameaçados.

– Tem havido ataques diretos aos nossos soldados ali sediados?

– Ainda não; houve apenas ocupação de aldeias e campos considerados neutros. Por enquanto são somente medidas administrativas, aparentemente não-violentas. Na realidade, os hititas assumiram o controle de territórios antes geridos por nós e sobre os quais nos pagavam tributos.

Ramsés debruçou-se sobre o mapa do Oriente Médio, aberto sobre uma mesa baixa.

– Conclusão: os hititas descem o corredor de invasão, situado a nordeste do nosso país, e visam diretamente ao Egito.

– Conclusão apressada, Majestade.

– Apressada por quê? Qual seria, então, a finalidade dessa ofensiva que vem avançando?

– Ocupar o terreno, isolar-nos, assustar as populações, enfraquecer o prestígio do Egito, desmoralizar as nossas tropas... Como vê, motivos não faltam.

– O que você deduz de tudo isso?

– Que os hititas, Majestade, preparam a guerra.

Furioso, Ramsés, com um traço de tinta vermelha, riscou do mapa o reino da Anatólia.

– Esse povo gosta apenas da fúria, do sangue e da violência. Enquanto não for destruído, porá em perigo qualquer forma de civilização.

– A diplomacia...

– É um recurso fora de uso!

– Seu pai havia negociado...

– Uma zona fronteiriça em Kadesh, eu sei! Mas os hititas não respeitam nada. Exijo um relatório cotidiano de todos os seus movimentos.

Acha inclinou-se. Não era o amigo que falava, e sim o faraó que ordenava.

– Sabe que Moisés está sendo acusado de um crime e que desapareceu?

– Moisés? Mas isso é loucura!

– Creio que ele foi vítima de uma conspiração. Espalhe os seus sinais pelos nossos protetorados, Acha, e o encontre.

NEFERTARI TOCAVA ALAÚDE no jardim do palácio. À sua direita, o berço em que dormia a filha, de bochechinhas redondas e coradas; à sua esquerda, o pequeno Kha, sentado na posição de escriba, lia um conto que descrevia as proezas de um mago triunfando sobre terríveis demônios; à sua frente, Vigilante empenhava-se em desenterrar o pé de tamargueira que Ramsés havia plantado na véspera. Com o focinho enfiado no terreno úmido, escavava um buraco com as patas dianteiras com tal entusiasmo que a rainha não teve coragem de ralhar com ele.

De repente, parou, e a seguir correu para a entrada do jardim. Seus latidos de alegria e os saltos desordenados saudaram a entrada do dono.

Nefertari notou profunda contrariedade no som dos passos de Ramsés. Ergueu-se e foi ao encontro do esposo.

– Será que Moisés...

– Não; tenho certeza de que está vivo.

– Não se trata... da sua mãe?

– Touya está bem.

– Então, o que lhe faz sofrer?

– O Egito, Nefertari. O sonho quebra-se... o sonho de um país feliz, alimentando-se da paz, saboreando a felicidade de cada dia.

A rainha fechou os olhos.

– A guerra...

– Parece-me inevitável.

– Vai então partir?

– Quem, senão eu, comandaria o exército? Deixar os hititas progredirem mais seria condenar o Egito à morte.

O pequeno Kha lançara uma olhadela ao casal abraçado, antes de voltar a mergulhar na leitura, enquanto Meritamon dormia serenamente e Vigilante continuava escavando o buraco.

Na tranqüilidade do jardim, Nefertari apertou-se de encontro a Ramsés. Ao longe, um grande íbis branco ergueu vôo dos campos cultivados.

– A guerra nos separa, Ramsés; onde hei de arranjar coragem para ultrapassar mais essa provação?

– No amor que nos une e nos unirá sempre, aconteça o que acontecer. Na minha ausência, será você, a grande esposa real, que reinará sobre a minha cidade turquesa.

Nefertari fitou o horizonte.

– O seu pensamento é correto – disse ela. – Não se deve negociar com o mal.

O grande íbis branco, de vôo majestoso, sobrevoou o casal real que o sol poente banhava com a sua luz.

fim do volume 2

ATENDIMENTO AO LEITOR E VENDAS DIRETAS

Você pode adquirir os títulos da BestBolso através do Marketing Direto do Grupo Editorial Record.

- Telefone: (21) 2585-2002
  (de segunda a sexta-feira, das 8h30 às 18h)
- E-mail: mdireto@record.com.br
- Fax: (21) 2585-2010

Entre em contato conosco caso tenha alguma dúvida, precise de informações ou queira se cadastrar para receber nossos informativos de lançamentos e promoções.

Nossos sites:
www.edicoesbestbolso.com.br
www.record.com.br

EDIÇÕES BESTBOLSO

Alguns títulos publicados

1. *Baudolino*, Umberto Eco
2. *Doutor Jivago*, Boris Pasternak
3. *O diário de Anne Frank*, Otto H. Frank e Mirjam Pressler
4. *O jogo das contas de vidro*, Hermann Hesse
5. *O poderoso chefão*, Mario Puzo
6. *O diário de Bridget Jones*, Helen Fielding
7. *A casa das sete mulheres*, Leticia Wierzchowski
8. *Ramsés – O filho da luz*, Christian Jacq
9. *Ramsés – O templo de milhões de anos*, Christian Jacq
10. *Ramsés – A batalha de Kadesh*, Christian Jacq
11. *Ramsés – A dama de Abu-Simbel,* Christian Jacq
12. *A pérola*, John Steinbeck
13. *Getúlio*, Juremir Machado da Silva
14. *Os carbonários,* Alfredo Sirkis
15. *A queda*, Albert Camus
16. *O dia da tempestade*, Rosamunde Pilcher
17. *Carne e pedra*, Richard Sennett
18. *O amante de Lady Chatterley*, D. H. Lawrence
19. *Viagem à luta armada*, Carlos Eugênio Paz
20. *Contágio*, Robin Cook
21. *Paula*, Isabel Allende
22. *O grande Gatsby*, F. Scott Fitzgerald
23. *Encrenca é o meu negócio*, Raymond Chandler
24. *Pérolas dão azar*, Raymond Chandler
25. *Entre dois palácios*, Nagib Mahfuz
26. *O palácio do desejo*, Nagib Mahfuz
27. *Prelúdio de sangue*, Jean Plaidy
28. *O crepúsculo da águia*, Jean Plaidy
29. *Fera de Macabu*, Carlos Marchi
30. *Uma história íntima da humanidade,* Theodore Zeldin

EDIÇÕES
BestBolso

Este livro foi composto na tipologia Minion, em corpo 10,5/13, e impresso em papel off-set 56g/m² no Sistema Cameron da Divisão Gráfica da Distribuidora Record.